光文社文庫

火星に住むつもりかい？

伊坂幸太郎

KOBUNSHA

光　文　社

第一部

一の〇

「リストラなんて魔女狩りと一緒だ」と言ってくる社員がいたんだよ。

前田賢治《まえだけんじ》は妻に話す。仕事の愚痴のようでいて実態は違う。前田賢治の仕事、「リストラ推進」に関する話は、酒の肴《さかな》、夫婦仲を維持するための愉快な話題の一つとなっているからだ。夜のテレビ番組を見ながらダイニングテーブルで、晩酌をしながらの会話だったが、妻のほうは少し身を乗り出した。「魔女狩りってどういうこと」

「そんなに目を輝かして」前田は苦笑するが、自分の目も輝いているだろうとは想像できた。

前田は眉が太く、眉間《みけん》の皺《しわ》は深く、体格も良い。若いころから年上に見られる外見で、どうやら迫力があるらしく、遠くがよく見えないという理由で目を細めただけで、「怖い」と慄《おのの》かれる。そのことを前田自身は利点だと感じ、生きてきた。人というものは得てして、「怖そうな人間の反応」を意識して、行動することが多いからだ。「魔女狩りってのは、中世のヨーロッパで何百年も続いていた祭りだ」

「お祭りなの？」

「無実の人間が処刑されるのは、祭りみたいなもんだろ」

「魔女狩りって、無実の人間が狙われちゃったわけ」

「本当に魔女がいると思うのか」

「まあ、思ってはいないけど、魔女じゃないにしても悪人が選ばれてたってこと？」

「そもそもは、どうも産婆さんが疑われたことがきっかけだったようだ」

「産婆さんが？」

日中の会議室で、「リストラなんて魔女狩りと一緒」論をぶつけてきた社員からの受け売りだ。

中世では医学も未発達であったため、出産の際に赤ん坊が死亡するケースが少なくなかった。その際に、取り上げた人物、つまりは産婆や助産師たちに責任がある、と考えることが多かったのだろう。「産婆は魔女だ。だから、赤ん坊を食べてしまった！」とはちゃめちゃな理由によって、非難され、結果、罰せられたのだという。

「ようするに」前田は言う。「誰でも良かったんだ」

農作物が不作であったり、災害があったりすれば、それに対する恐怖や苛立《いらだ》ちを、どこかにぶつけたくなる。原因は魔女にある、と断定し、あの者こそが魔女だ、と処刑した。

「とばっちりね」と言いながらも妻の表情に、同情の色は浮かんでいない。むしろ前田同様、未知なる楽しみを妄想し、喜ぶところもある。「誰だって、魔女になっちゃうし」

「魔女かどうかを見分けるためのガイドブックも出版されたんだと。十五世紀の、『魔女への鉄槌《てっつい》』という」

「売れなさそうなタイトル」

「いや、ヨーロッパ中で読まれたんだ。書いたのは修道士らしい」

「見分け方なんてあるわけ？　ニンニクを嫌がる、とか？」

「たとえば、その人間を水に沈めるんだ。それで、浮かんでくれれば魔女、だとかな」

「人って普通、浮くでしょ？」

「だろ。ただ、疑われた人間は水に落とされる。魔女でないことを証明するには、浮かんできてはいけない。ようするに、死なない限りは無実が証明できないわけだ。全部が全部、そういう理屈らしい。魔女であることを白状するまで、拷問される。拷問に耐え切れず、『魔女です』と言えば、処刑されるし、最後まで認めなかったとしても、拷問で死ぬ。耐え切れずに自殺をしたところで、『魔女は、自殺を選ぶものだ』と言われておしまいだ」

「結局、それって、選ばれた時点でおしまい、ってことじゃない」

恐ろしいもんだよな、と前田は言ったものの、想像するだけでも恍惚《こうこつ》となる自分もいた。まったくの無実の人間を、魔女だ！　と糾弾し、いたぶることを想像すると鳥肌が立つほどの快感を覚えそうになる。

「さらにそのガイドブックには、いかに、ゆっくりと拷問して、苦痛を与えるか、そういったマニュアルが書かれていたらしい」

「ゆっくりと？」

「拷問で殺してしまったら、意味がない。一般の人たちは、公開処刑を楽しみにしていたらしいからな。早く殺してしまうと、楽しみを奪われた民衆たちの怒りで、その処刑人が処刑されるほどだったんだと」

リストラだって同じですよ、対象に選ばれた社員は何をどう訴えても、結局、退職するほかないじゃないですか。選ばれたらおしまいなんですよ。

昼間の社員はそう訴えてきた。

必死に会社に残ったとしても、結局、嫌がらせを受ける。有形無形の、ひどい仕打ちを。

「俺がいつ嫌がらせをしたんだ」と顔をしかめると、相手が明らかに怯《ひる》み、その変化がまた前田を心地良くさせた。「いいか、魔女狩りとリストラは似ているが、まったく違う」

「そうでしょうか」

「魔女はでっち上げられるが、リストラには理由がある。選ばれた社員にはそれなりに、『退職してもらったほうが会社に利益がある』人物が選ばれている」

「社員の能力や質に、大きな差はありません」

「ないのなら、誰かを選ばなくてはいけない」

「だから、それこそが、魔女狩りと一緒じゃ」

「違う。おまえの話だと、飢饉《ききん》や不景気のガス抜きとして、魔女は処刑されたわけだろ。あくまでも気休めだ。けどな、たとえば、おまえが退職を受け入れてみろ」

「どうなるんですか」

「確実に、人件費は減る」前田は太い声で言い切る。「魔女狩りのような気休めとは違ってな、会社が助かるんだ」


家のチャイムが鳴った。前田賢治が時計を見れば、すでに二十二時を回っている。宅配便が来るにも遅い時刻であるし、ここ数年では経験のないことだった。

「はい」居間から廊下に出るドアの脇に、インターフォンモニターがあり、妻がそこに返事をしている。

前田賢治はそちらを気にしつつも、グラスに口をつけ、テレビのリモコンに手を伸ばした。はっと気づくと、妻がすぐ脇に立っている。驚かすなよと眉をひそめると彼女は、「よく分かんないんだけれど、警察の人かも」とぼそぼそと言う。

「警察？　何か事件とかあったのか？」

前田は訝《いぶか》り、面倒臭さを覚えながらも好奇心が湧いた。面白い出来事なら、明日の職場で披露できるエピソードとなるのではないか。

「話を聞いてくる」玄関に向かうと、妻もいそいそと後からついてきた。

「夜分、本当に申し訳ありません。前田賢治さんですね」門扉のわきに立っているのは小柄で、鼻や口が右側に少し曲がった顔つきの、中年男だった。背広を着ている。背後に二人、そちらは制服姿の身長一八〇センチ以上はある体格の男たちだった。

「私は警視庁の、『地域の安全を守る課』の」小柄な男が名刺と警察手帳を出した。

「地域の安全？　何かあったんですか」

「一昨年から各都道府県に設置された部署でして、小さいながらもニュースになったんですよ」刑事は笑みを浮かべる。が、目つきは鋭いままだ。「各町の安全を守る、という役割なのですが」

「パトロールとか？」

「住人の不満や困ったことを聞いて回ったり。ほら、以前からよく、警察についてはお決まりの批判がされていましたから」

「お決まりの批判とは？」

「『警察は、事件が起きてからでないと動いてくれない』と」

「そういう言葉はよく聞きますね」

「『早起きは三文の徳』の諺《ことわざ》よりもよく聞きます」刑事は真面目な顔でうなずく。「ようするに、そのみなさんの不満に耳を貸して、できあがったのが我々の部署でして。大きな事件が起きる前に、調査を行うのが仕事です」

「テロを未然に阻止するような？」前田賢治は深い意図もなく、話を推進させる相槌をぶつけるべきかと思い、そう言ったが、そこで刑事の表情が引き締まり、と思えば、彼の後ろに控えていた大柄な男たちが一歩前に出て、前田の両脇にそれぞれ立った。

「今日はそのテロについてなのですが」刑事が言う。

「近所で爆破予告でもあったんですか」前田賢治は、相手の愛想が悪いことに腹が立ちはじめていた。人に物を訊《たず》ねたり、お願い事をしたりするような態度ではない。

「それについて、前田さんにお伺いしたいんですよ」

「私は何も知らないが」

「署まで来ていただけますでしょうか」

前田は当然、不愉快と不可解さからむっとし、強い語調で相手を叱咤《しった》しようとしたが、その時には両腕を制服警官につかまれていた。

妻が小さく悲鳴を発した。

その後、前田賢治は警視庁に連れて行かれ、勾留《こうりゅう》される。

容疑は、海外テロ組織との武器取引への関与だった。家宅捜索により、職場のパソコンにはテロ組織とのやり取りが発見され、架空名義による隠し口座も見つかった。

はじめは否認しつづけていた前田賢治だが、やがて首謀者の情報を口にし、その結果、都内地下鉄で計画されていた爆破事件が防がれることになる。

前田賢治は重要な情報を提供したことを考慮され、早期に釈放されたが、すると今度は、自分がテロとは無関係であること、警察で違法性のある取り調べを受けたことを主張しはじめた。

この俺様に攻撃を加えた相手は、公権力であろうとただでは済まさない、とでもいった意地が見えるほどだった。

職場のパソコンはおそらく何者かが細工をしたに違いない。自分はテロ組織などまったく知らないのだ。濡《ぬ》れ衣《ぎぬ》だ、濡れ衣なんです。そう訴えた。

マスコミは興味を持ちかけた。が、そこでまた予想外のところから横やりが入った。

前田賢治と同じ会社に勤める中年社員が自殺をしたのだ。遺書には、前田賢治のリストラ業務における、非人道的なふるまいが克明に記されていた。

前田賢治は社会的に非難されはじめるが、それでもまだ怯《ひる》まない。むしろ俄然《がぜん》やる気を増し、弁明のために、テレビや新聞の取材に応じた。自分は無実であるし、リストラについても業務で仕方がなくやったに過ぎないと説明をはじめたのだ。

ただ、態度は悪かった。喋《しゃべ》っている内容よりも、その立ち振る舞いが世間の不評を買った。

日がたつにつれ、前田賢治の知名度は上がり、同時に、見知らぬ敵が増えていく。

そのうち、前田賢治は精神的なストレスが溜まったからだろう、異常行動に出た。町で見かけた大型犬を突発的に蹴り上げ、暴力を振るいはじめた。しかし、黒犬の俊敏さにあっという間にひっくり返され、喉を嚙《か》み切られ、死亡した。

それを知ったすぐ近くのパチンコ店の店員が、駐車場の防犯カメラに映像が残っていないだろうかとこっそり確認したところ、ようするに野次馬精神と手柄意識に突き動かされたのだが、その結果、見事、黒犬に処刑される男の姿が写っているのを発見した。自己顕示欲に衝かれるがままに彼は、映像をインターネットに流出させる。

ああ、なるほど、前田という人物はやはり危険だった。

世間の人間はうなずき合った。

一の一

「だから、僕は何も知らないんだって」地面に腰をつけたまま、佐藤誠人《さとうまこと》が言った。引っ張られた学生服はすでにボタンが千切れ、半分破けたような状態になっている。その前に立ち、太い右腕で詰襟をつかんでいるのが上級生、高校二年の多田国男《ただくにお》だ。

八月、夏休みにもかかわらず部活動には行かねばならない。しかも帰りに上級生に絡まれるとは、本当に最悪だ、と佐藤はうんざりする。

「俺たちがあそこでテレビ盗《と》ったの、おまえしか知らねえじゃねえか」

「ほかにもきっと」佐藤は顔面を殴られ、視界がばちっと発光した。

「佐藤、おまえじゃなければ誰がチクったんだよ」

ぐいぐいと詰襟の部分を引っ張られる。

佐藤はどちらかといえば体は華奢《きゃしゃ》で、勉強が得意なわけでもなく、せいぜい特徴といえば本の虫といったところで、乱暴なこととは無縁だった。だから今も、目の前の危険な事態に脳がうまく対応できないでいる。

一方の多田は、乱暴事には慣れており、空手部に在籍していたものの、上級生や下級生との衝突を繰り返し、挙句、他校の生徒に入院レベルの怪我を負わせたことで退部になった。

昔は、違ったのに。その思いが胸を過《よぎ》る。

自宅が近かったこともあって、小学生の頃は何度も遊んだ記憶がある。

頼りになる多田に、佐藤誠人は憧れを抱いていた。あんなに面倒見が良かったお兄ちゃんが、こんな風にぐれてしまうとは、思春期の魔法の凄《すご》さを痛感せずにはいられない。

「僕がチクったっていいことないんだから。それを言うなら、先輩たちがバイクを盗んでいるのは前から知っていますから、言うならそっちのことをもっと早く言ってますよ」

「バイクは、甲野《こうの》バイクのじじいのところから借りてるだけじゃねえか。あそこはな、シェアバイクなんだよ、シェアバイク」

甲野バイクとは、高校から二区画ほど離れたところ、佐藤が通う理容室の方向にある、小さなバイクショップだった。八十過ぎの甲野さんが一人でぽつんと店先にいるだけで、ほとんど商売は成り立っていないように見えるのだが、不要になったバイクを売りに来る人間がいるのか、もしくは、多田たちのような不良少年が盗んだバイクを売りに来るのか分からぬが、店の裏手には、中古バイクが並んでいた。鍵の管理もずさんで、店の裏手に回り、バイクの並んでいる近くに設置された箱を開ければキーが並んでいる。盗んでくれと言わんばかりだったが、そこまで無防備であると盗もうとも思わないのか、多田たちは必要な時だけそこからバイクを借り、また戻すといった形で利用しているようで、確かに、みなで共同利用している、と言えなくもなかった。

誰か通りかからないものかと佐藤は、ずり落ちそうになる眼鏡を気にしながら、目だけで周囲を見回す。

別段、裏通りというほどではなく、高校から自宅へと帰る際の通学路の近くではあり、手作りパンの販売店やスポーツ用品店が向かい側に並んではいるものの、人が通らない。と思ったが、スポーツ用品店の店内から人が出てくるのは見えた。店主は還暦近い年齢の頭髪の薄い男で、眼鏡をかけている。半袖短パン姿だ。

塀に押し付けられる佐藤と、その襟首をつかむ多田の姿に気づき、目を細め、眼鏡の蔓《つる》をいじっているのが分かる。「さあ気づきましたね。警察に通報するなり何なり、お願いします」と佐藤は期待を視線に込めたが、店主は首を捻《ひね》ると、のどかに屈伸運動をはじめ、結局は店に戻った。

見て見ぬふりに腹は立ったが、気持ちも分かる。中途半端な正義感によって大変な目に遭っては意味がない。

髪を切りに行った際に聞いた話が頭を過った。

その理容師の父親が病院に入院していた際、火事が起きたのだという。

「親父《おやじ》は、隣のベッドにいる老人を背負って、どうにか建物の外に出たんだけれどね、そこで、同室の入院患者がまだ残っていることを知ったんだよ。それで親父は、一人を助けるのであればほかの人も助けなくてはいけない、と思っちゃって」

その結果、理容師の父親は命を落としたらしかった。佐藤はその話に感嘆したが、理容師は、「あれは正義感じゃなくて、偽善者と呼ばれるのが怖かっただけだ」と言った。

中途半端な正義感は身を滅ぼす。佐藤は、そのことについて考えさせられた。

自転車で婦人が通りかかった。「あ、あなたたち何をしているの」と言う。

「遊んでるだけですよ」しれっと多田は答え、少し気まずくなったのか佐藤から体を離し、そのまま姿を消した。

助かった、と佐藤は胸を撫《な》で下ろしたものの、助かったわけではなかった。

翌日も部活動のために学校へ行き、その帰宅途中、同じ場所で多田につかまり、やはり、いたぶられたのだ。

「おまえが、俺たちをチクったのを告白するまで、毎日、待ち伏せしてやるよ」と多田は言い、腕をひねりあげてくる。

佐藤誠人は悲鳴を上げた。声がかすれてしまう。「多田さん、多田さん」と必死に言う。

「多田さん、上級生に何て言われてるか知ってますか」

「はあ？　何だよ、言ってみろ」

腕のひねりが少し弱まった。

多田は、上級生、高校三年生の数人とよく一緒にいる。その三年生たちはいずれも裕福な家の息子たちばかりで、洒落《しゃれ》た恰好《かっこう》をして女子高の生徒たちを連れ歩く、軟派なグループだった。どういう繋がりで多田がその仲間に入ったのか、生徒の多くが首を傾《かし》げていたはずだが、おそらく体《てい》のいい用心棒として使われているのだろう、という説が一番説得力があった。

「あいつらが、何か俺の悪口でも言ってるってのか」

「リ、リビアです」佐藤は言う。

「リビア？」

分かりやすい悪口や侮辱の言葉が飛び出すかと思っていただろうに、国名が出てきたことに、多田は明らかに戸惑っていた。

佐藤は必死で喋る。「アメリカが、テロリストを見つけるのってすごく大変なんですよ。容疑者が見つかっても白状させるのは一苦労だし」

「何でアメリカの話なんだよ」

「だから、CIAとかが確保した容疑者に水責めとかで、口を割らせようとしたんですが」

「水責め？　拷問か」

「拷問すれすれです」

「いや、拷問だろう」

「まあそうですよね」

水責めは拷問か否か。水責めは問題ない。いや、非人道的だ。そのあたりの定義づけは難しい。さらに難しいのは、人道的な尋問だけで、テロリストが真実を告白するわけがない、という点だ。

「ただ、あまりひどいことをすると批判されてしまうので、アメリカではブッシュ政権時に、別の国と連携を取ることにしたんですよ」

「別の国と連携って何だよそりゃ」

「リビアです。カダフィ大佐の時代、リビアでは、反体制側の人間には、執拗《しつよう》な拷問がなされたそうです。殴打で鼻を折ったり、電気ショックを与えたり。情報機関がそういったことをやっていて、だからたぶん、得意だったんですよ」

ウォール・ストリート・ジャーナル、曰く「CIAは、リビアが大量破壊兵器開発計画を放棄した二〇〇四年以降、連携を本格化」。

ニューヨーク・タイムズ、曰く「ブッシュ政権が、リビアで拷問が行われているのを承知の上で、少なくとも八回にわたりテロ容疑者をリビアに移送した」。

アメリカは、リビアを拷問の下請けにしていた、というわけだ。

イギリスも同様で、リビアに拷問を頼んでいたらしい。

「それがいったい何なんだよ」

「だから、多田さんもリビアと同じように思われているみたいです。暴力、物騒なことは、自分たちがやらないで、多田さんにやらせるつもりで。リビアの役回りを」

「あいつらは俺を利用してるってことか？」

いえ、あの、連携しているんだと。佐藤は言葉を選ぶ。カダフィならぬ、多田フィ、タダフィ、と駄洒落めいた言葉が浮かぶが、それはさすがに口に出せない。

「おまえさ、小難しいこと言って、ふざけんじゃねえぞ」多田が蹴ってくる。

塀にぶつかり、佐藤はその場に手をついた。腹をすぐに蹴られる。意識が定まる前に次から次に手足が飛んでくるため、佐藤の頭の中は攪拌《かくはん》される。

「もう一度、訊《き》くぞ。おまえがチクったわけだろ」

小指が引っ張られた。ゆっくりと目を向けると、小指が強くつかまれている。

「まず小指から折っていくからな」

佐藤はなかなか言葉が出ない。「やめて」と口走るが、やめて、と言って、「やめますね」と応えるはずがなかった。「拷問反対です」

「リビアではやられてるわけだろ」

「利用されているんですよ」

「関係ねえよ」

「待って待って。だいたい、僕は何もしていないんだから」

「白状しろよ」

「分かった、分かりました」佐藤が早口で言う。「僕がやったんです。僕が」

こうなったら濡れ衣だろうが、罪を被ったほうが楽ではないか、と判断したのだ。

「やったって何をだよ」「だから、先生に言いつけたんです」「絶対か」「絶対です」

なぜ自分は、「やってもいない罪」について、いやそれはそもそも、「罪」でもないのだが、そのことについて、「絶対やった」と必死に主張しなくてはならないのか。

ほら、これ飲めよ、とジュースを差し出してくれた多田の姿を思い出す。小学生の頃だ。

公園で一緒に遊んでいると、猛暑のせいか頭がくらくらとしてきたのだが、そこに多田がペットボトルを手渡してくれた。礼を言うと、「多田だけに、タダでいいよ」と照れ臭そうに答えた。何とも優しく感じられ、自分もこういうお兄ちゃんになりたい、と思ったほどだった。

それなのに今や多田はサディスティックな暴力機関となってしまっている。昔を思い出して！　と佐藤は叫びたかった。

「じゃあ、小指を折ってやるから、その後で、指切りしようぜ」

「え」

「折れた指で、指切りげんまんだっての」多田は言い、その時にはすでに涎《よだれ》を垂らさんばかりに、嗜虐性《しぎやくせい》を全開にしていたのだが、佐藤の小指をぎゅっと握り、笑った。

痛いぞ、と佐藤は恐怖で目を閉じた。抵抗もしない。

その直後、だ。ゴミ袋が蹴飛ばされたかのような、ばさっという音がした。佐藤が目を開けると、多田の体が横に飛んでいた。自分の小指も一緒に切り離されたのか、と背中の毛が逆立ったが、多田もさすがに手を開いたらしく、佐藤の指は解放された。

多田は道路に、横倒しになった。

はじめは、黒い影が地面から立ち昇り、その場に揺らめいているのかと思った。ツナギの服を着た人間がいるのだと遅れて分かる。上下が黒で、黒のキャップを被り、顔にはゴーグルがついていた。おまけにスキー用と思《おぼ》しきフェイスマスクをつけ、全身が黒一色だ。ブーツと革手袋も着用している。右手には木刀をつかんでいた。

この男が、多田を蹴飛ばしたのだ。果たして何者なのかも分からぬ、怪しげな男の登場に、佐藤は体を硬直させるほかない。

多田は歩道に手をつき、立ち上がった。目の前のツナギの服の男を訝りながらも、「何するんだ」と迫力のある声を出し、凄んだ。一歩足を踏み出す。

そこで謎のツナギ男はポケットから小さな鉄の球《たま》のようなものを取り出した。かと思えばすぐに、地面に転がす。ゴルフボール大の、黒い塊だった。目的があって放ったというよりは、もう少し気軽な、手持ち無沙汰で石を漫然と投げ捨てたかのような転がし方だ。

多田は男に殴りかかろうとしたところで、どん、と低い音が響いた。佐藤もびくっとその場で跳ねそうになる。先ほどの、黒い球が歩道脇のフェンスにくっついた音だ。

謎の男はその隙を逃さない。駆け寄ってくると木刀で、多田の肩のあたりを思い切り、打った。続けて腕も叩く。

多田はツナギの男の体を両手で突き飛ばし、その間に体を起こしたが、体を少し斜めに傾かせてよろめいた。何があったのか、と思っているとツナギの男が駆けてきて、木刀を振り下ろした。多田はその場に倒れ込む。

男はフェンスに手を伸ばした。その手にもまた黒いゴルフボール大の球が握られていたが、何をしているのかは分からない。いつの間にかその場から立ち去っている。

残された佐藤は携帯電話で救急車と警察を呼ぶ。自分よりも多田のほうが重傷で、どう説明したら良いのか分からず動転したせいもあるのだろう、咄嗟《とっさ》に、「バットマンみたいな、仮面ライダーみたいな、ヒーローが助けにきてくれたんです」と警官に喋ってしまう。

「ああ、頭打ったのかな？」と心配されただけだった。

一の二

防災訓練の打ち上げという名目で、各町内会の役員たちが居酒屋に集まっていた。

いつもであれば、早朝に集合し、挨拶と簡単な防災演習を行うだけで済むのだが、「地域安全対象地区」、つまり、「安全地区」となっている今年は、地震や火事のみならず、爆発物やウィルス兵器によるテロ行為までも想定した、大がかりな対策を実践しなくてはならなかったため、役所や警察の関係部署の人間たちも、無事に終わったことにほっとしていた。

まだ冬の寒さが残っている季節にもかかわらず、参加者は多かった。

実行委員長の男性は喜寿を超えているとは思えぬほどの、活力溢《あふ》れる大きな声で乾杯の挨拶をした。

岡嶋《おかじま》は末席に近いテーブルで、ビールに口を付けている。別段、席順があったわけでもないのだが、自然と同年代の、つまり三十代から四十代の男たちが周りには多く座った。

「ウソ発見器の悲劇、という話を知っていますか」その話題を口にしたのは、岡嶋の前に座る体格の良い男、蒲生《がもう》義正《よしまさ》だ。

三十代の独身らしいが、町内の仕事や行事には比較的、積極的に参加する。以前、出身は中国地方だと言うから、「ずいぶん遠くまで来たんですね」と岡嶋は反応した。仙台から考えると、日本列島を対角線上に飛ぶ感覚がある。

「母が一人で実家にいるので、親不孝者です」その時の蒲生は恥ずかしげに頭を掻《か》いた。

「ウソ発見器の悲劇？　Xの悲劇みたいな？」赤ら顔で身を乗り出してきたのは、別の町内会に住む、丸い体型の男だった。熊のような外見だ。

「悲劇と言っても、確率の話なんですけどね」蒲生が続ける。「高校生の頃に、担任の教師が教えてくれたんですよ。美術の先生で」

「美術の？　数学じゃなくてですか」

「変わった教師で。いつも美術室で絵を描いているんですけど、放課後とかに顔を出すと、いろいろ教えてくれたんですよね」

「いろいろ？」

「社会の矛盾とか。世の理不尽さのこととか、正義についてとか」蒲生が笑った。シャツの上からも、胸板が厚いのは分かる。蒲生が何の仕事をしているのかは聞いたことがなかった。

平日の朝に、背広姿で大きなスクーターで出勤している姿を見かけたことがあるため、会社勤めだとは思うが、詳しくは知らない。

「テロリストを見つけるためにウソ発見器を使うとしますよね。どんな形の機械かは分からないんですけど、その機械をどの程度、厳しく反応させるのかが重要らしくて」

「どの程度、厳しく？」

「たとえば、的中率九十パーセントの装置があったとしますよね。嘘の九割は見抜くんです」

「なるほど」

「ただ、この仙台市で、十万人を調査したとすれば、的中率九十パーセントだとしても残りの十パーセント、一万人弱の無実の人間が、誤って、テロリストだと判定されちゃうんですよ」

「え、そういうことになるの？」熊に似た男が、欠伸《あくび》でもするかのような言い方をした。

「十パーセントというのはそういう数字なんですよ」

「それはちょっと怖いですね」岡嶋は本心から言う。

「もっと精度をさ、九十九パーセントくらいまで上げられればいいんじゃないの？」

「仮に九十九パーセントの精度だったとしても、十万人を捜査すれば、千人です。十万人のうち千人は、間違ってテロリストと判定されてしまうんですよ。仮に、国内全部で適用すると、成人一億人のうち、百万人です。百万人がテロリストの濡れ衣を着せられたら、これはなかなか大変です」

「確かに大変だ」

「ようするに、テロリストを見つけるのにウソ発見器を使っても、たくさんの濡れ衣の人たちを巻き添えにしちゃうってことなんですよ」蒲生が言う。

岡嶋は、実際の感心の五割増し程度の声を出した。「ウソ発見器は役に立たないってことですか」

「もちろん、容疑者を見つけて、その一人に対して、尋問する時には意味があるんですよ。怪しい人物を、シロかクロか判定するのなら。ただ、大勢の人間を篩《ふるい》に掛けるには意味がないってことです。リスクが高すぎます。それもあって、地域安全の『あれ』が採用されることになったんじゃないか、と想像しているんですが」

あれ、が何を指すのか岡嶋にはすぐにぴんと来た。岡嶋以外の人間も同様だったはずだ。心なしか体を強張《こわば》らせ、肩をすくめ、首を短くする恰好になる。亀が甲羅に頭を隠すかのようだ。「あれ、というか、これ、というか」と蒲生は言って、その宴席全体を見やる。

「これ？」岡嶋が訊ねる。

「だって、今回の防災訓練が大がかりなのも、今年、ここらが安全地区だからだろ」

「あまり大きな声では言えないですけど、『平和』とか『安全』とか、いかにも平和そうな呼び方をしても」古着屋で働く若者が言った。「結局は、住人同士が監視し合うエリア、ってことですよね。国の制度とは思えませんよ」

岡嶋と熊のような男は、「ああ」とも「ええ」ともつかない、相槌を口にした。安全地区の制度は毎年、二月から運用される。一月からではないことに違和感はあるが、新年早々では慌ただしく、各自治体がうまく機能しないという理由があるらしかった。宮城県が安全地区となり、すでに二ヶ月近くが経っている。

「蒲生さん、ウソ発見器と、安全地区の制度は関係があるんですか？」

「今言ったように、やみくもに、危険な人物を見つけようとすると被害者が出ます。ウソ発見器の悲劇が起きます。だから、ウソ発見器を使う前に、一般の人たちに絞ってもらう形なんじゃないでしょうか、候補者を」

「テロリストの候補者って言い方は変だが」熊のような男が皮肉まじりの息を吐く。

「でも、言わんとすることは分かります」と岡嶋は答えた。

怪しい人物がいないかどうか、不審な言動の人物はいないかどうか、地域の治安を乱す兆しはないかどうかを、一般住人から情報を得ることで、調査対象の範囲を狭めることができる。警察の部署、「平和警察」はその狭められた対象に対し、調査を行えば良い。ある程度、人選した後であればウソ発見器を使う選択肢もあるかもしれない。

「密告とかチクりとか言えば聞こえは悪いけれど、実際、効果があるらしいからね」岡嶋は言う。「僕らが高校生の頃に比べたら、最近は、犯罪の発生件数もずいぶん少ないみたいですし、テロを未然に防ぐことも結構あるんですよね」

「ただ、不思議ですよね、今って、安全地区って巡回制じゃないですか。今年は宮城と三重と」

「石川だったかな」

「ですよね。ほかの地域は別に、平和警察を配置されないんですから、誰かに密告されたって関係ないといえばないじゃないですか」古着屋の若者の声が思いのほか大きくなり、岡嶋は知らず、体を強張らせる。ほかのテーブルにいる、各町内会の担当者の視線が音もなく、すっとこちらに向けられた。

「平和警察が配置されていない県でも、総じて犯罪が減っている、というのが面白いものだなと思うんですよ」

「それはほら、習慣というか、慣性の法則というか」蒲生が答える。爽やかな体育教師じみた、はきはきとした様子だ。「一度、厳しく監視されたエリアは、監視の期間が終わっても、規範を守る意識が高くなったりする、ってことですかね。これから監視されるエリアであっても、よそで、厳しい処罰が行われているのを見ていると、自然に、規範意識が高くなるのかも」

「ようするに、びびっちゃう、ってことですよね」

「ええ」蒲生がうなずいた。

「三ヶ月に一度でしたっけ」岡嶋は言った。直接的な言葉を使いたくなかったため、曖昧に言う。

「いや、四ヶ月に一度ですね。安全地区では四ヶ月に一度、計三回、公開されます」蒲生が答える。

公開処刑のことだ。

「一回目が近づいてきてますよね」古着屋の若者は言う。制度に批判的なことを口にしつつも、目はどこか輝いているように見えた。「見たことあります？」

「いや」熊のような男をはじめ、その場にいる数人が首を横に振った。

平和警察の集会は、ようするにその処刑は、テレビはもちろんネット中継もされない。個人的に映像を撮る者は厳しく処罰される。そのため、処刑の様子はその地域にいる人間が直接、見るほかなく、そのことが余計に、人々の関心を強くした。

「僕は前に、埼玉にツーリングに行った時に見ました」若者が少し鼻の穴を膨らませる。

「どうでした？」

「気分は良くないですよ。だって、この時代に斬首ですよ。変な器具に頭を突っ込んで、ギロチンです。しかも、その時、処刑された中には成人前の男もいたから」

少年法はすでに形骸化し、平和警察の制度の前では年齢や性別の差は取り払われている。

これこそが真の平等だ、と主張する者もいるが、通常の犯罪については少年の権利が守られるにもかかわらず、平和警察の処刑に関してはそれが適用されない事実は、どう考えても理屈に合わないねじれを感じさせた。

「仙台にそんな処罰されるような、危険人物がいるんですかね」岡嶋は言った。「テロとかとは無縁な気がしますけど」

「まあ、そうだよなあ」熊のような男もうなずく。

「どの安全地区でも、一回目はほとんど出てこないらしいんですよね」古着屋の若者が言う。「処刑されるのは一人か、多くても二人くらいで。二回目、三回目で急に増えるんです」

「最初の四ヶ月では、情報がそれほど集まらないからかな」蒲生がうなずく。

「あとは、最初の処刑を見て、テンションが上がるのかも」はじめのうちは、この平和警察のシステムについて皮肉めいたものいいをしていたが、古着屋の若者はすでに高揚している。

「もっと見たい！　と思って、密告が増えるんじゃないですかね」

彼自身の本音が顕わになっているようで、岡嶋は顔を歪《ゆが》めた。

一の三

「あ、ねえ、岡嶋さん、知ってた？」防災訓練の打ち上げが終わり、居酒屋から出て、家に帰るためにバスを待っていると、横から中年女性に声をかけられた。名前がすぐに出てこない。顔に見覚えはある。学校関係、ＰＴＡで目立った仕事をしているのではなかったか。丸顔で、ふくよかで、年は四十代の後半くらいか。

早川《はやかわ》医院の夫人だと少しして思い出す。

内科、循環器系の看板を掲げた、昔からある個人経営の医院だ。そこの夫人で、受付の仕事をやっている。岡嶋も診《み》てもらったことがあったが、夫婦そろって威張ったところがまるでなく、そのせいなのかは分からぬが病院はいつも混んでいるようだった。

暗くなりはじめた道に、街路灯が並んでいる。車が通るたびに掻き消される蠟燭《ろうそく》の炎にも似た、心許《こころもと》ない明るさだ。

「知ってるって何をですか。早川さん」

「安全地区って、床屋さんにカメラがつけられているのね」

知っていました、と岡嶋は答える。子供の頃から通っている古い理容室の、五十過ぎの店主から聞いて、知ったのだ。「もともと、安全地区内の刃物を管理する、って名目みたいですね」

数年前、関西の理容室店主が危険人物で、客の髭剃《ひげそ》りをしている最中に、首を切り裂き、店中が血で染まるほどの惨事になった。

「ああ、あれが。あれが発端なの？」

「確か、そうです。安全地区内で起きた事件だったから、注目されちゃって。そうなると、きっと警察も、再発防止の対策を考えろ！　と言われちゃうんですよ。うちの会社もだいたいそうですから」

岡嶋が言うと、早川夫人が、ふふふ、と優雅に笑った。「そういうものなのね」

「警察も同じですよ。何か対策を打たないと、反省していないと批判されちゃいますから。何かやらないといけないんですよ。だから、鋏《はさみ》や剃刀《かみそり》を使う理容室や美容室にはカメラ設置が義務付けられて」

「タクシーでも盗撮しているんでしょ？」

「こそこそ撮ってるわけではないと思いますよ。事故が起きた時の証拠になりますから。客とトラブルが起きた時のために、車内を撮ってるのもあるみたいですよね。床屋で上司の悪口も言えない時代です」

「でも、事件が起きない限りは、再生されないんでしょ？」

「ですね。床屋のほうは、データの保存義務が三日程度なので」

「カメラといえば」早川夫人は暗い道の途中で、小さな虫を発見したかのように、言う。

「何年か前、どこかの男の人が犬に嚙み殺されちゃった事件、覚えてる？　映像が流れて」

「東京でしたっけ。十年くらい前ですよね。あれは、話題になりました」

「まあ、映像自体もひどかったけど、あの男の人もひどかったみたいですよね」

「リストラのやり方が、えげつなかったとか」岡嶋も思い出した。通勤途中の電車内で高校生たちがその映像を携帯電話で再生し、わいわいと眺めていた。犬が、男の首に噛みつき、絶命させる映像はかなりショッキングではあったが、どこか現実離れしてもいた。

「あれがそもそものきっかけになった、って話があるんでしょ」

「そもそものきっかけ?」

「平和警察の。ほら、安全地区政策が強化された、っていう。あの男の人って、テロみたいなことに関係していたんでしょ。逮捕されたけれど、証拠不十分で釈放されて。それでテレビとかに出て、国とか警察を批判していたみたいだけど。その後で、リストラされた人が自殺して」

「世間からめちゃくちゃバッシングされてましたよね」

「だから、犬にやられちゃったのも、みんな、すっきりしたところはあったのよ。天罰が下ったぞ、って」

「ああ、分かる気がします」岡嶋はうなずいた。

「そこから政府というか、警察が、これはいける!　と思いついたらしいわよ」

「これはいける、ってどういうことですか」岡嶋は噴き出してしまうが、一方で、彼女の言わんとすることが理解できた。「中世の魔女狩りは、社会の不満や不安を解消する目的もあったみたいですね」

「魔女狩りって、本当に魔女がいたわけじゃないんでしょ？」

「まあ、魔女は滅多にいないでしょうからね。魔女に違いない！　という感じで濡れ衣を着せられただけです。ただ、集団心理というか、みんな、熱狂するような感じだったんでしょうね」

「怖いわねえ」早川夫人は人がいいからか、急に中世の、魔女狩り被害者たちに思いを馳《は》せるような顔になった。

「ただ、今の平和警察が処罰するのは、危険人物とされた人だけですから、普通の人たちには関係ないですよ」

「そうよね。真面目に生きている分には」岡嶋は言った。

「ええ」

頭に、一つ、但し書きめいた言葉が過る。ウソ発見器の悲劇が起きなければ、と。

一の四

チャイムが鳴った時はもちろんのこと、背広を着た、刑事を名乗る男が警察手帳を見せた後で、「平和警察」という部署名を口にした時にも、自分がまさか容疑をかけられ、連れて行かれるのだとは想像もしていなかった。

自宅の周りを夜回りでもしており、聞き取り調査を行っているのだな、とその程度の認識だった。

「まさか」と想像したのは、目の前の三好《みよし》という名の刑事が、「岡嶋さん、サンダルを靴に履きかえてきたほうがいいですよ。しばらく戻ってこられませんから」と冷めた眼差《まなざ》しで言った時だ。

これは何か穏やかならざる事態なのではないか。

妻のカオリが、「夫は何もしていませんよ」と震えた声で訴えるが、無視される。

気づけば家の外に出て、三好刑事に言われるがまま警察車両に体を入れようとしていた。

「あ、あの、行く前に娘の顔を見てきてもいいですか」何の罪も犯していないにもかかわらず、そのような発言をしては誤解を与えるように感じたが、言わずにはいられなかった。

三好刑事がはじめて表情を硬くし、「証拠を隠滅したと疑われるかもしれませんよ」と有無を言わせぬ語調で答えたことで、岡嶋は完全に恐怖した。

「何かの間違いですよ」と妻が言う。

岡嶋は、「説明すれば分かってもらえるはず」と妻に言い、それから三好刑事に、「ですよね」と投げかけるが、無表情の鉄板にも似た、取りつく島のない反応しか返ってこない。

「早く乗って」と言われた。

岡嶋は部屋の隅に体を潜《ひそ》ませ、脚を折り曲げ、抱え込むようにし、横たわっていた。机を隅まで移動させ、その下に潜《もぐ》っているのだが冷気を防ぐのには役立っていない。体が冷たい。肌は自分の肌とは思えず、腕は凍ってしまったかのようだ。

部屋は六畳ほどで、床は板張り、取り調べ用の机があるだけだ。

まずい、と岡嶋は自分に言う。唇は動かぬから言葉は出ない。皮膚のような外部へのダメージよりも、内側の変調が恐ろしかった。これだけ冷えてしまったら、体内の回路がおかしくなるのではないか。

部屋の扉が開いた。

「わあ、寒すぎるなあ、この部屋」と棒読みで言う男の声が聞こえるが、そちらを見ることも岡嶋には難しい。体を動かすと、せっかく腕や脚を畳んで密着させていたところに隙間ができる。そこから冷気が入り込んでしまう。必死で、体を縮こまらせた。岡嶋の頭の中はすでに、「冷たさ」から身を守ることしか関心がない。

入ってきた男の名前がなかなか思い出せなかった。背広を着て、ひょろっとした長身だ。「肥後《ひご》」だったか、とゆっくり思い出す。

「あらら、冷房を点《つ》けっぱなしだったたな。岡嶋さんもほら、電源、切ってくれれば良かったのに。好きなんですか、冷たい部屋が」肥後は言うが、台本の台詞《せりふ》を読み上げているような口ぶりだ。それから岡嶋が潜っている机のところまで来ると、「机、勝手に動かさないでね」

と言いながらその上のリモコンを手に取り、ボタンを押した。何度か指を動かした後で、「あら、これ電池切れてるね」と部屋から出て行き、また戻ってくる。ようやくそこで冷房が止まった。

「こんな寒い部屋に二時間もいたら、寒かったでしょ、岡嶋さん大丈夫？」肥後は言い、岡嶋に寄ってきた。部屋の隅で縮こまっちゃってウサギとか猫みたいですよと笑うが、岡嶋にすれば、冷気から身を守るものの何もない部屋では、エアコンから一番遠い隅で、ウサギのように丸まっているほかなかった。

電源プラグは天井近くのコンセントに繋がっているため、跳躍しても届かない。

肥後はどこからか毛布を持ってきたらしく、岡嶋にかけた。がさがさと岡嶋の体をこする。

「さあ、椅子に座ってください。まだまだ質問の時間は続きますから」

「嘘だ」岡嶋はかすれるような声を発した。凍りついていた唇がやっと、動く。

「嘘？　その答えはもう聞き飽きました。いいですか、あなたが市内のテログループと面識があるのは分かっているんです」

「時間」「時間？」

「さっき、二時間と言いましたけど、そんなもんじゃないですよ」「何の話？」「もっと、一日近く、二日か三日、それくらいです。ここで冷房が」

「その間、この冷房が点いていたってわけ？」肥後は砕けた口調になる。「おいおい、岡嶋さん、冗談言わないでよ。そんなにこの冷たい部屋にいて、しかも食事も取らなかったら、岡嶋さん衰弱して、大変な状態ですよ。トイレの問題だって起きるでしょうし」

岡嶋は肩を窄《すぼ》め、毛布をかぶったまま、視線を右の壁に向けた。そこには染みと、液状の溜まりがあった。岡嶋が我慢できずに排出した小便の跡だ。

肥後はそれをしっかりと見たにもかかわらず、言及はしない。「もしエアコンが三日も点きっ放しだったら、電気代が洒落にならないじゃないですか。勘弁してくださいよ」

尋問は続いた。岡嶋は体を震わせ、紫の唇のまま、話を聞くほかない。

「ねえ、岡嶋さん、ほかの仲間の情報を教えてくれませんか」

「知らないんだ、何も」

「でもほら、聞きましたよ。町内会の飲み会で、居酒屋に集まった時、地域の治安について、ずいぶん乱暴な発言をしていたんでしょ」肥後の口調は馴《な》れ馴れしくなる。

「飲み会?」すぐには思い出せない。強いて言えば、三月の防災訓練の打ち上げしか思い当たることはなかったが、そこで暴言を吐いた記憶はなかった。あの時は、蒲生やほかの誰かの話を聞き、相槌を打った程度ではなかったか。あの場にいた誰かが、情報を捻《ね》じ曲げて、警察に話したのだろうか。誰だ、いったい誰がチクったのか。頭の中で恨み顔で呟《つぶや》く別の自分がいる。

肥後はその後も世間話を装いながら、岡嶋に、「社会の秩序をぶっ壊したい、とか思ったことがあるんじゃないですか」であるとか、「みんな死んじまえ、と叫びたくなったことかあるでしょ？」であるとか、誘導するような言葉を投げつけてくる。

もはや認めたほうが楽になるのではないか、と岡嶋は思った。いや、ずいぶん前から、相手の求めている台詞を口にし、「あとは好きにしてください」と委ねるべきではないか、そうしたい、という考えが頭を過ってはいた。が、そのたび、「認めてしまえば処刑される」という恐怖がブレーキをかけた。

一ヶ月前、五月下旬に仙台駅の東口に作られた広場で、処刑が行われた。

岡嶋が思い出すのは、大勢の人間が見物に来ている中、壇上で首を切断された早川先生、早川医院の院長の姿だ。

死にたくない、と狼狽《うろた》え、口から涎を垂らしながら命乞いをし、脚を引き摺《ず》り、銀色の断首台に押しつけられていた。

あれを受け入れるほどの覚悟はない。が、今の状況に耐えられないのも事実だ。

このまま真実を語り続けたところで、遅かれ早かれ死ぬだろう。さらなる苦痛を与えられ、ボロ布のように転がされる。

ああ、それならば、と思いはじめている。

処刑されるのならば、時間に猶予ができる。処刑があるということはすなわち、それまでは生きることができる。そして、間違いなく、その日までの生活も、今の状態よりはマシな扱いを受けるのではないだろうか。

肥後が大きく溜め息を吐《つ》いた。「またエアコンが壊れちゃって止まらなくなったら、申し訳ないね」とわざとらしく言う。

岡嶋は震えた。先ほどまでの、想像を絶する寒さと、命の危険に対する怯《おび》えで、身体の奥が握り潰される恐ろしさを覚える。気づけば肥後の手に、自分の手を載せ、「すみません。本当にすみません」と涙まじりに訴えていた。

「それじゃあ、認めるわけだね」

「認めます」

「岡嶋さんは、早川さんの仲間ってことで」

「早川さん？」もちろんすぐに、それが、大勢の見る前で斬首された早川医院の院長のことだと分かる。「仲間？　風邪を診てもらったことはありますけれど」

三月の防災訓練の打ち上げの帰り道で、早川院長の夫人には会ったと思い出したが、だからと言って、それ以上の親交はない。

「岡嶋さん、あの医者とは、診察を装って、打ち合わせをしていたらしいね」

「え」岡嶋は高い声を上げる。早川医院には一度、突然の高熱で駆け込んだ時を除けば、通院したことがなかった。

「通《かよ》ってなんて」と反論の声を上げたが、「いませんよ」と続けることはできず岡嶋は結局、

「はい」とうなだれた。

なぜ認めてしまったのか。答えは簡単だ。否定の言葉を発しようとする岡嶋を、肥後は鋭い目で睨《にら》み、エアコンのリモコンに手を伸ばしてみせたのだ。

「早川さんはインフルエンザをはじめとする、さまざまなワクチンを大量に隠していた。患者に接種すべきものを、誤魔化《ごまか》してたな」

「それは」

「細菌検査の委託先との取引内容にも矛盾点があった」

「それが」

「岡嶋、知っているくせに、質問するのはちょっとズルいだろ？」肥後がしかめ面をする。意図したのかどうか、手につかんだリモコンを振るものだから、岡嶋はその場で卒倒するかのように青白い顔になる。

「はい」岡嶋は答える。頭ではなく体が、内臓や皮膚が、「もう勘弁してください」と無条件降伏を訴えていた。震える自分の肉体を抱くようにする。

一の五

理容室のカメラは、室内を捉《とら》えている。

四番通りに面した入り口、東側の壁に設置されている防犯カメラは、半球の形をし、定期的にレンズが中で動き、理容室内を把握する。

　壁のカレンダーは二月だった。

　三つ並んだ理容チェアのうち、客がいるのは真ん中だけだ。

「あれがその、防犯カメラなのか」真ん中の客の声を、カメラの外枠につくマイクが拾う。男はカメラを振り返る。

「そうなんですよ、ほら、あの何とか地区ってやつで」柄物のシャツにカーディガン姿の理容師が答える。特徴のない顔を、歪めた。「床屋は、つけないといけなくて」

「怖いよな」

「怖いものなんてあるんですか」

「うちの商品が売れないのが一番怖い」

「充分売れてますよ。仙台名物のお菓子として定着してきましたし」

「無理やり定着させたんだよ、俺が。それに、まだまだだよ。常にさ、発火装置を足していかないと打ち上がらないわけだよ、ロケットは」

「ロケットじゃなくて、煎餅じゃないですか」

「いっそのことそのカメラの前で、うちの煎餅を持って踊るとキャッシュバック、とかそういう宣伝はどうかな」

「警察に怒られますよ」

「怒られて、話題になるならいくらでも怒られたいね。だけど、変なもんだよな。床屋にカメラをつけたのは、刃物を使うからって理由だろ？　それなら、医者や歯医者、工事現場の作業員もそうだろ。床屋にだけ、カメラをつけて意味あるのかね」

「うちの妻も言ってました。あ、社長、もみあげはいつもみたいにして、いいですか」

「任せるよ」

「まあ、例の、床屋の店主が人を刺した、あの事件が関係していますからね」

「どうせ後付けだろ。警察からすりゃ、地域の情報があればあるほど助かるからな」

「かもしれませんね。床屋にはあれがありますから」

「あれ？」

「床屋談義が。健康でごく普通の、まあ普通の定義も難しいですけれど、一般市民が定期的にやってきて、雑談をしていきます。危険人物がいるかどうかを調べるのには、適しているんじゃないですか」

「てことは、この映像は、平和警察がチェックするのか。今こうして喋ってる内容も録音されちゃっているんだよな」鏡に映った男の顔が唇をぎゅっと閉じるのを、カメラは捉える。

「さっきの俺の、煎餅キャンペーンのプランもばれちゃうわけかよ。パクられたらやばいな」

「パクられる、というのは警察に逮捕されるという意味ですか？」

「違うよ。真似されるってことだ。安全地区の、床屋の防犯カメラを宣伝に使う、という斬新なアイディアが誰かに真似される。だけど、どうなんだろうな、仙台でも本当に、処刑なんてやるのか？」

理容師が動かす鋏の音がしばらく、続く。

「平和警察は実は、拷問をしている、とかああいう噂は本当なのか」

「どうでしょうね」

「ほら、テレビによく出ていた評論家みたいな、嵐山《あらしやま》だっけ？　あの男なんか、平和警察を批判してたけど、結局、危険人物だったんだろ」

「でしたっけ」

「そうだよ、処刑されちゃって」

「社長、詳しいですね」

「いや、あいつ、何かの番組で仙台に来た時に、うちの煎餅を紹介してくれたんだよ」

「いい人じゃないですか」

「まさか、危険人物だったとはな」

「社長も仲間だと疑われるかもしれませんよ」

「いっそのこと、あいつが処刑される時に看板出せば良かった」

「不謹慎です」

そこでドアが開き、小さく鈴が鳴る。

「いらっしゃいませ」理容師が顔を上げる。

カメラの端が、店に入ってきた若い男を捉えている。紺のブレザーを着て、ジーンズを穿《は》いていた。

「ああ、鷗外《おうがい》君、今日は大学は？」

「これから行きます」

「相変わらず、忙しいの？」

「そうですね。最近は、バイクで走りにも行けなくて」

三日後、録画装置の設定通り、この場面は消去された。

一の六

田沼継子《たぬまつぐこ》は駅の東口広場に集まっている見物客の多さを眺めながら、胸のうちをくすぐられるかのような感覚を覚えていた。五十を過ぎた今となっては、はるか昔の、有史以前の事柄にも思えるが、若い頃、男性から視線を浴びた頃の興奮を、思い出す。

もともと早川医院の夫人とは、馬が合わなかった。十年前、田沼継子が越してきた一戸建ての、はす向かいに早川医院があり、挨拶に行った時、「何か分からないことがあったら、遠慮なく、言ってくださいね」と言ってきた。

そこから田沼継子は気に入らなかった。「何か分からないことがあったら」とは、こちらを見下している証拠だ。

早川夫人が妙に愛想が良いのも嫌だった。田沼継子の一人息子が医学部入試に失敗したことをどこかで嘲笑《あざわら》っているのではないか、もちろん息子のことはひた隠しにしているから、それをどこからか聞き出したに違いない、と想像は膨らんだ。

とはいえ、表立って揉《も》めることはない。

せいぜいが、早川医院で診察を受けた子供が肺炎を見逃され、結局、入院に至った、であるとか、早川医院の院長は無闇に女性の服をめくるが、セクハラ発言もするらしい、であるとか、悪評を地道に流すことくらいだった。田沼継子からすれば、「その程度の、穏やかな反発で我慢してあげていた」という思いだ。

だから、「安全地区」といった制度ができ、反社会的な人間たちが刑を受けるニュースが流れはじめると、当然のごとく彼女は、早川夫人が磔《はりつけ》にされる姿を重ね合わせるようになった。

宮城県が安全地区になったことでますます妄想と現実が近づき、田沼継子の興奮の度合いも上がっていたのだが、ある時、回覧板のやり取りの立ち話の中で、閃《ひらめ》きがもたらされた。近所の婦人が、「処刑されるのって、残酷だと思いません?」と言い、それに対し田沼継子が、「でも、まあ、悪人だからね。それはそれで、抑止力、というのになるんじゃないですか」と答えたのだが、その後で婦人が、「冤罪《えんざい》で処刑されることはないのかしら」と心配を漏らしたのだ。

それだ。

田沼継子は高揚した。別に、早川夫妻が悪人である必要はないのだ。悪人かもしれぬ、という印象を与えれば、それだけで評判は下がり、処刑は無理にしても、困らせることはできる。

ああ、冤罪も罪のうち！

そもそも、十年間、田沼継子はそれとなく、早川医院の悪評を流すことはやってきたのだから、その道のベテランだとも言える。実際にはありもしない出来事を、さもあるかのように触れ回るのはお手のもので、今度はそれを近隣住人ではなく、平和警察に対して届け出れば良い。「情報提供はこちら」と窓口まで用意されていた。

田沼継子は、早川医院に関する良からぬ情報を流した。できるだけ、同一人物からの報告とは分からぬように、工夫を凝らした。

やがて早川医院に、「家庭訪問」があった、と聞いた。平和警察に属する担当者が、「要調査」として早川医院の院長を連行しに来たというのだ。

田沼継子は、「よし！」と叫んでいた。その声は明瞭かつ大きかったために、いつも部屋に閉じこもってばかりの息子が階段を下り、いったいどうしたのかと目を丸くし、確認しに来たほどだ。

警察に連れて行かれた早川腱士《けんし》がどういう取り調べを受け、何を話したのか、田沼継子は気になって仕方がなかった。医師という仕事や周囲の評判からすれば、警察も早川腱士の言い分にうなずき、すぐに自分の密告がばれるのではないか、という恐怖もあった。

それがどうだろう、最終的には、嘘が勝った。

田沼継子は東口広場の群衆の中で、人の頭と頭の間から前を見ようと背伸びをする。周りの誰もが前方を、壇上を見ている。ここにいる人間は、まさかこの舞台のおぜん立てをしたのが、自分だとは思うまい。そのことが心地良かった。

宮城県内での第一回目の処刑、処罰される危険人物として、早川腱士が選ばれたのだ。自分の推した人物が、見事当選したかのような、喜びがある。

処刑自体は、音楽が鳴るでもなければ、司会進行があるわけでもなかった。

ただ制服警官と私服刑事が壇上で準備をし、バスケットゴールのような大きさの、銀色の斬首装置をセットする。中世のギロチンと同じ仕組みなのだろうが、素材のせいか、ジムの運動器具のようにも見える。

壇上の向かって右手には警察関係者の席が設けられ、偉そうな顔をした男が座っていた。学校行事の来賓席のようだ。

制服警官に連れてこられた早川腱士はジャージ姿で、俯《うつむ》き気味で肩を窄《すぼ》め、朦朧《もうろう》とした状態で歩いていた。

周りの者たちが唾を飲む。

「だいたい一回目は一人とかだよな」「でも、どの地域も、初回は緊張感があって、良い」田沼継子の背後で、そういった声が聞こえた。処刑を見物するために、安全地区を巡っている人間もいる、と以前、聞いたことがある。

その後の一連の光景は、田沼継子にはゆっくりとしたものに感じられた。

制服警官の男を振り払い、早川腱士が走り出した。観《み》ている者たちから悲鳴めいたものが上がる。猛獣が逃走したかのような騒ぎが起きる。が、早川腱士は両手に手錠がかかっていたから、バランスを崩し、転び、結局、捕まる。死にたくないと早川腱士はひとしきり喚《わめ》き、お辞儀を何度もし、命乞いをした。顔を振り回し、絶叫する早川腱士の表情は、田沼継子が今までに見たこともない人間の形相で、苦痛や慄《おのの》きが顔面から噴き出しているように見えた。

警官たちはほとんど表情を変えず、木材でも運ぶかの如く、淡々と、早川腱士をその斬首台に押さえつけた。パネルから、首と両手を出すため、こちらからは早川腱士の顔が見える。

早川腱士が、こちらを向いた。

田沼継子は自分の背筋が震えるのを感じる。早川腱士の顔に大きな穴が一つ開き、そこから別の小さな生き物が蠢《うごめ》いている。と思えばそれは、開かれた口の中で、舌が痙攣《けいれん》し、動いているのだった。

この瞬間、あの憎らしい早川夫人はどのような顔をしているのか。田沼継子はとっさにそう思い、あたりに視線を泳がせた。夫の無残な姿を目《ま》の当たりにし、顔面蒼白となっている彼女の姿を一目見たかった。

近くには見当たらない。

かわりに見覚えのある男がおり、いったいどこで会ったのかと記憶を辿《たど》った。

郵便配達員だと気づいたのは少ししてからだ。いつも赤い車両で荷物を運んでいるのではなかったか。今日は私服であるが、休みなのか。制服を着ていないと違和感があった。

やがて、ここまで見れば充分、と思ったわけではないが、田沼継子は近所のスーパーマーケットでの安売り時間を思い出し、その場を後にすることにした。今なら、空《す》いているかもしれないと考えはじめている。

「あの」と声をかけられたのは、広場を出かかったところだ。背広を着た男がいた。顔つきは若いが、白髪がやけに目立つ。「どう思われましたか」

「はい?」

「見るに見かねて、広場から出てきたんですか」

それはどこか人の気持ちを決めつけるかのような言い方で、しかもまったく外れているものだから、田沼継子はむっとした。「いえ、別にそういうわけでは」

「あ、そうですか。失礼しました」

一の七

「見るに見かねて、広場から出てきたんですか」仙台の東口広場の出口で田沼継子にそう声をかけた背広の男、臼井《うすい》彬《あきら》は、その一年前、千葉市の自宅で、テレビを眺めている。

「だからね、斬首が暴力的だ暴力的だと言いますけれど、社会的に事件を起こそうとしている人間がもともと暴力的なわけで」画面の中で、髭を生やした四角い顔の男が唾を飛ばしている。「じゃあ、何ですか、放っておいて、爆破事件なり、ウィルステロが起きたりするのを待っていろってことですか」

「そういうことじゃないんですよ」こちらも髭を生やした四角い顔だったが、別の男が言い返す。「ほかの方法もあるんじゃないか、ってことですよ。だってどう考えても、非人道的でしょうに。公開処刑ですよ。一般の人間の前で首を刎《は》ねるなんて。いつの時代ですか。しかも十六を過ぎたら未成年も」

「十六歳から女性は結婚もできますからね。処刑ではなく、予防と思えばいいんですよ。地域の安全を守るための場なんですから。『平和警察』という名称なんですし」

「そんなのは、『病気保険』を『健康保険』と言い換えるのと同じで、印象操作です。公開殺人を、みんなで興味本位に眺めているだけです。子供だって見ているんですよ」

「興味本位なんかじゃないですよ。子供はあれを見て、ああいう風になっちゃいけないな、と学ぶわけじゃないですか。ちょっとしたショックは与えますが、こんなに効果のある教育はほかにないと思いますよ」

左に四人、右に四人、男女がそれぞれ二人ずつ並び、それは、「双方の意見を対等に放送しています」というアリバイ作りのための外見でもあるのだが、「平和警察政策」について議論をしている。

「面白いよね」

テレビ画面を眺めていた臼井彬の横に、妻の臼井紗枝《さえ》が座り、言った。妊娠をきっかけに結婚し、十年が経つ。お互い四十歳となったものの、若者気分が抜けず、つまり依然としてまだまだ自分たちは若いのだと思い込んでいるところはあった。会社の業績も好調になり、生活基盤が安定したことによる安心感が臼井夫妻には満ちている。

「面白い?」「だって、これ右側に座っているのが、あれでしょ、平和警察政策に賛成している人たちでしょ」「そうだね」「そっちのメンバーに与党の議員と、野党の議員が座ってる」「そのどこが」「ふつう、政策の議論のことになると、与党と野党はぶつかり合うものなのに、この場合だけは、どっちも賛成なんだから」

「それくらい、効果があるってことなのかな」臼井彬も言う。

時事問題について辛辣《しんらつ》な批評を行うので有名な喜劇役者の重鎮が、「とにかくね」と低い声を出した。「反対派の方たちには申し訳ないのですが、数字を見てもらえば一目瞭然なんですから」

横から与党議員の男が、パネルを出す。「この、平和警察政策が実施されてからの犯罪発生件数を見てください。それ以前の三割減になっていますし、ネット上での脅迫事件や暴行事件も激減していますし、驚くなかれ、書店の万引き事件は半数以下になっています」

「ただの恐怖政治ですよ。万引きは若年層が起こすことが多いため、子供たちが怖くなって、やらなくなっただけですよ」

「素晴らしいことじゃないですか」

テレビがコマーシャルに切り替わる。臼井夫妻は漫然とその宣伝を眺めていた。しばらくして二人同時に、「でもまあ」と口を開く。言葉が重なったことで、気恥ずかしさと億劫《おっくう》さを感じ、今度は双方が言葉を濁した。

でもまあ効果があるなら悪くないんじゃないの。言いたかった台詞はそれだ。

結果が出ている。その事実は強い。

政策に限らない。野球チームの采配であろうが、劇場公開映画の宣伝手法であろうが、塾での指導方針であろうが、理想や予測、シミュレーションなどより、「結果が出ている」ことが何よりも説得力を持つ。説得力があれば、支持される。少なくとも、「やめたほうがいいのではないか」といった意見は言いにくい。

コマーシャルが終わり議論が再開されると、反対派の大学教授が、「効果があっても、うまくいっているから大丈夫とは言えないんですよ」とゆったりとした口調ながら、強く主張した。「その理屈なら、景気が良ければ環境破壊が進んでも問題ない、バブル景気も反省する必要がない。そうなりませんか？　下り坂で勢いがついているからこのまま行こうぜ、では事故が起きます。『速度が出ている』『結果が出ている』は免罪符にはなりません。ブレーキは必要です」

千葉県が「安全地区」となり、その調査と管理がはじまったのは七ヶ月前だ。はじめの二ヶ月は大きな動きがなかった。誰かが捕まったというニュースはおろか、調査を受けたという噂すら聞かず、それは臼井彬の同僚が表現した、「税務調査みたいなものですかね」という物言いがぴたりの感覚で、物足りなさを覚えるほどだった。

五月末に処刑されたのは、押し込み強盗を繰り返す中年の男だった。通常の警察が取り締まる範疇《はんちゅう》の、規模の小さな犯罪者に思えたのだが、強盗で得た金品をテログループに渡していたのだという。それを皮切りに、次々と、危険人物が見つかった。東京湾アクアラインの、海ほたるパーキングエリアでの爆破を企《たくら》むグループが見つかり、仲間が芋蔓式に発見された。さらには、学習塾を経営する男が国家機密の情報にアクセスした罪で捕まり、そこから会社員の男も数人、連行されたと新聞には書かれていた。

九月末、二回目の処刑が行われ、その斬首の現場を見た時は、臼井彬も緊張した。緊張し、恐怖し、興奮した。

壇上で、首が斬られた瞬間、流血や小さな悲鳴はあったものの、シンプルで美しい造形の、斬首装置のせいもあるのか、どこか厳かな儀式がなされた雰囲気が漂っていたのは事実だった。罪の意識と恐ろしさ以上に、達成感や満足感を覚えた。不謹慎を承知で言えば、大掃除や害虫駆除を終えた、すっきりとした気持ちすらあった。

「それにですね」テレビの中で、教授がまだ続けていた。「犯罪者が処刑されて、大変な事件が未然に防がれているのだとすれば、それはもちろん、悪くはないかもしれません」

「かもしれません、じゃなくて、断定してくださいよ」

「ただ、これは政府にとって、都合の悪い人間を片端から処分していく手段にもなりかねませんよ」

「どういう意味ですか」

「罪を犯した人間を処刑するのではなく、未然に防ぐとなれば、誰がいつ捕まり、処刑されるのか分かりません。中世の魔女狩りと同じです。それにほら、噂が絶えませんよね」

「噂？」

「平和警察の取り調べでは、恐ろしい拷問がつきものだ、という話です」教授の口ぶりは、美食家がコース料理の食べ方をレクチャーするような優雅なものだ。

「警察は否定していますし、そのあたりは首相がコメントもしていますよ」

「そりゃあ、実は拷問しているんだけどね、とは言えませんよ」

論客全員が苦笑し、言葉を濁した。

野党議員は、「そういうのは、UFOに連れ去られて手術されちゃった人の話みたいなものですから」と笑い飛ばし、別の男は、「昔の特高警察とかをイメージされているんでしょうが、さすがに現代にあれはないですよ」と手を振った。

そこで教授が、「小林多喜二《こばやしたきじ》の死！」と訴えはじめる。帝国軍隊を批判した作品を書いた小林多喜二はよほど特高警察から憎まれていたのか、逮捕された後、拷問され死亡した。体中が内出血で変色し、腫《は》れあがり、体には釘を打たれたという話もある、と彼は興奮気味に話した。「あれだって、当時からすれば平和のための取り調べだったわけです。特高警察は、それを、心臓発作だ、と言い張ったんですから。どう見ても、拷問された遺体を前に、心臓発作で押し通せる。それが国家権力ですよ」

「昔と今とは違います」議員が顔をしかめる。

「私はどうしても危険に思えてならないんですよ。法改正の流れもあまりに速すぎましたからね」

「しかし、結果は出ています」「だからこれまでも言ったように、結果が出ているからそれで良いとは」「じゃあ、どうしろって言うんですか。この制度をやめろ、とでも?」「私はやめるべきだと思います。見せしめで、国民を押さえつけるのは事実上、独裁政治と同じです」「独裁? いったい独裁者がどこにいるんですか」

矢継ぎ早に言葉が行き交った末に、教授は一瞬、言葉に詰まった。そこでわずかではあるが静かになったところで、カメラに写らぬところで誰かが、「そんなに反対反対って、嵐山さんこそ、危険人物なんじゃないっすか」とぼそっと言った。

嵐山さん、と呼ばれた教授の表情が強張り、困惑したように苦笑するのが画面に映る。ほかの論客たちが笑ったところで、コマーシャルに入った。

臼井彬は背筋を伸ばし、長く息を吐く。胸の内に、黒い煙めいたものを感じる。不安とも恐怖ともつかぬ、思いだった。その得体の知れぬ思いを解消するために、「何とも怖いものだな」と言語化してみたが、それもまた思いとは、ずれている。だね、と隣の紗枝もぼそりと溢《こぼ》した。

お父さん、と後ろから声を掛けられたのはその時だ。臼井彬が振り返れば息子の、泰治《やすはる》が立っていた。二時間も前に自分の部屋に戻り、とうに眠っているものだと思っていたため驚いた。

どうしたの、喉《のど》でも渇いた? 紗枝が立ち上がる。小学四年生の泰治は標準的な体型で、めったに病気もしない。

「外がうるさくて」と半分目を閉じたような顔つきで言う。ずいぶん大人びてきてはいたものの、パジャマ姿はやはり幼い。

外が？　と臼井彬も立ち上がり、リビングの窓に近づくが、泰治は、「そっちじゃなくて、お風呂のほう」と指差す。

脱衣所に入ると確かに、外から声が聞こえた。裏側の住宅からだと分かり、浴室に足を踏み入れ、静かに磨《す》りガラスの窓を開いた。

「どう、お父さん」後ろからやってきた泰治に、静かに、と囁《ささや》く。

外は暗く、風もなかった。が、耳を近づけるまでもなく、甲高い声が耳に入ってくる。やめて、やめて、何するんですか、と泣き叫ぶのに近い。

「あ、弥和《みわ》ちゃんの声」泰治が気づいた。

雲田《くもだ》家の一人娘、弥和の声だ。十年前に住宅地が造成された時、引っ越してきた町内の同期とも言える、家だ。

「やめてください、お母さんを連れて行かないで」と喚く少女の声は、夜道でタイヤを削る車のブレーキ音に似ていた。

直後、人が飛び出していく気配がある。泰治が出て行ったのだ。臼井彬は慌てて後を追う。

道路に黒いバンが停まっていた。街路灯に照らされ、二色で塗られた警察車両であることは分かった。赤色灯は点灯していないが、エンジンはかかっている。

制服の男たちが三人ばかり立っていた。その横に部屋着と思しき恰好で、「弥和ちゃん、大丈夫だから大丈夫だから」と呼びかけている女性がいる。弥和の母親、雲田加乃子《かのこ》だ。紗枝よりも三歳上であるが、同級生の保護者同士だ。

どうして良いのか分からず、臼井彬は気づくと、前にいる自分の息子の体を後ろから抱え、口を塞いでいた。

泰治は暴れた。

体を左右に思い切り揺すると、前に飛び出し、「弥和ちゃん」と声を出す。

暗い中で、そこにいる人間たち全員の視線が一斉に、こちらに向いた。臼井彬はその時点で動けなくなる。「泰治」と後ろから、妻の紗枝が呼んだ。

「ご近所の方ですか」と声を発したのは、弥和を制止していた男だった。背広姿で、肩幅が広い。

はい、と臼井彬は返事をしたつもりだったが、声が喉につかえた。

「こちらの娘さんを預かっていただけますでしょうか」

臼井彬の声はまた、くぐもる。肚《はら》に力を込め、どうにか、「はい」と言えた。

「臼井さん、あの」雲田加乃子に呼びかけられた。

はっと立ち止まるが、臼井彬は顔を上げられない。それは、風邪の感染者との接触を恐れるような、もしくは繁華街の喧嘩を遠巻きにするような、感覚だった。「臼井さん」と怯えの声がまたするが、聞こえぬふりをし、通り過ぎる。

「加乃子さん、これはいったい、どうしたの」後ろの紗枝が、訊ねた。

「わたしも分からないの。突然、やってきて」

「本当に、そうなの？」紗枝の口から漏れた。

「そうなの、って臼井さん、どういう意味」雲田加乃子の声が夜道に、擦過傷を作りそうなほど響いた。「わたしが、なに、悪い人だっていうわけ」

「そういうわけじゃ」紗枝も狼狽し、それから、「ご主人には連絡したの？」と訊ねた。

「連絡つかないし、メールも打たせてくれないの」雲田加乃子が嘆く。「紗枝さん、かわりにメールしてくれない」

あ、うん、うん、と紗枝がスマートフォンを取り出そうとする。が、そこで臼井彬は考えるより先に振り返り、「待て」と言っていた。どうしてそうしたのか、自分でも理解できなかった。

危険人物、という言葉が過った。蝶に紛れ、羽を広げたまま樹につかまる蛾が鱗粉を撒《ま》き散らすように、「危険」を社会にばらまく人間だ。

「ねえ、お父さん、どうにかしてあげて」泰治が大きな声を出した。

臼井彬は慌てて息子のもとに駆けつけ、その体を抱きかかえる。

「この娘さんを預かっておいてください」いつの間にか隣に背広の男がいて、雲田弥和を押し付けられる。

「あ、あのわたし、警察の関係者に知り合いがいるんですけれど」雲田加乃子がぼそぼそと言う。どこかまだぼんやりとした言い方ではあったが、彼女も混乱しているのかもしれない。

「親しかったので、その人に連絡を取れませんか」

「お母さん、そうだよ。あの警察の人、助けてくれるよ」

臼井彬は、どう反応して良いのか分からず、妻と顔を見合わせる。雲田加乃子が、夫に暴力を振るわれているのではないか、という噂は耳にしたことがあった。警察の人、とはそのＤＶの相談を受けてくれた担当者のことを指しているのだろうか。

臼井彬は、雲田加乃子が引き摺られるようにして警察車両に連れて行かれるのを、ただ眺めている。早く消え去ってくれないかと願う気持ちすらあった。

「お父さん」と息子が自分の袖を強く引っ張った。それは不甲斐ない父に怒ったのかもしれない。臼井彬は息子に、「調べて何もなければ」と言いかけた。何もなければ問題がない。すぐに帰ってくる。その場凌《しの》ぎの出まかせではない。冷静に考えればそうなのだ。地域の安全を守るための調査なのだから、雲田加乃子が善良な市民であるのならば、たとえば自分たちのような市民であれば！　すぐに解放されるに違いない。

本当に？　訊ねてくる自分の声が、体の内側で響く。

連行された人間が、戻ってくる確率はいったいどれくらいなのか。先ほどのテレビの討論番組では、数字が出ていなかった。

一の八

「大事なのは気持ちをしっかり保つことだ」加護《かご》エイジが、薬師寺《やくしじ》警視長から声をかけられたのは四年前、平和警察の部署に配属となった日のことだ。薬師寺警視長の役職は、正式には、警察庁刑事局平和警察課課長となる。

加護エイジは、「あ、はい」と背筋を伸ばした。

警察学校での、半年間の新人研修は予想していた以上に厳しかった。早朝の集団点呼からはじまり、清掃やテキストを使った授業、講師による講演、武術指導、テスト勉強で一日が終わる。携帯電話は使用禁止であったが、そもそもが誰かとメールのやり取りをする余裕もなく、同期の中でも、精神的にまいり、早くも退職を考える者が一人ならずいた。警察官として必要な知識を得て、基本的な動作を吸収するには必要なことだと加護エイジも理解していたものの、同期ののんびりとした者のミスのせいで連帯責任の罰則を受けることや、理不尽な筋力トレーニングを課せられることには納得がいかず、欲求不満と怒りが燻《くすぶ》る日々だった。やっと研修が終わったことにほっとしたが、配属先が平和警察であることには、緊張以上に喜びを感じた。

「大丈夫です。こう見えて、神経は図太いほうなんで」加護エイジは、薬師寺警視長に答えた。

「それは知っている」

「え」

「おまえがこの部署に配属されたということは、つまりそういうことだ」

薬師寺警視長は大きな体をしていない。どちらかといえば小柄、眼鏡をかけた国語教師といった風情で、たとえば取っ組み合いとなったらすぐに組み伏すことができるような体格なのだが、実際に前に立つと、近づくことに抵抗を覚えるほどの、不気味な迫力を感じる。斑《まだら》模様の蠢く蛇や、黄色と黒の有毒の蜂を前にした感覚と似ていた。ちょっとした動作や顔つきの変化だけで、相手の命を脅かすかのようだ。

「そういうこと、とはどういう意味ですか」

「適性検査でおまえの神経が太いと認められた。そうじゃなければ、ここでの仕事は務まらない」

加護エイジは自分の内側がそわそわと、くすぐったさと痒《かゆ》みを伴い震えるのを感じる。その正体については察しがついている。嗜虐《しぎやく》心だ。加護は、おまえという奴は人が悪い、人をいたぶるのが好きだ、サディストだ、Sだ、人の心がない、鬼だ、と過去の人生でさんざん言われてきた。自覚もある。そのどこがいけないのか、むしろそう言われることのほうが不思議でならなかった。世は弱肉強食、と改めて言うまでもないほどに明確に、世の中は弱肉強食だ。他者を痛めつけることは強者の証拠であり、他者が痛がることは、自分が強いことの実感とも言えた。

「俺が、気持ちをしっかり持て、と言ったのは、別段、おまえが尋問に臆すると思ったからではない」薬師寺警視長が無表情で言う。「その逆だ」

「それはどういう」

「この部署に配属された人間は、他人への同情や罪悪感で潰れることは少ない。かわりに、尋問の度がすぎる可能性が高い。ようするに」薬師寺警視長は、加護エイジに顔を少し近づける。「やりすぎて、容疑者を殺してしまう」と囁く。

加護エイジはびくんと体を震わせた。自分の心の正体を突かれた感覚だった。

「おい、加護、行くか」後ろを通り過ぎる人影が言う。体を捻《ひね》れば、先輩にあたる肥後武男《たけお》が部屋から出るところだった。

薬師寺警視長に頭を下げ、加護エイジは後を追う。

廊下で並ぶと肥後が、「何言われたんだよ」と肩に手をかけてくる。「警視長は迫力あるだろ」

顔はひょろ長く、目つきが悪く、眉が薄い肥後は、地元の不良が警官になった、という風貌だった。加護エイジよりも五歳年上で、部署では加護より二年先輩となる。

同調していいのかどうかも分からず、加護エイジは曖昧に答えた後で、「平和警察を作ったのが、警視長だというのは本当なんですか？」と訊ねた。

「だな。発案、主導は、警視長みたいだな。もともと頭がいい人なんだよ。冷血でな」

「冷血ですか」俺よりもですかね？　と加護エイジは言いたくなるのを我慢した。実際、警視長の冷酷さを表すエピソードは、加護エイジも耳にしたことがある。「部下を、盾代わりにした、って言いますよね」

「三回」

「え？」

「警視長、銃で襲われたことが三回あってな、三回とも横にいた部下が咄嗟に盾代わりにされた。反射神経がいいんだか悪いんだか。なるべく、警視長の横には立たないほうがいいぞ」

さすがに、部下の命をそこまでぞんざいに扱っては立場が悪くなるようにも思うが、そうはなっておらず、むしろ警視長は力を強くしている。

「上のほうからは、評価されているからな」と肥後は言う。

とはいえ、警視長は胡麻《ごま》を擂《す》るような人物には見えなかった。

「まあ、部下を盾代わりにする、なんてのは偉い奴らからすれば、別に、ゆゆしきことじゃねえんだよ。むしろ、上の奴らはみんな、部下は盾になれ！　と教科書に書きたいくらいだろ。それに警視長は何考えてるか分からねえから、お偉いさんたちもびびってるんだろうな。それより、加護、おまえ、緊張してるのかよ」

「あ、そうですね。緊張しています」

「慣れればここは天国だぞ」

「天国ですか」

「まあな」肥後は自分が持っている容器に目を遣《や》ると、「これ、何だか分かるか」と掲げた。理科の実験で使うビーカーそのもので、透明の液体が八分目くらいまで入っている。掻き混ぜるためなのか、細いガラス棒もある。歩く速度が遅いのはこれを持っているせいか、と加護エイジは気づく。

「これはな、濃い硫酸だ」肥後の言い方には、自分の子供の写真を見せびらかすのにも似た喜びが滲《にじ》んでいる。

「硫酸ですか」

そう答えた直後、信じられないことが起きた。肥後がガラス棒をつまみ、素早く動かしたのだ。ビーカーの中の液体が弾かれ、加護エイジの襟元にかかった。悲鳴を上げ、飛び退《の》く。同時に、かっと来た。他者を痛めつけることは喜びだが、自分が攻撃を受けることには腹が立つ。反射的に、体の芯が燃え、相手につかみかかりたくなった。

「怒るなよ」肥後がけたけたと笑っている。「悪い悪い。こいつは水だっての」

「え」

「ただの水だ。まあ、水はただじゃないけどな」

「何で硫酸とか言ったんですか」

「な」「な？」

「いいか、これは硫酸です、と言われたら人は意外にそう受け入れちゃうものなんだって。水かどうかなんて、素人目《しろうとめ》には判断がつかないしな」

「そもそも、硫酸が何色なのかも分かりませんよ」

「だから、使えるんだ」

「何に使うんですか」

肥後は瓜のようにひょろ長い顔をふわっと緩めた。「もちろん仕事だよ」

仕事に硫酸？　と訝ると、肥後は目を細め、とうとうと説明をはじめる。「いいか、今、俺が取り調べをしている危険人物は、窪田《くぼた》というおばさんでな」

電子ファイルによれば、年齢三十五歳で、夫は五歳年上のイラストレーター、小学生の息子が二人いる。「普通の専業主婦のようでも、やはり、危険人物なんですね」

「まあな」肥後の言い方は曖昧で、にやけているがためにどこまで本音を口にしているのか、加護エイジには把握できない。

「その窪田梨香《りか》が個人的に運営している通販サイトがあるんだが、そこの顧客に、危険人物がいた」

「窪田梨香も危険人物ということですか」

「まあ、情報はいくつか集まっている。市内の正義感溢れる市民の方たちからの情報が。ただ、窪田のおばさんはなかなか口を割らない。知らない、わたしは関係がない、家に帰りたい、と喚いてる。息子が心配だ、と。もちろん嘘じゃないだろう」

「はい」

「まあ、だからといって、大きな問題はない。俺たちは技術を高めてきているからな、尋問についてはかなりのエキスパートだ。いくらでも方法はある」

加護エイジは強くうなずく。尋問の技術は、研修でもさんざん習った。冷房器具を暴走させ、相手を衰弱させ、肉体が壊れる恐怖を与えることからはじまり、身体をつかむ際に激痛を与えるやり方もあった。

「いいか、窪田梨香のような種類の人間に一番、効果的なのは」

「何ですか」「子供だ」

「子供？」加護エイジは聞き返したものの、その時点ですでに、自らの心が弾むのが分かった。

「子供の身に何か危険が迫る、となれば冷静ではいられない。たとえ、黙秘を続ける強靭《きょうじん》な精神力を持ち合わせていたとしても」

「しても？」

「息子が危ない、となれば、『本当のこと』を話すだろうな」

「本当のこと」加護エイジはその言葉を口の中で反芻《はんすう》する。それが何を指すのか、一瞬分からなくなりそうだったからだ。つまり、子供を脅しに使って白状した内容が、「本当のこと」であるのかどうか、素朴な疑問を覚えた。それはすでに、「本当のこと」ではなく、「相手に許してもらうための言葉」ではないか。

「そこで、このビーカーの登場だ」歩きながら肥後は、手に持った透明の液体を透かすようにした。「中に入っている液体は」「水です」「本当はな。ただ、窪田梨香にはそうは言わない」

加護エイジは察する。「硫酸」

「だな。硫酸かもしれない、と言おう。で、何も知らず、『健康診断だよ』と言われて、パンツを下ろした息子のちんちんに近づける」

わあ、と加護エイジは声を上げそうになった。悲鳴ではない、歓声だ。

「子供の大事な部分を、硫酸に漬けられそうになって、意地を張る母親はそうそう、いない。俺の母親くらいだろうな」肥後が笑う。

さあここだ、と通路の途中で言われた。ドアがあり、少し離れた先にもう一つ、あった。

手前のドアノブに手をかけ、「じゃあ、いろいろ俺のやり方を見て、学ぶようにな」と肥後が振り返る。

はい、と加護エイジは背筋を伸ばした。

「でもまあ、おまえなら大丈夫だろうな」

「はい？」

「今、硫酸のくだりを話していた時、目をきらきらさせてたからな。向いてるんだよ」肥後は笑うでもなく、真面目な口調で言った。

はい、と加護エイジは、きびきびと返事をした。

一の九

「高いところに鉄棒があって、そこにぶら下がります」金子《かねこ》教授は言った。黒板やホワイトボードがあれば、今にもそこに、図や数式を書きはじめるような、講義慣れした言い方だ。

が、そこは、黒板もなければホワイトボードもなく、仙台駅前のビル五階、ダイニングバーの個室に過ぎず、集まっているのも、「学生」や「生徒」を卒業し、ずいぶん日が経つ成人男性ばかりだ。教授を含め五人が集まっている。数日前に関東から来た臼井彬と、仙台に住む男たち三人だ。

「だいたい、何分くらい、ぶら下がっていられると思いますか？」

金子教授が周りを見回した。みな、ビールを飲みながらも酔った気配はなく、飲めば飲むほど素面《しらふ》になる、といった真剣な面持ちだった。

「ぶら下がる時間ですか」

「だいたい三分もできたら、大したものです。ほとんどの人は一分ももちません」金子教授は五十代で、小柄だったが古臭い眼鏡の奥にある目には、使命感に満ちた力強さがある。そこにいた蒲生はそう感じた。

「蒲生君なんかは、ほら、筋骨隆々だからずっとできそうだよな」水野善一《みずのぜんいち》が言った。五十過ぎの無職の男だ。市役所に勤務していたものの、事情があり退職したという。高校生の娘が相手にしてくれない愚痴を、売れない芸人の受けない持ちネタのように、しょっちゅう口にする。

先ほども、一昨日、床屋に行ったところ財布を忘れ、それを娘に持ってきてもらおうと思ったが、すげなく断られ、かちんと来たものだから床屋のヘアーエプロンをつけたまま家に帰り、娘に説教をしたのだ、と嬉しそうに話した。そんなことをしたら、娘にはますます嫌われるだろうに、と蒲生は思った。

「確かに蒲生さん、体格がいいですよね。何をされているんですか」臼井彬が訊ねてくる。

スポーツ選手、とりわけ格闘技系の運動に携わっているのではないか、と蒲生はよく勘違いされる。あくまでも自分の健康維持のために、筋力トレーニングに励んでいるだけなのだ、と説明する。

「ほら、蒲生君の乗ってるバイクもすごいじゃない。何か、でかくて未来っぽくてさあ。運動能力が高くないと、乗れないような」

「いえ、みんな乗れますよ。普通のスクーターです」蒲生は噴き出してしまう。二五〇ccのスクーター、マジェスティは流線型で、ＳＦの乗り物じみてはいるが、かと言って珍しいものでもない。

「私は不動産屋勤務の、会社員ですよ」

「鉄棒に三分くらいなら余裕で、ぶら下がっていられそうですけどね」逸《そ》れた話題を戻すかのように言ったのは、生真面目そうな、黒縁眼鏡の若者だった。田原彦一《たはらひこいち》という。

「田原君、そこなんだよ」金子教授が指揮棒でも振らんばかりの勢いで、鋭い声を出した。

「そこ？」

「三分くらいならできるような気がする。だから、みんな、それに賭けてみようと思ってしまう」

「賭ける？　どういうことなんですか」

「いいかい、もはや、平和警察は取り調べをまともにする気なんてないんだよ。いや、『もはや』という言い方も違うかもしれない。もともとなかったようなものだろう。社会の治安を守る、平和を守る、はあくまでも名目に過ぎなかったからね。生贄《いけにえ》の魔女を見つけ出せればそれで良かった」

「生贄ですか」蒲生は個室のドアが閉まっているかどうか、無意識に確認する。

「指導者が、国民を一つにまとめるのに必要なのは、分かりやすい敵を見つけること。よく言われるだろう。それだよ」

「そういえば、昔、リストラ担当の男が大型犬に嚙み殺された事件があったじゃないですか」蒲生は以前、聞いた話を思い出した。「あれが、この制度のはじまりだって聞きました」

金子教授がうなずく。「そうだね。はじまりというか、きっかけというか。いや、あの時にはすでに始まっていたんだ。あのリストラ男はやってもいない罪で取り調べを受けた。以前からよくある、痴漢冤罪も原点の一つかもしれない。いけ好かない相手に、痴漢の罪を着せて、陥れる。それの拡大版だ」

「そこにさらに処刑イベントをくっつけて、国民を引き締めることにしたわけか」水野が苦笑する。

「誰でもいいんだ。みなが、欲求不満をぶつけることができる標的ならば。さらには、自分はああはなりたくない、と萎縮することになるのなら、最適だ。人間を統率する効果的なやり方は」

「やり方は？」

「誰かをこっぴどく痛めつけて、他の人間を萎縮させることだ。街の若者グループも、企業の派閥闘争も、みな同じでね。ああはなりたくない、と怖がらせるのが手っ取り早い」

「そのために平和警察は、取り調べをしているということなんですか？」田原が顔をしかめる。

「取り調べとはいえ、やることといえば、痛めつけて、『わたしが魔女です』と白状させるだけなんだが」蒲生はそれを聞き、自分の鼓動が少しずつ速くなることに気づきはじめる。興奮の正体は、憤りと憎しみの入りまじったものだ。一方的に容疑をかけられた無実の人間が、恐ろしい尋問で、肉体をおもちゃのように破壊され、やってもいない罪を白状させられる。人数差によるリンチや一方的な暴力を思わせる。

宮城県での一回目の処刑が行われた際、蒲生はその広場にいながら気分が悪くなり、こんな酷《むご》い場にいてはならない、と途中で立ち去ろうとした。その時に、「見るに見かねて、広場から出てきたんですか」と声をかけてくる男がいた。それが臼井だった。

「人権派の金子教授を囲む会、金子ゼミと呼んでいるんですが、それを仙台でもやろうと思っていまして」

蒲生が参加する気持ちになったのは、平和警察に連行された人間が、ことごとく危険人物と認定され、東口広場で公開処刑されていく状況に、「有無を言わせぬ強権的な力」の不気味さを感じていたからだった。

同じ町内に住む男性が連行され、危険人物と認められた事実も影響していた。「どこからどう見ても、ごく普通の無害な父親と思しき岡嶋さんが、なぜ」と首を傾げたくなった。が、その首を傾げる姿を他者に見られてはならぬような、そういった恐怖心があるのも事実で、そのこと自体が蒲生は怖かった。

「蒲生君は、正義感が強いから」別れた女性から言われたことを思い出す。「気を付けたほうがいいよ」

「どうして」

「ほら、この間もバスに乗っていた時、後ろから郵便配達の車が突っ込んできたんでしょ」

「あれは大変だった」乗降中で停車していたバスに、居眠りしていた郵便配達車両の運転手が、そのまま車をぶつけてしまったのだ。速度が出ていなかったため、大きな被害はなかったが、郵便配達車両の前半分はかなり潰れ、運転手は出てこられなくなった。

それを蒲生や別の乗客が手伝い、救出したのだ。

「あれだって、正義感から助けてあげたんだろうけど、そういうのってやっぱり、偽善っぽい気がするでしょ」

「偽善？　どういう意味で」思いもしない批判を受け、蒲生は当惑した。

「だって、困っている人を助けたとしても、困っている人なんて、たくさんいるんだよ。あちこちに。なのに別に全員を救えるわけじゃないし」

「だからといって偽善とは違うだろう」蒲生は反論した。

「前に言ってたでしょ。床屋だか居酒屋の人の話で」彼女が言う。「おじいさんが宝くじに当たったっていう」

「ああ」蒲生自身もすっかり忘れていたが、確かに、聞いた話だった。

「偽善者だって言われて、結局、自殺しちゃったんでしょ」

「いや、その、おじいさんは偽善なんかじゃなかったんだ。ただの、いい人だっただけで、それを偽善と罵《ののし》る人間のほうが普通じゃなかったんだ」蒲生は説明したものの、理解してもらえなかった。

とにもかくにも蒲生は、使命感や正義感に突き動かされる傾向があり、三十年の人生の中で、そのことを自ら把握してはいるが、抑えられないものはあった。

その性格ゆえ、この金子ゼミに参加する決意をした。岡嶋と深い付き合いがあったわけではない。むしろ、同じ町内の住人といった程度の関係ではあったが、それでも、岡嶋が危険人物とはとうてい思えなかった。もし、岡嶋が無実であるのならば、そのことから目を逸らすことはできない。

「で、教授、さっきの鉄棒の話がどうしたの」水野が馴れ馴れしい物言いで、訊ねる。

「ああ、そうだね」金子教授がゆっくりと首を振る。ビールの入ったグラスを持つが、口に運ぶ気配はない。まるで、マイク代わりのようだ。「いや、ようするにね、今や取り調べは、罪を告白させるためのものではなくて、警察官たちのサディスティックな欲望を満たすための、娯楽じみたものになっている可能性が否定できない」

「娯楽？」

「私が聞いたところによるとね、どうやら、平和警察に集められているのは、警察の中でも嗜虐趣味のある者ばかりなんだ。サディストだよ。もちろん、はじめは治安を守るための使命感で働いていたのが、だんだんと、容疑者を拷問することに興奮する者が増えてきた。そして、興奮すればするほど新しい刺激が欲しくなる」

「どういうことですか」

「たくさんの拷問方法が発明されるんですよ」ずっと黙っていた臼井彬が、ぼそっと弱々しいながらも声を出した。

「たとえば、娘のいる男にこう脅す。『おまえの罪で、娘も尋問することになった』と」

「娘も尋問？」

「自分が受けた拷問のことから考えれば、父親としてはとてもじゃないけれど、娘を同じ目に遭わせられない。やめてくれ、やめてください、と懇願する」

独身で、子供を持たない蒲生にもその、父親の恐怖はある程度、想像できた。自分でも耐えられない拷問に、幼い子供が耐えられるわけがない。

「すると、平和警察の一人がこう提案する。『チャンスをあげますよ。もし、その高い鉄棒にぶら下がり、三分間耐えられれば、あなたを解放しますし、金輪際、あなたの家族にも嫌疑はかけません』と」

むちゃくちゃだ、と蒲生は失笑した。それはもはや、危険人物の割り出しや調査とはかけ離れている。そして、それと類似したものを自分は知っている、とも思った。

小学生の頃、クラス内で起きた、いじめだ。

特定の少年が常に茶化され、軽い暴力を定期的に受け、みなの前で恥をかかされ、そのたびに半べそになった。無茶苦茶な理屈と口実で、いじめられる側は言われるがままになった。当時の蒲生は、その同級生をみじめに感じずにはいられず、いじめを行う生徒に怒りを覚えたものの、歯向かう勇気もエネルギーもなく、結局、見て見ぬふりをして、やり過ごした。そのことを蒲生は今も、悔いている。あれで良かったのか、何かやれることはなかったのか、との思いが、胸の中に張られた蜘蛛《くも》の巣のようにへばりついていた。

「で、どうなるんですか」田原は平静を装ってはいたが、唾を飲み込まずにいられない。

「鉄棒につかまった父親は」

「サディストにとっては、見ものだろうね」金子教授は瞼《まぶた》を閉じ、細く息を吐き出す。「父親が、娘を守るために、腕を震わせながら必死に鉄棒につかまっているんだから」

蒲生は自分の鼓動が怒りで速くなっていることに気づく。呼吸も荒くなっている。「どうなるんですか」と前のめりになって訊ねた。

「無理だよ。三分以上、ぶら下がっているなんて。しかも焦れば焦るほど手は滑りますからね」

「教授、それ、本当にあったのかい」水野がそこで声の調子を変え、目を丸くした。「てっきり、譬《たと》え話だと思って聞いていたが」

「実話なんですか」田原が首を伸ばしている。喉仏が動くのが、蒲生の席からも見えた。目が潤んでいる。興奮しているのか、驚いているのか、それともその両方なのか、と蒲生は感じた。

「実話ですよ」と答えたのは、臼井彬だ。企業の管理職といったところなのか、若々しさとともに落ち着きもある。口数は多くないのか、話は金子教授に任せ、相槌役に徹している様子でもあるのだが、重々しく言う。「私の近所の方が、危険人物として捕まりました。はじめは奥さんのほうが、その後で、ご主人が。そこの家庭には、うちの息子の同級生がいました」

千葉県が安全地区の時、臼井彬はそこにいたのだという。

臼井彬がテーブルの上に出した拳をぎゅっと握るのが、見えた。目が潤み、充血が窺《うかが》えた。初めてじっくり話をした際、臼井彬は、「連れ去られる隣人を救うことができず、ただ傍観していただけだったことの罪悪感で、まいってしまい、だからこの金子さんの手伝いをはじめました」と切実な顔つきで言った。

「本当にそんな腐った組織なのかよ。警察が？」水野はまずいものを食った顔つきになる。

「何でもアリじゃねえか」

「何でもアリです」金子教授はうなずいた。

「でもよ、俺たちに何ができるんだ。あんたはこの仙台までわざわざやってきて、どうしようってんだ」

「水野さん、その話をしましょう」金子教授はそこでテーブルの上の食器を脇にどかした。臼井彬もグラスを避《よ》け、空いた皿を重ねる。

タブレット端末を広げた。畳まれているカバーを広げると、A3サイズになる大きなものだ。研究所や商業施設で使われるものだと聞いたことがあるが、蒲生は実物を見るのは初めてだった。電源を入れると、地図が表示される。

「仙台市内の様子です。衛星写真をもとにしていますが」臼井彬が表示された画面を指差す。

「今、危険人物と見做《みな》された人間が、どこで尋問を受けているか分かりますか」

「このビルです」金子教授は持っていた箸で、画面の中央を指した。赤く点滅する建物があった。「県の合同庁舎を改築して、取調室を作っています。防音の、広い空間で、拷問に適した部屋を。各県を巡回するごとに、施設の設備は工夫されているんですよ。どういった施設にすればいいのか、どういったレイアウトにすればいいのか、と考えられ、どんどん完成度が高くなっています。人間はどんなことについても、効率化を図りますからね。そして仙台における、平和警察の取調室の場所は」と言った後で、タブレットの画面を指す。「ここだそうです」

「中に入る手順についても、情報を得ています」臼井彬はグラスの中のものを飲み干した。

「中に入って、どうするんですか」

「盗聴、盗撮の機器を設置します」臼井彬が言う。「拷問の証拠を」

「そんなことが可能なのか」水野が顔をしかめる。

「そのために」金子教授の声がそれまでとは少し異なり、引き締まり、冷たさを纏《まと》った。

「そのために、こうして集まってもらったんですよ。信頼できる御三方に」

臼井のビラに興味を持ち、連絡を取るとはじめはホテルの大会議室で開かれるセミナーめいたものに呼ばれた。「人権と公権力について」をテーマにした講義だった。二十人以上の参加者がいたのだが、次に案内が来て、今度は小会議室が手配されており、参加人数はほぼ半数になった。臼井ともう一人別の人物が、「平和警察の仕組み」について話す。ただ話を聞くだけではあったが、おしまいに感想を述べさせられ、蒲生は自分の思うところを話した。その次の回の時点でこの三人、蒲生と水野、田原というメンバーになっており、臼井は、「金子教授に会ってもらうために、信頼できると思った方だけを選ばせてもらいました」と話した。

「実行するのは再来週《さらいしゅう》の月曜日です。みなさんの予定をまとめてみたところ、その日であれば全員が集まれますから」

蒲生たちはしばらく無言だった。どう返事をしたものかためらいがある。

金子教授はさほど興味もないのか、唐揚げに箸を伸ばしていた。

「質問していいかな」水野が手を挙げた。

「どうぞ」

「それって今までにやったことがあるのか」

「それ、とは？」

「今、安全地区はこの街だ。だから、先生たちは俺たちを誘った。今までほかの街が安全地区の時、そこの人間で試してはいないのか」

臼井彬が首を左右に振る。「今まで作戦を立てたことはあっても、実行までは行きませんでした。条件が合わなかったからです。何箇所かではやはり、セミナーや勉強会を開いたのですが、みなさんのように信頼でき、頼れる人が実は見つからなかったのです。いてもせいぜい一人といったところで。ただ、この仙台ではみなさん三人がいました。だから、やっと、私たちも実行できるんです」

そう言われると蒲生は、自分の参加にも意味があったのだとほっとする気分になった。

「もし、過去にやっていたのだとしたら、成功していたとしても、失敗していたとしても、私はここにいませんよ」金子教授が静かに言った。

「とにかく、おぞましい拷問を愉《たの》しむ奴らを、許したくはありません」臼井彬が声を絞り出した。

その通りだ。蒲生は自らの内に潜む正義の思いが、熱を発するのを感じる。頭に過るのは、青い衣装に赤のマントをつけ、空から颯爽《さっそう》と現われ、悪人を次々と滅ぼす、いわゆるヒーローと呼ばれる者の姿だった。それになりたい、と蒲生は思う。

一の十

ねえ、玲奈子《れなこ》のお父さんって今、何やってるの？

バスで隣の席に座る同級生、胡桃《くるみ》が言った。

水野玲奈子は窓の外、バス車両の揺れに合わせて住宅が動くのを眺めていたが、横にいる胡桃に顔を向ける。「何もやってないよ。たぶん、求職センターにもあんまり通っていないだろうし」

「え、どうやって維持してるの、生活」

「退職金ですなあ」水野玲奈子は感嘆するように言う。「退職金や、ああ退職金や、退職金や」と詠《うた》い、「芭蕉《ばしょう》」と付け足した。

「わたし、子供の頃から、玲奈子のお父さんって、大人の鑑《かがみ》だと思っていたんだから。背広きちっと着て、ネクタイばっちりで、髪の毛もぴっちり」

「昔はね。わたしもそういう印象持ってたかもな。真面目に役所で働くお父さん、って感じで。まさか、辞めることになるとは想像もしていなかったし」

バスの車内を見渡した後で、胡桃が声を落とし、「でも玲奈子のお父さん、濡れ衣だったんでしょ。超悔しいじゃん、それ。納得いってるの」と言った。

「濡れ衣というか、まあ、不祥事の責任を取らされたみたいよ」水野玲奈子は、父のやけにのんびりした反応を思い出し、溜め息を吐く。

バスの車内を見回す。高校の部活が終わった帰りで十八時前だった。老人や買い物帰りの婦人がいるものの、乗客が大勢いるわけではない。

「でもさ、不祥事自体は別の人がやったんでしょ。責任を、玲奈子のお父さんが被るなんてひどいよ。ほら、玲奈子のお父さん、正義感強かったから」

「単に、いい恰好したいだけなんだよ」

「そうかなあ。まあ、世の中には、もっと悪い人がのさばってるんだし、平和警察、ちゃんと取り締まってるのかなあ」

水野玲奈子は反射的に、しっと指を立てる。

「しっ、って玲奈子、どうしたの」

「だって誰かに聞かれてたら怖いから」

「何が？」

「その、平和警察のこととか喋ってると、危険人物と思われそうだし」水野玲奈子は言ってから、そうか自分は平和警察のことを怖がっているのか、と気づいた。

「あれって結局、チクり合戦みたいなもんだよね」胡桃が億劫そうに言う。「先に誰かがチクっちゃえばチクられた奴は処刑されちゃうんだし。もう、早い者勝ちというか」

「そんなに簡単なものじゃないだろうけど」水野玲奈子は少し笑ってしまう。停留所に止まり、前方の老人が降りていくのを眺める。「だって、危険人物かどうかはちゃんと調べるんだろうし」水野玲奈子は言いながら、処刑を見た時のことを思い出した。同じクラスの勝《かつ》馬《ま》将《しょう》太《た》たちが、「おい、水野一緒に行こうぜ。すごいらしいぜ」と誘ってくるため退《ひ》くに退けず、自分が子供ではないことを示すためだけに、東口広場に出向いた。人がぎっしりと集まる様子に、七夕祭りやサッカーの公衆観戦の時のような賑やかさを感じ、これは楽しそうだと気持ちが落ち着いたが、いざ壇上で、「それ」が行われると体が硬直した。いくら、「危険人物」とはいえ、人の命がその場で奪われる場面には、ぞっとするほかなかった。あまりの呆《あっ》気《け》なさに、あまりの静けさに、そして普段であれば、教師たちがいくら叱っても私語をやめない勝馬将太たち男子生徒がいちように無言で、壇上を見やり、しかもその瞳がぬめるように光っていることに、背筋が寒くなった。勝馬将太たちだけではない。まわりの大人たちの鼻孔が広がり、目は輝いていた。嫌なものを見た、としか思えなかった。

　チャイムが鳴る。胡桃が手を伸ばし、「降車ボタン」を押したのだ。

バスが交差点を左折し、速度を落とし、青葉神社前の停留所に止まる。

「でも、正直、わたしからすれば、平和警察の処罰する危険人物なんかよりも、私立の、アイドゥサークルのほうがずっと怖いし、死んでほしいけどね」バスを降り、胡桃が顔を歪める。持っている通学鞄はいつも通り、ぺしゃんこだ。

「アイドゥって何だっけ」

「ほら、金持ち私立の新設校あるでしょ。大学。あそこにあるんだって。みんなで女子高生を連れ去って、性の餌食《えじき》とするサークルが。『やれる！』っていうんで、アイ・ドゥなんだろうねえ」

やれる、だったら、アイ・キャン・ドゥではないのかと水野玲奈子は疑問を感じつつも、頭の血が熱くなる。同時に、東口広場で目撃した、勝馬将太の目の暗い輝きを思い出す。

「性の餌食、って言い方がすごいね」

「でしょ。結構、襲われてるらしいよ。ワゴンみたいなのに無理やり引っ張り込んで、連れて行くんだって」胡桃が唾を飲み込むのが分かった。

うわあ、と水野玲奈子は顔をしかめ、体の肉が透けるような思いに駆られる。無防備な芯だけの姿となり、その脆《もろ》さに震える。

「しかもさらに最低なんだけど」

「今の話以上に？」

「以上というか、以下というか。何かね、女子高生を襲うでしょ。で、自分がやられたくなければ誰か別の奴を教えろって言うらしいの」

「別の奴？」

「襲ってもいいと思う女を指名しろ、そうすれば逃がしてやらんこともない、ってわけ」胡桃は言ってから、「これもまたチクリの話だよね。チクリブーム来たね、これは」とやはりあっけらかんとした言い方をした。

「ひどい。そんなの、被害者が、加害者みたいな気持ちになっちゃうじゃん」

「アイドゥの馬鹿たちはさ、『俺たちも悪いが、知り合いを売ったおまえも共犯だ』とか言っちゃうらしいよ」

水野玲奈子は溜め息を吐く。「胡桃、詳しいね。そういう話、どこで仕入れるの？」

顔に影が差すように、胡桃の表情が曇ったため、そのことに水野玲奈子は不安になる。が、何を言っても安心を得られるとは思えないため、仕方がなく、通常の雑談、好きなバンドの新譜のことやテレビドラマの展開についての会話に移行し、そうこうしているうちに胡桃の家との分岐まで来た。じゃあ、また明日。そうだね明日。

が、その明日が来るより前に、水野玲奈子は遭遇することになる。私立大学生の最低なグループに、だ。

自転車で塾に行った、その帰り道だった。

あたりは暗い中、コンビニエンスストアの近くだけは明るく、光を放っている。水野玲奈子は店から出て、自転車に乗ったところで声をかけられた。男は、見るからに怪しい軽薄な若者！　ではなく、清涼さ満点の好青年であったのだが、水野玲奈子は気を緩めず、「関係ないので」と手短に拒絶の言葉を発し、立ち去ろうとした。が、清涼満点男はさらに、「ちょっとこっちにお願い。水野さんでしょ」と苗字《みようじ》を口にしたため、さすがに水野玲奈子もぎょっとした。よりいっそう頭の中では警報が鳴る。力強く、ペダルを漕ぐほかない。すれ違う自転車がいて、こちらを眺めているように感じるが、目を合わせることはできなかった。

十字路の信号が赤になった。無視して、そのまま走り抜けることも考えたが、ちょうど脇から黒い車が顔を出したため、停車する。

郵便局の車両が右から左へ通り過ぎていく。その車体の赤色が警告を発しているようにも見えた。

後ろから人が通りかかった、と思った時には、左に男が立っていた。胸板の厚い、色黒のラガーシャツを着た若者だ。さっきの清涼満点男とは別人だったか、と思ったところ、右側に現われたのがその、白シャツの清涼満点男だ。

そこからはあっという間だった。まず、左のラガーマンが自転車をすっと持ち上げ、スタンドを立たせた。それから、男二人が同時に水野玲奈子の腕を、片方ずつつかむ。ハンドルからそっと引き剥がす。慌ててペダルを漕いでも、タイヤは空回りするだけだ。神輿《みこし》となって担がれるかのように、二人により水野玲奈子は抱えられる。「えっさ、えっさ」と発する掛け声はどこか滑稽で、お祭りごっこの幼ささえあったが、ワゴンのスライドドアが開く音を耳にしたところで、水野玲奈子の全身の毛が逆立つ。

先ほど走っていった郵便局の車が異変に気づき、戻って来てくれないか、とそのようなことを咄嗟《とっさ》に思った。

ワゴンの中にはいくつもシートがあり、一番最後尾の長いシートに運ばれた。

「ようこそー、えっと誰ちゃんだっけ？」三人目の男が乗っていた。芝居がかった言い方をする。開襟の黒いシャツを着ているのは分かった。髪が長い。

「玲奈子ちゃんだよ。ようこそ」と清涼満点男が言ったところで、シートにどんと落とされる。すぐに両腕を上げた状態で、手首同士を粘着テープで巻かれた。

「よしオッケー、車を出してくれ。さあ、行こう、ピクニックへ」長髪男が高い声を出す。運転席にいる男がエンジンをかけ、ワゴンを発進させる。「レッツ・ゴー・トゥ・ザ・レイプショー」と拳を上げると、ラガーマンと清涼男が声を合わせ、「イエス・アイ・ドゥー！」と声を発し、けたけたと笑う。

水野玲奈子はシートに横倒しにされたまま、体を動かす。脚もばたつかせるが、清涼満点男は落ち着いたもので、「そうしてくれると、ジーンズを脱がせやすくて助かります」と馬鹿にするように言った。

実際にジーンズの裾をつかむと、ぐいぐいと引っ張り、剝ぎ取る。露《あら》わになった太腿《ふともも》が涼しく感じられ、水野玲奈子は心細くなる。さらに暴れるが、「無理、無理」とラガーマンに嘲笑《ちょうしょう》される。

このままどうなってしまうのか。

水野玲奈子は息を荒らげる。お母さん、と思った。お母さん、助けて、どうすれば。「落ち着く場所まで移動中ですからね」「そこに着いたら、服を全部取るから」「ほら、生まれた時の姿ってやつだね」

男たちの軽口がいくつも飛び交い、玲奈子は頭がぼんやりしてくる。こんなことがあっていいわけがない、と頭の回路の電源を落としたくなる。

やがてワゴンが停車した。ラガーマンがドアを開け、外に出る。閉店したコンビニエンスストアの駐車場だった。街路灯もなく暗いが、ラガーマンは慣れた手順で、駐車場に張られたロープを取り外した。

ワゴンが駐車場内に入る。

「でもね、玲奈子ちゃんには逆転のチャンスがあるからね。まだ諦めるのは早いよ」「そうだね。もちろん、性交がお望みなら問題ないけれど、それを避けたいのなら、チャンスはあるんだ」「名付けて、紹介チャンス」「ほら、誰か知ってる女子高生を紹介してくれないかな。

そうしたら、俺たちはその子を同じように連れ去ることにする。玲奈子ちゃんはここでおしまい」

水野玲奈子は、「これもまたチクりの話だよね」と言っていた胡桃のことを思い出す。自分の身を守るために別の誰かを差し出す。生贄の羊のワッペンをなすり付け合う。

「どうして、俺たちがこんなことをするのか、って疑問？」「紹介チャンスなんて七面倒な手順は抜きにして、さっさと、女子高生をいたぶっていけばいい、と思うでしょ」

その疑問は、水野玲奈子も、胡桃から話を聞いた時点で感じていた。女子高生を襲うことが目的であるなら、次々とターゲットが替わっていくだけで、ずっと、性交はできない。

「あのね、俺たちがやりたいのは実験なんだよね。観察というか」長髪の男はホスト然としていたが、急に、学生の趣を見せはじめた。「ほら、噂話が広がる速度や範囲を調査したレポートとかあるでしょ。ああいった感じで、人が自分のために他人を売るのは、どこまで連鎖していくのか、ってのをね」「調べようと」「勉強熱心だから」「単位もらいたいしね」

彼ら三人が思い思いに言う。

「あとね、安心させるために言っておくけれど、ほら、俺たち、顔を見せてるでしょ。覆面もしていないし、変装もしていない。だから、このまま君が帰ったら、警察に通報するかもしれない。と俺たちが不安になって、そうさせない手段、たとえば、命を奪うとか、視力を奪うとか、そういう物騒なことをするんじゃないかしら、って怖くなると思うんだ。どう？

怖くない？　そこまでまだ考える余裕はないかな」

「安心していいからね。もちろん、保険はかけないといけないから、俺たちはこの後、君の裸の写真を撮る。少し、はしたない体勢になってもらうけれど、まあ、我慢して。で、君がもし、俺たちのことを誰かに喋ったら、特に警察に言ったりしたら、その、破廉恥な写真はネットという大海に放たれて、回収不能になっちゃうわけ。しかも、君のだけじゃなくて、全員のね。今まで、俺たちが撮影してきたコレクションが全部、公開される。ハレンチコレクションが」

「君がここで、誰かの名前を教えてくれれば、写真を撮って、おしまい。確かに、今は恐怖で最低な気分かもしれないけれど、それだけで済んだから不幸中の幸いだよ」「一方で、警察に駆け込んだりしちゃうと、他の女子高生の人生が全部めちゃくちゃになるんだよ。どうだろうね。大変なことだよ、それは」

水野玲奈子はぞっとする。相手が理路整然と、セールスマンよろしく喋り続けることに、そして何よりも、ふと気づくと自分が知り合いの名前を一人ずつ頭の中で列挙していることに、驚いた。

誰かになすり付けるのか？　自分を守るために？　いや、もちろん、助かりたい。自分を守りたい。

呼吸を荒くしながら、彼女は知り合いの名前を頭に並べていく。

誰かいないのか。罪悪感を覚える必要のない、生贄はいないものか。

ふと重要な疑念が頭を刺した。わたしになすり付けたのは、誰なのか。

この男たちの話が正しければ、これは伝言ゲームよろしく、女子高生たちに罪の意識の押し付け合いを、いや、罪などもとからないのだからただの理不尽な罰則なのだが、その罰のリレーをさせている。水野玲奈子のところにバトンが来たのであれば、渡してきたのは誰なのか。

「君、今、自分を売ったのは誰かな、と考えたね。みんな、それは気になるらしいんだけど。知りたい？」

水野玲奈子は首を左右に振る。内心では、ぶつかり合う二つの感情があった。自分を売った敵を知りたい、という思いと、知ったところで陰鬱な気持ちになるだけだ、という予感だ。

ワゴンが止まった。ブレーキのかかる音がする。スライドドアが開いたと思えば、「やあ、やっとこっちに来られたよ」と男が、後部座席のほうに来た。運転をしていた男のようだ。ひときわ体が大きく、肌は日焼けしており、健康的なスポーツマン風で、ラガーシャツの男に比べると、着ている服は洒落ていた。映画俳優と言っても通用しそうなほどだ。「で、どうするって？　誰かを紹介してくれる？　それとも、君がここで俺らにやられちゃう？」

「今、悩み中みたいよ」

水野玲奈子はとにかく、頭を左右に振り続ける。何も考えられなかった。どうすれば良いのか判断できず、分からない分からない、と答えを拒否していれば、事は過ぎていくのではないか、と期待した。お母さん、とまた思った。朝、起こしに来てくれた後、「お母さんがいつまでも、面倒見てあげられないんだからね」といつも言う母親の顔が浮かぶ。ごめんなさい、お母さん、まだ面倒を見てほしい。助けて。

「もし、君の名前を言ったのが、君の仲良しの子だったらどうする？　ちょっとショックかな？　裏切ったのが、君の親友だったりしたら」

たとえば、胡桃が？

「あ、その顔はもしかして、心当たりある？　その子、最近会った時、どこか挙動不審だったんじゃないかな」

水野玲奈子は飛びかかってくる悪意を薙《な》ぎ倒す感覚で、頭を左右に振った。

「何とか言えよ。訊かれたら答えろよ」ラガーマンが迫力のこもった言い方をする。理不尽な言い分であるから無視をしてもいいはずであるのに、水野玲奈子は返事をしようとする。が、「あの」と噎《む》せながら出した声は震えてしまう。

「どう？　孤独になった？　裏切られるのってどう？」

水野玲奈子は目をぎゅっと閉じ、またしても、「お母さん、助けて」と念じたくなるが、その後で肚に力を込め、「大丈夫」と言った。

「大丈夫、って何が」

「もし誰かがわたしの名前を言ったんだとしても」水野玲奈子は目を瞑《つむ》り、一気に吐き出す。

「それはきっとしょうがないです」

「しょうがない、ってどういうこと」

「誰だってこんな目に遭ったら、逃げたくなるから」

車内の空気が一瞬、しらっとする。ラガーマンと運転手が顔を見合わせ、その後で、ほかの二人とも視線で会話をしている。何だかこの女、つまんないな。そうだな、つまんない。同感、俺も今そう思ったところ、つまんない。白《しら》けちゃう。

水野玲奈子の両脚が開かれる。運転手の男の力強い握力が足首をつかみ、健康器具でも動かすかのようにし、彼女の姿勢を変える。片手で素早くベルトを外す様が、その作業に慣れていることを示している。「ほら、誰かの名前を言うなら、今だよ。最後のチャンスだよ」

車内に明かりが射したのはその時だった。外から、大きな懐中電灯が照らしてきたのかと感じた。

「誰だよ、いったい」ラガーマンが体を上げ、窓の外を見る。眩《まぶ》しさに顔をしかめながらだ。

「バイクだ」

長髪男も外を見る。「でかいスクーターだ。間違って、入ってきたのかな」「マジェスティっぽいな」「何が」「あのスクーターの車種」「原付?」「二五〇ccだけど」

振動があった。激しくはないが、獣が威嚇するかのような響きが、暗い駐車場に広がる。

エンジンが切られていないのだ。押し隠そうとしても隠しきれぬ、猛々《たけだけ》しい呼吸といったところだ。

「うるせえなあ、外でエンジンかけっぱなしにしやがって」「どうする、追い払う?」「放っておけよ」

そこでバイクの明かりが消える。男たちは安堵《あんど》し、水野玲奈子は落胆する。が、エンジン音は消えていなかった。

「まだいる」「何だよいったい」「あれかもしれないな」「あれって何だよ」「このワゴンが怪しいぞ、とぴんと来たんじゃねえか」「夜の駐車場にワゴンが停まっているだけで?」「勘がいいのか? 女子高生が襲われているかもしれないぞ、と思ったわけか」

そこまではまだ、男たちには余裕があった。過去にも似たことはあったからだ。正義感に駆られた者や、不審に思った者が、「何をしているんだ」とやってきて、彼らの楽しみを中断させようとする。そのたびに、彼らは手に持った武器を強調し、時には実際にそれで暴力を振るい、相手を敗北させた。退散させ、もしくは謝罪させた。

ラガーマンが無言で、水野玲奈子の片腕に手錠をかけた。そのチェーンの先を、車内のアシストグリップに繋げる。黙ってろ、と言わんばかりに彼女の口の中へ、丸めた布を押し込んだ。

低い金属音がする。車内に置かれている鉄パイプをそれぞれが手に取っている。常備されているものらしい。

「じゃあ、みなさん、手っ取り早く潰しますかね。時間は誰が計る？」運転手がスライドドアを開ける直前、言った。

「あ、俺が計っておくよ。何分かなあ」長髪男がスマートフォンを手際よく触る。

「この間のおっさんは八分で土下座したけどな」

「じゃあ、みんなで邪魔者を退治にゴー」

スライドドアが、静まり返った駐車場に裂け目を作るかのような鋭い破断音を立て、開いた。四人はゆっくりと車から降りていく。

真正面にスクーターは停まっていた。エンジンは切られており、横に男が立っている。

街路灯は近くにないものの、後方の車道を車が断続的に通り過ぎ、そのたびにヘッドライトにより、姿が浮かび上がる。照明が当たっては、闇に包まれ、また明るくなったかと思えばすぐに暗くなり、見えなくなる。その繰り返しだ。

背は一七〇センチメートルほどで、高くも低くもなく、どちらかといえば細身に見えるが、それは影の角度によるのかもしれない。

全身が黒一色に見える。

上下ひとつなぎの黒いライダースーツを着込み、黒の帽子を被っているからだ。おまけに水中眼鏡にも似た、大きなゴーグルを顔につけている。

「あの、早くここから出ていってください」清涼満点男が足を進めながら、呼びかける。「危ないですよ」

黒の男は答えなかった。

暗い中、姿が消える。あ、と長髪男が思った時には、ライトで黒い男が浮かぶ。先ほどよりも大きい。つまり少しずつ、近づいてきているのだ。

そのことに気づき、まずラガーマンが最初に動いた。つかんでいた鉄パイプを引き摺る。地面に傷のつく音が暴力的に響き、相手をすくませることを彼らは知っていた。笑いながら鉄パイプを構える。

その直後だ。まず、足元で何かが転がる音がした。ゴルフボールのような球体がいくつか動く。ラガーマンの鉄パイプに衝撃がある。球がぶつかったのだ。急に重くなり、引っ張られた。別方向からも、球が激突してくる。跳ね返らず、くっつき、バランスが崩れる。

その横を別の鉄パイプが転がった。清涼満点男がつかんでいたものだ。やはり、鉄パイプが引っ張られ、落としてしまったのだろう。

ラガーマンは自分の体が傾いていることに気づく。どうしたのか、と見れば、横にいた長髪男も、「あれ」と言いながら腰砕けの恰好になっていた。急に酔ったかのようなありさまで、何が起きているのかと慌てる。

目の前にゴーグルがあった。顔はまるで見えないが、黒ずくめのライダースーツ、ツナギの服を着た男が、立っている。フェイスマスクがついている。

ツナギの服の男が小気味良く、地面を跳ねた。

まずいと思った時には、頭に衝撃がある。頬が地べたにつく。

一の十一

水野善一が床にモップ掛けをし、通路側へと進んでいくと、ドアの窓ガラスを拭いていた蒲生がその姿に気づいたからか、「そういえば」と話しかけてきた。「水野さん、娘さんとはうまくやっていますか」

「どういう意味だい、蒲生君」

「いえ、前に、娘さんから相手にされないと嘆いていたじゃないですか」

「ああ、そっちね」

「そっちとかこっちとかあるんですか」蒲生は相変わらず快活な格闘家のようで、心優しき力持ちの風情で、白い歯が爽やかだった。

水野は、娘の玲奈子に先日起きた出来事を思い出し、沸騰しそうな怒りを覚える。塾に行った帰り道、学生たちに拉致されたのだ。環状線から外れた、閉店したコンビニの駐車場で暴行されそうになった。通りかかった何者かが、若者たちを伸《の》し、玲奈子は救われた。救われたことで娘は大きく取り乱すことも、泣き喚くこともなかったが、いやショックを受けているのは当然ではあるのだが、とにかく警察には届け出たくないと主張した。水野も同意した。娘の話によれば、その憎き学生たちはひどい怪我を負ったはずだが、そのことが新聞記事になることもなかった。

だからといって娘の妄想だとは思わなかった。そのような嘘をつく必然性はないからだ。おそらく、犯人たちにしても警察に駆け込むことはできなかったのだろう。

「あ、そういえば、水野さん、知ってます？」田原は取り外したエアコンフィルターを布で拭いていたが、そこで顔を上げた。「最近の学生の中には、破廉恥でひどい奴らがいるらしくて、夜な夜な女性を襲ったりするらしいですよ」

もちろん田原は、まさか水野の一人娘がその被害に遭ったとは思ってもいないだろう。ただの世間話の一環として、気軽に口にしたに過ぎない。水野は平静を装いながら、「そいつは、許せないな」と答えた。「誰かが痛い目に遭わせないといけねえよな」

「正義の味方、の登場が待たれますよね」田原が言う。

「正義の味方ですか」蒲生が呟いた。

「平和警察はそういう奴らを一掃してくれないんですかね」

水野は、田原のほうに目をやる。フィルター取り付けをする後ろ姿だ。「どういう意味だ」

「その学生たちだって、風紀を乱す悪人ですよね。地域の安全を脅かすんですから。まさに、危険人物ですよ。本当だったらそういう奴らに罰を与えないといけないんですし」

「平和警察は、本当に悪い奴らのことは捕まえないからな」水野善一はなじるように言ってから、声が大きくなったことを反省する。

注目されてはまずい。今、水野たちがいる場所こそが、平和警察の取調室だった。

三人で清掃会社の制服を着込み、室内の清掃を行っている。

関東から来た金子ゼミのゼミ生、臼井彬はこう説明した。「実はこのプランに、業者が、協力してくれるんです。取り調べ施設がどこにあるのかは、先日お話ししましたが」

「俺たちは、そこに盗聴器を仕掛けるんだろ」水野が言うと、田原が、「できればカメラも」と付け足す。

「施設の清掃を請け負っている業者になりすまします」清掃スケジュールに合わせ、制服と身分証を持ってビルに入れば、怪しまれることはほとんどないでしょう、と臼井彬は請け合った。

「どうして、業者が協力してくれるんですか」蒲生が冷静に問うと、臼井彬は複雑な表情を浮かべた。「実はその、清掃業者の社長は全国に支店を持っていて、去年は名古屋にいました。その時、隣の住人が平和警察に連行されたんです。そして、何もできませんでした。罪の意識に苛《さいな》まれ、何かできることをしたい、と思ったそうです」

水野はどこかで聞いた話だと引っ掛かりを覚え、その後で、臼井自身が金子ゼミに参加することになったきっかけと似ているのだと気づいた。罪悪感は、人の原動力になるということなのか。

「だから、その業者が手を貸してくれるんですか」

「実際に貸してもらえるのは、制服と身分証ですが」

「もし捕まったら俺たちはどうなるんだ」

「おしまいです。危険人物と見做され、処刑されるでしょう」


「そろそろ、カメラも拭きますね」取調室に使われているその室内で、蒲生が口にする。何気ない物言いで、それはただ清掃会社の契約社員が手順を生真面目に音読するかのようだったが、実際はこの作戦開始の合図にほかならず、つまり、いよいよ引き返せぬ側へ足を踏み出す瞬間だった。

脚立を移動させ、蒲生が部屋の隅、天井近くに設置されている防犯カメラに手を伸ばす。

水野は清掃用具を詰め込んだトートバッグに近づき、中から雑巾を取り出す。

数日前、市内の貸し会議室を使い、予行練習をしたばかりだ。

部屋を借り切り、演劇のゲネプロよろしく段取りの確認を行うその徹底したやり方に水野は驚いたが、それが自信をつけさせてくれた。練習の動作を思い出す。雑巾の中には、硬貨型の器具が挟まっている。盗聴用の装置だ。シールがついており、薄紙を剝がせば粘着面が露わになる。

机に近づき、雑巾で拭くようにしながら、別の手で盗聴器をつかみ、机の裏面に貼り付ける。

田原はモップを使いながら水野の脇に立ち、目隠しの役割を果たす。蒲生がレンズを拭いているカメラ以外にも、監視カメラが用意されている可能性はあるため、念には念を入れての流れだ。

粘着テープは強力で簡単には剥がれない。と臼井彬からは説明を受けた。それを信じるのならば、これで完了だろう、と水野は満足し、後は、雑巾での拭き掃除を続けた。

「信じていいんだな」先日、会った際に、水野は臼井彬に言った。

「どういう意味ですか」

「俺たちはかなりのリスクを負って、この作戦に参加する」命懸けで、という表現を使わなかったのは、それを認めることが怖かったからだ。「ただ、臼井君は実際には参加しない。東京に戻るわけだしな。どこまで信じていいのか、分からないだろ」

「ああ、そうですよね」臼井彬は怒らなかった。ごもっともな気持ちだと思います、とやはり神妙に顎を引いた。「信じてもらうしかありません。ただ、これだけは言っておきます。もし、万が一、水野さんたちが平和警察に捕まるような事態になったら」

「考えたくないけどな」

「ええ。でも、そうなったら遠慮なく、私や金子教授のことも話してください」

「どういうことだ」

「みなさんだけにリスクを負わせるつもりはありません。私たちも一蓮托生《いちれんたくしょう》です」

清掃の手順は、予行練習でさんざんやった。業者のほうから指導員がやってきて、おそらくその指導員は事情を知らず、社長に言われるがままに派遣されてきたのだろうが、水野たちに清掃の仕方を教育した。

「これでまあ、清掃完了ですかね」脚立を持った蒲生が言ってくる。緊張のためか汗をかいている。室内はうすら寒いほどであるから、不自然だったが、見咎《みとが》められるほどではないだろう。

水野たちはそれぞれ三方に分かれ、指差しをしながら、最終確認をし、部屋を出る。

通路に出た瞬間、安堵の息を吐きそうになるがそこにも防犯カメラはあるため、油断はできない。

用具を持ちながら、一列になり、出入口に向かう。「無事に終わりましたね」と最後尾の田原が囁きかけてくるが、返事をする余裕もない。

蒲生を先頭に正面出口へと向かった。

受付用の事務室があり、そこには制服警備員が三人待機している。駅の改札口の機械に似たものが置かれており、身分証明のカードを機械に翳《かざ》さなくてはならないのだが、それについても、清掃業者に準備をしてもらっていた。

お疲れ様です、と一番前にいる蒲生が、端に立つ警備員に、はきはきと挨拶をした。お疲れ様です、お疲れ様です、と水野と田原も続いた。

蒲生がカードを機械に翳す。次は自分が、と水野も足を踏み出したがそこで、蒲生の背中にぶつかった。クイズに外れたかのようなブザー音が鳴った。後ろの田原も玉突き衝突のように、背中に当たってきた。カードがうまく反応しなかったようだ。

蒲生がもう一度、カードを置き、二度目のブザーが鳴った時はまだ平静を保っていたが、三度目のブザーで無理になった。足元が冷たくなり、小便を洩らしたかのような感覚に襲われる。後戻り不能の失敗をした恐怖がある。「どうしたんですか、つかえてますよ」と言ってくる田原はまだ事態を把握していない様子だが、もしかすると、把握した上で平静を装っているのかもしれない。必死に、「必死でない」様子に見せかけている。

「あ、まずい、これ違うカードでした。さっきの部屋に置いてきたようです」蒲生が手に持った青いカードを眺め、のけぞるような恰好をした。「二人もちょっと探すの、手伝ってくれますか」と来た道を戻っていく。水野と田原もついていく。明らかにイレギュラーな事態だ。

「どうしたんだ」水野は足早になり、蒲生の横に並び、小声でぶつけた。

「カードが使えなくなってます」

「磁気がおかしくなったのか？」

「だったらまだいいんですけど」

「いいんですけど、何だ？」

「何か失敗しているのかもしれません」

「カードが駄目になったんですか？」田原も小走りになり、蒲生と水野の間に入り込もうとしている。

落ち着け、と自らに言い聞かせるが、その声を振り払うかのように鼓動が激しくなっていた。小さな太鼓が体の中で響いている。

「どう、どうします、蒲生さん」田原が後ろを何度も見やる。警備員が追ってこないかと気にかけている。

「違う出口、使うしかないです」蒲生はスマートフォンを取り出す。片手で液晶画面を操作する。

「あれですね、臼井さんの言っていた、奥の手」

「はい」作戦が作戦通りに進むのであれば問題はない。が、途中で予期せぬ出来事により、うまくいかなくなった時には、別の作戦に切り替えることになっていた。金子教授と臼井は、「奥の手」と表現したが、ようするに、「緊急事態の対処法」程度に過ぎない。

臼井彬に対し、スマートフォンで空メールを送る。

「返信を待ちましょう」蒲生は言うと、すぐ横にあるドアを押し、トイレに入った。水野たちも続く。学校のトイレと似た、縦長で、小便用の便器が並ぶレイアウトだった。床は、風呂場のようなタイルで、個室は三つほど用意されている。

どたばたと三人が入ってきたため、まさに小便の最中の先客は、目を丸くしていた。背広を着ている。このビルで働く職員、警察関係者であるのは間違いない。

「あ、清掃してもよろしいでしょうか」蒲生は冷静だった。持っている用具入れを掲げ、丁寧な物言いをする。

「あ、悪いね。すぐ終わるからさ」便器の前に立つ男は腰を動かし、垂れる小便を切り、パンツを上げた。ベルトを締めながら、手洗いのところまで歩いてくる。

水道水で手を洗う背広の男を、じりじりとした思いに駆られながら、水野たちは待っていた。怪しまずに早く立ち去ってくれ、と念じる。お掃除ご苦労様、と声をかけ、男はトイレから出て行き、そこでようやく水野たちはひと息吐く。

蒲生はひたすらスマートフォンを眺めている。

水野は足元の力が抜けそうになる。その場に座り込む寸前だった。一蓮托生、と言った臼井彬を思い出す。そうなのだ、彼は、水野たちが捕まれば自分たちも処罰される覚悟はあると言ったではないか。

「きっと連絡は来ます」蒲生が力強く答えるが、明らかに彼自身のうろたえが無理に力を込めさせている。

「電波入っていないんじゃないですか?」

「いえ、ちゃんとアンテナは立ってます」

「田原君、ちょっと静かにしたらどうだ」水野は思っている以上に、叱責口調になったことに焦る。「蒲生さん、どうですか」「田原君、ここは黙って、祈るしかない」「でも」「祈るしかない」

蒲生が小さいながらも弾む声を発したのはその時だ。「返信、来ました」

ほらやっぱり臼井さんが裏切るわけがないんですよ。調子良く、田原が軽快に言う。

水野善一たちはトイレを出て、通路を西方向へと進んでいた。

「一階の西側非常口から外に出てください」と臼井彬からのメールには書いてあった。「外に、同志が待機しています。その人の案内で脱出してください、とのことです」

蒲生を先頭に一列で歩きながらも、歩く速度は少しずつ速まっている。

通路の先が行き止まりに見えた時は、胃の底のほうからぞわっと寒々しい感覚が湧き上がったが、蒲生が、「こっちです」と手前で右に曲がった。もう一度、左に曲がったところで非常口のプレートが目に入る。

「あった」田原が声を上げた。

非常口のドアが開く。外の景色が中に入り込んでくるかのような、明るさが射し込んでくる。

脱出を確信し、水野は大きく呼吸をした。

ビルの外に出た瞬間、状況が飲み込めなかった。

建物の裏手に出たはずではあるが、そこには自分たちが来るのを待っていた、と言わんばかりに大勢の人間がいたのだ。サプライズパーティを仕掛けられたのならば、こういった気持ちになるのかもしれない。

違うのは、待ち構えていた者たちが持っているものが、パーティ用のクラッカーではなく、銃や警棒、刺又《さすまた》だという点だ。

蒲生をはじめ、水野も田原も動けない。

背広の男がいつの間にか現われ、口元を綻《ほころ》ばせていた。「危険人物を炙《あぶ》り出す方法はいろいろあるんだよね」

蒲生が用具入れを落とし、地面にモップが転がる。警官の一人が足を踏み出し、その柄の部分を踏む。蒲生は、人生が折れる音を聞いた。

一の十二

田原彦一の前に座る加護エイジは、優しいベージュのジャケットを羽織り、茶色がかった髪は爽やかで、童顔のこともあって、見目麗しき、と表現したくなるところもあった。もしかすると同い年くらい、二十代前半かもしれないと田原彦一は感じた。

ビル清掃のプランが失敗し、捕まるとすぐに田原彦一たちはそのビルの留置場に入れられた。

その日より取調室で尋問がはじまったが、田原彦一は事態を少し簡単に考えていた。つまり、面倒な尋問や恐ろしい拷問はないだろう、と。もちろん、無罪放免されると楽観的に捉えていたのではない。ビルに侵入し、盗聴器を仕掛けた自分たちはどう取り繕ったところで危険人物に分類されるだろうから、問答無用で処刑されるはずだ。そう、考えていた。

「田原さん、仲間を庇《かば》いたくなるのかもしれませんが、そろそろ肚を割って、話してくれたほうがいいですよ」加護エイジの歯は、立場の違いを明らかにするかのように、美しかった。

「肚を割るも何も、全部話しています」嘘ではなかった。捕まった直後から、自分の知っていることはすべて説明していた。金子教授から、サディズム溢れる拷問のことを聞いていたことも、後押しとなった。何を隠したところで、痛めつけられ、告白させられるならば、先に喋ってしまったほうが得だ。

水野や蒲生と一緒に捕まって良かった、とも思った。田原彦一は皮肉でも逆説でもなく、そう感じていた。一人でも逃げていたら、その情報を隠すべきかどうか悩む羽目になっていただろう。

「水野さんたちは、無事ですか」田原彦一は質問した。

「無事、の定義にもよりますが、取り調べは続いていますよ」

「いったい何を調べているんですか。僕たちは隠し事はしませんよ」

「そうですかね」

「金子教授のことも話しました。隠す意味がないんですから」

「いえ、他に、危険人物を知っているでしょ？　まだいるでしょう」「誰ですか？」「いや、それを知りたいから訊いているんですよ」

「でも僕が知っている人はすべて」「まだいるでしょう」

その繰り返しで、時間が過ぎた。いつ身体的な拷問が行われるのか。金子教授から聞かされた話が何度か頭を過る。「平和警察に集められているのは、警察の中でも嗜虐趣味のある者ばかり」と教授は言い、「拷問方法が日々、発明されている」と恐ろしいことを口にしていた。が、前にいる加護エイジは軟派な色男の風情で、暴力を振るうようにはまるで見えない。「危険人物がほかにもいるでしょう」と同じ質問を反復するのは確かに、不気味だったが、それも仕事のうち。きっとこの加護エイジは柔和な警察職員に過ぎないのだと田原彦一は思いはじめていた。金子教授の話していたのは、恐怖心が生み出した都市伝説に近いのではないかとさえ思った。

「田原さん、蒲生さんとはどういう方ですか？」

「蒲生さんですか」

「何をされている方か知っていますか」加護エイジは目を細め、優しく語ってくる。

「何を？　会社員で、不動産会社で営業をしていると聞きましたけど」

「それは、表向きの仕事ですよね」

「それ以外の仕事をしているんですか？　蒲生さん」

「仕事と言いますか」加護エイジは言葉を選んでいる。「ちょっとしたボランティアと呼ぶべきでしょうか」

「ボランティアですか」田原彦一は単語を発声してから、蒲生さんであればやるかもしれない、とは思った。しっかりした体格と、生真面目な性格、また、会話からは豊富な知識を垣間見ることができることから、どこか教師の風格もあった。「ボランティアってどういうものなんでしょうね。蒲生さん、正義感もあるからそういうのもやりそうです」

「今回のこの、危険行動にも正義感から参加したのかな」加護エイジは時折、言葉遣いが自然体の、馴れ馴れしいものに変わる。丁寧な口調で喋ることに耐えられなくなったかのように、乱暴な口調になる。

「え、僕ですか？」

「いえ、蒲生さん」加護エイジは顔を綻ばせた。「田原さんの動機は違いますよね」

「あ、まあ、はい」田原彦一は答え、そこで自分の胃が引き締まるのが分かった。「え、どういうことですか」

「田原さんは、あれでしょ、池野麗華《いけのれいか》さんのために頑張ったんですよね？」

田原彦一は赤面する。なぜそれを知っているのか、と言いかけてやめる。

「小学校の頃から片想いだったんでしょ？」

「片想いというか」

「ストーカーというか？」加護エイジの口調は明らかに、からかい口調だ。「田原さんのパソコンに入ってる画像、ほら、エロいのとかもありましたけど、どれも池野麗華さんに似たタイプですよね」

今度は田原彦一は、湧き上がる怒りのために赤くなる。「勝手に見たんですか」

「田原さんは危険人物なんですよ。危険人物かもしれない、なんてレベルじゃなくて、そのものです。平和警察に侵入して、妨害しようとしたんですから。だから、家宅捜索をして、パソコンや本も押収しているわけで。君の友人知人にも話を聞きました。それで、君が、池野麗華さんに想いを抱いていたことも分かっているわけ」

「嘘です」田原彦一はすぐさま言っている。

「嘘？」

「誰かが知っていたり、気づいていたりはしません」

加護エイジは嬉しそうに目尻に皺を作った。「その通り、今のはちょっと嘘をついてみました。実際、君の同級生たちは君のことを何も知らなかったようです。影が薄いんだなあ。ただ、パソコンや君の好きな本や漫画を調べたのは本当。人の好みには傾向がある。興奮する対象にも、いくつかのパターンがある。君の周囲にいる人と照合していけば、おおよそ、君が好きになりそうな女は、もちろん男だとしても、絞り込める」

「それで、池野さんを」「鎌をかけてみた」「片想いというのも」「それは当てずっぽう」

腹は立たなかった。ここで激昂《げきこう》してもどうにもならず、相手を喜ばせるだけだ、と田原彦一は自らに言い聞かせる。

「では、じゃあ、もう少し踏み込んでみるけれど」加護エイジは鼻を触る。「君は、その片想いのお姫様、池野麗華さんのために、今回みたいな危険なことに手を出したんじゃないの。数ヶ月前から、池野麗華さんのお父さんは危険人物ではないか、という情報がこちらにも入ってきている。君はそれをどこかで知って、池野家を助けようとした。違う？」

「彼女のお父さんは、危険人物なんですか？」

「たぶんね。というよりも、田原さん、君も知っているんでしょ」

「何をですか」

「危険な人間が危険人物となるわけではなくて、危険人物と指された人間が、危険人物になるだけだ、と」

田原彦一はすぐには返事ができない。そのことを、平和警察に属する人間が認めてしまっていいのか、と困惑する。「そう金子に教えられたでしょ？　まんまと騙《だま》されて」

「え」

「金子教授が本当に教授だと信じているの？　あ、いや、教授ではあるんだけれどね、ただこちらのために働いてくれているんだよね、あの人も」相手は意地悪な顔つきになっている。

この鈍感馬鹿、となじってくる。

目の前が暗くなり、かと思えば光る。視力のコントロールを失った。「どういうことですか」

「え、金子教授とか、あの臼井さんとかのこぢんまりとしたグループで、警察の裏をかけると思ったの？　簡単に言えば、彼らは、平和警察の仲間、平和警察の仕事を手伝ってくれるボランティアだよ」

「一般人が？」

「民間に仕事を委託するのが、世の流れだからね」加護エイジは愉快そうだった。

「それは」

「平和警察が、安全地区に出向く。するとどんな土地であろうと、一定数は、平和警察の理念や事情を理解しない人間が現われる。どんなものにも三割の人は反対する、という理屈通りだよ。どんな高級ホテルも、排水溝を覗けばゴキブリがいるのと同じ。害虫はゼロにできない。だから、平和警察は考えた。先に炙り出そう、と」

「炙り出す？」

「そう。ちょっとした誘いで、平和警察に歯向かおうとする人間を見つけるわけ。金子教授はまあ、そのための仕組み、というか、引っ掛け問題、ゴキブリホイホイだよね、まあ」

「臼井さんは？　臼井さんも同じなんですか」「同じ、と言うと」

「民間ボランティアなんですか」

田原彦一がその表現を口にしたのが可笑《おか》しいのか、加護エイジは空気を指でこするような息を洩らした。「まあ、そうだね」

「悪い人には見えなかったのに」田原彦一は、臼井彬の真剣な顔つきを思い出した。金子教授には、感情の見えぬ胡散臭《うさんくさ》さが、まさにそれは今から思えば、の後付けに他ならないのだが、違和感を覚える。が、臼井彬には、田原彦一たちのことを罠《わな》にかけるような狡猾《こうかつ》さが見られなかった。演技派、一枚うわて、の可能性もある。ただ、「一蓮托生」の言葉は、その場凌ぎではなく、心の奥から絞り出すような真剣さを滲ませていた。

「臼井彬もまた危険人物だからね」

「臼井さんが？」

「こうして警察に協力することで、処罰から免れる人間もいる。臼井彬はその一人ってわけだよ」

「意味が分かりません」

「とにかく、田原さんが昨日まで明かしてくれた情報には何の意味もないわけなんです。残念ながら。金子教授も、臼井彬もこっち側の人間だからね。田原さんにはもっと別の、新情報を話してもらわないと」

「新情報と言われても」田原彦一の声は細くなる。「何も」

「何も、ってことはないでしょ」軽やかに加護エイジは言った。相手の都合お構いなしに囃《はや》すような口調が、田原彦一を不安にする。

「いえ、何も情報は」

「君が話せることは二つある」

「二つ？」

「一つはほら、池野麗華さん」加護エイジの歯が光る。

「え」

「ほら、君が守ろうとしていた、片想いの池野麗華さん。彼女が危険人物だということを、教えてほしい」

「え、いや」田原彦一は一瞬、加護エイジが何を言っているのか分からない。こちらの話が届いているようでいて、届いていないのではないか。

「池野家の人間はどうやら、危険人物の可能性が高いんだよね。あちこちから情報は入っていて」

「それならば、僕が喋らなくても」

「あ、ほら、ボロ出したね」

「どういうことですか」

「だって、今、『僕が喋らなくても』と言ったでしょ。それって、喋ろうと思えば喋る情報はある、って意味だよね」

「それは」そういった意味で発言したわけではない。「ようするに僕は結局、あなたたちの求めている言葉を口にするしかない、ということじゃないですか。それが真実ではないとしても」

右足に激痛が走った。

机の下で、加護エイジが足を動かし、尖った靴のつま先で脛《すね》を蹴ったのだとは、遅れて分かる。脛が削られるような痛みで、しばらく、無言で悶《もだ》えた。どうしてこんな目に、と思うと目に涙が溢れてくる。

「田原さんがどう考えようと、どれだけ不満があろうと、今のこの社会を生きていくしかないよね。ルールを守って、正しく。気に入らないなら、国を出ればいい。ただ、どの国もこの社会の延長線上にある。日本より医療が発達していない国もある。薬もなければ、エアコンもない。マラリアに怯えてばかりの国だってある。この国より幸せだと言えるのかな。それとも、いっそのこと火星にでも住むつもり？」

火星、という単語は幼稚に感じられ、そのことが田原彦一を暗い気持ちにした。

この状況で生き抜くか、もしくは、火星にでも行け。希望のない、二択だ。

「あともう一つ、田原さんに教えてほしいのは」加護エイジが指を立てる。

「もう一つ？」教えてほしいと言っても、結局は誘導され、強制され、あちらの望む告白をさせられるだけだ。

「蒲生さんのことなんだけれどね。ほら、さっきもその話をしたけれど、蒲生さんのボランティアのこと、知っているよね？ 平和警察の仕事を邪魔する男、蒲生さんって、そういう人でしょ」

「邪魔する？ 今回のこと以外にですか？」

「半月前にね、泉区の住宅街で危険人物が見つかったんだ。危険人物だという証拠の出た女性が」

「それがいったい」

「平和警察の数人が連行するために、その女の自宅を訪問した。そして、連れ出そうとしたところで、女が抵抗したんだ。激しく。それはもう、常軌を逸していた」

「怖かったんじゃないですか」

加護エイジは冷たい目で、田原を睨み、そのひと睨みで田原はしゅんとなる。「逃げ出すこと自体が、危険人物の証拠だよ。だから、我々はどうにか確保しようとした。するとそこで、唐突に大きなスクーターに乗った男が現われたんだ。ツナギの服を着て、フェイスマスクをしていた。その場にいた警官を数人、怪しげな武器で倒すと、危険人物の女を助けようとした」その様子を加護エイジは淡々と語った。

「それが蒲生さんなんですか？」

「こっちが今、訊ねているんじゃないか。正義の味方は蒲生なのか、と」

「あの」田原彦一は口に出した。「あの、正義って何でしょう」

それは本心から生まれた質問だった。警察とは治安を守る、正義の側の組織ではないのか。しかも、平和警察には、「平和」の文字もある。そのメンバーがこうして、自分を閉じ込め、恐ろしい話をしてくるのが信じがたかった。しまいには、「それなら火星にでも住めばいいだろうに」と捨て台詞にも似たことを言うのだ。

加護エイジは憐《あわ》れみをたっぷり浮かべ、笑った。「こちらの正義は、あちらの悪、そんなことはあちこちにある。どんなに正当な罰でも、受けた側からすれば悪、となるからね。だいたい、どんな戦争だって、はじまる時の第一声は同じだというよ」

はじまる」

「『みんなの大事なものを守るために！』」加護エイジが目を細める。「戦争はそのかけ声で

「何ですか」

「蒲生さんが正義の味方なんですか？」「本当に知らないの？」「あ、ええ、そりゃ」「てっきり、田原さんはそれに賭けてるのかと思ったけれど」「え？」

「蒲生さんが、スーパーマンかバットマンのような活躍を見せて、この田原さんの状態を救いに来るんじゃないか、と期待しているんじゃないかと思って」

「蒲生さんにそんな力があるんですか？」

「たぶんね」「たぶん？」

「残念だったね」

「どういうことですか」

「田原さんは、自分がこれから酷い拷問に遭っても、誰かが助けに来てくれると思っていたんじゃないの？　蒲生さんが」

「いえ」

「こっちとしては、ほら、蒲生さんの武器のことなども知りたいんだよ。教えて」

分からない、と田原彦一はかぶりを振る。

「じゃあ、田原さんは、蒲生さんのことは、よく知らないってこと？」

「その、活躍のことは、はい」

加護エイジはじっと、田原彦一を見つめた後で、「まあ、いいや」と漏らす。「どっちにしろ今頃、隣の部屋で、蒲生さんが説明しているところだと思うよ。『私が、あの時の邪魔した男でございます』と泣きながら白状しているよ」

また脛を蹴られる。骨を穿《うが》つような鋭さで、田原彦一はその場でひっくり返る。もし蒲生さんが正義の味方であるのなら、と頭を過る。助けに来てくれる可能性はあるかもしれない。

一の十三

肥後武男は目の前に座る、蒲生義正の顔に目をやり、股間や腹の底からむずむずとした快楽が伝わってくるのを感じた。

この建物内の留置場に入れられた時、蒲生は緊張しつつもまだ、力強さを浮かべていた。歯向かうことはないものの、自分の魂までは売らない、そういう人間だと、見た時に分かった。

はじめは蒲生のプロフィールを確認しつつ、今回の、施設侵入、盗聴器設置の件について問い質《ただ》した。

蒲生の態度は素晴らしかった。すぐにべらべらと喋るのではなく、拒みつつ、こちらの知っていることを確認しながら、少しずつ情報を提供した。

あたかも、肥後の尋問に誘導されたかのように、つまりこちらに花を持たせるかのように！

肥後に、職務を果たしている充実感を味わわせるためだ。

相手として不足なし。その思いに駆られる。

肥後は一通り、話を聞き終えた後で、金子教授と臼井彬がこちら側の人間だったことを話した。

「え」聞いた蒲生は息を飲み、後ろに体を反らした。一瞬、目が泳いだ。

「おまえたちは最初から引っ掛かっていたわけだ」

蒲生は顔をしかめ、机に肘をつき、その手で頭を抱えた。が、少しすると蒲生は奥歯を噛み締めるようにし、「おそらく、臼井さんにも何か事情があったんでしょう」と口にした。

「どういうことだよ」

「臼井さんはいつも、苦しんでいるように見えました。このプランに対する緊張かと思ったんですが、あれは、罪悪感みたいなものだったのかもしれません」

「どういうことだよ」

「臼井さんも引き受けざるを得ない状況だったんじゃないですか。自分や家族が危険人物と見做されないために」

肥後は肩をすくめた。蒲生の予想は鋭かった。正確なところは肥後自身も知らなかったが、一般人の中で平和警察のために働く者の大半は、「引き受けざるを得ない事情」を抱えているのだ。

その日の取り調べは終わった。留置場に運ばれていく蒲生を見送った後で、肥後は担当看守を呼び止め、指示を出した。「蒲生さんは暑がりでいらっしゃる」

別室に入れ、エアコンを効かせろ。という合図だった。

翌日、取調室に運ばれてきた蒲生は血の気を失い、体を必死にさすっていた。体温が下がり、体が麻痺しはじめている。唇も青い。蒲生は平静を保とうと努力していた。肥後の質問に答えつつ、「冷房が効きすぎて、つらいです」と弱音も吐いた。

休憩時、一度取調室から出ると、背広を着た後輩刑事がやってきて、大きめの封筒を肥後に渡した。「これは？」

「この間の、ツナギの男についての情報です」

「ツナギの？　ああ、あの邪魔した男か」

市内北部の泉区の危険人物該当者を連行する際に、正体不明の男が突如、現われ、妨害を行った。ツナギの服を着ていた。その場にいた警察官の何名かが負傷したものの、使用された武器は判明していなかった。

警察は、警察以外の人間が、「力」を持つことを極端に恐れる。その、「力」がいつ、警察や国家に向けられるか分からないからだ。

何らかの力を持つ存在には警戒を払わずにいられない。

受け取った封筒を開けると中には、大きな写真が入っていた。街の一画、おそらくはコンビニエンスストアの駐車場だろう。その前を通り抜けるスクーターが写っていた。防犯カメラのものに違いない。

「これが？」

「その、泉区で妨害行為が行われた現場近くの写真です。ナンバーは確認できないのですが」後輩刑事が別の写真を取り出す。「これは、蒲生義正の所有スクーターと同じ型なんです」

「同じ型？　同一ではないのか？」

「はっきりとは分からないんです。ナンバーが隠されていますから」

そう言われて写真を確認すれば、ライダースーツの男の体型は、蒲生に似ていた。

尋問が再開されると肥後は、「おまえはどうも正義感が強いらしいな。しかも間違った正義感だ」と言葉で突いた。唇を青くし、体を窄めている蒲生は、震える雛鳥《ひなどり》のようでもあった。肥後は写真をデスクに広げ、「おまえだろう？」と笑った。

蒲生は何も言わず、目を泳がせている。

睨み、しばらく無言で向き合った。尋問では時に、「喋らない」ことも武器となった。相手は自ら口を開かぬ限り、永遠にこのままなのか、と不安に襲われるのだ。

「違います。僕のスクーターではありません」

「同じバイクだろ？」

「いえ、うちのバイクは、うちにちゃんとあります」

「だからおまえが、その、ちゃんとあるバイクに乗って、この写真に写っているんだろうが」

「違います。それは僕ではないです」

「いや、これは、おまえだよ。このツナギ男はおまえだ。この時のことは後悔していないのか」

蒲生は苦しそうに息を吐いた。「何のことですか」

「結局、おまえがしゃしゃり出てきたことで、あの草薙美良子《くさなぎみよこ》は逃げて、警察官に撃たれた。結果的に、危険人物であることをその場で白状したようなものだったが、おまえはそのことで、後悔はないのか？　俺たちの邪魔をしたばっかりに」

蒲生は答えない。見るからに弱っている。

「で、あの時、おまえが使った武器は何だ」肥後はそれを解明するように、指示を出されていた。「その武器はどこに置いてあるんだ」

「いえ、何も」

肥後はそこで、これはもうお約束の流れ作業だな、と考えながら、「よし持ち物検査だ」と席を立った。部屋の出入口に立っていた制服の男に目配せをする。

蒲生を引っ張り上げ、着ている服を脱がす。全裸にし、壁に手をつかせ、足を広げさせた。どこにも武器など隠していないのは明白だったが、肥後はわざとゆっくりと体を撫で回し、耳の穴や肛門を制服の男に調べさせた。

その夜もエアコンを点け続けていたため、翌日、蒲生の体は強張り、触れるとひんやりとしていた。これはもう完全な仕上がりですね。取り調べ前、後輩の捜査員が肥後に言ってきた。蒲生は言いなりで、もはやこちらに抵抗する気力もなく、処刑場に運ばれるのを待つだけの状態、という意味だ。

肥後はこのあたりで、物足りなさを覚えはじめている。骨があると思えたこの男も結局はこの程度だったか、と。正義の味方を気取るのは、警察の地道な仕事を嘲笑うかのようなものだ。その、正義の味方をいたぶるのが愉快であるのに、こうも早く降参して、言いなりになられては、甲斐がない。

「どういう武器を使っていたのか教える気になったのか?」

はい、と蒲生はうなずくが、そのまま俯き、動かなくなる。頭が働かないのかもしれない。

「おい」と机を蹴るようにすると、はっとし、身を守る姿勢を取る。「まったく、びびった小動物みてえだな。おい、武器だよ。武器。何を使ったんだ」

「はい」「石みたいなものだろ」

「はい。石」蒲生はぼそっと答える。「石みたいなもので」

「銃か?」「銃です」

「どっちなんだよ。どうやって使う」

「ええと」要領を得ない。

「よし」肥後は景気づけをするように、手を軽く叩く。蒲生が不安げな顔を向けてくる。

「じゃあ、ここで蒲生さんにチャンスタイム」

拍手を白々しく、やる。

何ですかそれ、という面持ちで蒲生が、肥後を見つめる。顔全面に、「心配」と書かれているかのような、怯えた顔つきだ。

「おまえにはお母さん、いるよね。そりゃまあ、生まれたからにはいるわけだ。今も、山口県で、畑やりながら、一人で生活してる。いや、そういうのを調べるのはこっちの仕事だから、聞かなくても分かっている」

蒲生の顔が強張る。先ほどとは違う、青白さが浮かぶ。

「親ってのはいつまで経っても親だな。蒲生さんのことが心配でわざわざ仙台まで来てくれた」

「え」

「連絡をしたら、これは一人息子が大変だ、と飛行機で仙台空港まで来てくれたわけだ。事情は話したよ。お母さんもね、平和を愛する市民ではあるから、息子が警察の邪魔をしようと罪を犯したことについては、悲しんでいた。なんてことをしたんだ、申し訳ありません、と何度も頭を下げたよ。お母さんは常識人で、あんなにいい人なのに、どうしてこんなことをしちゃったんだろうな。でね、お母さんはその後で、我々に頼んできたんだ。息子の罰を軽くしてくれませんか、とね。深々と、床に額をこすりつけるとはまさにあのことだ。本当に心苦しくて、我々も、お母さん顔を上げてください、と頼んだけれど一向にやめない。捜査員全員、涙を必死にこらえたよ」肥後は慣れた口上を読むように、朗々と話した。実際、このあたりは慣れた言い回しではあった。

蒲生が、まじまじと肥後を見る。

「我々も鬼ではない。どうにかお母さんの気持ちを楽にしてあげたいと思うが、いかんせん、法律は法律、おまえが罪を犯した事実は消せない」

「罪」

「危険人物だ。だが、お母さんは、おまえを助けたいと土下座する。我々も、そんなお母さんの願いを叶えたい。それで、だ」肥後は言ってから、背後に視線をやる。後ろにいた後輩が指示を察し、立ち上がり、横壁に近づくとそこに掛かっているカーテンを開けた。壁と同色のベージュだったため、そこにカーテンがあったことに気づいていなかったのだろう、蒲生が驚くのが分かる。

横広の、ワイドテレビ大の窓があった。その向こう側は隣室だ。

「こっちからは見えるが、あちらからは窓だとは分からないようになっている。マジックミラーというやつだ」

肥後の説明に、蒲生ははじめぼんやりと視線を向けていたが、すぐに、がたっと音を立て、椅子から腰を上げた。

気づいたらしい。さすが親子の絆、と肥後はからかいの言葉を思い浮かべながら、その様子を眺める。

蒲生がガラス窓の前に立ち、口を開けている。肥後も立ち上がり、窓の前に寄る。

隣室には、還暦を迎えるか迎えないかといった年齢の、小柄な女性がいる。安物のブラウスの袖をまくっていた。

「ほら、おまえのお母さんはこれから、おまえのために挑戦するわけだ」蒲生に囁くように、伝える。隣室の隅には、健康器具に似たものが置かれていた。オリンピック競技用の鉄棒のようでもある。

「母さん」蒲生はぼんやりとした声を出し、幻を眺める顔つきだ。

「あの棒につかまって、三分ぶら下がっていられれば、おまえの処罰を軽くしてもいい」

「え」

「と、お母さんに言ったところ、その気になったらしい」肥後は漏れる笑いをこらえられない。体力測定や運動テストの結果で、刑罰が軽くなることなどあるはずがない。にもかかわらず、真に受け、やろうとする人間がいることが愉快だった。

「駄目」蒲生がわななくように、言う。「駄目だ。無理だ」

「駄目とはどういうことだ」

「知ってるんだ。三分は長い。簡単にできるものじゃない」

肥後はそこで初めて、感心した。青白い表情の蒲生に目をやる。顎のまわりには鬚《ひげ》が伸び、不潔で怠惰な男にしか見えない。「その通りだ。三分と聞けば、たいがいはどうにかなるんじゃないか、楽勝だと感じるが、実際にぶら下がったら三分はかなり大変だ」

言っている間にも、隣の部屋の蒲生の母親は裸足になり、器具のところに歩いていく。制服の男が三人、彼女を囲むようにしていた。

「やめさせろ」蒲生が言った。「こんな馬鹿なことは」

「馬鹿なこと、っておまえの母親が一生懸命、おまえのために頑張ってるんだぜ」

「弄《もてあそ》んでいるだけじゃないか」

「急に威勢が良くなりやがったな。せいぜい、お母さんの頑張りを応援してやってくれよ」

肥後はまさに、ショーを鑑賞する思いで隣室を見る。

制服警官が、蒲生の母親を背後から抱えるようにし、鉄棒にぶら下げる。

母親は万歳の姿勢で棒にぶら下がる。「お願いします」と口が動く。制服警官が後ろに下がったところで、別の捜査員がストップウォッチを押した。母親の顔が引き攣《つ》る。鉄棒をつかむ手と、腕にかかる自分の体重の重さは、予想よりもひどいはずだ。ぴんと伸びた腕も痛いだろう。

不安で目が泳いでいる。

蒲生は窓にへばりつく。それから肥後を睨み、「やめさせろ」と唾を飛ばす勢いで言ってきた。その乱暴な言葉遣いが不愉快で、しらっと見返すと、「やめさせてください」と懇願口調になる。

「三分耐えられるかな」

「無理です」

「無理じゃあ困るんだよ」

「困る？　誰がですか」

「おまえとお母さんだよ。あの鉄棒チャンスにはルールがある。もし、三分つかまっていられれば、おめでとうございます、息子のおまえは処刑を逃れられます。もし失敗したならば、お母さんも処刑される」

「え」

「お母さんは肝が据わっていたよ。息子のために三分、絶対、成功させる。失敗したらどうなってもいい、と」言いかけたところで肥後の襟首に、蒲生がつかみかかっていた。手錠を掛けられたままの恰好で、ぐいぐいと締め上げてくる。肥後は驚くでもなく、「おい」と声をかけた。

しまった、と蒲生はそういう表情をしていた。完全にこちらを恐れている目で、肥後は支配者の満足感を覚えるが、かまわず隣室に目をやる。

三十秒が経過した。

彼女からすれば、永遠に近い時間ではないだろうか。腕が震え、体が揺れはじめる。こうなったらもう落ちるのは目前だ。

向こうにいる制服警官が、蒲生の母に声をかけていた。台詞は想像できる。「ここで落ちたら、息子の義正さんの処刑は、よりむごいものになりますよ」

母親は目を丸くし、鼻を膨らませ、また腕に力を込める。

息子のために苦痛に耐える姿が、肥後には滑稽でならない。隣室で、母親の鉄棒ぶら下がりを眺めている制服警官三人も、明らかに笑みを浮かべている。

一の十四

窓の向こう、隣室で自分の母親が鉄棒にぶら下がり、苦悶《くもん》の表情を浮かべていた。

蒲生義正は自分の見ているものを、現実のものとしてうまく受け止められない。ここ数日の、平和警察に捕まって以降の、取り調べ自体が薄ぼんやりとした体験だった。エアコンによる冷温地獄が、体だけでなく思考を鈍くさせている。

そうして今、本来であれば山口にいるはずの母が仙台の警察施設にいる事態が飲み込めなかった。しかも、大きい男たちに囲まれ、しごきでも受けるかのように、鉄棒にぶら下がっている。

「母さん、何やってんだよ」と声を出した。冷気で強張っていたからか、唇の動きがぎこちない。

「おまえのために頑張ってるんだよ」横から言われた。誰だこの男は。ああ、平和警察の男だ。「おまえが正義の味方ぶるから、お母さんがあんなみっともない状況になってるんだ。悪いと思わないのか」

正義の味方？　いったい誰が。子供の頃ですら、その名称は照れながら使っていた記憶がある。いや、正義感はあった。昔の恋人から言われたではないか。「蒲生君は正義感が強いから。でも、気を付けたほうがいいよ」

気を付けたほうがいい。まさにそうだ。気を付けなかったから、母が今、酷い状態に陥っている。母も、まさか人生の後半に至り、このような屈辱と恐怖が訪れるとは思っていなかったはずだ。

ガラス越しに見える光景が曇りはじめる。泣いているからだとは少しして気づいた。「助けてください。もう、全部、自分がいけないので」気づけば、肥後に縋《すが》っていた。「助けるも何も、今、おまえを助けようとお母さんが頑張っているじゃないか」肥後の声には笑いが滲んでいるが、蒲生義正には分からない。「一緒に応援しよう。よく見ておけよ。三分頑張れずに、お母さんが棒から落ちちゃった時には仲良く、処刑だからな」

蒲生義正は体がよりいっそう冷たくなるのを感じた。自分自身を抱きかかえるようにし、震え出す。

「もう、限界かもな。ほら、お母さん、足をバタつかせてるよ。ああなったら、もう秒読みだ」肥後がガラスを指差す。「おまえもちゃんと見ておけよ」

蒲生義正は隣室に目をやる。確かに、小柄な母親が足を動かし、全身を使い、祈るように、もがいていた。

「ほら、見ておけって」肥後がへらへらと言い、蒲生義正の頭をつかむようにし、力を込めた。

そのガラスの向こう側で、ドアが開くのが見えた。隣室に、新たな警官がやってきたのだろうと、蒲生義正は想像した。

が、現われたのは、黒ずくめの男だった。

自分の目がぼやけているためなのか、もしくは室内の照明の角度で影ができているためなのか、そうでなければ、警察の恐ろしいまでの強権が黒い印象を感じさせるためなのか、とにかく、全身が黒い人物に見えた。

被ったキャップと服が黒く、さらにはフェイスマスクまでもが黒い。

隣室で、ばちんと金属音がした。実際に聞こえたかどうかも分からぬが、火花が散ったようには見えた。

向こうにいる制服警官三人が一斉に後ろの壁に目をやっている。黒ずくめの男が素早く動いた。手には木刀めいたものを持っており、あっという間に三人の警官の頭部を殴りつけていた。警官たちがうずくまっている。

黒ずくめの男はそれから、鉄棒に近づき、蒲生の母親を抱きかかえた。

それから、こちらを見た。

マジックミラーとなっているはずの窓をじっと見つめる。そして、蒲生の母親を引っ張るようにしながら、部屋から出た。

肥後はいつの間にかベルトから拳銃を取り出している。取り調べの際に携帯していることを、蒲生義正は初めて知った。「おい」と室内にいる別の警官に声をかける。そちらの警官も拳銃を抜き、ドアに向けた。

蒲生義正はただその場に立ち、呆然としていた。母がどうなったのか、自分がどうなるのかも分からない。

ノブが回転すると、ドアが開いた。

肥後と警察官は銃口を向けたままだが、まだ発砲しない。が、いつでも引き金を引く準備はできているのだろう。

ドアのあちらから、室内に転がってくるものがある。ゴルフボール大のもので、黒い。硬質の音を立て、中に入ってくる。手榴弾が跳ねながら進入してくるかのようだ。爆発物ではないか。肝が冷える。肥後と警察官の体が揺れ、正確には構えた拳銃の先がそのボールを追うような恰好になり、よろめいた直後、ボールが机の脚に激突する。

黒い男が中に入ってきた。蒲生の母親の姿はない。

ツナギの服を着ている。黒い革手袋をつけ、顔にはゴーグルが装着されていた。手に持っている木刀をくるっと回転させると、ずかずかと中に入ってきて、まずは警官の後頭部に叩きつけた。

それから肥後に対しても棒を振り下ろしたが、それを肥後は避けた。明らかに狼狽しているが立ち上がり、拳銃を構えた。

ツナギの服の男は腰に手をやる。と思うと、その体から複数の球が転げ落ちる。やはり、ゴルフボールに似ている。

「ふざけんじゃねえぞ」肥後が引き金を引く素振りを見せたが、また拳銃を持つ手が揺れた。

「このまま無事に帰れると思っているのか」

黒ずくめの男は無言だった。そもそも、スキーのフェイスマスクのようなものを付けているため、口も見えない。黙ったまま、背中から筒状のものを取り出し、肥後に向けた。

いったいそれが何の筒なのか、分からない。

肥後はそこでようやくというべきか、銃を撃った。が、やはり体が傾いていたようで弾は見当違いの方向の壁をえぐるだけだ。

直後、空気の破裂する音がした。筒の先から小さな球が飛び出し、すると肥後が動物じみた声を発し、その場にしゃがんだ。と思えば、ぷしゅっという噴射音が鳴り、それを聞いた時には部屋中に煙が満ちていた。毒ガスでも出たのか、と蒲生義正は恐ろしくなり咄嗟に顔を手で覆う。無味無臭、熱くもなければ冷たくもない煙が立ち込める。視界がほとんどない中、暴れている肥後の姿が見えた。股間を押さえており、そこから床に液体が広がっていた。蒲生義正は肥後が失禁したのかと思うが、それが血液だと分かり、絶句する。

肥後は股間から流血し、うずくまっている。命が次々と流れ出ていくように、蒲生義正には見えたが、すぐに煙でそれも覆われていく。

第二部

「おい、二瓶《にへい》、こっち」

私は呼ばれて返事をし、同じ宮城県警所属の先輩である三好達也《たつや》のところへ行く。警察関係者が、「第二」と呼ぶ建物の裏側だ。安全地区の割り当てにより、平和警察の捜査や取り調べに使うため、県の合同庁舎だった建物を改築したものだ。危険人物を勾留するためにも使われている。

三好は半開きのドアのノブをつかみながら、壁についたセキュリティボックスに目をやった。「これ、いかれてるんだな」

「何か大変なことになっちゃいましたね」

「だな。平和さん二人が殺されて、負傷者は十人以上だと」

「そんなに」

「不意を突かれたんだろうな。通路で倒れてる奴があちこちに」

正面の入り口はもとより、裏口ドアも無断で入ることはできない。身分証をカードスキャナーに通した後で、指紋認証を行わなければ、ドアのロックが外れない。そのセキュリティ機能が壊れているらしい。

「もう鍵、かからないいんですか？」

「電子ロックが壊れてる」

「防犯カメラには写っていないんですか」ビルの外や中、通路や各部屋にはカメラが設置され、それらの録画情報はモニター管理室に保管されていた。

「壊されてるみたいだな。全部ではないみたいだが、要所要所、この出入口のカメラだとか、あとは、侵入した取調室のカメラだ。残りの、通路の防犯カメラを今、調べてるようだぜ」

まわりには鑑識班が、落としたコンタクトレンズを探すかのようにあちらこちらで作業をしている。

「部長はもう大騒ぎだ。平和さんには平謝りだし、俺たちには鞭《むち》でびしばし。偉い人には飴を、目下の者には鞭を、ってああいうのも飴と鞭って言うのかねえ」

安全地区となった地域では、警察庁から派遣される、「平和さん」、平和警察に所属するメンバーのほかに、地元の自治体県警から選ばれた者たちが、つまり私や三好たちが、遊軍として協力をする仕組みになっていた。平和警察は、巡業のように、などと言ったら猛烈に叱られるだろうが、とにかく全国各地を行脚し、危険人物の取り締まりを行っている。基本的に、警察庁から来る平和さんは、こちらを仕切る立場で、危険人物の連行や尋問を率先して行う。県警職員の私たちはそれに従い、下っ端仕事に精を出すが、警察の仕事はそういった地道なものが大半であるから、通常通りと言えなくもない。

危険人物が暴れ、捜査員に何らかの攻撃を加えることは過去の安全地区でもあったが、今回のように、その平和警察の捜査員が死亡する事態は今まで聞いたことがない。

県警側は、大失態だ、と泡を食っている。

組織にとって一番面倒なのは、前例のないトラブルだ。

なぜか。

参考にすべき対処方法がないため、結果的に、上層部の能力が試されてしまうからだ。

「薬師寺警視長はかなり、怒ってるんですか？」

「まあ、あの通り、いつも表情が分からねえからな。ただ、怒ってはいるだろ、そりゃ」

言われて後ろを振り返れば、小柄で背筋の伸びた目つきの鋭い薬師寺警視長がゆっくり、鑑識にまじって、腰を屈《かが》めている。警察庁刑事局平和警察課課長の肩書きを持つキャリア組で、平和警察所属のベテランだった。ぱっと見た感じでは真面目な教師のようだったが、組み合っても微動だにしない雰囲気もあった。

昨日の事件で死亡したのは、取り調べ中の平和警察の担当者、肥後武男と加護エイジだ。

「平和さんの中でも、特にあの二人には信頼を置いている感じでしたもんね」

以前、三好は帰りの地下鉄で一緒になった際、「二瓶、俺もさ、まあ、清く正しく生きてきたわけじゃねえし、自分でもかなりのサディストだという自覚はあったけどな、平和さんを見てると、まだまだ上には上がいるものだと思っちまうよな」と囁き声で言った。

同感だった。自分の中に潜む、意地悪で、冷淡な感情については把握している。警察に勤めてから、一般市民が自分を敬い、畏れ、頼りにしてくることに、ぞくぞくと快感を覚えるようにもなっていた。社会の治安のためには、市民が少しばかり不便であったり苦痛であったりしても仕方がない、という考えも自分に浸透してきた。だが、平和警察と行動を共にしていると、「さすがにそこまでは」と目を逸らしたくなる尋問が行われることもあり、正規の平和警察部隊の凄さを実感していた。

肥後と加護はその中でもとりわけ、「優秀な平和警察」に見えた。

その二人が取り調べ中に現われた侵入者に殺害されたのだから、薬師寺警視長が不機嫌なのは当然だろう。弔い合戦に燃える思いが、鑑識とまざってしゃがみ込んでいる姿からも伝わってくる。

「第二ビルの通路では、うちの同僚も数人やられてたらしい」

「犯人は、この間の黒松《くろまつ》の時の男ですかね」私は言った。半月ほど前だったか、泉区黒松で、危険人物を連行しようとしたところ、どこからか現われたバイクの男が、平和警察の邪魔をしてきたのだ。ちょっとした騒動になったものの、結果的には、そのバイクの男は逃げたという。三好はその現場にいた。「可能性は高いよな。あいつもやっぱり、ツナギの服を着ていたからな」と顔をしかめた。

その男が今回、平和警察のビルにまで侵入してきたとなると、明らかに本格的な反対勢力だと言える。「どっちにしろ、犯人を検挙しないと、薬師寺警視長の沽券《こけん》にかかわる」

「薬師寺警視長は、平和警察や安全地区の制度導入の旗振り役でしたから、ここで大きな問題が起きたら、立場的にもまずいでしょうし」

「反対派閥もいるしな」三好は言った後で「というかまあ、薬師寺さんの場合は、まわりが全部、反対派みたいなもんだ」と声をさらに落とした。

「そうなんですか？」

「何考えてるか分からない優秀な男は、上層部の奴らには脅威なんだよ。お偉いさんからすれば、薬師寺さんなんて脅威以外の何物でもないだろ。とはいえ、排除もできない。なんとか自分の味方につけておくので精一杯。そんなところだろ」

「すみません、それ、調べさせてもらえますか」鑑識の男が寄ってきて、三好が眺めている認証装置を指差した。

おお悪い悪い、と三好は脇にどける。

「肥後さんも加護さんもかなりひどいやられ方だったたんですか？」

るんだと」

「聞いてないのかよ。加護は頭をかち割られて、肥後は股間を潰された後で、頭をやられて

「銃ですか？」

「木刀とかいう話だ」

「そんな原始的な武器で。しかも、股間はきついですね」

「だろ」

「だけど、おまえたちがいつもやってることも似たようなもんだろ」横から声がして、私は驚く。すぐ横の地面で、立ち入り禁止のテープを張っている、鑑識班の男が喋ったのだ。無言で地面にしゃがみ、壁に顔を寄せ、地味に作業をしている彼らのことは、私からすればそのあたりにいるクロアリたちにしか思えず、だから自分たちの会話が聞かれていることも予想外だった。いや、聞かれていたとしても気にしていなかった。

「どういう意味だよ、それ」三好がさっそく絡む。

「平和警察の拷問ってのは」鑑識班の中でも高齢の、よく見る男だった。

「拷問ではなく、取り調べだ」

「拷問は相当ひどいんだろ。処刑されたほうがマシって聞いたぞ。おまえたちも平和警察の手伝いで、洗脳されたんだろうが、ひどいことすると、自分もひどい目に遭うぞ」

「平和警察も別に、好きで乱暴な取り調べをしているわけじゃねえんだよ。危険な奴を見つ

けるには手荒いことも必要だろうが」

「どうだろうな」

「どういう意味だよ」

「昨日、駅前の牛丼屋で朝食食べてたら、平和さんが二人いて、俺の後ろで、危険人物をいたぶる話を嬉しそうに喋ってたぞ」

「店でそんな話するとは思えねえけどな」

「それだけ、感覚が麻痺してるってことだろ」

「そんなの薬師寺さんに知れたら、大目玉だ」

鑑識の男が鼻で笑った。「その薬師寺さんだよ。牛丼屋にいたのは」

三好は、「なるほどな」と答えた。「たぶん、それは炙り出そうとしたんだろうな。そういう話をして、牛丼屋に危険人物がいたら反応するだろう、と思ったんじゃねえか」

高齢の鑑識の男は、「ああ言えばこう言う、だな」と苦笑した。

「二瓶というのはどこだ」

背後から声がし、振り返ると薬師寺警視長が声を上げていた。横にいる県警刑事部の部長が、私に気づき、指差した。「あそこに」

私は驚きつつも返事をし、すぐに駆け寄る。「何でしょうか」

「今から仙台駅に行けるか」薬師寺警視長は瞬きを忘れたかのように目を見開いたままで、

もちろん私はうなずいた。この仕事において、疑問形の打診はほとんど命令形と同じだった。

「東京からこの事件のために、特別に担当者が来られることになっているんだ」部長が、私を見る。

「真壁《まかべ》という男で、警察庁の特別捜査室に所属している」

「特別捜査？」

「主に、警察内部で起きた事件や、警察が関わった事件の捜査をする。何でも屋だ」

「警察内の、と言いますと」

「警察の人間が被害者であったり、加害者であったり、もしくは外部に漏らしたくない事件を捜査する際の、専門捜査官だ」部長が説明した後で、薬師寺警視長はむすっとした表情のまま、「団体行動の苦手な、探偵気取りだ」と吐き捨てる。

薬師寺警視長の反応から、「その捜査官は嫌われているのだろう」と私は想像した。同時に、疑問は湧く。警察組織では基本的に単独行動は許されない。しかも上層部の人間から好かれていないのであれば排斥されるのがオチだ。にもかかわらず、この緊急事態に東京から呼ばれるくらいであるから、必要とされているのだろうか。なぜなのか。その理由は自ずと限られる。

有能な方なんですか？

そう訊ねたくなったが、訊ねない。上司に質問してよい機会はほとんどないのだ。

「今回、この地区で炙り出しをする際に使った、ゼミのトラップがあっただろ」部長が、私を見た。

ゼミのトラップとは、危険人物を洗い出すための手段の一つだった。平和警察に不満を抱き、反抗的な行動を取りそうな人物を集め、罠にかけて、捕まえるやり方だ。人権派の教授によって呼びかける形式を取るため、集まった者たちのことは、「ゼミ生」と呼んでいる。今回もその作戦が功を奏し、平和警察のビルに潜入し盗聴器を取り付けようとした男たちを逮捕できたのだ。

「あれをそもそも発案したのも、真壁捜査官らしい」

「そうなんですか」

「ただ、そのゼミ生を取り調べ中に、別の侵入者が来て、こんな事件を起こしたわけだからな、あの澄ました真壁にも責任はある」薬師寺警視長は表情は変わらぬが、口調が乱暴になった。

よほど、真壁捜査官が気に入らないのか。

我が刑事部長は、薬師寺警視長に追従するように、相槌を打つ。警察庁の平和警察は、ほかの部署、特に地方の警察からすれば、一段、格上の組織だった。メジャーリーグの選手に、教えを乞うような感覚になってしまうのは事実だが、それにしてもうちの刑事部長のへこへこぶりはひどい。

「他の土地でも、危険人物を洗い出すためのアイディアを、真壁捜査官はたくさん出されているようだ」刑事部長が、私に言う。あちらには猫なで声、こちらには威張り口調、切り替えが大変ではあるだろう。

「今回の事件の捜査のために来てもらうんですか」思わず、日頃はしない質問をしていた。

薬師寺警視長は頭をぐるりと回した後で、昨日、部下たちが殺害されたビルを眺め、「背に腹は代えられないからな」と認めたくないことを認めるような言い方をした。

「それで、だ。二瓶にはその、真壁捜査官の案内役を務めてほしい」刑事部長は言う。

「我々の判断で、おまえが相応《ふさわ》しいんじゃないか、となった。推薦した」感謝しろ、と言わんばかりだ。「今から駅に行け」

私は威勢よく返事をすると、一度、三好のところに戻り、事情を説明した。

「なるほどしばらくは、来賓さんのお相手か。真壁って名前は聞いたことがあるぜ」三好はからかい半分の声だ。

「そうなんですか」

「何考えてるのか分からない人だって話だ」

おい二瓶、早く準備しろ、と後ろから刑事部長の声が飛んでくる。三好が落胆した声で、「それに比べてうちの部長は、何考えてるのか分かりやすいよな。自分より偉い人には媚《こ》び諂《へつら》って。保身しか頭にない」と嘆く。

「確かに分かりやすいですね」

「昔はもう少し、しゃんとしてたんだぜ」

「そうなんですか」私が宮城県警に入った時にはすでに、上にぺこぺこ、下にがみがみ、の典型だった。小太りの体型と相俟《あいま》って、情けなさが溢れている。

「正義感があって、優秀で。まあ、警察に入ってくる奴はみんなそうだ。はじめはみんな、使命感に燃えてる。部長は、同期がどんどん出世していって、焦ってるんだ。今や上の覚えばかり気にかける、事なかれ主義だ」

「人それぞれ、生き残る道があるってことですかね」私は溜め息を吐くことしかできない。それではちょっと行ってきます、とその場を離れる。


「二瓶君、植物は無力だ、と思ったことはないかい？　自分では動くことができないし、もちろん、風で葉や茎が揺れたり、おじぎ草がとじたり、ああいうのはあるけれど、基本的には文字通り、手も足も出ない状態で、攻撃されても身を守れない。通りかかった人間が引っ張れば否応なく根っこごと抜かれてしまうし、虫が寄ってきて、茎を齧《かじ》れば齧られるがまま、蜜を吸えば吸われるがまま。もちろんそれを利用して、花粉をハチに運んでもらう花もいるけれど、自分に害があったとしても守ることはできない。ああ、何て、無防備なのか。美しくも脆い、あの憲法九条の専守防衛よりも儚《はかな》い。哀れに思わないかい？　ただね、植物の中には、防衛の知恵を持っているものもあるわけで、それがほら、キャベツなんだよ」

十数分前、仙台駅の新幹線改札口の手前で、真壁鴻一郎《こういちろう》と合流した。

「単独行動を許された、有能な捜査官」という話から、私がイメージしていたのは、生真面目で目つきの鋭い、背広姿の刑事、ベテランの勘と直観力に優れた人物、そういったものだったが、現われた真壁はその想像からずれていた。

そもそもが、改札の向こう、新幹線乗り場のほうからやってくるのだと身構えていたところ、急に後ろから、「県警の人？」と声をかけられた。

どこから来たのか、と私はうろたえるほかなかった。

「早く着いたから、構内をぶらついていたんだ」

すらっとした細身の体型で、背広を着ているものの肩にかかるかかからないかの長さの髪にはパーマがかかり、どこぞのミュージシャンが仙台にやってきたのかと思うような、外見だった。

「真壁捜査官ですか」と声をひそめて、訊ねた。「宮城県警の二瓶と言います」

「二瓶君ね、よろしく」

「まずは県警までお連れします」

「やだ」「え」「どうせ、挨拶とか、よく来てくれました、とか、そういうどうでもいいやり取りがあるだけだろ。あと、薬師寺さんもいるんでしょ、どうせ」

「警視長は平和警察を統括していますから」

「苦手なんだよ、あの真面目そうな感じが。僕のことも目の敵《かたき》にするし。あれは何なんだろうね。別に僕は、彼らの足を引っ張った覚えはないのに。それより、早めのランチでも食べていく？　駅の一階に担担麺《たんたんめん》のお店がオープンしたらしいし」

「ありましたっけ」

「今日からね。それが駄目なら、現場に行こう。どこだっけ。ほら、その笑える現場に」

「笑える？」

「だって、取り調べ中のサディスト刑事たちが、突然やってきた男に股間と脳天を砕かれて、死んでしまったんだろ。笑えるじゃないか」

私はまじまじと真壁鴻一郎を見てしまう。ぱっと見にはさほど感じなかったが、近くで見ると、自分より少し背が高い。見上げる角度になる。

「さあ行こうか」と真壁鴻一郎に言われ、駅構内を進んだ。

そして東口に停車した車、その助手席に乗ると彼は唐突に、植物の話をはじめたのだ。植物は身を守ることができない、日本国憲法九条どころか、ガンジーの非暴力主義といったところだ。けれど、まったくの無防備というわけではない。そう話した。

「キャベツの天敵は、アオムシだ。チョウチョの幼虫のね。そのアオムシ君たちは、キャベツが好きだからむしゃむしゃ食べていく。キャベツからすれば、たまったもんじゃない。そこでキャベツはね、アオムシをやっつけるために寄生バチを呼び寄せる」

「寄生バチというのは」

「アオムシに寄生するハチだ。ようするに、アオムシの敵だよね。アオムシコマユバチという。そいつが、アオムシに寄生することで、アオムシの数を減らすことができる」

「キャベツがどうやって、呼ぶんですか」

「そこなんだよ」真壁鴻一郎は弾むような声を出す。運転中であるから、ちらとだけ助手席を眺めたのだがすると、彼の輝く瞳と目が合った。「SOS信号を出すんだ」

「キャベツが？」

「アオムシがキャベツを齧るだろ。そうするとその唾液に含まれた酵素と、キャベツの成分がまじって、揮発性の物質が空中にばら撒かれる。それが、アオムシの天敵を呼ぶんだ」

私はその話に、「なるほど」とうなずいたが一番気にかかったのは、アオムシも唾液を出すのか、という点だった。

「齧られた時に、防御の信号を発するなんて、生き物の世界はよくできている。そう思わないかい、二瓶君」

「食物連鎖とか弱肉強食とかですもんね」

真壁鴻一郎は、私の反応がつまらなかったのか白けたような眼差しを向けてきた。

「そういった定型のキーワードはぜんぜん面白くない。弱肉強食とはいっても、動物たちは勝ったり、負けたりだ。そうだろ？　擬態した昆虫がいつも敵を騙せるわけではない。食われる時もあれば、逃げられる時もある。弱肉強食とはいえ、内実は、曖昧だ。ただ、今のキャベツの話は面白いだろ。だって、アオムシ自身が、敵を呼ぶんだよ。キャベツからすれば、相手の力を利用してやっつけるというか、合気道みたいなものじゃないか」

「ああ、なるほど」上官や先輩、自分より目上の人間に同意することには慣れていた。「確かにその通りですね」

が、その、心のこもらぬ相槌を敏感に見抜くのか、真壁鴻一郎はやはりつまらなそうな視線を寄越しているのが、横目でも分かる。

「これはさ、二瓶君、平和警察のことにも通じるよね」

「え、キャベツがですか」

「そうだよ。キャベツが平和警察に当てはまる。で、今回、その謎の侵入者がやってきて、警察を傷つけた。取り調べ中の刑事を殺害し、いやあ、ほんとそれは大変なことだよ」真壁鴻一郎は言葉とは裏腹に、愉快で仕方がない、という声で小さく笑う。「言うなれば、その侵入者がアオムシだね。で、その事件が、ＳＯＳ信号だ。それを聞きつけ、まあ聞きつけたくはないんだけれどね、こうして僕がやってきた。アオムシであるところの犯人を見つけるために。寄生する虫が、僕だ。いつだって、そうだ。警察は事件があると、僕を呼ぶ。僕を呼びたいがために事件が起きているんじゃないか、と思うこともあるよ。薬師寺さんは実のところ僕に会いたいんじゃないか、とかね」

「はあ」私は、彼の妄想じみた話に、うっかり本音の、ぼんやりとした返事をし、しまった、と顔をしかめたが真壁鴻一郎はそれを喜んだ。「二瓶君、そうだよ、表面的な相槌よりも、そういう本音こそが僕の求めてるものだ」

真壁鴻一郎はビルに入ると、どんどん中に行く。黄色のテープが張られた取調室に足を踏み入れ、あちらこちらを見はじめた。

現場となった取調室にはまだ鑑識班がおり、床に這いつくばるようにしている。

「捜査のために来てくださった、真壁捜査官です」私は取り繕うように紹介するが、彼らは特に関心もないのか、無反応だ。

真壁は壁を眺めて、「ここ、発砲した痕《あと》だよね」とえぐれた箇所を指差した。

「肥後さんの銃によるもののようです」

「ずいぶん、至近距離で外しちゃったんだね。焦ったのかな」真壁鴻一郎は、幼児の失敗を話題にするかのような言い方をした。

「通路でも何人かが銃を撃とうとした形跡はあるんですが、いずれも外れています」

「ふうん」真壁鴻一郎は部屋の壁にはめ込まれたガラスの前に立つ。「この向こう側、隣も拷問部屋だったんだっけ」と言った。

「真壁さん、そういう呼び方は」私は慌てる。「取調室ですから」

「二瓶君、取り繕うことはないよ。世間には取り繕う必要があるかもしれないが、僕には不要だ。仲間なんだから」真壁鴻一郎は言う。

取調室の隣の小部屋に入る。小部屋の壁からは、取調室が覗けない。

「こっちからはただの鏡に見える」真壁鴻一郎はその壁の大きな鏡に映る、自分の姿をノックするようにした。「これは本当に面白いよね。マジックミラーというのは、普通は逆だ。そっちの取調室にいる容疑者を、こちらからこっそり見る。目撃者や被害者に、犯人に似ているかどうか、観察してもらうために使う。面通しというのかな。そうだろ？ところがここは逆だ。いや、ここだけではない。平和警察の施設はね、だいたいこうだよ」

言わんとすることは分かる。

平和警察の取り調べとは、基本的に、「危険人物だと疑われた人物」に自白をさせることだ。そのためには、手段を選ばない。その、あまりに、「手段を選ばない」加減に、はじめのうちは私も抵抗があったものの、そのうちに慣れた。手ぬるい尋問如きで口を割るようでは、真の危険人物ではない。薬師寺警視長にそう説明され、得心が行く思いだった。そうなのだ、危険人物とは簡単に自供しないものなのだ。

そのため、取り調べ中の人物を動揺させることは必要不可欠だった。たとえば、隣室で、その被疑者の親しい知人、家族などに圧力を与えることは有効で、こういった一方通行のガラスは、それを被疑者に覗かせるために使うものだ。

「悪趣味だよね」真壁鴻一郎は言うが、言葉ほどは不快感を覚えていない節もあった。「これは、ぶら下がり健康器かな」

小部屋に置かれたままの、鉄棒を高く伸ばしたその健康器具を、動かなくなった長身の人物でも観察するかのように眺めた後で、真壁鴻一郎は言い、「なんてわけがないな」とすぐに自分で否定した。「何をやったのかは大方、想像がつくよ。前にも見たことがある。何分かぶら下がれたら助けるけれど、落ちたら駄目よ、ってやつだ。二分とか三分とかね、短いように思えて、実は長い。ぶら下がっていられるわけがないんだ」

はい、と私は答える。「その時は、蒲生義正の母親がつかまっていました」

真壁鴻一郎は呆れた表情を浮かべる。「お母さんね。で、ぶら下がりプレイの最中に」と通路からのドアを振り返る。「侵入者が入ってきたわけか」

「はい」

「鍵は？」

「こちらはかかっていませんでした。出入りは自由です。このビルに不審者が入ってくる可能性は低いと思いますから」

「それはなぜ？」

「ビル自体にセキュリティがあります。建物に入る段階でチェックしていますから、中の部屋には特に鍵はかかっていません。それに今回は、防犯カメラも壊されてしまったようです」

「全部？」

「あ、いえ、全部ではなかったと聞きました」

「取調室の録画データはどうなっているんだろうね。その、取り調べ中の映像は」

「え？」

「平和警察は、自分たちの取り調べの様子をカメラで保存しているだろ。拷問している状況を残すなんて、リスクがあると思うんだが、まあ、保管している」

「真壁さん、お言葉ですが、平和警察の尋問が厳しいのは、危険人物を割り出すために必要なことです」自分たちの仕事を非難されたとなれば、抗弁の一つもしたくなる。我々にも使命感はあるのだ。「それにもし、取り調べが恐ろしく感じるのであれば、危険人物たちに対する抑止効果にもなるはずです」

真壁鴻一郎はまじまじと私を見た。「本心からそう言っているのかい、二瓶君」

「もちろん、本心です」

真壁鴻一郎は眉を瞳から離すような表情で、手を広げた。「刑事の鑑《かがみ》だな、君は」と言う。「とにかく、平和警察側は取り調べの状況を保存しているからね。昨日の事件の際、取調室のカメラは壊されたとしても、データは残っているはずだと思うんだ」と言いながら真壁鴻一郎が向かったのは、防犯カメラを管理しているモニター管理室だった。初めて来た場所であるはずなのに、真壁鴻一郎は見取り図が頭に入っているかのように、ずいずいと進み、一階の裏口近く、つまり私たちが先ほど入ってきた場所のすぐ隣の部屋のドアを開ける。

「ここは、本当なら入室に指紋認証が必要なんだろうけど」ドアの脇についた認証装置を指差す。

「壊されてるんですか」

「いや、ここは無事だ」そう言って、真壁鴻一郎は自分のカードで開錠した。

モニター管理室の壁には、小さなディスプレイが並び、大きなサーバー端末が置かれている。捜査員が声を荒らげている取調室とは対照的な、人間の匂いのない、機械だらけの部屋だ。ここの画面越しに取り調べの様子を見ると、音声がないこともあり、生々しさが消えた、おしとやかなテレビドラマを眺めている感覚になる。今はそのモニターすべての電源が切れている。

ここにも鑑識が一人いて、這うようにして証拠を探していた。

「録画データはどれくらい持っていかれたんだろう」真壁鴻一郎が訊ねる。

鑑識が立ち上がり、見知らぬ顔に少し戸惑っている。が、私が紹介すると背筋を伸ばし、

「まだ分かりません」と答える。

「システム管理者がログを調べれば、もう少し状況は分かるんだろうね。でも二瓶君」

「はい」急に名前を呼ばれ、びくっとする。

「これは面白くなったね」

「どういうことですか」

「この部屋に入るには指紋認証が必要で、しかも、防犯カメラのデータを消したり、録画情報を奪うには、ログインが必要だ」

「犯人がどこまで、何をしたのかはまだ分からないですが」

「そうだとすれば」「すれば？」

「相手はかなり手強いってことだよ。面白いじゃないか」

私は反応に困った。横にいる鑑識も、厄介なことを耳にしてしまった、と困惑している。

「面白くはないですが」

「そうかなあ、僕はワクワクするけど」真壁鴻一郎はいつの間にか、床に這いつくばっている。

「誰かがこの部屋に入ったのだとすれば、最後の認証情報を調べることで、誰か分かるので

は？」

「たぶん、それくらいの情報は消してるんじゃないのかな。もしくは壊しているか」赤ん坊が這い這いをするかのように、もしくは透明の鉄道模型でも走らせているかのように、真壁鴻一郎は床をじっくり眺めていた。

「一通り、私も見ましたので、捜査官にそこまでやっていただく必要はないかもしれません」鑑識は心なしか青褪《あおざ》めている。

「あ、そう」真壁鴻一郎は立ち上がると、汚れを払った。「指紋係と足痕跡係はもう来たの？」

「ここはもう終わりました」

「何かあった？　これは、というものが」

「特に」鑑識は言いながら、ビニール袋に入れた物をいくつか掲げる。「遺留品と思えるのは、この牛丼店の半券くらいですかね」

確かにそこには牛丼の領収書がわりの半券がある。ゴミとしか思えぬものが大事そうに袋に入れられ保管されているのは、滑稽でもある。「日付が昨日ですから、ここの担当者が落としたのかもしれません」

「もしくは犯人だね」真壁鴻一郎は何事でもないように言う。

「え」

「牛丼屋の半券は重要だよ」

何を根拠に、と私は思うが、真壁鴻一郎は得意げにうなずくだけだ。

部屋を出て、ビルから出れば、裏口にはまだ数人の刑事が残っていた。三好はすでにいない。離れた場所に立つ制服の警官が二人、立ち話をしながらちらちらと視線を向けてくる。東京から来た真壁鴻一郎が気になるのかもしれない。

真壁鴻一郎はカードと指紋認証を行うセキュリティボックスをじっくり見た後で、今度はドアを眺めた。開閉を何度かし、ドアを触る。

しばらく、鑑識班の仕事を興味があるのかないのか、ぼんやりと眺めていたが、その私たちの前を、ビルの中から出てきた鑑識班が通り過ぎていった。

「あ、ちょっと君」真壁鴻一郎は、そのうちの一人を呼び止めた。

はい、と緊張した面持ちで鑑識の男が振り返る。「何か」

「そのまま、止まって」真壁鴻一郎は、鑑識の男の背後に回り、屈んだ。いったいどうしたのかと思っていると、男が肩からかけているウェストポーチに顔を寄せた。

「動かないで」とぶつぶつ言いながら指を伸ばしている。

「どうしたんですか」

「いや、これが付いていたからね」真壁鴻一郎が右手の指で何かを摘《つま》もうとしている。ずいぶん苦労し、摘み取るというよりは、擦《こす》り取るようにしていた。

「何ですかそれは」

「何だろうな。鉄の破片みたいだ」ウェストポーチの金具部分に付着していたらしいが、よく気づいたものだ、と私はむしろそのことに感心する。

「小さいですよね」

「ゴミくずでしょうか」鑑識は面倒臭そうだった。

「爆発物の破片とかかもしれない」

「爆発物があったんですか？」

「いや、まだ分からないからね。爆発物がなかったともいえない」そう言うと、「これも証拠の一つだから、ちゃんと保管しておいてね」と鑑識に手渡した。

私の電話が着信した。刑事部長からだ。真壁鴻一郎は、「面倒だから、出る必要はない」と主張したが、さすがに無視する度胸はなく、通話ボタンを押した。

「二瓶、とにかくまずは、真壁捜査官をこの本部にお連れしろ」

有無を言わせぬ力強い言葉が、私を突いてくる。


あなたが、真壁捜査官ですかお会いできて光栄です。

顔を出すと、刑事部長は恭しく挨拶をした。部長もやはり、真壁鴻一郎の、今にもギター一本でブルースの演奏でもはじめるかのような風貌にぎょっとした様子だった。その一方で、後ろに控えている薬師寺警視長の機嫌にも気を配っている。何しろいつも無表情、無感情の薬師寺警視長から、分かりやすいほどに真壁鴻一郎への侮蔑、嫌悪が滲んでいるため、刑事部長は、対立する宗教の信仰者のはざまで両者のご機嫌取りをする、という難易度の高い作法を見せていた。自分の直属の上司のその媚び諂う姿勢には、感心を覚えるほどだ。そして部長は、八方美人ぶりに自ら耐え切れなくなったからか、抑圧を跳ね返す勢いで、「二瓶、失礼はなかっただろうな」と私に叱責口調でぶつけてきた。

はい、と私は答える。

「失礼はないです。二瓶君はかなり真面目に、文句なしの対応をしてくれていますよ」真壁鴻一郎ははきはきした言い方をし、部長と握手をした。「上司の教育がいいんでしょうね」

「いやいや」部長は鼻の穴を膨らませた。

「なあ、真壁」薬師寺警視長が近づいてきた。「これはおまえのアイディアが起こした事件とも言えるな」

「薬師寺さん、どういうことですか」

「今回、取り調べ中に連れて行かれたのは、例の、ゼミ生たちだ。おまえが提案した、教授を使った罠にかかった男たちだ。つまり」

「だからって、正義の味方が現われたことを、僕の責任にされても困りますよ。それを言うなら、そもそも、薬師寺さんが平和警察の制度を推し進めなければ、こんなことにはなりませんでしたよ」

「馬鹿なことを」

「それと一緒で、僕だって無関係ですよ。どこまで原因を遡《さかのぼ》るんですか。すべての犯罪は、この世に人類が生まれたから！　とだって言えますよ。だとしたら、裁かれるのは誰ですか？　ああ、畏れ多い。僕は、あの何とかって教授を使って、レジスタンスの炙り出しをするアイディアを考案しましたけれど、それはあくまでも、やってみたら面白いかもよ、ってだけですからね。ゼミ生の罠を実行しなかったところで、犯人は侵入してきたかもしれないですし、効果のほどはよく分かりません。それに、あのゼミの手法は、群馬と奈良ではうまくいったわけですし、今回、たまたま宮城では事件が起きただけですよ。偶然、この宮城県エリアに正義の味方がいたってだけで。原因はほかにあるんじゃないですか」

薬師寺警視長の顔が曇る。「正義の味方、という呼び方はどうなんだ。だとしたら、我々が悪だとでも言うのか」

「とんでもないですよ。世の中には、悪なんて存在しません。全部が、正義と言ってもいいくらいで。害虫という虫が存在しないのと同じですよ。虫自身からすれば、自分自身は益虫です。ただ、薬師寺さん、平和警察が危ういのは、一般市民のことをアリのようにしか見ていないことですかね」

「虫けら扱いなどしていない」

「本当ですか？　薬師寺さん、平和警察の捜査員がタクシー運転手を間違って殺しちゃった話、聞きましたよ」真壁鴻一郎は少し挑戦的な声を出した。「しかも、目撃者も二人、殺しちゃったんですよね？　やるなあ。どこかに捨てたとか」

その話が何を指しているのか、私にもすぐに分かる。

平和警察の捜査員が深夜にタクシーに乗車した際、運転手と口論になり、発作的に射殺してしまったのだ。しかも、そこに居合わせた男二人が目撃したため、捜査員はその二人についても撃って、殺害してしまった。すぐに薬師寺警視長に連絡が入り、駆け付けた時には、捜査員はすでに目撃者の一人の死体を海に沈めたところだったという。

「薬師寺さんは、それで、タクシー運転手が危険人物だった、ということにしたんですよね？　射殺したのは、平和警察の捜査中で、適切だった、と」

「真壁、おまえはあいかわらず、ひねくれた考え方をするんだな。そのまま受け止められないのか。タクシーの運転手が危険人物で、捜査員は身を守るために発砲した」

「でも、そういう話を聞いたんですよ。タクシー運転手は危険人物だったことにされ、目撃者の死体はこっそり処分されたって」

「死体をこっそり？　誰がどうやってできる」

真壁鴻一郎はそこで唇を少し尖らすようにして、肩をすくめる。「そんなこと、平和警察なら余裕でできるじゃないですか」

薬師寺警視長は答えない。かわりに、横にいる刑事部長が明らかにうろたえ、挙動不審者よろしく、視線を泳がせていた。

「刑事部長がその死体の処分をするだとか、すでに処分しただとか、そういう話も聞きましたよ。ねえ」真壁鴻一郎が気軽に問うものだから、刑事部長は、「ええ、まあ」と素直に答えそうになった。慌てて、「いえ、そんな」と否定した。

署内の、少なくとも平和警察の仕事をしている人間はすでによく知ることではあった。捜査員が作り出してしまった、余計な死体を、刑事部長はしばらく隠している、と。

「ああ、そうか、死体を保管しておいて、どこかで大きな交通事故でも起きたら、その死体をそっと混ぜるつもりじゃないですか？」真壁鴻一郎が続ける。

「どういう意味だ」

「出し忘れたゴミは、別のゴミの日にどさくさに紛れて捨ててしまえばいいんです。平和警察のよくやる手じゃないですか。拷問で誤って殺してしまった人物は、それらしい事故や災害の死体に紛れ込ませる。死体を保管しておくための、大型の冷凍室があるとかないとか」

「真壁、いい加減にしろ。おまえの妄想を聞いている暇はない。タクシー運転手は危険人物だった。それだけだ」

「やっぱり薬師寺さんたちは、一般市民を虫のように、アリのように思っているんですって。あ、ただ、アリは最も怖い昆虫の一つですからね。アリに擬態する虫もいるくらいです。アリギリスの幼虫も、アリグモ、アカアリモドキホソヘリカメムシの幼虫も、みんなアリそっくりです。擬態というのには、いくつか種類がありますけれどね、この場合は、ベイツ型の擬態、つまり強いものにあやかって、真似して敵をびびらせようというタイプですから、アリは、アリのふりをしたくなるほど、強いってことですよ。アリに迂闊に手を出すと、一匹狙ったがために、何千匹も相手にする、なんてこともありえますから」真壁鴻一郎の饒舌《じょうぜつ》には慣れているのか、うんざりした様子で薬師寺警視長は聞き流している。「アリってのは羽をなくして、地面を這うことにした結果、あんなに繁栄したんです。面白いと思いませんか、薬師寺さん。生き物にはね、それぞれ生き残るためのやり方があるわけです」

「ええと、真壁捜査官、これからの捜査の方針は」刑事部長がとりなすように、話題を変える。

「蒲生義正たちは今、どこにいるんですか」真壁鴻一郎が口を尖らせた。「正義の味方が助けた後、どうなったんですか」

「今はまだ、居場所は分からない」

「その言い方からすると、そのうち分かる、ということ?」

「実は、そういう連絡がありまして」刑事部長が慌てて、説明を加える。

「誰からですか」真壁鴻一郎は、刑事部長ではなく、薬師寺警視長を見た。

薬師寺警視長がほんのわずかではあるが、鼻腔を広げた。

「犯人だ。犯人から、平和警察の、宮城県本部宛てにメールがあった」

「へえ。そんなものを送ってきたんですか」真壁鴻一郎は好奇心を見せる。こちらは、薬師寺警視長とは対照的で、子供のように感情が顔に出て、表情がころころ変わる。「『昨日はどうも、お騒がせしました』と書いてありました？　もしくは、事件の真相を知りたかったら、ここをクリック、とか？　それ、絶対、クリックしたら駄目ですよ、薬師寺さん。バイアグラ販売します、のページに飛ばされるかもしれません。しかも、残念なことにもしバイアグラが欲しかったとしても、そのサイトでは買えない可能性が高いです」

危険人物についての情報を得るために、平和警察では電話番号とともに、メールアドレスも公開している。送られてくるメールは膨大であるため、すべてをすぐに警察関係者が読むことは難しい。そのため、はじめは、粗く選別を行う。件名や本文におけるキーワードや文法について、機械的にチェックをかけ、信頼性を何段階かに分類し、たとえば迷惑メールのたぐいは最低ランクに入れられ、整理し、保存される。管理している部署のことには詳しくないのだが、そう聞いたことは私にもある。

昨晩、犯人と思しき者から届いたメールは、「蒲生義正」「水野善一」といった名前が本文に含まれていたため、最重要扱いですぐに、担当者の目に留まったのだという。「その二人はすでに尋問中でしたから、名前はフィルタリング対象となっていました」と刑事部長は言った。

メール本文には、「蒲生義正とその母親の公子《きみこ》、水野善一を救出した」旨が書かれていたのだという。犯人しか知らないはずの情報も含まれていたため、ほぼ間違いなく、犯人当人もしくは、その関係者だと判断された。

「要求は何でした？」

「どうして、要求があったと分かる」

「わざわざメールを送ってきたからには、要求や要望があったんでしょ」

薬師寺警視長は億劫そうに溜め息を吐く。「蒲生たちを家に帰してやりたい。そう言ってきた」

「帰りたければ、いくらでも帰れるんじゃないでしょうか」私は思わず口を挟む。悔しいが、逃げられた後の蒲生たちに、警察はまだ追いついていない。

「二瓶君、いいかい、その彼らが家に帰れば、平和警察が捕まえる。そしてまた、尋問を受ける。また助け出して、家に帰して、また逮捕される。助けて逮捕、助けて逮捕、とその作業を、馬鹿の一つ覚え、惑星の自転みたいに、ずっと繰り返してもいいだろうけどね。まあ、累犯犯罪者と警察機関の関係はそれに近い。それはさておき、救ったとはいえ、帰すのはなかなか難しいところなんだよ。てっきり、どこか、安全な土地でも確保して、そこに逃げるのだと思っていたけれど」

「警察の目を逃れて、のんきに暮らせるような土地はない」

「逃げたって無駄だよ、逃げれば逃げるほど近づく。地球は丸い、とフォーリーブスも言っていたように。まあ、本気で逃げるなら、火星にでも行くしかない」

「犯人の要求はつまり、『蒲生たちを家に帰したい。ただ、もう捕まえるな。放っておいてくれ』というわけだ。さらに世間には、『蒲生たちは危険人物ではありませんでした』と説明しろ、と」

「ようするに、逮捕前の状態に戻せってことですね」

「蒲生たちも、行き過ぎた尋問のことは口外しない。平和警察が非難されることはない。そういう交換条件で取引を持ちかけてきた」

「その要求は、飲んであげてもいいじゃないですか、薬師寺さん。大して打撃はない。ようするに、そいつは単に蒲生義正と水野善一を日常生活に戻してあげたかったんでしょう」

薬師寺警視長は、横にいる私ですら胃が痛くなるほどの、眼光鋭い目で、真壁鴻一郎を睨んでいる。「そんなに簡単なものであるわけがないだろうが」

「向こうは、何を人質にしてるんですか。ただで、要求を飲めとは言えないはずだ。取引として、何を言っていましたか」

「録画データだ。蒲生たちを尋問した際の録画映像をあっちは持っている。もし、蒲生たちを再逮捕するようなことがあるなら、そこまではしなくとも、蒲生や水野の家族に関わるようなことがあれば、すぐに録画映像を公開する、と。ご丁寧なことにメールには、動画の一部を添付していた。はったりではないことは確かだ」

「えげつない尋問の様子がばっちり写ってるやつですか。ただ、それくらいのことで相手の言い分を飲むほど、我々、警察はお人好しではないでしょうに」真壁鴻一郎は言う。

「どういう意味だ」

「尋問中の動画が公開されたところで、おそらくは、ネットに流出させるくらいしか手はないだろうけれど、それなら、いくらでも誤魔化せる。『映像を加工した偽映像だ』と主張することもできるし、『危険人物に関する法』の適用で、検索結果から除外することも可能ですよね。そんなことは痛くも痒くもないじゃないですか。蒲生義正がいかに危険な人物であるか、そのバックボーンを公開して、もちろんそれは捏造《ねつぞう》してもいいだろうし、とにかく一般市民に、『これくらい、厳しい尋問も致し方ないよね』と思わせることはできる。むしろ、平和警察の十八番じゃないですか」

薬師寺警視長はそれには答えない。「今のこちらの方針としては、向こうの要求は飲むことにしている」

「そうなんですか」驚きの声を発してしまったのは、私だった。「それでは、あの蒲生義正たちを家に帰すわけですか？」

二瓶、立場をわきまえろよ。刑事部長がほとんど囁くような声で、たしなめてきたため、私もはっとし、口を噤《つぐ》む。

「真壁が言ったように、その気になれば、取調室の動画ファイルなどどうにでもできる。公開されたところで、いくらでも対応はできる」

「今頃、警察庁のシナリオ部が、記者会見での弁明用の台本を作っているんでしょうね」

「そんな部署があるんですか」私は問い質したが、そこにいる誰もがまともには取り合ってくれない。

「とにかく、真壁、おまえが言うように、尋問映像が公開されたとして、我々はさほどダメージは受けない。影響がゼロとまでは言わないが、大きな脅威とは捉えていない。ただ、我々は、犯人を見つけることを優先する。そのためには、相手の要求を飲んでみせるべきだと判断した」

「泳がせるわけですね」私は言う。

「そうだ。もし、そいつが本当に、蒲生たちを家に帰すのだとすれば、それはそれで手掛かりになる。今は、相手の言いなりになったほうが得策だろう。だから真壁、おまえも、蒲生たちの家族には聞き込みはするな。それが相手の要求だからな。分かったか」

真壁鴻一郎は肩をすくめる。「犯人について、何か情報はないんですか」

刑事部長がそこで、「あ、映像はあります」と胸を張った。「出入口と取調室の防犯カメラは壊されていましたが、階段と廊下のものは無事でした。さすがに、すべてを破壊する余裕はなかったんでしょう」

「その映像データ、さっそく見せてください」真壁鴻一郎は嬉しそうに言った。「いやあ、楽しみだね。正義の味方がどんな人物なのか、どきどきするよ」


私と真壁鴻一郎は県警の別の部屋、情報分析部に移動し、防犯カメラ映像を観ることになった。パソコンと接続した液晶ディスプレイの前に大柄な猫背の五島《ごとう》がいて、マウスを操作している。数年前に本格的に設置された部署で、情報を収集整理することはもとより、情報の発信、コントロールも業務として、やっていた。普段の捜査活動のための部署とはいえ、平和警察が来れば、ますます本領を発揮する。

五島の後ろに真壁鴻一郎が立ち、ディスプレイを覗き込むようにした。

「たとえば、これです」五島は丸顔で大きな体をしている。物腰は柔らかく、年下の私にも丁寧に話しかけてくれる。

昨日の第二ビル内の映像をいくつか順番に再生した。

はじめに映ったのは、ビル内の通路を向こうからこちらに人が歩いてくる場面だ。白黒の映像ではあるが、画質は悪くない。

上下黒っぽい服の男が足早にやってくると、すぐに画面下部に消えた。

五島が素早く操作し、巻き戻し、映像を一時停止させた。

「おお」真壁鴻一郎は喜び、手を軽やかに叩いた。「これがその、平和警察に盾突く、正義の味方君か」

画面で無理やり止まらされた恰好の男は、中肉、どちらかといえば少し背は高いだろうか、といった体型だった。黒なのか紺なのか、はたまた濃い緑かもしれないが、ツナギの服を着ている。

「バイク乗りが着るようなやつかな」

「だと思われます。ライダースーツ、レーシングスーツというやつですね。メーカーなどは分かりませんが、古いものでしょう」

「素材は？」

「通常は、皮革ですが」

「ふうん」

カメラに素顔が写っていることを期待していたわけではなかったが、やはり、顔は見えなかった。キャップを被り、ゴーグルを着用し、口元は鼻から顎まで布で覆われている。スキー用のフェイスマスクだろうと思うが、五島は、「たぶん、バイク用かもしれません。防塵、防風の」と説明した。

「特徴があるような、ないような」真壁鴻一郎はとくだん、困った素振りも見せない。

「見た目からも、骨格計測からしても、よほどのことがない限り、男です」

「ほかの映像は？」

「あとはこれです」

次に再生されたのは、右から左へ、犯人が通過していく映像だった。丁字路《ていじろ》を上から見た場合の、縦棒側にカメラがあり、そのカメラが首を振った際に、横棒の部分が録画された、といった角度だった。

動きは素早く、あっという間に通り過ぎていくのだが、人影は一つではない。巻き戻しと停止が行われる。

「これは、ビル内の通路です。水野善一を連れているところです」

ツナギの男が先を行き、それに引きずられる形で、少し背の低い男がたどたどしい足取りでついていくようだ。

「犯人はまず、留置場にいた水野善一を連れ出しています。そこに着くまでに通路で数人、警察官を倒しているのですが、とにかく、水野善一を連れ出した後は、蒲生義正たちのいる取調室に向かっています。これはその時の映像です」

「さすがに、留置場の個室にはロックがかかっているんだろ。それとも水野の部屋だけ、鍵のかけ忘れ?」

「いいえ、電子ロックで施錠されていたんですが、それが壊されたようです」

「ビルの裏口のドアもそうでしたね。どうやって、開錠してるんでしょう」私が訊ねる。

五島は、割り込みで質問をぶつけた、年下の私にむっとすることもなく、「裏口もそうだったけれど、水野が勾留されていた個室のドアも、近くの防犯カメラは破壊されていて、肝心の部分は写っていない。ただ、磁気カードの読み取り部分がいかれているらしいから、それをやったのがこの男なんだろう。電子ロックは便利だが、磁気データや読み取り部分がエラーを起こせば、役に立たない。意外に、物理的な、ごつい閂《かんぬき》のほうが役立つってこともある」と説明した。

「五島ちゃん、いいこと言うね。その通りだよ。電子ロックよりも閂のほうが、強いことはある」真壁鴻一郎はずいぶんなれなれしい。

五島がいくつかの防犯カメラ映像を再生する。が、先ほどの二つよりはいずれも、ぼんやりと写っているものばかりだった。

「他に、彼の映像はないのかな」

「ツナギ男のですか」五島は言う。

「たとえば、昨晩、あのビルの周辺とか。さすがにこのツナギ君も、地面から忽然《こつぜん》と現われたわけではないだろうからね、何かしらの方法で移動してきたわけだ。途中のコンビニやほかの建物の防犯カメラに写っている可能性はある」

「今、それらは手配中で、情報を掻き集めているところだと思います」

「この男はどういう恰好でビルまで来たんだろうね。家からこのツナギの恰好でなのか、どこかで着替えたのか」

「どうなんでしょう」私も首を捻る。「この程度の変装でしたら、家から着てきてもさほど目立たないかもしれません」

「そうだね、ゴーグルとフェイスマスクを直前に身に付けただけかな。ツナギの服も、ジャンパーを羽織るだけで隠せるし。ああ、そういえば、ほら、ツナギ君は以前にも活躍していたんじゃなかったっけ」

「活躍？」

「送られてきた資料の中に」真壁鴻一郎は自らのタブレット端末を取り出し、電源を入れると指で何箇所かを触れた。「そうそう、これだこれだ。県警の取り調べファイルの中にあったんだよ。やっぱり、予習してくる子は報われるもんだね。勉強熱心で良かったよ。これは、蒲生義正に対する尋問メモだ。半月前、泉区黒松の住宅地に、危険人物被疑者を確保しようとした際、妨害者が現われたってあるけど。その際のスクーターが蒲生義正のものに似ていたから、この時の妨害者は蒲生義正の可能性が高い、と」

「ありましたね」私はうなずく。泉区の住宅街に出向き、被疑者を連れ出そうとしたところスクーターが現われ、近くに停車した。降りてきた男はそこで、平和警察の妨害行為をはじめた。「二人の警官が、木刀のようなもので殴られ、負傷しました」

「銃を向けたところ、逃走した。と書いてあるね。これって結局、この女性はどうなったの。危険人物被疑者は。ええと」タブレット端末上の文書を流し読みしている。視線が左から右へとすらすらと動いていた。「ああ、死んじゃったのか。その場で」

その言い方は小さな虫の死を語るかのような素っ気ないもので、おまけに、「さすがだね、平和警察は」と称賛とも嫌味ともつかない言葉を足すものだから、みな一瞬、反応に困った。

「逃走される恐れ、それからその場の緊急性、危険性を考えて、捜査員が射殺しました」

「その時の映像はある？　この住宅地近くにコンビニエンスストアとか、防犯カメラはなかったのかな。この男がスクーターで立ち寄っているかもしれない」

「実はこのあたりのカメラの確認は後手に回っていまして」

「どうして？」

「お聞きかもしれませんが、平和警察の捜査員がタクシー運転手を」

「ああ、あれね！　さっきもその話をしたんだよ」真壁鴻一郎は嬉しそうだった。「タクシー運転手を殺しちゃった事件。目撃者も一緒に」

私はそこで、真壁鴻一郎の専門分野は、警察職員が被害者になる事件や、もしくは加害者になる事件の捜査であることを思い出した。そういった意味で、タクシー運転手殺害の事件について関心があるのかもしれない。

「僕にはそういうの隠さなくていいから。それがどうかしたの」

「タクシー運転手の自宅が泉区の黒松だったので」

「なるほどね、まずい映像があったら困るってことで、こっそり回収しちゃってたわけか」

「通常の回収データとは別扱いになっていたので、確認が遅れて。蒲生のスクーターがカメラに写っているのもすぐには発見できなかったんです。でも、こんな映像がありました」

カラーの映像だった。住宅の庭があり、その向こう側が車道だ。

「ちょうどはす向かいに、防犯用にカメラを設置している家庭がありまして」五島が説明する。

映像は庭越しに外を捉えており、道路を挟んで右手向かい側の家を、平和警察のメンバーが取り囲んでいる場面が写っていた。

左側からスクーターが近づいてくる。丁度、カメラ正面のフェンスの切れ目あたりに、駐車する。降りた男はツナギの服を着ている。ヘルメットは装着したままだ。

「これ、まず間違いなく、昨日、取調室を襲撃した男と同一人物だろうね。それで、この時、彼が助けようとしたのは、まあ、助けようとしたかどうか目的はまだ明らかじゃないけれど、その相手の情報はある？」

はい、と五島が指を動かす。近くのプリンタが起動し、用紙が飛び出してくる。この女です、と渡された紙には、「草薙美良子」と氏名が書かれていた。四十五歳で、老人介護施設の職員として働いていた。

「小学校六年と五年の息子がいるわけね」

「旦那は、レストランのシェフです」

うーん、と真壁鴻一郎はその履歴書じみた紙を少しの間、眺めていた。宙に浮かべ、日に透かすような恰好だった。「これって、どういう人選なんだろうね」

「え」

「この正義の味方君はさ、どういう基準で助ける相手を選んでいるんだろう」

「平和警察の仕事を妨害するのが目的ですから、単に危険人物を救おうとしているんじゃないでしょうか」私は答える。「この時は、結果的に、救えませんでしたけど」

「ツナギ男もがっくり来ただろうね。むしろ、逆効果だったんだから。でも、ほら、昨日、あのビルには、蒲生義正と水野善一のほかにもいたわけだろ。勾留されて。たとえば、蒲生たちと一緒にゼミのトラップに引っかかった、ええと」真壁鴻一郎はタブレット端末を触っている。「田原彦一って若者も留置場にはいた。それ以外にも同じ時に勾留されていたのが、三人ほど」

タブレット端末の画面にリスト表示されている名前を見て、私はうなずく。

「だけど、助け出されたのは、その二人と蒲生義正の母親だけだ。さらに、半月前の、草薙美良子も助けようとしていた。少なくともこの三人、蒲生義正の母親も入れれば四人か、四人には何か共通点があるのかな」

五島がパソコンのキーボードを忙《せわ》しく叩きはじめる。四人の情報を抽出しているようだった。「年齢や住所にはさほど共通項はなさそうですが」

「なるほど。でも、これは面白いね、二瓶君」

「何がですか」

「連続殺人事件が起きた場合、警察がやるのは被害者の共通点を見つけることだ。AさんとBさんとCさんが殺されたからには、何か、共通の理由があるに違いない、と。そこから犯人を絞りこむことができる。それが今回は逆だ。被害者ではなく、『助けられた人物』の共通点を探す必要があるわけだ。犯人探しならぬ、正義の味方探し、というわけで。そうだ、君。もし可能だったら、ネット上で、『正義の味方』の目撃談などを集めてもらえないかな」

真壁鴻一郎は明るい声で、五島に言った。

「目撃談ですか」五島は咄嗟に起立し、その大きな体を揺らす。

「この正義の味方君は以前から、どこかで活躍しているかもしれない」

「危険人物を助けるために？」

「それは分からない。ただ、少なくとも、たとえ正義の味方にしても、あれは必要だから」

「あれ、と言いますと」

「練習だ。どんなことでも予行演習はしたほうがいい。平和警察といきなり対決する前に、町のチンピラ相手に力試しをしている可能性だってある。そうだろ。だから、警察だとは明かさずに、ネット上で、そういった人物の情報を求めてみれば、気軽に報告してくるかもしれない」

「警察だということは伏せて？」

「伏せたほうが情報は集まるからね。警察相手だとみんな、緊張する。で、報告してきた人間がいたら、そこで警察だということを前面に出して、ぐいぐい聞き出す感じにしようか。そのあたりは、五島ちゃんに任せるよ。餅は餅屋だろうし」

五島は困惑しながらも背筋を伸ばし、「分かりました」と返事をした後で、「あの、捜査官」と言った。

「うん、何？」

「どうして私の実家が餅屋だと知っているのでしょうか」

真壁鴻一郎は私の顔をちらと見た後で、ぴくりとも表情を崩さず、むしろ引き締め、「僕の捜査能力を舐めてもらったら困るよ」と決め台詞さながら、言い切った。

「ここに向かってみようか」車に乗った後、エンジンをかけたところで助手席の真壁鴻一郎は、タブレット端末に表示した地図を私に見せた。ガイドブック片手にデートの目的地を決めるかのような、軽やかな言い方だ。

画面の中心に、「宮城県立双葉高等学校」とある。「学校ですか」

「ここに、水野善一の娘が通っているみたいなんだよね」タブレット端末に表示中のリストから、水野善一に関する詳細情報を表示させている。「高校二年生だってさ」

「行って、どうするんですか」犯人からのメールによれば、蒲生義正や水野善一の家族に近づいてはならぬ、という話だった。「高校で水野玲奈子に接触するのはまずいんじゃないでしょうか」

「でもほら、薬師寺さんみたいな、いかにも刑事でございます、なんて人が行ったらまずいけれど、そうでもなければ、たぶん、ばれないよ。特に、水野玲奈子に接触するんじゃなくて、その同級生とかに当たるぶんにはばれない」

確かに、この真壁鴻一郎の風貌からすれば、たとえ警察手帳を出したところで、「本当に？」と疑われるのは間違いない。

私は車を走らせた。

「仙台に来る新幹線の中で、調べてみたんだよ。移動時間にやることもないからね。今回、助けられた蒲生義正と水野善一、その家族について検索して、調べてみた」

「どうでしたか」と訊ねたものの、私にも想像はついた。今まで、過去の平和警察の活動やそれによる各地域の反応については、統計や報告書がいくつか上がっている。それによれば、危険人物として通報され、平和警察に連行された者はその時から、ネット上にさまざまな情報を流される。いかに、その人物が危険であるのか、過去の不法行為や噂が堰《せき》を切ったように、溢れ出す。もちろん面白半分の、ストレス発散が目的の弱者いじめ、のデマカセも多いが、何しろ危険人物であるのだから、ある程度までは致し方ない、自業自得の範囲、と私は受け止めていた。

蒲生や水野についての批判的な情報も、取捨選択できないほど、ネット上にあるはずだ。

「だから、とりあえず僕が調べたのは、平和警察が彼らを逮捕する以前の情報なんだ」真壁鴻一郎は、私の運転する車が左折していくのに体を任せるようにしながら言う。

「なるほど、逮捕以前の情報ですか」つまりお祭りに便乗するような、真偽不明の情報が氾濫する前、というわけだ。それなら、ずいぶん絞れるかもしれない。

「そうしたところ、面白いのが引っかかってね。ほら、学校の裏掲示板があるだろ。正確には、表なんだけれど」

「ああ、はい」

学校裏掲示板は昔から、問題視されている。学校の生徒が好き勝手なことを書き込めるネット掲示板で、いじめを助長するメッセージが交わされたり、物騒なやり取りがあったりするため、話題になることが多かった。面倒なことに、そういった掲示板はアドレスが公になっておらず、大人の監視の外に存在しているため、チェックや対処ができない。仮に発見したところで、別の場所に裏掲示板が作られる。裏掲示板と言われる所以《ゆえん》だ。が、ずいぶん前にそれを逆手に取る方策が取られていた。あたかも裏掲示板に見えるものを、こちら側が用意しておく仕組みだ。いかにも裏側、大人の支配の外に見える廃墟が、実のところ表も表、管理者のコントロール下にあるといった具合なのだが、子供たちはそうとも知らず、そこで好き勝手に情報をやり取りする。

監視する側はもちろん、たいがいのことは見逃す。あくまでもそこが、「治外法権」だと思わせるためにだ。が、大きな問題や大事件に関する情報があれば、対処することができる。万能感に溢れた孫悟空が、自由自在に飛び回った結果、お釈迦様《しゃかさま》の手のひらの上、というあれと似たようなものだった。

「双葉高校の掲示板を覗いたんだ。すると面白いことに、水野玲奈子は少し前から、ハブられていたらしくてね。とにかく、みんなでこそこそ、水野玲奈子の悪口を書き込んでいるんだ。まあ、ようするに彼女は、どこぞの大学生たちに襲われたらしいぞ、やられちゃったのね、可哀相に、という内容なんだけれど」

「はあ」

「それはまあ可愛いほうでね、だいたいは、ニュアンスが変わった表現が多い。彼女は、大勢の大学生を相手にしたらしい、淫乱キャットだぜ、という噂が多かった。淫乱ベイベー、淫行ガール、と囃されているわけだね。あとは、偽善者だ！　という非難も繰り返されている」

「偽善者？」

「興味深いだろ。偽善者と貶《けな》されるのならば、何かしら表向きに、良いことをしたことになる。それがいったい何なのか」

「それは、父親が捕まる前からですか」

「前なんだよね。捕まった後であれば、危険人物の家族が受ける非難として、こんなのはうじゃうじゃ出てくる。おはようございます、の挨拶のような軽やかさでデマが発せられる」

「以前からということなら、水野家がやはり、道徳的に問題があって、非社会的な存在だったという証拠と言えますよね」

「まあね」真壁鴻一郎はうなずいた後で、「ただ」と続ける。「ただ、悪口についてはいくつか分析することができてね。たとえば、『あいつはこの間、俺の約束を破った』とか、『あいつはわたしたちを教師に告げ口している』とか、そういうたぐいの悪口は、動機が分かりやすい」

「動機が？」

「コミュニティを守る意識から来る、正義の告発だ。『あいつはルールを守らないぞ！』という警告だよね。彼らなりの規範、仲間のルールを守るための正義だ。ただね、ここに書かれているような、『あいつは淫乱だ』とか、『誰とでも寝る女だ』なんて悪口は、それとは違う」

「違うんですか」

「そう。たいがいは」「たいがいは？」

「妬《ねた》みや恨みから出た、ただの侮辱の可能性が高い。だって、そんな情報を流したところで、共同体にさほどメリットはないからね」

「規範意識から来るのかもしれません。そういう、ふしだらなことをしていたらコミュニティの和を乱してしまう、という」

「それなら、もう少し批判のニュアンスが強くなるはずだ。淫乱女、と言ったところで警告にはならない」

前方の信号が赤であるため、ゆっくりブレーキを踏みながら、真壁鴻一郎の言葉を頭で咀《そ》嚼《しゃく》し、車を完全に停止させる。が、よく分からない。「では、どういうことですか」

「こういったパターンは単に、いじめているだけの可能性が高いんだよ」

なるほど確かにそうかもしれない。私が高校生の頃も同級生の不良たちが、「あいつはヤリマンだぜ」と唇をふやけさせたような表情で、にやにやと言っていたが、あれはもちろん、「淫行けしからん」という思いよりは、楽しんでいるだけだった。

「いじめですか。ということは、水野玲奈子はいじめられていた、と。だとすると、何かあるんですか」

「もし、水野玲奈子がいじめられていたんだとすれば」真壁鴻一郎が、こちらを見た。信号が切り替わり、私は車を発進させる。「はい」

「もしかすると、正義の味方が助けに来たこともあるんじゃないか、とね。二瓶君はそう思わないかい？」

　真壁鴻一郎は、双葉高等学校から最寄りの在来線の駅までの通学路近くで、私とベンチに座り、その帰宅生徒たちの列を眺め、適当な女子生徒を見つけると、もちろんどのあたりを見て、「適当」と判断するかは私には分からなかったのだが、声をかけ、「水野玲奈子さんが、今、どこにいるのか分かりますか」と訊ねた。「もしくは、どなたか、水野玲奈子さんの友達はいませんか」

予定通り、警察だとは名乗らなかった。

そして、水野玲奈子の同級生、もしくは、水野玲奈子を知っている、という生徒を見つけると彼は、「実は僕の友人の彼が」と私を指差した。「ずいぶん前に、イギリスのロックバンドの来日ライブで、水野玲奈子さんと会ったらしいんですけど、その際に海賊版の音源のやり取りをする約束をしたんです。それが、連絡が取れなくなってしまって」

もはや、嘘の上に嘘の絵の具を塗り重ね、どこから色を剝がしていいのか分からぬほどであったから、私は否定するのはもちろん、質問や確認をする気持ちにもなれず、とにかく、「これは仕事だ」と自らに言い聞かせ、深刻な表情でうんうんとうなずいていた。

生徒たちは学年を問わず、声をかけた相手は全員、「水野玲奈子」のことは知っていた。父親が危険人物だったからだろう、学校内でもその話題で持ちきりだったに違いない。そして、なるべく自分は関わりがないことをアピールし、「詳しくは知りません」と立ち去るケースが多かった。

父親が捕まった翌々日から不登校であることは分かった。

小柄な制服姿の女子生徒は、そんな中で見つかった。丸顔の快活そうな彼女は、水野玲奈子と聞き、少し表情を曇らせた。その点は、それまでの生徒たちと同じだったが、どこか気まずそうであるのが、取り繕う様子から感じ取れた。

「玲奈子は今、学校に来ていないんです」彼女は目を逸らすが、逸らしたことを隠すかのように、真壁鴻一郎を見る。それから私を一瞥《いちべつ》し、靴に目を落とした。

「家に行くしか、会う方法はないのかな」

「たぶん」彼女は力なく、ぼそりと言った。

「そうかあ。あのさ、さっき妙な噂を聞いたんだけれど。水野玲奈子さんって、その、前から悪い噂があった？」

「え」

「ほら、なかなか言いにくいけれど、品の良くない噂が。彼女が、若い学生たちとどうこう、という、不埒《ふらち》な」

「ふらちな？」

「君は聞いたことがないかな」真壁鴻一郎が言ったところで、女子生徒は明らかに顔面蒼白になり、はじめは、いえ何も、とかぶりを振り、否定しようとしていたのだがあるところで口を噤んだ。

このあたりになると私は、女子高生相手に質問する感覚ではなく、危険人物に対して尋問する仕事、平和警察の自分になっていた。

「君だろ」真壁鴻一郎が言った。鎌をかけたのに違いない。「君が、彼女のあの噂話を流したんじゃないのかな」

人間には、罪を隠したい、という思いと同時に、「後ろめたさを処理したい」という思いもある。でなければ、懺悔《ざんげ》や告解《こっかい》のシステムも無用だ。

女子生徒は、わっと涙を溢れさせ、その場で顔を覆った。

横を見れば真壁鴻一郎が親指を出し、達成感に満ちた顔つきで、口だけで小さく笑っている。一歩前進！　とでも言いたげだ。

彼女は、自分が水野玲奈子を貶《おとし》める噂を流したことを認めた。自分は、水野玲奈子とは、幼馴染みに近いのだとも言う。

「どうしてデマを流したんですか。仲違《なかたが》いでも？」

「いや、二瓶君、そうじゃないだろうね。それなら彼女はここまで、罪悪感を覚えないかもしれない。たぶん、喧嘩ではないね」

女子生徒が、カウンセラーの言葉を拝聴するかのような顔つきになっている。目は赤いが、涙は止まっている。

「喧嘩じゃないとするなら」

「やっかみか、もしくは、保身だよ」真壁鴻一郎は、本人がそこにいるのも気にかけず、断定気味に言う。

「やっかみか、保身」私は隣の女子生徒を見る。正解？　クイズ番組の司会者の反応を窺う心持ちで、「ですか？」と疑問形にした。

女子生徒はしばらく黙った。中空を見つめ、ふわふわと浮かぶものを眺める眼差しで、私の分析によればそれは、「やっかみ」と「保身」の意味するものを必死に解読していたのだろうが、動かなくなった。

それからまた泣き出し、今度のそれは若干、芝居じみており、とにかく私たちはそれが止《や》むのを待った。真壁鴻一郎はやはり親指を立て、ゲームのステージを一つクリアしたかのような喜びを微《かす》かに浮かべている。

女子生徒が喋ったのは、私の予想していたものとは少し異なるが、興味深い内容だった。はじめに、不埒な大学生サークルありき。

市内の私立大学の苦労なし学生たちが女子高生たちを拉致し、脅すといった野蛮な行為を繰り返していた。連れ去った後で、まず、「誰を連れ去ってほしいか」と女子高生に迫る。つまり自分の身代わりとして、誰かを売れ、と強要する。紹介した者については解放する。それを拒んだ者、次にバトンを渡すことを拒んだ者については、複数人で強姦する、という段取りを採用しているらしかった。

「拉致した全員を襲わないだけ、まだ良心的」真壁鴻一郎は言った後ですぐに、「とはまあ、言えないけれど」と続ける。「悪趣味だね。ねえ、二瓶君」

「そうですね」

「まあ、そういった人の気持ちを痛めつけるやり方は、平和警察が得意とするところだけれど」

私はそれにはさすがに同意できず、曖昧に答える。

「十代の女子たちが、疑心暗鬼と罪の意識で思い悩む姿が目に浮かぶよ」大袈裟《おおげさ》なふりで、嘆いた。

女子生徒は、私の横でずっと下を向いている。

「その下品な輩《やから》に、君や水野玲奈子さんは巻き込まれたわけだね。で、僕の勘で言えば、君は誰かの名前を口にした。違うかな？　生贄としてね。ただ、水野玲奈子さんのほうはそうしなかったんじゃないかな」

「どうしてそう言えるんですか」

「だって、この子にとっては、そのケースが一番、屈辱じゃないか。自分が乗り越えられなかった試練を、隣の友人が楽々と、まあ、楽々かどうかは分からないけれど、乗り越えたとすれば、尊敬するか、屈辱を感じるか、どちらかだよ。そのバランスを取るために、水野玲奈子さんの悪評を流す気持ちにもなる。悪魔がね、囁いてきたわけだよ。『あの子は仲間を売らなかった。ということは、学生たちにやられちゃったんだよ。ほら、そっちのほうがよほどひどくない？　自分だけいい恰好をして、偽善だね。その話をみんなに聞かせてやりなよ』とかね」

女子生徒の反応は分かりやすいものではなかった。何か言いたげに短い言葉を発しようとしては、言い淀んでいる。否定したいのか、すべてを告白したいのか、はっきりしない。

「どう？」私は、曖昧な言い方で彼女に訊ねた。真壁鴻一郎の推測は当たっているのか、確認するつもりだった。

彼女は、「少し」と言った。「少し違います」

「え、違うの」親指を出しかけていた真壁鴻一郎が本心から驚きの声を上げた。自分の勘が外れたことが不本意らしく、「どのあたりが違うわけ」とむきになった。

「いえ、彼女が知り合いの名前を言わなかったのは本当だと思います。ただ、学生たちに乱暴されたわけではなかったみたいです」

「どういうこと」

水野玲奈子が珍しく部活の練習を休んだ日、同級生であるところの彼女は、何が起きたのかを察した。おそらく、あの憎らしい大学生の集団に連れ去られたのだろう、と。彼女は誰かの名前を口に出しただろうか。わたしと同じように。もしくは、抵抗し、その結果、ひどい目に遭ったのだろうか。気になって仕方がなく、けれど積極的に訊ねることもできず、メールで、「どうしたの？」と素っ気なく、窺うほかなかった。

「曖昧な返信しか来なかったんですけど、その後、学校に来た時、玲奈子はちょっとおかしくて。ぎこちなくて」

「たぶん、君が、彼女の名前を提供したんじゃないかと疑っていたのかもね」真壁鴻一郎は無神経に言う。「わたしのこと売ったのかしら、とね」

彼女は、はい、と言うだけで、怒りはしなかった。「でも、それでも少し話を聞いていたら、玲奈子が言ったんです」

「何て」

「『胡桃、あいつらはもう襲ってこないと思う』って」

「襲ってこない？　あいつらってのは、その、学生たちのことか」

「助けられた、と言っていました。やっつけてくれた、って」

真壁鴻一郎の鳴らした指が軽やかに響いた。輝きすら生み出すほどの音だった。「はい来た。正義の味方だ」

後ろから男たちが数人つけてきたことに私は、なかなか気づかなかった。刑事失格、と批判されても仕方がないかもしれない。

私たちは大学生を、ラグビー部に所属する二年生で社会学を専攻している小暮大輝《こぐれだいき》を、問い詰めているところだった。

ワゴンを乗り回し、夜の市街地を移動し、女子高生相手に脅しと集団暴行を繰り返す、その俗悪グループは比較的、簡単に見つかった。水野玲奈子の同級生の話から、その若者たちの所属大学は分かり、「アイドゥサークル」と呼ばれていることも教わることができたため、あとは大学キャンパスに出向き、それとなく学生から情報を引き出せば、もちろんそのあたりは真壁鴻一郎の自然体が効力を発揮したのだが、すぐにメンバーの数人は把握できた。

キャンパス内で聞き込みを行ったところ、小暮大輝なる男が見つかった。骨折でもしたのか、左腕を三角巾で吊っていた。

「君が小暮君かい」

「だったら何だよ」

「会いたかった。美女が待っているからこっちに来てくれないか」

そんな胡散臭い話に乗ってくるわけがないだろう、と想像したが、「美女」の効果は絶大なのか、小暮大輝は警戒しつつもついてきた。キャンパスから出たすぐ隣の敷地、小さな公園じみたところでベンチに座る。

真壁鴻一郎は手を叩いた。「実は小暮君。女子高生を襲うことにかけては匠《たくみ》の域、と呼ばれる君たちに、話を聞きたいんだよね」

え、何だよ、と小暮は左手は包帯に巻かれ、右手はブルゾンのポケットに入れ、両手がふさがった状態で顔を赤くした。怒って立ち上がろうとする。

警察手帳を出したほうが楽かもしれない、とそう考えたとき、背後に数人の足音が聞こえた。

振り返れば、服装ばらばらの学生が二人立っていた。別段、人相が悪いわけでもなくどちらかといえば、お洒落で軽薄な若者、もしくは、生真面目で勉強熱心な学生に見える。手には金属バットを持っていた。

「野球をやるにしてはボールがないね」真壁鴻一郎もベンチから立った。学生たちを眺める。

「小暮君、ポケットに入ってるスマホか何かをいじくって、呼んだんだろ？　知ってたよ」

「おまえたち、いったい何の用だよ」後ろから来た、さらさら髪の男が言う。「おい、大輝、こいつらがおまえの言ってた奴なのか。恭二《きようじ》の目を潰した奴なのか」

「わかんね」小暮大輝はかぶりを振る。

「恭二君ってのは、目をやられたのかい。いやあ、そのあたりのことをね、じっくり話したかったんだよ」真壁鴻一郎は胸を張る。

若者たちの温度が明らかに上がった。敵意に満ちている。私の内側でも芯が引き締まり、火が灯《とも》る感覚が生まれた。ようするに平和警察の捜査員としての自分、に切り替わっている。

「ほら、ツナギの服を着た男だ。君はそいつにやられたんだろ？　小暮君」

小暮大輝が機関車の噴煙の如く、鼻息を荒くする。「あのツナギ野郎、絶対許さねえぞ。おまえじゃねえのか」

「僕は違う。そのあたりのことを詳しく教えてほしいんだよ」

後ろから寄ってきた男たちが同時に二人、バットを振り回し、かかってきた。

私は動いている。斜め前に足を踏み出し、体を横にし、一つ目のバットが振られるのを避ける。同時に腋《わき》に挟む。そのままバットを思い切り引っ張る。すぐに手を離せば良いだろうに、得物《えもの》を失いたくないからか、男はつかんだままであるため彼の体はこちらに傾く。そこにもう一人のバットがぶつかる。

痛みにうずくまる若者と、仲間をバットで殴打して戸惑う若者と、どちらも私からすれば、うんざりするほど動きが鈍く、溜め息を吐きたくなる。

私はこういった場をすぐに収める方法を知っている。

倒れた若者に近づくと、手首を捻り上げた。指をつかみ、手際よく、自ら手際よくと表現するのも恥ずかしくはあるが、関節を駆動しない方向へ折った。

若者が悲鳴を上げる。すぐに次の指を折る。容赦や躊躇《ちゅうちょ》は不要だ。

平和警察の手伝いをはじめて以降、学んだことの一つだ。

集団の敵を大人しくさせるためには、誰か一人を徹底的に痛めつける。容易で、手っ取り早く痛そうで、むごいやり方を見せつければいい。

ほかの仲間たちの反抗心を、恐怖心で失わせればいいのだ。

私はほかの若者に目を向け、「全部、折るぞ。おまえたちのも」と言う。特に緊張はなかった。はじめのバットの動きには神経を尖らせたが、それ以降は、この若者たちが数と武器に頼るだけの集団だと分かった。

「みんな、動かないでね」真壁鴻一郎は、はい注目、と手を叩く。「下手に動くとこのお兄さん、本当に指を折っていくからね。真面目な感じに見えるけれど、怖いんだから。いや、真面目だから怖いんだよ」

若者たちは、私たちを遠巻きにしたまま、立っている。どうすべきなのか、お互いの顔を見合わせている。

「じゃあ、小暮君、教えてほしいんだけれど」真壁鴻一郎は、左腕を吊った、見るからに負傷者の姿をしたラガーマンに向き直った。

「何を」反抗的な顔つきで言い返したところで、弱気を浮かべ、「ですか」と言葉を足していた。

「君たちをやっつけにきた正義の味方についてだよ」

「あいつの仲間じゃないのかよ」

「仲間ではないんだなあ。むしろ、どっちかといえば敵だよ。敵の敵は味方という理屈から言えばね、ほら、小暮君と僕たちは味方同士だよ」

小暮大輝は目をくるくるさせるかのようだった。必死に計算をしている。どうするのが得策で、最も被害が少ないかを考えている。手持ちの材料、情報は限られているのだから、導き出される答えにも限界があるのだが、それでも精一杯、生き残る道を探している。私は相手の反応を見ながら、ぞわぞわと心から快楽の芽が出てくるのを感じる。他者が必死になればなるほど、いたぶりがいがある。

砂利が踏みつけられる、粘りのある音がした。と思えば、Ｇジャンを着ていた若者が背を向け、走り去っていく。

私はすぐに対応した。このあたりのことは訓練で、身についている。

逃げる者は追わざるを得ないのだ。

Ｇジャンの若者は慌てているせいか、まるで走り方がなっておらず、脚が絡むようで何の張り合いもないままに追いつく。私は、逃げる相手の右脚を、後ろから払うようにして蹴った。

するともう一方の脚に引っかかり、前に転んだ。男は、顔面から砂利に突っ込んだ。

私はしゃがむと、相手の右腕を後ろに捻り上げ、関節をやはり、駆動しない方向へと折った。小気味良い音と、小気味良い悲鳴が聞こえた。

喚く若者を引っ張り、もといた場所に戻ると、ほかの者たちは青褪めている。

「そんなにびっくりしないでよ。だいたい、君たちは、女子高生相手に似たようなことをやってきたわけだろ」真壁鴻一郎はのんびりした口調で言う。「しかも、君たちの場合は、まあ、大勢で一人を怖がらせた。僕たちはほら、人数も少ないし。どっちがフェアかといえば、言うまでもないけれど。で、小暮君、教えてくれ。その夜のことを全部。どういう男がやってきて、どういう恰好をしていて、どうやって君たちを伸したのか」

小暮大輝は大きく、何度も何度もうなずいた。「はい」と背筋を伸ばす。「スクーターでやってきたんです」と急に礼儀正しくなる。

「スクーターねえ」真壁鴻一郎が、私を見る。

「ツナギを着ていたんですけど」

「こういう感じだろ」タブレット端末を、小暮大輝に向けた。泉区黒松で平和警察の前に現われたスクーター男の、静止画像を見せているのだろう。

「そうです、こいつです！　一人でした。何か小さな石を転がしてきて」

「石？」

「体がうまく動かなくて、よろけて。その隙に、殴られて」

「興味深いなあ。詳しく聞かせてよ。あと、今度、女の子を襲ったらまた来るからね」


「二瓶君、閉店した店ほど寂しいものはないね」車から降り、その、ガラスが割れ、中ががらんとしたコンビニエンスストアの店舗を見ながら、真壁鴻一郎が言った。

産業道路を東に進み、途中で曲がった四つ角で、長距離トラックが立ち寄ることを想定していたためか、だだ広い駐車場が店舗を取り囲んでいる。

小暮大輝たちが言うには、この駐車場に、水野玲奈子をワゴンで連れてきたところ、あのツナギ男がやってきた、とのことだった。

真壁鴻一郎は駐車場をぐるぐると歩きはじめている。ジャケットのポケットに手を入れたまま、少し首を前に出す姿勢は、鑑識の這いつくばるやり方に比べると、ずいぶんな手抜き、ただうろついているだけにも見える。

私も同様に、真壁鴻一郎とは反対の方向から、駐車場を、何か証拠のようなものが落ちていないか、痕が残っていないか、調べることにした。

「男は一七〇センチくらいの身長でした」大学で話を聞いた時、小暮大輝は言った。

鉄パイプで殴りかかろうとしたところ相手が転がしたボールが激突し、その重みで、体がよろけてしまったんです。恭二は突然、目が見えなくなって。小さい石の破片が、入っちゃったのかもしれません。いまだに、片目が開かないんですよ。病院？　病院は行ってないです。そうです、やっぱり事情がばれたらまずいじゃないですか。恭二は病院行きたがってましたけれど、そこはほら、みんなで強く、何というんですか、たしなめて、というか。

「ゴルフボールみたいなのを武器にしているのかな」真壁鴻一郎はもともと、店の看板がついていたと思しき、支柱の根元、雑草が生えたあたりを靴で掻き分けるようにしながら言う。

「どういう男なんだろうね、二瓶君」

「え」

「その正義の味方君はさ。正義感の塊なのか、それとも、遊び半分なのか」

「正義という意味では、私たち警察側こそがそうですから」

真壁鴻一郎が下唇を前に出し、「まあ、そういうことになっているけれどね」と話を合わせるように言った。「そういえば蛾の話を知っているかい。蛾というのは、止まる時に羽を広げるだろ。で、なるべく、鳥に見つからないように保護色をしている。土色で」

「あ、はい」

真壁鴻一郎が支柱に沿うように、空に顔を向けるので、私も上に視線をやった。すると、鳶《とび》が緩やかに、円を描きながら旋回しているのが見える。

「ただ、だんだん産業が発達してきてね、工場から煙が出るようになる。空気は汚れるし、壁も噴煙で黒くなって、だから、蛾もね、だんだん黒色に近くなった、という」

「保護色が変化したわけですか」

「そう。周りの壁が黒くなったから、と言われている。でもね、それは嘘なんだよ」

「嘘なんですか」

「もともと、土色っぽい蛾も黒っぽい蛾も、両方、存在していたんだ。昔は、壁の色が土色に近いから、黒いほうは鳥に見つかりやすくてよく食われた。だんだん壁が汚れてくれば、今度は、土色のほうが目立つから、よく食われる。それだけのことで、別に蛾が環境に合わせて、進化したわけではないんだ」

「真壁捜査官は、擬態に詳しいのですか」

「擬態は、本当に興味深いんだ。よく言われるように、お年寄りに電話をかけて、孫のふりをして金を奪おうとするのも擬態のようなものだよ」真壁鴻一郎は言った後で、「ほら、君のところの鑑識にもいるよ」と言った。

「鑑識？　ですか？」急に何の話なのか。

「真面目なふりをしているけれど、裏では、お偉いさんの奥さんに手を出してる」

「え」当然のように言われても初耳であり、私は当惑する。「誰のことですか」

「あれも擬態のようなものだ」真壁鴻一郎はこちらに来る前に、こちらにいる警察官、捜査員について調査をしてきたのだ。そのことに私は気づいた。のんびりとやってきたように見え、実は念入りな下準備をしているのかもしれない。「それにほら、二瓶君のところの部長がいるじゃないか。刑事部長の」

「部長がどうかしましたか」

「彼なんかも面白いよね」

どこがですか、と反射的に言いそうになったが、「確かに、上にぺこぺこしてる感じは面白いですけど」と答えた。

真壁鴻一郎は笑う。「さっき会っただけでも、その能力は伝わってきたね。ぺこぺこ力を隠しきれない感じだった」

「部下には厳しいです」

「典型的な、駄目上司だ。昔は、真面目だったのかもしれないけれど」

「そういう話を聞いたことはあります」

「調べたところ、彼も以前、不倫をしていたようだね」

「ますます駄目じゃないですか」私は答えた。

「そうなんだよ、駄目な不倫男なわけだ。相手も既婚者だから、ほら、ダブル不倫というのかな」

「それがいったい」

「もともとは擬態の話だったのに、不倫の話になってしまった。まあ、不倫もまた、周りを欺くという意味では擬態みたいなものだろうね。人間よりも虫のほうがよほど高度なことをやるけれど」

「蛾の羽に、目玉模様があるのも、擬態の一種なんですか」

「そうだね。そうそう、僕がびっくりしたのは、ツチハンミョウという甲虫でね。カリフォルニア州のモハベ砂漠にいる種類のが興味深くて」

「モハベ、ですか」

「そこの幼虫たちはね、まあ小《ち》っちゃい虫だけれど、ハナバチにこっそり寄生するんだ。オスバチを呼び寄せて、その毛に、そっと、しがみつく。そしてそのオスが、メスと交尾する時にそっと出ていって、メスに寄生するわけだ」

「なるほど、それは面白いですね」

「いや、二瓶君、ここまでは面白くない。面白いのは、そのオスをおびき寄せる方法でね。その幼虫たちは、小さなミミズみたいな、細かい奴らなんだけれど、そいつらはまず植物の上に集まってくるんだ。うじゃうじゃと。で、かたまるんだけれど、それが、離れて見るとハナバチのメスの恰好に見えるんだよ」

「メスの恰好に？　どういうことですか？」

「幼虫がたくさんごちゃっと集まって、それが組体操というか、集団で、ハナバチのメスに擬態するんだ。何十匹も重なって、別の虫の形を作るんだ」

私が思い浮かべたのは、学校の校庭に生徒たちが集まり、みなで文字を作り、空中撮影をする場面だ。それを話すと、真壁鴻一郎は声を弾ませた。「それだよ、それ。しかも集まった幼虫たちは、メスのフェロモンを出すんだ。だから、騙されたオスが寄ってくる。もちろん近づいても、メスじゃないからね、交尾はできない。ただそこで、幼虫はオスにしがみつくことができるわけだ」真壁鴻一郎は満面の笑みを浮かべる。

「あ、はい」

「僕は時々、想像するんだよ」その駐車場の敷地で空を見上げる。「こうして、僕たちが建物を作って、道を走らせているだろ。公共事業であったり、商業施設であったり、もしくは民家が建てられたり壊されたりする。みなが、それぞれの事情や、利害関係で思い思いに町を作る。ただ、もしかするとそれを上から見ると、何かの形になっているかもしれない」

「ナスカの地上絵のようにですか？」

「地上絵は、意図的に絵を描いている。僕が言いたいのは、みなが本能や欲望に従って、勝手気ままに行動した結果、別の次元の誰かへのメッセージになっているという話でね。もしそうだったら面白いと思わないかい。人間が作った町を見た何者かがある時、やってくるんだ。きっとそいつのメスに似ているのかもしれないな。僕たちの文明や経済活動が、どこかの宇宙人のためのメッセージになっていたとすれば、それはそれで、面白いね」

私は返事に困る。「真壁捜査官は、虫が本当に好きなんですね」としか言いようがない。

「まあね」と彼は平然と答えた。「虫になりたいね。自分が死んだらそのまま原っぱとかに寝かせてほしい。アリたちに分解されて、巣に運ばれたいよ」

「はあ」

「あ、二瓶君、見つけたよ」いつの間にか駐車場に立つ看板の支柱の脇で、腰を屈めている真壁鴻一郎が言った。

近寄って真壁鴻一郎と同じ姿勢でしゃがむと、指差す先には小さな黒い欠片《かけら》があった。支柱に付着している。

「何ですかこれは」

「これ、ぜんぜん取れないんだけれど」欠片は指で摘むにも小さすぎるようで、力も入らないのだろう。「磁石だ。ほら、さっきの取調室のビルでも、鑑識のウェストポーチの金具のところに似たような石がくっついていたじゃないか。あれも磁石だったのかもしれない。破片だ」

真壁鴻一郎がそれを取ったのは、私も見た。もっと細かい破片だったが色は似ている。

「磁石が何か関係あるんですかね」

「磁石を武器にしてるのかな」

「磁石を？　磁石にそんな力があるんですか」

「さあ」真壁鴻一郎は立ち上がる。

「そこから犯人に辿り着けますかね」「それは分からないけれど」「分からないんですか」

「そりゃそうだよ。ただ、磁石のことは知りたいね。いったいどうやって作られるものなのかも知らない。よし二瓶君、手配してくれないか。大学で、磁石に詳しい教授とかいないのかな。話を聞かせてもらおう」

「捜査のために、ですか」

「まあ、僕の好奇心を満たすためだけれど、捜査のためにもなるだろうね」

車に乗り、まずは真壁鴻一郎の希望通りに市街地へと向かったが、その途中で、運転席のドリンクホルダーに入れていた私の携帯電話に着信があった。運転中だということもあったが、何の断りもなく真壁鴻一郎がそれをつかみ、耳に当てた。「はいはい、ああ、僕だよ。今、二瓶君は運転中でね」へえ、なるほど、それはそれは、面白いね、へえ、と助手席の真壁鴻一郎は友人の近況を訊ねるように相槌を打ち、最後には、「じゃあね、五島ちゃん、また」と馴れ馴れしく挨拶をしていた。

「二瓶君、情報分析部がさっそく仕事をしてくれたようだよ。助けてもらった人物がどうやら、ほかにもいるらしい」

「え」

「正義の味方はやっぱり、ほかでも活躍していたわけだ。素晴らしい」

理容室のカメラは、室内を捉えている。

四番通りに面した入り口、東側の壁に設置されている防犯カメラは、半球の形をし、定期的にレンズが中で動き、理容室内を把握する。

壁のカレンダーは三月だった。

三つ並んだ理容チェアのうち、客がいるのは一番奥だけだ。

「永久磁石の発明って、日本人が活躍しているんですよ」学生はヘアーエプロンをかけられた恰好だ。髪を切られながら喋っている声をマイクは拾っている。

「磁石って発明するものなんだね？」理容師は鋏をリズム良く動かしながら、訊ねていた。

「そうなんですよ。たとえば、この百年間で永久磁石の力って、六十倍になっているんですけど、それって、ある材質のものを磨いたり、進化させたんじゃないんですよ。うちの大学が誇る本多光太郎《ほんだこうたろう》先生の作ったKS鋼もその後の新KS鋼も、サマリウムコバルト磁石も、ネオジム鉄ボロン、いわゆるネオジム磁石も、みんな異なる物質ですから。製法も違っていて、『磁力を持っている』ということは共通していても、別物に近いです」

「ネオジム磁石というのが一番、強いんだっけ？」

「ネオジム磁石を創った佐川《さがわ》さんも、うちの大学院で博士になっているんです」

「鷗外君は母校への愛が強いなあ。それで鷗外君の研究室は、その伝統に従って、新しい磁石を発明しようとしているわけだ」

「ええ、まあ」

「でもほら、前に米軍から問い合わせがあった、って言ってたじゃない。あれってどうなったの」

「電波を吸収する素材のことですね」

「え、鷗外君、米軍って何のこと」

「あ、奥さんいたんですか」

「いらっしゃい。聞かれたら困る話なの？」

「鷗外君のところの教授さんが研究した素材について、米軍から電話があったらしいんだ」

「僕もびっくりしました。アメリカの軍とかって、そういう技術のこと、アンテナを巡らせているんですね。うちが実験結果を発表したら、すぐに連絡があったみたいで。でも、うちの教授は怖がっちゃって」

「怖がって？」

「向こうから、こういう機器を作れないか、とか打診があったそうなんですよ。軍事用に改良するんでしょうね」

「高く買ってくれそうだけれど」

「教授も少しそこは惹かれてましたけれど。うちの研究室も予算にはいつも苦労してるので。ただまあ、結局断っちゃって」

「もったいない」「もったいないね」

「うちの教授は山っ気がないですから」

「真面目が一番」

「隣の研究室の教授はその反対で、山っ気だけでできあがっているような人なんですよ。噂によると、あまり表立って言えないような研究をこっそりやって、お金を稼いでるらしくて」

「鷗外君もいっそのことやってみたら。磁石はそんなに必要とされないのかな」

「どこかの軍とかが欲しがるような磁石でも創れればいいんですけど。でも、磁石の影響って大きいんですよ」

「影響が？」

「磁石は馬鹿にできないんです。たとえば、今の国の電力の半分はモーターを動かすために使われているらしいんです。で、モーターを動かすのに不可欠なのが」

「磁石？」「です」「おっと、動かないで」耳の近くに鋏を当てている理容師が言う。鋏の音が響く。

「だから、もし強い永久磁石を創ることができれば、小さくても威力が発揮できます」

「なるほど」

「そうなれば、モーターが小型化できます」

「電力が節約できるわけ？」

「そうなんです。消費電力が減れば、環境問題もクリアできますし、それに風力発電も。今は、風力発電の、プロペラを動かすためにはギア、歯車を使っているので、騒音やギアの摩耗などの問題点があるのも事実でして」

理容師の妻がそこでふっと微笑《ほほえ》むのが、正面の鏡越しに見えた。「もしかするとそれも磁石？」

「強力な磁石をもとに、ギアなしでプロペラを回すことができれば、騒音問題も摩耗問題も解消します。風は陸地より、洋上のほうが強く、安定して吹きますし、日本は海に囲まれていますから、洋上に風力用の、ギアなしプロペラができれば」

「意地悪な国が、海にでかい壁とか作ってさ、風が日本に吹かないようにしたら困るね」

「大量破壊兵器とか生物兵器とかに比べると、子供っぽい争いですが」

「鷗外君も真面目に研究しているんだねえ」

「どういう意味ですか」

「バイクで蔵王《ざおう》あたりまで飛ばしているだけの学生かと思ったら」

髪を切り終え、顔剃りやシャンプーが終わった後で、ドライヤーで髪が乾かされる。その、人工の風が噴出する轟々《ごうごう》という音を、マイクはしばらく拾い続けた。

学生が帰る際、店のドアが開き、制服姿の郵便局員が、「お荷物です」と箱を差し出すのをカメラが捉えている。理容師が認印を押している横で、学生が見せた顔は、レンズが逆方向に移動したために映像からは外れた。

三日後、録画装置の設定通り、この場面は消去された。

私たちは県警に戻り、すぐに五島のいる情報分析部の部屋に行きたかったが、中に入った途端、刑事部長と鉢合わせした。「二瓶、この後すぐに本部会議室に来い。情報を整理する」

先ほど、真壁鴻一郎から聞いた話が頭を過る。部下には威張り散らし、上には媚び諂い、不倫までするのだから、情けないやらみっともないやらだ。

「あ、ちょっと待っていてください」真壁鴻一郎がかわりに答えた。「五島ちゃんと少し話があるので」

はい了解しました、と刑事部長は、私に対するのとはまるで別物の、追従する口調で返事をした。

五島のいる部屋に行くと、彼は手柄を立てた子供のように瞳を光らせ、「思った以上に、いい情報が入ってきました」と報告した。大きな体をゆさゆさと揺する。

五島をはじめとする情報分析部のメンバーは真壁鴻一郎の指示に従い、ネット上で、「正義の味方」情報を募集した。週刊誌記者が、ツナギ男の目撃談など情報を探しているかのような体裁で、情報を流し、集めたらしい。報酬を仄《ほの》めかすことも忘れず、ビジネスマンや主婦たちに人気のネット上の掲示板から、中学や高校の生徒用のコミュニティにまで周知した。

「そこにさっそく反応があったわけかい」真壁鴻一郎は嬉しそうだった。

「いいえ、さすがにまだありません」

「え、どういうこと？」

「実はそれとは別方面でして。県警内の過去の捜査報告書について検索をしてみたんですね。そうしたところ、気になる情報が見つかりました」

「素晴らしいね、五島ちゃん。言われたことだけでなく、自分の考えで調査をしてくれたなんて」

「高校生同士の、路上での喧嘩なんです。上級生が下級生をいたぶっていたようなんですが。指を折るとか言って、脅していまして」

「二瓶君はさっき、折っていたけれどね」

それを聞いた五島が、私をちらと見た。

「その喧嘩の現場に、何者かがやってきて、加害者側の上級生に暴力を振るったようなんです。で、警察に通報が来ました」

「威張っていた上級生を、誰かが懲らしめてくれたわけかい」

「下級生が警察官に、『バットマンか仮面ライダーのようなヒーローが助けにきてくれたんです』と言っていたらしいんですよ。もちろんただの譫言《うわごと》として受け止められましたが、担当警察官はそのことも情報として残していました。上級生は被害届を出さなかったですし」

「ヒーローねえ、何とも気になる証言だ。その高校生とは連絡取れるのかな」

「情報はありますから、いくらでも」

「じゃあ、明日にでもその高校に行くことにしようか、二瓶君。警察と名乗ると、警戒して逃げるかもしれないから、週刊誌の取材だとかそんな言い方で、約束を取り付けてくれないかな」

「嘘をつくんですか」

「五島ちゃん、期待してるからね」真壁鴻一郎は嬉しそうに言った。

それから私たちは、刑事部長に言われた通り、会議室に向かった。真壁鴻一郎はしつこく、「行きたくない」と駄々をこねていたが、無理やり連れて行った。

部屋に入ると会議卓が並んだところに、薬師寺警視長や部長がいた。ほかには平和警察の班長クラスが五人ほどと、情報分析部の捜査員たちがパソコンの前に座っている。

「真壁、何か収穫はあったか？」薬師寺警視長の表情は相変わらず冷淡だった。

「まあ、そこそこ。でも、まだ内緒です」

真壁鴻一郎の返事に、薬師寺警視長はむすっとしただけで、自分の横、ノートパソコンの前に座る、眼鏡をかけた若い男に指示を出した。情報分析部にいる専門職の、私より若い男だ。パソコンは正面の大きなスクリーンに接続されており、そのパソコン画面が映し出された。

蒲生義正、蒲生公子、水野善一、水野玲奈子、草薙美良子と名前が並び、履歴書めいた情報が一覧になっている。

「それくらいの情報なら僕も持っていますよ」真壁鴻一郎がタブレット端末を掲げる。

「情報は誰もが持っている。それをどうやって分類して、系統立てるかが大事なんだ。おまえがやってるのは、工事現場で組み立て前の材料を見て、『ほら、僕、持ってるよ』と自慢しているのと同じだ。問題はどう組み立てるか。その木材を使って、建築物を作らなくては意味がない。いいか、犯人は、ここに挙がっている者たちを助けた。考え方は二つある。一つは、犯人はとにかく、我々、警察が気に入らないがために抵抗しているだけ、すなわち、平和警察の邪魔をすることが目的で、助けるのは誰でも良かった、という考えだ」

「もしくは、多くの危険人物の中から、彼らを選んで助けたのか」真壁鴻一郎が言う。

「どちらだと思いますか」部長が、真壁鴻一郎を見た。先生答えを教えてください、とすぐに解答ページを探す子供じみていた。

「まだ、どちらとも言えないよね。ただ、僕は後者だと睨んで、捜査するつもりです。理由は三つ。一つは、昨日の事件の際、ツナギ男は田原彦一については救出しなかった。時間的余裕がなかったのかもしれないけれど、選んでいるようにも見える。ああ、そういえば、その田原彦一は今、どうしているんだい。彼が何か知ってるということは」

平和警察の者たちは能面にも似た顔つきで、それは上司の薬師寺警視長そっくりに見えたが、顔を背けるでもなく、無言で真壁鴻一郎を見つめる。のっぺりとした壁のようで、その反応自体が返事、というメッセージにも感じられる。

おそらく、田原彦一は今朝から新たに尋問を受けているに違いなかった。蒲生と水野を助けに来た奴は誰なのか、と訊かれているはずだ。

「どうせまた、拷問で聞き出そうとしてるんでしょ」真壁鴻一郎の言い方は批判よりも、呆れや飽きが零《こぼ》れている。「あのさ、薬師寺さん、それは無駄だよ」

「無駄？　どういう意味だ」

「田原に、自分は危険人物だと認めさせるのなら、拷問は有効だ。とにかく、吐かせればいいわけだから。ただ、犯人は誰なんだ、と言われても知らないことは口に出せない。もちろん、知ってて庇っている場合なら、拷問するのも有効だけれど、その田原が本当に知らないんだったら、いくら痛めつけても、何も出てこない。出てきたとしても、嘘情報でしかない。どんなに拷問しても、何も得られないですよ」

薬師寺警視長は顔色一つ変えず、それを聞いている。一方で刑事部長はといえば、おろおろしている。

「薬師寺さんたちが怒りで、興奮しているのは分かりますけど、一般市民を拷問して、壊していくのは必要最低限にしましょうよ」真壁鴻一郎は顔を歪めた。「おもちゃじゃないんですから」

「おまえがどうこう言うことではないだろう。で、話を戻せ」

「はいはい。ええと、犯人が救出する人間を選んでいる、と僕が考える理由でしたね。一つは、田原を助けていないこと。もう一つは、無差別に助けるつもりならもっと似た事件が頻発しているはずだと思うからです。それこそ一回目の処刑日に、邪魔しに来てもおかしくないはずです。半月前には、犯人は、黒松で草薙美良子を助けようとしている。この半月の間に、取り調べを受けていた人間はほかにもいた。危険人物だと疑われてね。だけど、昨日の蒲生たちを助けるまでは、何もしなかった。邪魔をしたいだけなら、半月、じっとしていた理由が分からない」

「半月に一度しか、活躍できない男とか？」平和警察の捜査員が口にした。

「いいね！」真壁鴻一郎は嬉しそうに、指差す。「それは面白い。武器の充電に半月かかる、とかね。それならありえる。ただ、そうじゃなければ、わざわざ蒲生や水野を狙って助けに来たと考えるべきだ。まあ、薬師寺さんだってそう睨んでるんでしょ？　無差別ではなく、選んでる、と。だから、こうやって蒲生たち、助けられた人間の共通点を探そうとしているわけで」とスクリーンを顎で指すようにした。

「両構えだ。どっちも想定して、捜査をしている」薬師寺警視長は言うと、パソコンの前に座った担当者に合図を出す。「いいか、これが今のところ、犯人が助けた人間の情報だ」

スクリーン上にさまざまな情報が、顔写真や年齢、本籍地、現住所、血液型、生年月日が表示されていく。電話番号や携帯電話番号、携帯電話のキャリア、利用するインターネットプロバイダまで並んでいた。

「何か共通点はありますかね」真壁鴻一郎の言い方は、お手並み拝見、と言っているのに近い。

「大きな区分ではもちろん、いくつか共通点はあります」パソコン前の担当者がロボットのように、発言する。

「大きな区分？」

「日本国籍、年齢が十五歳以上七十歳未満。そういったところが、この五人には共通しています」

刑事部長が思わず、といった具合に笑った。「そりゃまあ、共通してるだろうな」

「あ、家族は一セットでいいのかもしれないよ」真壁鴻一郎が言った。

「家族は一セット？」

「そう。たとえば、犯人は、ある条件で蒲生義正を助けることを決めた。で、その母親についても助けたけれど、それは、蒲生義正の母親だから、という理由からかもしれない。蒲生公子はまあ、蒲生義正のおまけで助けられた、と」

「では、水野玲奈子は」情報分析部の男が首を伸ばし、こちらを見た。

「水野善一の娘だから助けてもらったのかもしれない。もちろん逆も考えられる。水野善一が、水野玲奈子のおまけ、とかね。そうなると共通項はもう少し増えるかもしれない。家族はどちらか一方で構わないとすれば、ほら、蒲生公子以外は仙台在住だしね。たとえば、水野善一、蒲生義正、草薙美良子、この三人に絞ってみたら？」

パソコンを、担当者が素早く操作する。

「全員、血液型がA型です」

「今までこのエリアで危険人物として捜査を受けた人間の中で、A型はもっとたくさんいるだろう」薬師寺警視長が言う。「それが条件とは思いにくい」

「その三者が住んでいる場所って表示できる？」真壁鴻一郎が訊ねると、少ししてからスクリーンに仙台市の地図が表示され、赤い点滅表示が三つ、見える。

「水野と蒲生は青葉区、草薙は泉区です」

「それなりに近いエリアと言えなくもないけれど」真壁鴻一郎は腕を組む。仙台駅を中心に、縦軸と横軸を引くとすれば、三つの赤い点は、横軸を少し左に進み、縦軸を上に行った範囲にまとまっている。とはいえ、それぞれの距離は、水野と蒲生は近い場所に住んでいるが、草薙はかなり離れている形だった。「あ、もしかすると」

急に私のことを、彼が見る。「え？」

「彼らの住所を上から確認すると、何らかの図形になっていたりして」真壁鴻一郎は嬉しそうだった。私の顔を見ると、「二瓶君、ほら、さっき喋っていた通りかもしれないよ。宇宙人へのメッセージが描かれているんじゃないかな」と言うが、さすがにそれは冗談のつもりのようだった。「ためしに、ここ半年で、市内で危険人物として尋問された人間の住所を表示できる?」

「はい」データ担当者がキーを叩く音がしばらく響く。

スクリーン上に、赤い点が増えた。先ほどの三つの点の範囲に、十数個の点滅が追加された。

うーん、と腕を組んだ真壁鴻一郎は残念そうに唸る。「別に、図形や絵にはなっていないなあ。それに、ほかの赤い点の危険人物は助けられてはいないんだよね」

「出身校はどうだ」薬師寺警視長が言う。

「ああ、いいですね。意外につながっている可能性はあるかもしれない」

「水野善一は仙台西域の愛子《あやし》地区で生まれていますね。愛子第一小学校から、愛子南中学校、高校は仙台市内の仙台二高で、そこから東北大学です。蒲生義正は山口県で生まれて、小学校の時に仙台市内に引っ越してきています。東二番丁小学校から東二番丁中、私立広瀬高校から教育大学」情報を検索している捜査員がパソコンをいじり、そのたびスクリーンに学校名や校舎遠景が映し出される。「草薙美良子は」

私たちは画面の表示を眺めるが、結論から言えば、彼らの学歴に特別な共通項はなかった。

さらに捜査員が機転を利かせ、「仮に、犯人のターゲットが草薙美良子の夫、草薙桂《けい》のほうだとすると、草薙桂は福島県の郡山《こおりやま》で生まれて」と情報を並べはじめる。

が、やはり、全員に共通する要素はない。

「二瓶君、何か閃きはないかい。全員を繋げる共通点として」

「あ、はい」私は返事をしたが、すぐには思い浮かばない。そもそも、データ上で判定できる要素であれば、すでに発見されている可能性が高い。「そういう意味では、たとえば、同じ予備校に通っていたとか」

「あ、いい線かもしれないね。ただ、十代の頃の住所がばらばらかもしれないからなあ」真壁鴻一郎は言うが、批判的な物言いではなかった。むしろ、「それはいい観点だよ。警察も、通っていた予備校の情報までは仕入れていない」と褒める。「ほら、みんなの趣味が一緒とかは盲点かもしれない」

「いえ」捜査員が即答した。「そのあたりの情報はデータベースにありました。それぞれのネット通信履歴から、検索キーワードや閲覧履歴を収集して、趣味、嗜好はある程度分類できています。水野善一は、美術や骨董品に関心があるようです。フライフィッシングにも。蒲生義正はバイク、ジャズ、草薙美良子は」

「いいよ全部言わなくて。結論としては、共通点はないってことだね」

「今の時点では。これから、それぞれの家族での組み合わせも調べてみます」

「みんな、好きなAV女優は巨乳、とかさ、そういう結果も出るんじゃないの」真壁鴻一郎は嫌味めいた言い方をする。「アダルト情報の検索結果とかが入手できるなら」

「もちろん、そういった情報も入手はしています」捜査員は生真面目に答える。

真壁鴻一郎は私を見て、肩をすくめた。「怖いね、警察の情報収集力は」

「真壁、そういえば、三つ目は何だ」薬師寺警視長が言った。

「三つ目？」

「犯人が、助ける人間を選んでいる、と考える理由だ。三つあると言っただろ」

ああ、と真壁鴻一郎は言うと、照れ隠しなのか大きく顔を綻ばせた。「単に、そのほうが調べるのが楽しいからですよ。共通点を見つけて、犯人を絞り込むほうが面白いじゃないですか」

薬師寺警視長は驚きも怒りも浮かべない。

「あ、そうそう、薬師寺さん、絞り込まなくても一つ、手はありますよ」

「どういう」

「引き続き、どんどん市民を連れてきて、拷問にかけるんですよ」

「拷問ではない」

「取り調べでしたね。次々、調べていけばそのうち、当たりを引いたところで、犯人がまた来るかもしれません」

「当たり？」

「犯人が助けたい人間ですよ。そうすれば、犯人がまた助けに」

薬師寺警視長は席から離れるとゆっくり、私たちが座るところまで、足音を響かせて、やってきた。そして真壁鴻一郎の前に立つと、「おまえに言われるまでもなく」と言った。「そうするつもりだ」

怖い怖い、と真壁鴻一郎は自分の肩を抱いて震えるような仕草をする。「それにしても、蒲生義正たちは今、どこにいるんですかね、薬師寺さん」

「どういう意味だ」

「文字通りですよ。犯人は、蒲生親子と水野善一を連れて、ここから消えた。近いうちに、帰すつもりだとも言っている。今はどこか、秘密基地にでも隠れているのかな、と思って」

「秘密基地とはまた」薬師寺警視長はその言葉を、嫌悪感丸出しで嚙み砕く。「どこかにいるのは間違いない。部屋がいくつかあるマンションか、民家か、旅館やホテルもありえるが今、片端から調べている」

「人海戦術は、薬師寺さんたちに任せますから、僕と二瓶君は違うやり方で調べますよ」


高校生は、佐藤誠人と言った。学生服を着た一年生だ。指に包帯を巻いている。多田国男には骨を折られるところまではやられていなかったらしいが、何らかの怪我を負っていたのか。隣にいる多田は二年らしいが、佐藤誠人との体格差は一歳違いのレベルではなかった。多田は胸板は厚く、二の腕も太く、頑丈そうで、タックル勝負でもすれば、大人を容易に倒しそうだった。ただ、その多田のほうも怪我を抱えているのか半身を庇うような、ぎこちない動きを見せている。

「警察?」多田は顔をしかめた。騙されたことにむっとしている。

「ごめん、説明不足だったよねえ」真壁鴻一郎は飄々《ひょうひょう》と答える。

「俺たちは、取材だって言うからやってきたんだけど、警察なんですか」多田は鼻が少し上を向き、息が荒く、猛牛じみている。隣にいる佐藤は怯えるように、もじもじしていた。

彼らの高校から少し離れた細い通りだった。個人経営のパン屋や卓球選手のポスターが貼られたスポーツ用品店、クリーニング店が向かい側に見える。

「君たちが喧嘩した時に、正義の味方みたいなのがやってきて、ほら、君をやっつけたという情報が、警察にあったから。その時のことを知りたくて」

二瓶が、多田と佐藤誠人に連絡を入れ、「週刊誌記者」を装い、「話が聞きたいから会えないか」とやり取りをしたところ、彼らはのこのこやってきた。多田が乗り気で、佐藤誠人は無理やり連れて来られた形に違いない。学校行事の準備があるらしく、午前中で授業が終わる日だった。

「ええと、で、そのツナギの男は」真壁鴻一郎は顎に手をやり、整理するような言い方をする。まず多田を指差し、「君にとっては、妨害してきた邪魔者で」と言った後で佐藤に指を向ける。「佐藤君にとっては、正義の味方だったわけだね」

「あ、え、はい」佐藤誠人はおどおどしながらも答える。

「誰なのか分かった？」

「あ、いえ。あの、あまり見えなかったので」

「顔が？」「はい」

「そいつは武器を使っただろ」

「使ったよ、あの野郎。絶対許さねえよ」多田が口を挟む。思い出したかのように、肩のあたりを押さえた。「何を使ったのか分からねえけど」

「ゴルフボールみたいな？」真壁鴻一郎が言うと、「あ、それです」と佐藤誠人がすぐにうなずいた。「転がってきたと思ったら急に、ばちん、とフェンスにくっついて」

「やっぱり磁石だ」真壁鴻一郎が、私を見る。

「そうなんですか」佐藤誠人が目を見開く。「なんか、引っ張られる感じがあって」

「磁石？　だからベルトが引っ張られたのか？　馬鹿言うなよ、どれだけ強い磁石だってんだよ」多田は自分の腰の、金具のたくさんついたベルトを手でいじくり、言った。

真壁鴻一郎は、二人の高校生に、「その時の様子を再現してくれないか」と言い、明らかに気乗りしていない彼らに、懇願に見せかけた強要をした。

反抗期の高校生も、警察のしつこい要望に逆らうのは難しいのか、渋々ながら、アクションシーンをスローモーションで再現するかのような動きをはじめた。

佐藤誠人のほうが多田国男の役をやり、多田国男が正義の味方の動作をやった。多田国男はやりながら、その時の自分の痛みや恐怖が蘇《よみがえ》ったのか、興奮しはじめ、時折、佐藤誠人に蹴りを入れ、悲鳴を上げさせた。

アドリブはいらないから、と真壁鴻一郎は笑い、それが終わると、いやあ良かったよ、と拍手をした。完全に観客気分だ。

最後に真壁鴻一郎はタブレット端末を、彼らの前に出し、「この中に知り合いはいる?」と訊ねた。蒲生義正たちの一覧だ。水野善一、草薙美良子らの顔写真、名前が記されている。

「どちらかと言えば、佐藤君のほうだな。知っているとすれば」

「え」

「正義の味方が助けたくなる人の共通点を探しているんだけれど」

あまり喋ると、蒲生たちが取調室から逃げたことがばれてしまうため、私ははらはらしたが、高校生にはそこまで考える余裕はないらしく、真面目な表情で端末を見ていた。

「どう、誰か知ってる?」

「おい佐藤、どうなんだよ」多田が怒った声で言う。

「ううん」佐藤誠人は首を傾げ、「知らない人たちばかりです」と答えた。「ああ、でも」

「でも?」

佐藤誠人はそこで、草薙美良子の顔写真を指差して、「この人の顔、どこかで見たことあるかもしれないけれど」とほとんど無理やり感想を捻り出すかのような、苦しげな言い方をした。これが取調室であれば、「はっきり言え」と畳み掛けるところだ。

「思い出せません。どこで会ったのか」

真壁鴻一郎は穏やかな眼差しで、うんうん、と思春期の若者を愛《め》でるようにしていたが、じっと観察する鋭さがあった。嘘をついているかどうか、見極めている。

「思い出したら、電話をちょうだい。ほら、二瓶君、電話番号を教えてあげて」

そこで佐藤誠人は、「共通点といえば」と真壁鴻一郎が仕舞いかけていたタブレット端末に指を向けた。

「思い出した?」

「いえ、今の人たちの名前」

「名前?」

「みんな良さそうな漢字がついています」

「良さそう?」

「善とか義とか」

タブレット端末の画面を、私は覗き込む。蒲生義正、水野善一、草薙美良子の情報が並んでいる。蒲生の母親である蒲生公子、水野の娘、水野玲奈子を除いたリストを、佐藤誠人は見たらしかった。「義」「善」「良」と確かに、「良さそうな」漢字がついてはいる。

「なるほど」真壁鴻一郎は子供のように目を輝かせ、いやこれはいいね、とはしゃいだ。

「さらに佐藤君、君の名前には、『誠』という字がつく。これもまた、『良い性質』を表すね。なるほど、正義の味方はそれを目印に選んでいるということか」

私は呆れた表情を必死に押し殺し、真壁鴻一郎を見る。まさか本気で言っているんじゃないでしょうね、と喉元まで出かかった。名前というものはそもそも、「悪い性質」の漢字は使わないものだ。「良」やら「義」のつく名前となれば、おそらく、たくさんいる。

「だから、僕を助けてくれたんでしょうか」

「かもしれない。だとしたら、親御さんに感謝しないとね」真壁鴻一郎は端末を鞄にしまい、「じゃあ、また。何かあったら」と手を挙げ、その場を後にする。私が続こうとしたところで立ち止まり、振り返ると体格の良い多田のほうに顔を向け、「あ、あと君さ、気に入らないことがあったとしても、暴力を振るうのはやめたほうがいいよ」と軽やかに言った。

「何でだよ」

それが大人に対して、警察に対しての口の利き方か、と私は咄嗟に彼を殴りそうになる。

「君よりもっと強い相手が出てきた時に問題が解決できないからだよ。外交を、戦争でしか解決できないような国は、最悪だろ。教師が暴力で生徒を従わせたり、親が子供に鉄拳制裁をしたり、そういったものも同様に、意味がない。相手が成長したら、効果がなくなるからだ。ようするにね、自分よりも武力を持った敵が出てきた時点で、戦う術《すべ》がなくなるわけだ。だから、結局は、武力を使わずにどうやって、相手を牽制《けんせい》するか、それが大事なわけで、やるぞやるぞ、と見せかけて相手を威圧するならまだしも、本当に、手を出したらおしまいだ。もっとうまくやりなよ」

多田はむっとし、何か言いたげに口をもごもごとさせている。

「でも君たちも妙な関係だね」私は言った。

「妙な？」多田が眉をひそめる。

「だって、佐藤君は多田君にいじめられた。暴力を振るわれて。なのに、今こうして二人で仲良く、やってくるなんて」

佐藤誠人は顔をしかめ、「いや、別に、仲良くは」と言う。やはり無理やり連れて来られた部分はあるのだろう。そう思うと多田が自ら、「俺が無理やり引っ張ってきたんだよ」と乱暴に答えた。

「あ、でも」佐藤誠人が続けた。「今はこうですけど、昔から知り合いではあったんです」

「ほう」

「一緒に遊んでくれて」佐藤誠人の口ぶりは、弁解や媚びなどではなく、少年時代を懐かしむような雰囲気だった。

多田は当惑を浮かべ、少し恥ずかしそうに佐藤誠人を見た。

真壁鴻一郎は、「仲良くやりなよ。短い人生、少しでも縁があるなら」と穏やかに言った。


理容室のカメラは、室内を捉えている。

四番通りに面した入り口、東側の壁に設置されている防犯カメラは、半球の形をし、定期的にレンズが中で動き、理容室内を把握する。

壁のカレンダーは五月だった。

三つ並んだ理容チェアのうち、真ん中と奥の席に、客がいるのを写している。

「いつも思うんだが、どうして西部劇とかの映画の中で床屋のシーンがあると、髭剃りの場面なんだろうな」奥の席の男が言うのを、カメラに内蔵されたマイクが捉える。

「確かにそうですね」理容師が言った。

「髪を切ってるところはあまり観たことがないですね」真ん中の席の男が話題に入ってくる。

「髭剃りのほうが、緊張感があるからですかね」

「単純に髪を切ることができないからじゃないですか」真ん中の男の襟首に剃刀を当ててい

た女性、理容師の妻が言った。「役者の髪を切ったりして、失敗したら大変ですし。それに、鋏捌《さば》きはそれなりに技術がいるから演技も難しいですし」

「それはあるな」

「そういえば社長、この間のあれはどうなったんですか」

「この間のあれ？」

「煎餅の宣伝で、巨大な巻物みたいなのに、商品名を書いて、広瀬川の河川敷に何十人も集めて、広げるって言ってたじゃないですか」

「まあ、やることはやったよな。役所に怒られただけだったが」

全員の笑い声を、マイクは録《と》る。

「そんなに大勢、よく集まりましたね」

「少しお駄賃をあげれば、面白がって参加する奴が世の中には結構いるんだろうな。そのことが分かったのは収穫だ。若者の中にはそういう奴らがいる」

「そういうのは商品名を出さないのが味噌かもしれないですよ」真ん中の座席の男が言った。

「ほう」

「不思議なことが起きて、あれは何だ何だ、と話題になった後で、実はあれは、と明かすほうが効果的です。はじめから宣伝だと分かると、みな白けちゃいますから」

「なるほどなあ」

「社長はほんと、細かいこと気にしないですよね」理容師の妻が笑う。「前にも社員寮がわりにする、とかいってマンションを買ってましたよね。でも」

「会社まで遠くて、使えなかった。市外だったからな」

「それって、買う時に気づきますよ」理容師が苦笑している。

カメラの近くでドアが開いた。

「いらっしゃいませ。あ、鷗外君、久しぶり」

「お久しぶりです」入ってきた客が言う。カーディガンを着た若者で、リュックを持っている。理容師の妻が近づき、荷物を預かる。「ちょっとだけ、待ってもらっても大丈夫？」

「大丈夫です」

「やっぱり実験とかで、忙しいの？」

「ええ、まあ」

「体調悪かったりする？　少し顔色悪そうだけど」

「大丈夫です」

カメラはそのまま、理容室内の雑談の様子を写し続けるが、ほどなく話が止む。鋏の音と、髪を洗う水の音がマイクに拾われる。

髪が仕上がった男が真ん中の椅子から立ち上がる。理容師の妻が、刷毛《はけ》のようなもので、ジャケットについた頭髪を落とした。会計を済ませ、店を出ていく姿が写る。

「そういえば、そろそろ、一回目なんだろ。一年に三回やるんだったら。四ヶ月目、八ヶ月目、十二ヶ月目、車の点検みたいだな」

どうぞ、と声をかけられ、若者が真ん中の椅子に座る。「どうやら一人捕まったらしいですよ。お医者さんらしいんですけど。学校で噂になっていました」

「仙台には、危険人物なんていない気がするけど」

「どこの地域でも最初の四ヶ月までは、危険人物がさほど見つかってないんですよ」

「鷗外君、それどういうこと？」

「たぶん、どの地域でも、最初は様子見というか、平和警察も情報を入手するのがメインだからじゃないですかね。地域の住人もはじめは、勝手が分からないですし、情報を提供するのもおっかなびっくりですから」

「なるほど」

「それでも、だいたいどの地域でも、六ヶ月目になると、危険人物とされる人間がぽろぽろ見つかるんですが、それでも一人か二人で。そこから急に、増えるようです」

「増えるって、何が増えるの？」

「密告の数です」

理容師をはじめその場の全員が、無言で鏡に目をやり、防犯カメラの顔色を窺うような顔つきになった。

「そんなに悪い奴らが、このあたりにいるもんかねえ。あ、そういう宣伝でもやるかな。『この煎餅を食べる奴は、危険人物ではありません』とか」

「社長が捕まっちゃったりして」

「それで宣伝になるならいいけどな」

「わたしは、そんな煎餅怖いですよ」

「奥さん、厳しいなあ」

カメラはそのまま、理容室内の雑談の様子を写し続けるが、ほどなく話が止む。鋏の音と、ドライヤーの風の音が、マイクに入ってくる。

「鷗外君、ほんと体調悪そうだけれど、大丈夫？　寝ちゃっても平気だけれど、剃刀の時だけは気を付けないと」

「大丈夫です。ちょっとバイトを増やしてるだけで」

歯を食いしばるように引き攣っている若者の顔が、鏡越しにカメラに写る。その場の誰の視線もその表情には向けられていない。

三日後、録画装置の設定通り、この場面は消去された。

「今までの永久磁石の中で最も強いものは、ネオジム磁石と呼ばれるもので、ネオジム鉄ボロンという物質で作られているものなんですが、ただ、高熱になると保磁力が落ちます。そのために、ジスプロシウムという物質を使っているんですが、これがいわゆる、希土類《きどるい》、レアアース、レアメタルと呼ばれるものでして。産地が限られているんですね」

前に座る白幡《しらはた》教授は、私が想像していた以上に腰が低く、穏やかだった。こちらが警察だからというよりも、もともとそういう性格なのだろう。「永久磁石は環境問題、エネルギー問題に関係するんですよ」と少年のように語ってくれる。

「レアアースかあ。そういえば中国が前に、輸出制限をかけてきた時に問題になったね、二瓶君」真壁鴻一郎はすでに工学部の学生にでもなったつもりなのか、事件調査の目的は忘れたような顔つきだった。

「希土類は中国に多いんです。だから、それが入ってこなければ、ネオジム磁石の生産にも影響します。ネオジム磁石はモーターに使われます。ハイブリッド車の生産などには大きな影響があるわけです」

「磁石の力、侮れないなあ」真壁鴻一郎が感心すると、教授は穏やかな目でうなずいた。

「ただ、ですね。まったくもって無策というわけではないんです。私たちも参加した研究で、ネオジム磁石の製造の際に必要なジスプロシウムを大幅に削減することができたんですよ。四割削減しました」

「四割も。それは、素晴らしいじゃないですか」

「ネオジム磁石は、焼結磁石と呼ばれて、ようするに材料となる合金を細かく砕いて、焼き固めて作るんですが、そのもともとの合金を細かくすればするほど、磁石の力が強くなります。耐熱性や保磁力が上がるんです」教授は、私たちのことを学生や記者と混同しはじめているのか、活《い》き活きと説明を続けているが、私たちにはだんだんと、理解できない話に突入しはじめている。「ただ、細かく砕くのに時間がかかりますと、酸化が進みますし、粒子表面積が増大すれば窒素量が増えてしまいます。だから、私たちはヘリウムを噴射するジェットミルというものを使って、ジスプロシウム削減に成功したんですが」

「つまり、そのやり方をさらに進化させれば、もっと強い磁石はできるのですか」

「そうですね。ナノのオーダー、ナノ単位で結合させることを改良していけば、理論上はもっと強くなります」

私たちは、白幡教授に会ってすぐに、磁石を使った武器のようなものが可能かどうかを訊ねた。事件の調査に必要である、と曖昧ながらも緊急性を匂わせ、たとえば、その磁力によって人の体勢を崩したり、よろめかしたりすることはできるのか、と相談した。

白幡教授の答えは、イエスともノーともつかないものだった。すなわち、「現在、出回っている磁石では難しい」「が、磁石は大きくなればなるほど磁力が強くなるため、小型化にこだわらなければ、できなくはない」「とはいえ、強い磁石を作っていくことは、重要な発明であるし、私がやっている研究こそが、それなんですよ」と優しい言い方で話しはじめ、「磁石はモーターには不可欠で、電力問題にもつながる」「小型のモーターでプロペラが回せれば、環境問題を解決することになる」といった話になった。「細かく砕くことで、保磁力の高い磁石を作製する方法のほか、もう一つは、結晶構造を制御して全く新しい強力な磁石を作ることも考えられます」

「結晶構造?」

「ようするに、磁石となる鉄とコバルトの、結晶構造、原子の配列を変えるんです。理論上、どういった並び、構造になれば磁性が強くなるかはある程度分かっています。だから、あとはその構造に変化させればいいんです」

「どうやってですか」

「それが分からないんです」白幡教授は表情を綻ばせた。「どういう力を、どうやって加えれば、構造が変わるのかは分かっていないんですよ。たとえばマンションがあるとします。その鉄筋の構造を、こういう並びにすれば強くなる、と分かってはいるんですが、どこにどう力を加えればその構造になるのかは分からないわけです。強い力は必要ですが、闇雲に加重するのはまた意味がありません」

「でも、それができれば、より強い磁石は作れるかもしれないんですね」

「ああ、はい。ですね」

「二瓶君、そんなに怖い感じで念を押したら、先生もさすがにびびるよ。ねえ」真壁鴻一郎が隣で笑っている。「先生、強い磁石があったら電子ロックの鍵も開いたりしますか？」

私は、ツナギ男に襲われたビルの裏口を思い出す。入館用のパスを翳さなければ入れぬはずの、ドアが狙われていた。認証用のセンサーが壊れていたのだ。

「ものにもよるでしょうが、磁気データはもちろん、磁石で壊れますからね」

「ですよね」真壁鴻一郎は満足そうだ。

「あの、その犯人はどういう感じなんですか」白幡教授が訊ねてきた。

真壁鴻一郎が、私に顔を向ける。「いえ、まだ確定はしていないんですが、どうも磁石に似たものが現場から発見されているので、基本的な知識を教えてもらいたかったんです」と説明をする。

「そうですか」と白幡教授は声を落とした。視線が揺れる。

「先生、非常に興味深い話をありがとうございました」真壁鴻一郎がそこで立ち上がった。私も腰を上げる。

「ああ、ところで」真壁鴻一郎が思いついたように言った。「先生は、安全地区や平和警察のことをどう思われていますか？」

「え」教授は意外な問いかけだったからか、一瞬きょとんとし、「磁石絡みで、ですか？」と訊ね返した。

「磁石は関係なく」真壁鴻一郎は笑っている。「平和警察がこうして、この街に居座って、危険人物を見つけて処刑する、という仕組みについて、どうお考えかな、と。これは単純に、一般市民の声が聞きたいだけですよ」

「磁石は」

「磁石とは関係なくて、大丈夫です」真壁鴻一郎が愉快げに、言う。

「自分で言うのも何ですけれど、私は危険人物ではありませんし、周りにもそういった人はいません。みなで情報を交換して、危険人物を見つけて処罰するのは悪くないと言いますか、必要なことなんだろうな、と思うくらいでして」

「ああ、なるほど」真壁鴻一郎がうんうんとうなずく。

私は教授の話を聞きながら、同情する。「自分は危険人物ではない」と主張する人物が、危険人物として処刑されるケースを、何度も見てきた。自覚のないうちに、危険組織の仕事に加担していたり、もしくは危険人物の生活を支える役割を果たしていたり、そういった理由で捕まり、私たちに尋問される。まったく濡れ衣の、密告により危険人物と決定される場合があることも、否定しない。だから白幡教授の言う、「無縁」は楽観的な油断にほかならない。ましてや、ツナギ男が、「磁石」を武器がわりにすることが確定されれば、教授は当事者中の当事者となる。

「磁石を束ねて、たとえばクリップをくっつける場合、こうして、S極とN極の向きを揃えて束ねたのと」白幡教授はテーブル上の鉛筆を、棒磁石に見立てて、つかむ。「S極とN極をばらばらにして束ねたのとでは、どちらが磁力が強くなると思いますか？」

「そりゃ、同じ向き？」

「そうです。S極はS極で合わせたほうが、強いです。だから、強い磁石を作る際には細かく砕いて、向きを揃えるのですが、ただ、向きを揃えないほうが安定しているんですよ」

「安定？」

「磁力は弱くなりますが、束ねやすいですし、エネルギー的には安定します。だから、自然界では、安定した状態で存在しているんです」

「なるほど」

「だから、社会の人の考え方も、一つに揃えないほうが自然な状態だと、私は思うんですよ。全体の力は弱くなりますが、安定します」

「つまり、平和警察が、国民を押さえつけてしまうのは、力は強くなるかもしれないけれど、不自然、安定していないんじゃないか、と先生はそう思うわけだ」真壁鴻一郎は言う。

「今、そう思った、というだけなんですが」白幡教授はおそらく、私たちが警察関係者であることを忘れているのだろう、のどかな言い方だ。

「ただ、先生、平和警察は別段、同じ方向に束ねようとしているわけじゃないんですよ。みなが、ばらばらで安定した状態でいられるように、危ない物質を取り除くだけで」真壁鴻一郎が反論すると教授は、「ああ、言われてみれば」と納得の声を出した。


挨拶の後で白幡研究室のドアを閉め、講義棟の通路を戻り、エレベーター前に立つ。

「特に手がかりはありませんでしたね」と発した私の言葉と、真壁鴻一郎が、「先生、何か隠しているのかな」と言ったのがぶつかった。

「そんな素振り、ありましたか？」

「磁石のことを話している時は活き活きとして、弁舌滑らかだったけれど、途中で、『その犯人はどういう感じなんですか』と訊ねてきただろ？　何でもないふうを装ってはいたけれど、少し真剣だった。気がかりが思わず口を突いて出た、というかね。だって、ほら、そもそも僕たちは、磁石のことは質問したけれど、『犯人』についての質問はしていなかっただろ。それに強い磁石の話も、仮定のことを言うようでいて、実際的だった。もしかするとすでに存在しているのかもしれない」

「ああ」私は体を反転させた。今すぐ研究室に戻り、白幡教授を引っ張ってこなくてはならないと思ったからだ。

「二瓶君、慌てなくていいから。ほら、あの先生は逃げたりしないだろうし」

「白幡教授が、ツナギ男本人という可能性はないんですか?」

「あるだろうね」

「え」真壁鴻一郎があまりにあっさりと答えるため、私は驚いてしまう。「それなら」

「どっちにしろ、どうにもできないから」

「どういうことですか」

「仮に、あの先生がツナギ男だったとしても、明日になったら急にいなくなるというわけにはいかないだろうし、今の時点で、僕たちを襲ってくるわけでもないだろうし。放っておいても大差ないよ」

「そういうものですか」

納得はしなかったが、ちょうどエレベーターの扉が開いたこともあり、私は、真壁鴻一郎に従い、中に入った。扉が閉まる直前、小走りで来た女子学生のために、真壁鴻一郎がボタンを押す。

下に向かう途中、その女子学生が私に「警察の方なんですよね」と訊ねてきた。緊張しつつも、好奇心が滲んでおり、もしかすると私たちに声をかけたいがために追いかけてきたのではないかと勘繰りたくなった。

「そうだよ」真壁鴻一郎が答える。

「え、お兄さんも警察なんですか」と女子学生は、真壁鴻一郎をまじまじと見つめた。

エレベーターが一階に到着し、私たち三人は通路に出る。

「あの、鷗外さんの行方ってまだ分からないんですか」

「鷗外さん？」私はそこで初めて出てきた名前に虚を衝かれたが、真壁鴻一郎は怯む様子はまるでなく、「ああ、まだ分からないんだよね」と応じていた。「ええと、君は鷗外君の友達？」

後で確認したところ、真壁鴻一郎は、「鷗外君」が何者であるのかさっぱり分かっていなかったらしいのだが、女子学生の話し方から、「鷗外君の行方が分からない」「鷗外君は、教授の研究室に関係している」くらいのことは想像でき、だから話を合わせて情報を聞き出そうとしたのだという。

「わたしは、同じ、白幡研究室の」

「鷗外君はいったいどこにいるんだろうね。アパートにも帰らずに」

「そうなんですよね。実家にも戻っていないみたいですし。警察が来たってことは、鷗外さんが何か事件に巻き込まれたのかと思ったんですけれど」

真壁鴻一郎は、私を見た。それから、「まだ、巻き込まれたかどうかは分からないのだけれどね」と肩をすくめる。もちろん私はそのような話は知らない。「でも、可能性はゼロではないよ」

「そうですか」女子学生は心配そうな表情を隠そうともしない。

「君は、鷗外君が何か事件に巻き込まれる予感というか、心当たりはあるのかな」

「あ、いえ」

「ちょっとしたことでも、気になる点があったら教えてくれないかな。そういった細かい情報の積み重ねで、鷗外君が見つかる可能性は高いからね」

「そういうものですか」

「そういうものなんだよ、これが。ちなみに、鷗外君はどういう音楽が好きなのかな」

別段、その質問に意味はなかったのだ、と後で真壁鴻一郎は言った。何でもいいから質問をぶつけていけば、相手も喋りやすくなるから、ようするにほら、空気を暖める、というやつだ、と。

「鷗外さんはジャズとかブルースとか、そういう暗い感じの」

「ジャズやブルースは別に暗くはないけれどね。もしかすると、ビリー・ホリデイとかの話を？」

その質問は、僕にとっては狙った球だよ。二人きりになった時、真壁鴻一郎は満足げに解説した。ビリー・ホリデイの「奇妙な果実」を知っているだろ、かの有名な。

「よく知ってますね。鷗外さんもその曲のことを教えてくれました。リンチされた黒人が樹から吊るされて、それを奇妙な果実って歌っているんだ、って」

「やっぱりね」

「やっぱり？」

「いや、鷗外君はそういうのが許せない、正義感溢れる男だったんじゃないか、と思って」

「そうなんです、鷗外さんはいつも、正義や偽善について考えているような。前にも雪道でスリップして、郵便配達の人がバイクで転んだんですけど、助けてあげたり」

「なるほど」

あれは収穫だったね、と帰りの車で真壁鴻一郎は嬉しそうに言った。私からすれば、その後で彼が続けた質問のほうこそ、核心を突いているように思えた。

「鷗外君はツナギの服とか持っていたりするのかな？」ついでのように、真壁鴻一郎はそう訊ねたのだ。

「ツナギ？　ああ、上下が繫がっている服ですね？　鷗外さん、バイクに乗っていて、遠くまで行く時に着ていたことありましたよ」

「へえ」

「ただ、今はもうバイクも売っちゃったみたいだから」

真壁鴻一郎は目を輝かせた。「ちなみに白幡教授はバイク、乗ってるんだっけ？」

「いえ、先生はバイクどころか車の免許もないですから」

データマイニングというのは、字義通りに言えば、大量データの山から鉱脈を探り当てる、採鉱することだよ、二瓶君。

県警に戻り、会議室に顔を出すと、薬師寺警視長たちがさまざまな情報を、大きなスクリーンに表示し、分類していた。蒲生義正をはじめ、ツナギ男が助け出した者たちの共通点を見つけようとしているのは分かった。つまり、真壁鴻一郎の方針と同じだったのだが、そこで私が何を訊ねたわけでもないのに、いきなり「データマイニングというのは」と解説してきたのだ。

「昔は、靴底をすり減らして犯人を絞り込んでいた警察も、今や、キーボードを叩いて、データを集める。ただ、集めるだけなら誰でもできるからね。大事なのは、どういう観点で分類して、取捨選択するかだよ」

「今だって捜査員たちはあちこち歩き回って、犯人につながる証拠を探している」薬師寺警視長が顔を上げた。

「それで何か分かりましたか、薬師寺さん」真壁鴻一郎が一番端のテーブルに座る。私は別段、彼のマネージャーでもなければ、仲良しコンビでもなく、街案内の運転手役であるのだから隣にいる必要はなく、むしろ、真壁鴻一郎のワトソン役と思われたら損なことも多そうであるから、離れた場所に移動したかったのだが、なぜか横並びで座らされる。

画面に映っている情報を見れば、住所や戸籍、学歴などに加え、通院中の歯科であったり、加入しているクレジットカードの情報などがずらずらと並んでいた。

「健康保険の使用状況、携帯電話やネット利用の記録、クレジットカードの使用情報なら、平和警察は収集できるからね。ああいったのはもう、道端でどんぐりを拾い集めるのより簡単だ」隣の真壁鴻一郎はぶつくさと言っていた。「共通点は何かあったの?」

「蒲生義正と草薙美良子は同じ文具通販サイトを使っています。頻繁に」薬師寺警視長の横や後ろには、やはり捜査員がパソコンをかたかた操作しているのだが、そのうちの一人が言う。大きなスクリーンにそのサイトが表示される。

「同じ通販サイトを使っていたからといって、どうなのか。それに、水野善一は違うわけだからね」真壁鴻一郎は言う。

「そういうおまえは何か、得た情報はあるのか」室内は、画面の内容を見やすくするために薄暗くなっており、薬師寺警視長の表情もよく見えない。暗がりから声だけが、透明な銃弾のように飛んでくる。

「どうしますか、その鷗外という学生のことを話しますか?」私は声を落とし、訊ねた。私たちはまだ、その鷗外君の苗字すら調べていない状況で、具体的な手がかりを得たわけではなかった。

真壁鴻一郎が手を挙げた。「薬師寺さん、一つ思ったんですけど」

「何だ」

「共通点ですよ。蒲生義正、水野善一、草薙美良子には共通点があります」

まさか、あの高校生が口にした意見をそのまま報告するのではないだろうな、と私は思った。

「三人の名前には、すべて、良い意味合いの漢字がついているんですよ」真壁鴻一郎ははきはきと続けた。

一瞬、薬師寺警視長をはじめ、パソコンをいじくっている担当者が押し黙るのが分かった。それは驚きよりも明らかに、彼らから飛び出した「呆れ」が音を吸収してしまったからだった。

薬師寺警視長は溜め息を大きく吐き、「本気で言ってるのか」と言うと、後ろの担当者に何やら指示を出した。

スクリーンに地図が表示され、続けて、色のついた点が表示される。大量とは言わないまでも、仙台市内の数箇所が光る。

「これは平和警察が取り調べを行った危険人物被疑者の住所情報だ。その中には、『義』や

『善』、『良』といった漢字の入った名前の人間がほかにもいる」薬師寺警視長の手が、スクリーンを指差した。今、地図上で光ったポイントは、取り調べ対象の人間について、名前で検索を行ったものだろう。

「もし、ツナギの男が、名前によって助ける人間を決めているのだとしたら、どうしてほかのこの危険人物たちを助けなかったんだ。彼らはすでに、我々の尋問を受けているが、ツナギ男は助けに来なかったぞ」

真壁鴻一郎は強がるでもなく、手のひらを揺らす。「いや、僕もそうは思ったんですけど、今日会った高校生が、そういう推理を披露してくれたんで。せっかくなので」

薬師寺警視長が失笑する。「高校生から情報を仕入れるようになったらおしまいだ」

「まあ、そうなんですよ」真壁鴻一郎は余裕のある声を出した。次の情報を効果的に薬師寺警視長にぶつけるために、彼は、高校生の推理に言及したのだ。「薬師寺さん、実はその高校生が、例の正義の味方に助けられたと言うので、会ってきたんです」

椅子の動く音や机が床をこする音がし、足音が響いたかと思えば、薬師寺警視長が目の前に立っており、涼しい顔の真壁鴻一郎に詰め寄っていた。

「おい、真壁、何だそれは。どこの高校生だ」

「あ、知りたいですか？」

ターゲットが決まると情報収集は早かった。木の枝からふっと落ちてきた幼虫に、アリが一斉に群がり、その身ぐるみならぬ肉体を毟《むし》り取っていくのを彷彿とさせる。

あっという間に、会議室のスクリーンには、佐藤誠人の住所、家族構成、健康保険から辿った通院記録が表示されている。ほかの危険人物とは異なり、被疑者となってはいないため、電話やネットの通信記録までは取得できていないようだが、それにしても迅速だ。

「ようするに、この高校生も、犯人の『助けるリスト』に入ってるというわけか」

「おそらく。あ、薬師寺さんが何を考えているのかは分かりますけど、やめたほうがいいですよ」真壁鴻一郎はそのあたりで、椅子から立つ。「二瓶君、そろそろ僕たちは行こうじゃないか、靴底を減らす楽しく愉快な捜査に」とぼそぼそ言ってきた。

「やめたほうがいい？　何をだ」

「佐藤誠人君を引っ張ってきて、尋問しようと考えているんでしょ？　そうすれば、正義の味方が助けに来るはずだ、と」

「正義の味方？　犯人のことをそう呼ぶのはやめろ」

「やはりそれは、最後の手段ですよ。危険人物でもないのに無理やり連行して、尋問するのは」

「佐藤誠人には危険人物の可能性がある」薬師寺警視長はくっきりとした、冷たい声で言った。「犯人が、救おうとしたことがそもそも、その証拠だ」

「一理ありますけど、それだけで連れてくるのは無茶ですよ」真壁鴻一郎は言いながらも、唇はどこか愉快そうに緩んでいる。「と言っても、その無茶もまた正義、が平和警察だということも知ってます。ただ、それなら、父親にしたらどうなんですか」

「父親？」

「正義の味方は、蒲生義正の母親や、水野善一の娘も助けている。おまけというかね。もちろん逆で、蒲生公子の息子だから蒲生義正は助けられたのかもしれない。同様に、水野玲奈子の父親だから水野善一も助けられたのかもしれない。家族割引の適用は、どっちがきっかけか分からない、というわけです。とにかく、家族単位で救うつもりなんじゃないか、という気がするんですよ。だから、佐藤誠人が助けられたのは、ええとお父さんの名前は」

私はスクリーンに目をやる。「佐藤誠一《せいいち》で、母親は佐藤友里恵《ゆりえ》です」

「佐藤誠一の息子だから、という可能性もある。未成年の佐藤誠人を連れてくるくらいなら、佐藤誠一を尋問するほうがまだマシですよ」真壁鴻一郎は肩をすくめる。「しかも、できれば事前に、佐藤誠一が危険人物らしい、という噂を流しておくほうがいいです。近いうちに、平和警察に連れていかれるぞ、と」

「そんなことをしたら、佐藤誠一自身が逃亡するおそれがある」

「大して逃げられやしないですよ。それよりも、佐藤誠一が連れて行かれちゃうぞ、と正義の味方に教えるほうが大事です。そうじゃないと助けに来られませんから。一昨日、取調室を襲って、蒲生たちを助けたとはいえ、さすがにもう一度平和警察の本拠地に来る度胸は、あっちにもないかもしれません。だから、もし事前に、噂かなんかで佐藤誠一の連行を知っていれば、草薙美良子の時のように、平和警察が家から連れていこうという時を狙って、助けに来る可能性も高いはずです」

薬師寺警視長は黙った。真壁鴻一郎の言葉をそのまま受け入れたくないのだろうが、一理あるとは感じたのかもしれない。

後ろからデータ担当者が、薬師寺警視長を呼んだ。「何だ」と振り返る。

「佐藤誠人の情報を掘っていたところ、蒲生義正と草薙美良子との間に共通点が見つかりました」データ担当者は教師の質問に答える生徒のようだった。

「水野は共通しないのか」

「はい。その三人の自宅から勤務先、学校までのルートを調べたんですが、特定のバス路線を使っている可能性が」

「通勤バス？」

「佐藤誠人の場合は、通学ですが」

「へえ」真壁鴻一郎が、喜びの声を洩らす。「面白そうだな」

スクリーンには市内地図が表示され、三者の自宅と思しき場所に、点が置かれる。そこから色のついた線が引かれた。通勤、通学ルートをなぞったものだろう。あくまでも、最短経路からの推測だろうが、その三本が途中で重なり合っている。

「市営バスの桜ヶ丘《さくらがおか》中央停留所から仙台駅行きです。三人はこれを使っている可能性があります」

「犯人も、このバスを使っているのか？」薬師寺警視長はそこで、おそらくは意識するより先だったのだろうが、真壁鴻一郎に訊ねていた。

「ただの偶然かもしれないですし。それに、そのバスの利用客ということでいえば、もっとたくさんいますよ」

私がそこで思いついたのは、蒲生義正たちはいつも同じバスを使っており、そのバスではそれなりの顔馴染みだったのではないか、ということだった。ツナギの男はひそかに、そのいつもの顔ぶれに仲間意識を持っているのではないか、と。恐る恐るながらそれを口に出した。

薬師寺警視長は、私の意見を褒めなかったが、笑い飛ばすこともしなかった。

「とはいえ、通勤バスのメンバーのことを助ける義理はないだろう。我々を敵に回すリスクを負うほどの何かがあるのか？」

「何かと言いますと」

「恩か義理。もしくは」

「もしくは、何でしょうか」私は訊く。

「助けないと、よっぽど困るかだ。金を貸してるとかな」

「薬師寺さん、逆の発想もありますよ」真壁鴻一郎が言う。

「逆の？」

「『全員は助けられない』問題です」

「何だそれは」

「『ヒーローは、目につく不幸な人間を、全員、救わなくちゃいけないのか』って問題です」

真壁鴻一郎が皮肉めいた笑みを口に浮かべる。どこか嬉しそうだった。「あっちの人は助けるけれど、こっちの人は見捨てる、とはなかなか割り切れないものですから。いや、もちろん割り切れる人間も多いですが、そういった人間はそもそも、人を助けようとはしないタイプです。とにかく、人を無償で助けようなんて人間はお人好しですから、だからこそ悩むわけで。Aさんは助けて、Bさんは助けなくていいのか？　かといって、みなを助けることはできないぞ、と。僕からすると無意味な悩み事にしか思えませんが、悩む人は悩むんですよ。いい人ほど苦労する世の中ですからね。そういう意味では、薬師寺さんや僕らは苦労知らずですね」

「何が言いたい」

「正義の味方は、自分で決めたのかもしれませんよ」

「何をだ」

「いつも同じバスに乗っている人だけは助けよう、と。あとはもう諦める。だから、蒲生たちを助ける理由があるわけではなく、その逆で、全員を助けるのが無理だから、せめて蒲生義正たちくらいは助けよう、とそういう発想かもしれない」

「バスの運転手が犯人だ、とか言い出すのか」

「その可能性もゼロではないでしょうね」真壁鴻一郎はどこまで本気なのか。「ただ、水野親子のどちらもがそのバスを使っていないのだとすれば、共通点にはならないわけですが」

「真壁捜査官はこれからどういった捜査をお考えですか？」媚び諂う声が聞こえてきたことで、私もそこに、刑事部長がいることにようやく気付いた。

「僕はまあ、気になるところを二瓶君とまた、調べようと思っていますが」真壁鴻一郎はやはり、白幡教授のことや鷗外君なる学生のことを口にする気配がなかった。

「薬師寺警視長」端末を操作していたデータ担当者の一人が声を発した。暗がりで手を挙げている。

「何だ」

「桜ヶ丘中央停留所発、仙台駅行きのバスが走る地区の住所で検索を行ったところ、去年の十一月に駅前近くで、事故が起きています」

「それがどうかしたのか」「面白いね」

「信号待ちでバスが停車したところ、後ろから来た郵便配達車両がぶつかったそうです。郵便配達の運転手が居眠りをしていたようで、衝突のせいで運転席が潰れました」

画面には、郵便局員の顔写真が表示される。暗い目つきで眼鏡をかけた男だ。貝塚万亀男《かいづかまきお》、五十二歳、と表示が出た。

「万とか亀とかいう漢字は、ツナギ男の好みに入るのかな」真壁鴻一郎は冗談を溢《こぼ》す。

「そいつは事故で死んだのか？」

「いえ、事故の際には、バスの乗客が、潰れた郵便配達車両の運転席から貝塚万亀男を引っ張り出し、人工呼吸を行ったおかげで、奇跡的に助かりました」

真壁鴻一郎がそこで立ち上がった。「その、運転手を助けたバスの乗客は誰なのか、分かる？」

担当者は、「はい」と相槌を打ち、すぐに情報を検索しはじめる。「公式の情報には残っていないようです。バスの運転手は、高橋大河《たかはしたいが》という三十三歳の男ですが、救出を手伝った乗客のことは分かりません」

「高橋大河に訊けば分かるかもな」薬師寺警視長の言葉に、壁のところに立っていた捜査員が反応し、ドアから外に出ていく。さっそく、バス会社へ調査に向かうのだ。

「その救出に一役買った乗客が、蒲生義正や草薙美良子という可能性はあるかもしれない。さらにその日たまたま、水野善一か水野玲奈子が乗っていた可能性もある」

「だとしたら、どうなる」

「まだ分かりませんけど、たとえば、助けられた郵便局員、亀ちゃんがその時の恩返しで、蒲生たちを助けていてもおかしくはないですよ」

　薬師寺警視長の額がぴくっと痙攣するのが見えた。室内の温度が少し上がったような感覚がある。指示に従い、捜査員たちがまた部屋から飛び出していった。


　私と真壁鴻一郎はファストフード店の一番奥の四人掛けテーブルのところにいる。

「さっきのが核心を突いていたんでしょうか」私は言う。

　並んで座る真壁鴻一郎は、フライドポテトを口に放り込んだ後で、「何が?」と言う。

「犯人と、あの蒲生たちとの関係です。真壁さんが言った通り、同じバスに乗っていた時、郵便配達車両の衝突事故が起きた。それが、彼らを繋ぐ輪なんですね」にもかかわらず、ファストフード店に女子大生の話を聞きにくる意味が理解できなかった。

「あれはどうだろうね。まあ、確率二十パーセントってところじゃないかな」

「え」

「二瓶君は信じられるのかい？」

「郵便配達車両の事故が関係している説を唱えたのは、真壁さんだったじゃないですか」

「あれはまあ会議での無責任な意見だよ。ああいう時は、思いつきをどんどん喋らないと」

「そうなんですか」

「もちろん、絶対にありえないとまでは思わないよ。そのへんは、薬師寺さんたちがすぐに、調べてくれるから。それよりも僕は、こっちのほうに興味があるからね。磁石研究の学生、鷗外君のことが」

「まあ確かに、彼には何かありそうですけど」

県警内で二、三電話を入れると、東北大学工学部、白幡研究室に所属する学生の名前は得ることができた。大森《おおもり》鷗外は修士課程二年、岩手出身の男子学生で、太白《たいはく》区の八木山《やぎやま》動物公園近くの住宅街の、賃貸アパートに住んでいる。

すぐに私たちは、彼のアパートを訪問した。真壁鴻一郎はもともと、そこで大森鷗外に会えるとは期待していなかったらしく、三回ほどチャイムを鳴らすとドアノブをがちゃがちゃとやり、施錠されていることを確認した。管理会社に電話します、と私は言いかけたが、その前に彼はアパートの通路、部屋のすぐ向かい側に置かれている消火器に近づき、「僕が学生の頃はこういうところに、合い鍵を置いていたよ」と消火器の底を探り、実際にテープで留められている鍵を見つけた。ためらうこともなく、ドアを開け、中に入る。

沓脱《くつぬぎ》には、ドアの郵便受けから落とされた郵便物がいくつか散乱している。ダイレクトメールがほとんどで、真壁鴻一郎はそれを拾い一つずつ眺めている。

部屋は六畳一間のフローリングの部屋だったが、整理整頓が行き届いているわけでもなければ、物が散らばり足の踏み場もないというほどでもなかった。

「真面目に勉強している感じはあるね」真壁鴻一郎は部屋の隅に置かれた書棚を眺め、講義を書き留めたノートをめくる。「パソコンとかはないのかな」

ネットサイトの閲覧履歴で、関心を持っている分野が分かるが、小型のパソコンであれば持ち歩いている可能性もある。もしくは携帯電話、スマートフォンで事足りているのか。

「後で、大森鷗外の通信履歴を集めてみましょうか」

「そうだねえ」真壁鴻一郎は興味があるのかないのか、ぼんやりと言いながら、室内を見て回る。「少し前なら、関心のある音楽や映画が部屋に転がっていたんだろうけどね。CDだとかDVDだとか」

今はほとんどが、ネット配信され、直接、再生端末に入れられる。スマートフォンやパソコンを覗かなくては、音楽の趣味も把握できない。

「二瓶君、害虫にはいくつか種類があるのを知っているかい」

「え」また虫の話か。

「ゴキブリやハエはね、衛生害虫だよ。ようするに不潔だから困る！　というね。ただ、これで死ぬことはほとんどない。カメムシやヤスデにいたっては、毒もなくてね、見た目が不快なだけの、不快害虫」

「はい。それが」

「害虫、と呼ぶのには実はそれほど害がない種類のもいるってことだよ。ぎゃあ気持ち悪い、の思いでどんどん殺すわけだ。ようするに人間にとって、邪魔かどうかはかなり、恣意的《しいてき》だってことだね。一方で、本当に迷惑な害虫もいる。農作物に悪影響を与える虫たちだ。それにしても虫たちに悪気はないだろうけど、とはいえ、これは目に見える被害がある。昔は、その駆除のために何が行われていたか知っている？」

「農薬のない頃ですか」私はクローゼットの中を調べる。ハンガーにかかっている服は安物の、似たような色柄だった。ファッションに関心がない学生なのだろう。

「虫送りというやり方があって。祈祷《きとう》で虫を追い払っていたんだ」

「祈禱で？　効果あるんですか？」

「神社で祈禱してから、松明《たいまつ》を掲げて、どんちゃん騒ぎながら、田圃《たんぼ》を歩き回って、それで虫を払おう、という作戦だ。もちろん、まったく根拠はないよね。ただ、それくらいしか方法がなかったってわけだよ。それから江戸時代には、田圃に油を流して、その油膜で虫を溺れさせようとしたらしい。虫っていうのは小さいし、すばしっこいからね、厄介なんだ」

「農薬ができて良かったですね」

「そうだよ。まあ、安全地区の政策や平和警察ができたのも同じだよ」

「どういう意味ですか」

「厄介な邪魔者を退治しやすくなったんだから。そうだろ。まあ、農薬というよりは天敵による除去か」真壁鴻一郎は肩をすくめる。そして、テレビ台の横の引き出しを開け、中から何かを取り出した。

「何ですかそれは」

「使わなくなったカード類かな。診察券とか」輪ゴムで閉じられているカードの束をこちらに振った。

私は書棚に並ぶ背表紙を眺めた。ビリー・ホリデイの伝記があり、その脇には、人種差別に関する新書がいくつか、貧富の差についての新書がいくつか、並んでいた。

「あなたの言った通り、鷗外君は人種差別をはじめとする、世の理不尽な不幸について興味があったようだね」

真壁鴻一郎はファストフード店の席で、現われた女子大生、大学のエレベーターで声をかけてきた彼女に言った。

「鷗外さんに会えたんですか」

「あなたは、鷗外君の恋人か何か」私が訊ねると、彼女はこちらが恐縮するほど赤面し、いいえ違いますともじもじする。同じ研究室の後輩です、と答えた。

「会えなかったんだけれど、アパートの中を調べさせてもらったんだ。半月ほど前から郵便物が溜まっていて、どうやら帰ってきていないみたいだね。学校にも行っていないとなると、実家かな。岩手の盛岡だよね」

「はい、確か」彼女は下を向く。隠し事ができないタイプの、私たちからすると非常にありがたい性格だ。「実家について、何か聞いたことがあるのかな」と押すと、「あ、はい」と少したためらった。

「聞かせてもらえると助かるし、鷗外君を見つけるにも情報がないことには」

「よくは分からないんですけど」彼女は何度か前置きを繰り返した上で、大森鷗外は実家の両親とは不仲で、ほとんど家出の形で進学してきたらしい、と話した。そのため、アルバイトによって学費と生活費を稼ぐのに忙しく、さらには大学院の研究の時間も作らねばならないものだから、かなり忙しかったという。「ただ、深刻さも見せず、楽しそうというか、前向きというか、愚痴も言わないから、周りの人たちはあまり気づかなかったんですけど。でも、少し前に、めちゃくちゃ暗い顔をしていたので、どうしちゃったのかと思って」

「どうしちゃったの?」真壁鴻一郎はポテトを口に放り込み、恋愛相談でもするような口調で、訊く。

「実家から急に連絡があったみたいです。お父さんもお母さんも借金で大変なことになって」

うちの親の場合は自業自得、と大森鷗外は言い捨てたらしいから、事業の失敗や不慮の事故、やむを得ない病気といったものではなく、もともとのだらしなさや、ギャンブル等の金遣いの荒さが原因だったのだろう、と私は想像した。

「鷗外さん、妹さんもいるみたいで、はっきりしたことは聞いたことがないんですけど」

「うん」

「生まれながらに障碍があるみたいで」

「なるほど」真壁鴻一郎が言う、その横顔を、私はちらと窺う。平和警察にいると、ターゲットの家族構成には敏感になる。危険人物として認めさせる際、弱味となる身内がいないかどうか、その情報が武器となるからだ。大森鷗外の妹がどのような障碍を持っているのかは分からぬが、こちらにとって有益なのは間違いなく、だから真壁鴻一郎が目を光らせるのではないかと思ったのだが、案に相違し、彼は表情を変えず、関心がなさそうに、「借金のせいでその大事な妹にも悪い影響が及ぶのを恐れていたんだね」と言う。

「何で分かるんですか。警察ってすごい」

「いや、普通に想像できるでしょ」真壁鴻一郎が顔を歪ませる。

「だから、鷗外さん、お金をどうにかしたかったみたいです」

「危ないことに手を出した可能性はある?」

彼女は、え、と言うと少し悩むように口を横一文字に結んだ。すぐに否定しなかったことは、すでに告白したに等しい。私は手応えを覚え、座り直す。「もしかすると、大森君もそういったことに巻き込まれて、行方が分からないのかもしれないですから」

実際、その可能性はある。

そこからは私がこの半年で培い、今や得意科目となりつつある、尋問技術の出番だった。それとなく脅すように、危機感を煽《あお》り、あなたが情報を提供してくれると世界のすべてが救われるかのような言葉を投げかける。

いくつか質問を重ねた。本職のこちらと、一般の女子大生とでは勝負は決まっている。「あの、白幡先生は、磁石のこと何か言ってました?」恐る恐る声を震わせ、彼女はこちらに言った。

真壁鴻一郎はさすがだった。常に、相手の先に駒を進める。「ああ、あれは大変だったようだね。白幡先生も困っていた」

もちろん、曖昧に鎌をかけただけで、私たちは何も知らない。だが、彼女は少しほっとした後で、「でも、まだ盗ったのが、鷗外さんとは限らないので」と弁護する言葉を慌てて、継いだ。

「どれくらい盗まれたのかな」

「できたばかりの試作品をひと箱と、プレートをいくつか」

やはりあの教授は新しい磁石を開発できていたわけか。

真壁鴻一郎は顔色一つ変えなかった。「まさか、鷗外君が盗ったとは思えない」

「はい」

「でも、白幡さんはこう言っていたよ」真壁鴻一郎は淡々と嘘を重ねていく。「別段、銃や毒物がなくなったのとは違うし、鷗外君ならきっと有効に使ってくれるだろう、と」

「良かった」彼女は心底、安堵していた。「鷗外君が、別の教授と喋っているのを見ちゃったこともあって」

「それ、どういうことかな」私は身を乗り出す。

「うちの白幡教授はすごく真面目で、研究好きな人なんですけど、隣の研究室の教授は少し違っていて」

「不真面目なの？」

彼女は返事に困るが、その困っている反応こそが返答にもなっている。「噂によると、研究結果を利用して、民間企業に売り込むこともあるらしくて」

「なるほど」

「わたしにはよく分からないんですけど。ただ、商品を売る相手がいろいろらしくて」そこまで喋ったところで彼女は、警察相手に口が軽かった、と手を口に当てる。

「鷗外君が、そっちの教授と何か企んでいるんじゃないか、と心配だったんだね。でも安心していいよ。鷗外君はそんなことはしない。賭けてもいいよ」

賭けるチップも偽物なのだから、いくらでも賭けられる。


理容室のカメラは、室内を捉えている。

四番通りに面した入り口、東側の壁に設置されている防犯カメラは、半球の形をし、定期的にレンズが中で動き、理容室内を把握する。

壁のカレンダーは六月だった。

三つ並んだ理容チェアのうち、客がいるのは真ん中だけだ。

「鷗外君、この間の集中豪雨は平気だった？」青のカーディガンを着た理容師が、鋏を鳴らしながら言う。彼の妻が後ろで、タオルの片づけをしていた。

「あの日はちょうど引っ越しのバイトをしていたので怖かったんですけど、大丈夫でした」

欠伸をする顔が鏡に映る。

「鷗外君、ちゃんと寝てるの？　顔色悪いよ」

「あ、はい。あ、関西のほうが大変だったみたいですね」

「何の話?」

「さっきの集中豪雨の。雨で、孤立しちゃった地域があったとか。遠征で来ていた高校球児たちがみんなで、浸水した家の掃除を手伝ったってニュースを見ました。それで、男性アイドルグループが物資を持っていったら、売名行為だって叩かれちゃって」

「ああ。偽善扱いされてね」

「僕、そういうのがよく分からないんですよ」

「そういうの?」

「だって、寄付にしろ何にしろ、たとえば、お金に困っている人に援助したら、偽善と呼ばれたりするじゃないですか。少なくとも、偽善っぽい、とか」

「それは、さも善意で援助しているように自慢していたのに、実は、見返りを要求していたとか、そういう場合じゃないのかな。困っている誰かのために何かをしたら、それがむしろ、相手を困らせた、とか」

「でも、今はそういう意味ではなくて、ただ単に、いいことをして目立っただけで言われてしまいますよ。たとえば、川に落ちる子供を見た人が、『ここで助けたら、俺はヒーローになるかもしれない』と思って、飛び込んで救出するのは偽善なんですかね」

「面倒なことを考えるね、鷗外君。でも、それって普通に、勇気ある善行じゃないのかな。そのおかげで、ヒーロー扱いされても問題ないでしょ。強いていえば、人目がある時にだけ、老人に優しくして、普段は、老人をいたぶっているような、そういう二面性が、偽善と言われるのかもよ」

「リサイクルってあるじゃないですか。環境に優しく、とか。うちの実家の盛岡の町内にもそういうのに熱心なおばさんがいたんです。ペットボトルの回収とか一生懸命にやっていて。ただ、リサイクルって実際は、逆効果なものも多いという話があって」

「うちのお客さんがそれ、前に言ってたよ。ペットボトルを再利用するためには、石油とか電力とかコストがかかって、余計にエネルギーが必要とか、そういう話」

「実際、そういう部分はあるんだと思います。だから、そのおばさんを批判する人がいたんですよ。あんたのやっていることは無駄で、逆に環境に悪い、って」

「なるほどね、そういう人もいるのか」

「うちの父がそうです。もちろん、それは別に間違ったことで責めているわけではないですから、父を非難するつもりはないんです。ただ、仮に、本当に環境のためになるリサイクルが行われることになったとして」

「どんな方法かはさておき」

「いつか、そういうリサイクル方法が見つかったとしても、父は何もやらないですよ。間違いないです。その点、そのおばさんはおそらく、リサイクルに協力します。どちらが正しいかどうかは断定できないですけど、『君が、いいことだと思ってやっていることは、全部無駄だ』と無神経に言えちゃう人は、自分の面倒臭さを正当化する理由を考えたいだけに思えちゃうんですよ」

「鷗外君、本当に面倒なこと考えるねえ」

「瓶のリサイクルには意味がある、と聞いたことがあります。父が、『ペットボトルのリサイクルは無駄だからやらないけれど、ガラス瓶のほうはやる』というスタンスを取る人なら納得できます。論理的ですから。でも、父は」

「結局何もやらない、わけだね」

「ええ。偽善だ偽善だと叫ぶ人は、単に、『良さそうなこと』をやっている人が鬱陶しいだけなんじゃないか、って」

「実際、鬱陶しい人もいるからね。わたしの母親はそういうタイプだったから」理容師の妻が言った。

「そうなんですか」

「東に道に迷っている人がいると聞けば地図を持って駆け付けて、西の地下鉄に視覚障碍者がいると知れば、手を引きに向かい、北の路上でホームレスが寒がっていれば安価なフリースジャケットを買って、渡すような」

「いい人ですね」

「いい人かどうか。自己満足に近いと思う。だって、そのホームレスの面倒を一生、見てあげられるわけではないし、もし、本当に救いたいんだったら、そのホームレスのためにはまず、仕事を探すべきでしょ」

「それって国のやることですよ」

「ただ、そのフリースジャケットをもらっていなかったらその彼は、寒さに耐えきれず仕事を必死に探したかもしれない。さほど親しくない他人を手助けするのは、安易にはできないよ」

「せいぜい自分の近くの人、くらいですかね」

「まあ、僕はお金さえもらえれば、どんな人の髪も切るけれど」

「床屋さんって、分かりやすく人のためになるから、すごいですよね」

「鷗外君のほうがすごいよ。強い磁石を研究して、みんなのためになるんだし」

「いや、そんなんじゃないですよ」

「鷗外君、大丈夫？　すごく疲れてそうだよ」「ちょっと」「ちょっと？」

「何でもないです」学生は言った後で、カメラの位置を気にするように視線をちらちらっと移動させた。目の下には隈《くま》ができ、頬は痩せこけている。

三日後、録画装置の設定通り、この場面は消去された。

「大森鷗外なんでしょうか」私はハンドルを握ったまま、言う。

「正義の味方の正体？」

「ええ」あの犯人が磁石を武器にするのであれば、強力磁石を研究する学生は怪しい。「試作品を盗んだ上に、身を隠したとなればほとんど間違いないかと。もしかすると、その隣の研究室の教授と協力して、磁石を使った武器を作った可能性もありますよ」

「どうにか居場所が分かればいいんだろうけど」真壁鴻一郎が両手を後頭部に当てる。「こういう場合の定石だと」

「はい」

「まずは、鷗外君の足取りだよね。最後に会ったのが誰なのか。一応、さっきの彼女の話だと一ヶ月半くらい前に研究室から出ていくのを見たのが最後だったみたいだけれど。その日付を確定して、知り合いを当たろうか。もしくは、もっとてっとり早く炙り出すか、おびき寄せるか」

「どういうことですか」

「鷗外君が危険な人物だ、という情報を世間に流して、生活しにくくする。山に火をつけられ、たまらず姿を現わす動物と同じだよ。もしくは、相手が自分で出てきたくなるような罠《わな》や囮《おとり》を用意して、こちらで待っているかね。まあ、どちらにせよ、それほど難しくはないだろうけど」

「これから署に戻ったら、薬師寺警視長に大森鷗外のことを報告するということで、よろしいですか？」

「しょうがないか。もう少し教えたくなかったけれどね」「そうなんですか」

「会議やプレゼンで発表をする時にやっちゃいけないことが何だか知っているかい。一番は、自分の用意している情報を全部先に発表しちゃうことだよ」

「まずいんですか」

「質疑応答の時に答えることがほとんどなくなる。何かの感想を言い合う時もそうだね。先に全部出すと、後で出すものがなくなるし。しかも、自分から率先して発表したものよりも、他人から問われて、すぱっと回答してみせたほうが、『できる』と思われる」どこまで本気なのか真壁鴻一郎は言う。「それはそうと、僕の今までの経験からすると、帰った頃にはそろそろ薬師寺さんが強硬案を発動しているんじゃないかな」

「強硬案？」

「高校生の佐藤誠人君を危険人物として捕まえるか、もしくは、そろそろ捕まえるという情報を広めるか。そうすればたぶん、正義の味方のツナギ男が佐藤君を助けにやってくるんじゃないかと期待してね。僕の提案に耳を貸すなら、父親を捕まえてるかもしれない。まあ、それでもいいんだけれど、もう少し犯人を罠にかけるようなやり方のほうがスマートだと思うんだ」

「スマートなやり方、ですか」私は少し考えてから、「たとえば、例の金子教授のゼミの罠のような」と言った。

平和警察に対して反感を抱く金子教授なる人物を中心に、抵抗軍を集めて危険人物を見つけ出す作戦は、真壁鴻一郎の発案だと聞いていたため、そう言えば喜ばれるのではないかと想像したのだが、想像以上に真壁鴻一郎は嬉しそうで、「ああ、いい答えだね」とうなずいた。「そうなんだよ、まさにああいう工夫が必要なんだ。ただまあ、薬師寺さんは単純だから、仮に佐藤君を連れてこないにしても、少なくとも、例の郵便局員は引っ張ってきているところだろうね。連れてきて、尋問している。二瓶君も分かるだろ。平和警察は対象を特定すれば、やることは一つだ。痛めつけて、必要なことを吐かせる。ただ、今回みたいな場合は少し、面倒だ。役に立たない」

「役に立たないんですか。どうして」この半年間、平和警察の一員として尋問作業を続けていた私からすれば、尋問の強力さはよく知っている。「ツナギの男はタフで、なかなか口を割らないということですか？」

「逆だ。尋問力が裏目に出る」

どういうことですか、と聞き返そうとしたところで県警に到着した。裏口近くでまずは、真壁鴻一郎を降ろすことにした。

助手席のドアを開けると彼は、「あ、二瓶君、この情報、調べられる？」とポケットから取り出したカードの束から、上の二枚をこちらに寄越した。「鷗外君の部屋にあったものなんだけれど、口座情報から何か分からないか、五島ちゃんに頼んでみて」

都銀と地方銀行の二枚のキャッシュカードだった。

私は車を駐車場に停め、建物に入るとまずは情報分析部に向かった。五島の姿はなかったため、別の捜査員にカードから引き出せる情報の調査を依頼した。

「佐藤誠人を引っ張るぞ」会議室に行くと、薬師寺警視長が真壁鴻一郎に宣言していた。相談ではなく報告だ。部長をはじめ、ほかの者たちは椅子に座り、押しなべてくたびれた顔をしている。おそらく朝からデータの収集を行い、蒲生義正や水野善一らの情報をさまざまな観点から検索し、共通点を探し、疲弊しているのだろう。大型のスクリーンには、いくつかの地図情報と顔写真が表示されているが、有益な情報を絞り込んだというよりは、並べた結果、何も得られず放置している、という雰囲気が漂っていた。

「もう一度言いますが、相手は高校生ですよ」薬師寺警視長と向き合った真壁鴻一郎はやはり、そのことを指摘した。どこから持ってきたのか、柔らかいゴムボールを持っている。誰かのテーブルの上にでも置かれていたものかもしれない。ぎゅっとつかんで、感触を楽しむようにしている。

「そんなことは些末《さまつ》な問題だ。今までも未成年の尋問は行われている」

十代の素行不良の少年たちを取り調べたことは、私にもある。粋がり、大人を見下している不良少年たちを精神的に揺さぶり、屈服させるのは嫌いではなく、むしろそれまでは少年法のために手が出せなかったもどかしさもあったため、溜め込んだストレスを爆発させるが如く、同僚たちは嬉々《きき》としてやっていたが、ツナギの男を釣り上げるために、佐藤誠人を尋問するのは、また少し違うように感じる。

が、薬師寺警視長の、「実際に尋問する必要はない。あくまでも、おびき寄せるためだからな」という説明で、私も納得する。

佐藤誠人を、ツナギ男が助けたのは事実だ。それは多田という高校生が体験済みだ。さらに泉区黒松の、草薙美良子のケースのように、連行する場面にツナギ男が現われる可能性はある。エサとしては適任に思える。

「前もって、佐藤誠人が連行される情報を流す」

「それ僕のアイディアですよ」

「真壁、おまえも知っているだろうが、俺たち平和警察が得意なのは」

「サディスティックな捜査」

ふん、と薬師寺警視長は鼻から息を出し、真壁鴻一郎を睨みつける。「情報のコントロールだ。噂話の制御もな」

「確かに得意ですね」

インターネットの掲示板、学校の裏掲示板、理容室や美容院、病院、居酒屋、そういったところに観測気球がわりに情報を流し、反応を窺うこともあれば、特定の誰かを孤立させるために噂話を広めることもある。そのノウハウが平和警察にはあり、実践と分析により、その精度と効率はより良くなる一方だ。先輩の三好はじめ、「どの地方に行っても画一的なサービスを提供できる、チェーン店の接客術みたいなものだな。平和警察の捜査マニュアルいかがですか」と茶化すように言っていたが、実際に、平和警察に遊軍として参加しはじめると、効率が良く、効果的なノウハウが溢れており、舌を巻いた。

「来週だ」薬師寺警視長がきっぱり言う。「平和警察には、県内の危険人物を一掃するための参考リストがある。来週、そのうちの数名を一斉に連行する」

「そうなんですか？」

「という情報を流す。リスト自体は、ないわけではない。危険人物を告発する情報は、この宮城エリアでもずいぶん増えている。そこに、佐藤誠人も含める」薬師寺警視長は言う。「その情報を、市内に流す。一週間もあれば、市内の、佐藤誠人を知る人間は、そのことを知るだろうな」

「当の佐藤誠人はたまったものじゃないですよね。噂はもちろん、彼自身にも届くでしょうから。怯えて、あ、ほら、前にもあったじゃないですか。十代の女子高生を取り調べるという情報が流れて、見事、彼女は自殺した」

「あれはデマだ。俺たちはあの自殺とは無関係だ」

「薬師寺さん、そういう言い方するから偉い人から怖がられるんですよ。反省せずに、強気だから」真壁鴻一郎はゴムボールをぽんぽんと手の上で弾ませながら、言う。

その途端、うちの部長は、なんてことを！　と震え上がり、薬師寺警視長はむっとした。

「薬師寺さん、とにかく、佐藤誠人がどういう行動に出るのか分からないですよ。いや、予測はいくつかできますけど、最悪の事態も考えておかなくちゃ」

「最悪の事態は、このままツナギの男を捕まえられないことだ。真壁、おまえは宮城県警の大事な人員を案内係にして、街を周回してきたようだが、何か得られたものはあるのか」薬師寺警視長は冷たい表情のまま言ったが、私はその口調に、ただの嫌味や皮肉、捨て台詞だけではない、鎧《よろい》を被る警戒心が含まれているのを察した。薬師寺警視長はここにいる誰よりも、真壁鴻一郎の捜査する力、勘の良さについて、知っているのかもしれない。

「薬師寺さん、一つお願いがあるんですけど」真壁鴻一郎はタイミングを見計らっていたのか、声のトーンを少し変え、言った。「例によって、僕の我儘《わがまま》なんですが」

薬師寺警視長の表情が明らかに変わった。その、「僕の我儘なんですが」は真壁鴻一郎のお決まりの台詞、推理小説内の探偵が集めた容疑者を見渡し、「さてみなさん」とはじめるのと同じなのかもしれない。「何だ」

「東北大学工学部の、白幡教授についても連行する候補に入れてくれませんか」真壁鴻一郎の持つボールがまた、宙に浮かぶ。

室内が一瞬、しんとする。それからすぐに、キーボードが叩かれる音が聞こえた。大学教授の白幡とは誰だ、と慌てて、情報を集め出している。つまり彼らはまだ、犯人と磁石の関係にすら行き着いていなかった。

「誰だそれは」薬師寺警視長が訊ねてくる。

「工学部で、永久磁石の研究をしています。磁石といえば日本人の出番ですからね」

「磁石がか？」

「強い磁石が発明、発見されればどれほど世の中に影響を与えるか、については話すと長くなるのでやめておきます。知ってますか、薬師寺さん、磁石は環境問題にもつながるんですよ。とにかく、あのツナギ男の武器は、磁石と思われるので」

薬師寺警視長は、「磁石なのか」と素直に感心を浮かべてしまうのをこらえるように、ぐっと口を閉じた。「その白幡教授というのが、犯人だというのか」

「会って話した感じでは、十中八九、違います。車の免許もないみたいです。まあ、免許がなくてもスクーターに乗ることくらいはできるでしょうが」

「なら、どういう関係がある」

「そこの研究室の修士課程の学生が一人、いなくなっているんですよ」

「修士の学生か。そいつが怪しいわけか」

「大森鷗外君です。盛岡出身ですけど、アパートにはしばらく帰っていないようですし、気になります」

「なぜ、早く言わなかった」「何がですか」「その大森のことだ」「今、言ったじゃないですか」「もっと早くだ。ここに着いて、すぐに報告すべきレベルのことだろうが」

「すぐ、の定義によりますよ」

「教授を連行しろ、というのはどういうことだ。教授がその学生の居所を知っているのか」

「薬師寺さん、勘が悪くなったんですか？　違いますよ。佐藤誠人と同じです」

「というと？」いつの間にか刑事部長がそばに立っている。

「もし、大森鷗外君がツナギ男だとすれば、教授を助けに現われる、ってわけです」

「ちょっと待て」薬師寺警視長が眉をひそめる。「佐藤誠人のほうは助けに来ないってことか？　バスの運行経路との関係は、郵便配達車両の衝突事故との関連はどうなる。教授もその路線バスを使っているのか」

すでに、白幡教授の情報を片端から洗い出しているのだろう、後方のパソコンを叩く捜査員たちから、「使っていませんね」と声が上がった。

白幡教授は八木山の南郊に自宅があるらしく、バスで通勤するにしても路線はまるで異なるらしい。

「バス路線のほうの目は否定するのか」

「いえ、薬師寺さん、両面待ちですよ」真壁鴻一郎はゴムボールを右手から左手、また右手と弾いては、取っている。「薬師寺さんも自分で言ってたじゃないですか、両構えだ、って。僕も別にどっちが正しいかは分からないです。可能性は両方ある。もちろん、佐藤誠人のほうは一度助けられているので、ツナギ男が助けに来る可能性は高いですけど、大森鷗外が関係しているとなれば、白幡教授も助けに来ないと変です。どちらか決めかねる。だから、両方にチップをベットしたほうがいいですよ。別に、一つに賭けろ、という規則があるわけではないんですから」

薬師寺警視長は押し黙り、じっと真壁鴻一郎を見つめていた。「大学教授、白幡なにがしの情報を集めろ」と担当者たちに言った。

「白幡和夫《かずお》です」後ろから声がする。情報収集の捜査員たちはさすが作業が早い。

「当日は、人員を分散させて、目星をつけた者たちを見張らせましょうか」刑事部長がへこへこと相談とも提案ともつかない言葉を発する。

「薬師寺さん、そういえば、郵便配達車両の運転手はどうなりましたか」真壁鴻一郎が、薬師寺警視長に訊ねた。

「どうなりましたか、とは何だ」

「例の郵便局員、たぶんもう引っ張ってきてますよね。尋問して情報は得られたんですか？」

「まだ、連れてきたばかりだ」と言ったものの薬師寺警視長の表情は芳しくなく、嫌なところを突かれた思いが、ありありと出ている。

「薬師寺さんたちが本気出すと元も子もないですよ。やり過ぎは禁物です」

「何が言いたい」

「どんなものでも大事なのはバランスです。動物や昆虫もいろんな種類がいるから、まだ、うまくいっています。天敵や擬態の問題も同じですけど、どっちかが必ず勝つような仕組みだと、偏るんですよ。シマウマが、ライオンにいつも食われていたら、シマウマはいなくなります。勝ったり負けたりだから、バランスが取れている」

薬師寺警視長は不機嫌そうな顔で、「関係のない話をするな」と答えた。

「関係あるんですけどね。とりあえず、ポストマンの様子を窺ってきますよ」真壁鴻一郎は肩をすくめた。と同時に、体を鋭く動かした。

上半身を捻ったかと思うと、持っていたゴムボールを、薬師寺警視長に向かって投げたのだ。

私は突然のことに驚きの声を上げることもできなかった。

剛速球は薬師寺警視長の胸にぶつかると思われた。が、そうはならなかった。薬師寺警視長が横にいた刑事部長を瞬時に、自分の体の前に引っ張っていたのだ。ボールは、盾代わりにされた刑事部長の小太りの体に衝突し、ぽーん、と跳ねた。

「薬師寺さん、すごいね」と真壁鴻一郎は私に、「薬師寺さんの近くには立たないほうがいいよ」と笑う。「自分を守るためなら何でもやる」

過去に、部下を盾にした、というエピソードを私は思い出し、それは事実だったのだな、と改めて思う。


真壁鴻一郎は、職場の休憩室にでも行くような気楽さで、取調室を覗いた。郵便局員、貝塚万亀男の尋問が行われている部屋だ。ドアのところに近づいた時に中から三好が出てくると、「おお、二瓶」と呼びかけてきた。

「貝塚はどうですか」「ああ、まあ」と歯切れが悪く、顔をしかめる。「あいつが犯人なのかどうかは、分からねえけどな」

「自白させちゃった？」真壁鴻一郎が横から訊ねる。

三好は不愉快さを見せたが、警察庁から派遣された優秀な捜査官に歯向かわない冷静さは持っていた。

ドアを開け、中に入ると机がある。平和警察の捜査員が座っていたが、真壁鴻一郎に気づき、すっと立ち上がった。

貝塚万亀男は俯き、肩をすぼめている。頭髪が少し薄い。五十過ぎという年齢よりは少し老けているのかもしれない。四角い顔に眼鏡をかけ、頰が丸い。

「亀ちゃん、はじめまして。真壁です」と彼はばたばたと椅子に座る。

その途端、貝塚万亀男は深く頭を下げ、「私がやりました。許してください」と謝りはじめる。体を震わせていた。それをまったく意に介さぬ真壁鴻一郎は、「ええと、一つずつ答えてもらってもいい？」とまるで肩に手を回すかのような馴れ馴れしさで、話しかけた。

「半年前、運転中に路線バスにぶつかったのは事実？」

「あ、はい、それは、ええ」

「バスに乗っていたお客さんたちに助けてもらったのは？」

「あ、はい、それは、ええ」

「それは、ここにいる人たち？」机の上には、蒲生義正や草薙美良子の顔写真が並んでいる。免許証情報から取得したものだろう。正面を向いた同じアングルのものだ。

「先ほども答えたんですが」びくつきながら貝塚万亀男が指を出し、写真を指す。その人差し指の爪に、血の筋が浮かんでいる。三好が、針を刺しこんだのだろう。「この蒲生さんのことは覚えているんですが、あとは」

「おい」私の横にいた三好が低い声を出した。

「あ、すみません」貝塚万亀男がびくっとした。「いえ、たぶん、この方たちです」

「で、おまえは、こいつらに恩を感じてるわけだよな」三好が言うと貝塚万亀男は、「はい」と即答したが、真壁鴻一郎が「あ、いいよ、無理しないで」と手のひらを向ける。「今の感じからすると、たぶん、亀ちゃん、本当はよく覚えていないんでしょ。誰が助けてくれたのかなんて、その時は気にしていられなかったよね」

貝塚万亀男は答えない。

真壁鴻一郎はそこで立ち上がり、「二瓶君、彼は無関係だよ」と言った。「薬師寺さんにはちゃんと報告しておいてよ。郵便局員は、シロだって」と三好の肩を叩く。「ほら、亀ちゃんをよく見てよ。武器を持って、平和警察に飛び込んで、刑事を殺害するヒーローに見える？」

通路を歩いていくと、後方から追ってくる足音があった。振り返れば五島がいる。

「二瓶、これ」と差し出してきたのは、私が先ほど情報分析部に渡してきたカード二枚だった。

「あ、さっそく調べてくれたんだね」真壁鴻一郎が歓迎するかのように両手を広げる。

「いいえ、実はこのカード、どれも磁気がやられていて、読み取れませんでした」

「え」

「カードとしては使い物にならなくて」

「磁気か。強い磁石とか」真壁鴻一郎は納得したようにうなずく。「鷗外君はうっかり、財布の近くに磁石を入れてしまったのかもしれない」

とりあえずカードに記されている口座番号から取引情報は入手してみました、と五島が言った。

「後で、二瓶君宛てでいいから、その情報、タブレットで読めるようにしてもらえるかな」

はい、と五島は了解した。

「それから、五島ちゃん。市内を走るタクシーの車載カメラのデータって集まってる？」

「そうですね。コンビニエンスストアや理容室の防犯カメラと同様に、提供してもらっています」

「保管期間はどれくらいあるんだっけ」

「最長で一ヶ月残している業者もありますが、大半は、三日か一週間です。理容室、美容院は協会がうるさくて、たいがい三日です。コンビニは比較的、協力的ですが」

防犯カメラの録画データは保存するためのディスク容量が必要なため、ほとんどが一日ごとの上書きか、もしくは、トラブルが起きたところから遡って数分のみを保存、といった方針のものが多かった。が、平和警察の設立に合わせ、国側から各業者に、防犯カメラデータの保存期間に応じた補助金が出るようになったことで、状況は変わった。「警察機能を民間に請け負ってもらっている」と批判されたが、実際のところ、民間に請け負ってもらうことで治安が良くなるのだから、目くじらを立てることではない。私はそう思う。しかも各業者は映像を保存し、要請に応じて提供するだけで、業務に支障を来すわけではないのだ。

もちろんそれは表向きだ、とも分かっている。

危険人物に関する情報を得るために、防犯カメラの情報を提供するのはそれなりに手間であるし、何よりも、各業者の顧客情報が私たち警察のもとに入るのは事実なのだ。

理容室からすれば、大事な客との会話が警察に聴かれるのは、ただの世間話だったとしても愉快ではないだろうし、タクシーの運転手も会社の悪口を保存されるのは、気分が良くないだろう。契約書には、「対象事件に関する情報に限って使用し、無関係なものは破棄する」と謳《うた》ってはいるものの、私たちからすれば、「対象事件と無関係なもの」と断定できるものはほとんどない。その時は使わなかったとしても、別の危険人物の洗い出しに活用できる場合も多かった。つまり、ほとんどの動画は破棄されない。

「じゃあ、鷗外君の顔写真で映像にスキャンをかけてくれないかな」

「鷗外君？」分かりやすく解説してくれ、といった表情で五島が私を見てくるため、重要参考人です、と大雑把に説明する。行方が分からないため、防犯カメラ映像で足取りを追えないか、と真壁鴻一郎は考えたのだろう。

「薬師寺さんに言えば、鷗外君の顔写真はすぐにもらえる。調べてくれると助かるんだ」

「時間はかかりますが、やってみます」

「あと」

「はい」まだあるのか、と五島は思っただろうが、そのことは顔に出さない。

「正義の味方情報で新しいものは入っていないかな。この間の高校生、佐藤君のは役立ったからね」

「たくさん情報が入ってきてはいるんですが、篩《ふるい》にかけていくとどれも違っているんですよね。ツナギの男とは無関係のものばかりで」

「それなら、磁石のほうで攻めようか」真壁鴻一郎がちらと、私に視線を寄越す。

「磁石？」

「たとえば、突然、キャッシュカードの磁気がやられて使えなくなった、とか」

「それは」私は確認する。「磁石の影響で、ですか？」

「そう。強い磁力で、カードはやられる。それは間違いない。だから、鷗外君が磁石を持ち歩いていれば、その影響がまわりにもあるかもしれない」

「どういうことですか」

「たとえば、地下鉄で鷗外君の隣にいた乗客のキャッシュカードが、磁力のせいで使えなくなる、とか。可能性としてね。そういう情報が集まれば、足取りが分かるかもしれない」

「はい」五島はそう答えた後で、「そういえば、私の同期の者が今、応援部隊として平和警察の捜査に加わっているのですが」と続けた。

「ご苦労だね」

「聞き込みをしていたところ、気になる住人がいたらしく」

「気になる？」

「はい。あの第二ビルが襲われた夜、怪しい男を尾行していたようで。調べてみると、ツナギの男に合致する点が多いみたいです」

真壁鴻一郎は、「へえ」と歯を見せた。「それなら、金子ゼミの作戦を使ってみてもいいかもしれない。一緒に平和警察と戦おう、というようなフリをして、誘ってみるんだ」

「薬師寺警視長には、報告したほうがいいでしょうか？」

「そんなこまごましたことまで伝えなくてもいいんじゃないの？　結果が出ればいいんだから」

「そういうものですか」

「そういうものだよ」真壁鴻一郎は満足そうにうなずく。「そういえば、よく思うのだけれど」

「何ですか」五島と私の声が重なる。

「ほら、映画とかでね、主人公が敵を倒すだろ。倒すだけじゃなく、命を奪ってね」

「ありそうですね」

「で、最後、命からがら主人公は生き残って、めでたしめでたし、となるけれど、僕からすれば主人公もね、さんざん人を殺しているんだから、そんなに能天気に終わられても違和感があるんだ」

「何の話ですか」私はさすがに言いたくなる。「でもまあ、殺された敵は悪者だったわけですから」

「敵にしても、ボスはまだしも手下たちは、ただ真面目に働いていただけかもしれない。あちらにはあちらの思想と使命感があるわけだからね」

「はあ」

「ようするに、正義の味方がハッピーエンドを迎えるのは、戦国武将がさんざん、ほかの軍の兵士を殺害して、高笑いするのと同じようなものだな、ってことだよ」

理容室のカメラは、室内を捉えている。

四番通りに面した入り口、東側の壁に設置されている防犯カメラは、半球の形をし、定期的にレンズが中で動き、理容室内を把握する。

壁のカレンダーは七月だった。

三つ並んだ理容チェアのうち、客がいるのは真ん中だけだ。

「鷗外君、結構伸びてるね」鋏を動かす理容師が言った。「やっぱり忙しいんだねえ。大丈夫？　寝不足のオーラが出てるけれど」

「オーラって、寝不足の人からは出なさそうですよね」

「そういう面白いことを言うくらいの元気はあるのか」

「あれ、今日は一人でやっているんですか」

「うちの奥さん、ちょっと休憩。最近、立ち眩《くら》みがひどくて」

「心配ですね」

「まあ、立ち仕事だしね。昔から貧血気味だから」

「一人でカットから顔剃りから全部やるのも大変そうですが」

「不思議なもので、お客さんが来ない時はめっきり来ないんだけれど、来る時は重なったりするし。分散してくれればいいのに。このまま、彼女が休むようならしばらく店を閉めたほうがいいかもしれない」

「困りますよ。慣れている床屋を替えるのは、大きな問題です」

「そんなこと言って、急に、別の床屋とか美容院に行くんじゃないの？」

学生の返事は、マイクには入らない。理容師の手が櫛《くし》と鋏を使い、頭髪を切っていく。

「鷗外君、急にがくっと眠っちゃうと、顔剃りの時に危ないから、我慢してね」

「はい」

鋏が髪を切断する金属のこすれる小気味良い音の中、少しして、「あの」と客が発した声がする。鏡に映る学生の黒目が、重心を失い、よろめいている。

「あ、前髪、切りすぎたかな」

「そうじゃないんです。いや、何でもないんですけど」

「金貸してくれ、って相談以外なら、聞くけれど」

「ああ、いや」

「本当にお金の相談だった？　ごめん」

「いや、ええと、前に、研究室で、こっそりよそからの依頼のために、開発をするとかしないとか、そういう話をしたの、覚えてますか」

「よそからの依頼？　ああ、米軍からステルス素材を頼まれて、とか」

「それです」

「あったねえ。でも、鷗外君は慎重だからそういうのはやらないんでしょ」

「僕というより、うちの教授は、ですけど」

「隣の研究室の教授はやるって言ってたっけ」

また会話がやみ、鋏の音だけが聞こえる。理容師が、椅子の周囲を手際よく移動しながら、散髪していく。黒い髪が床に落ちていく。

「そういうのって、犯罪なんですかね」

「そういうのって、どういうこと」

「物騒な武器を作っちゃったり、とか」

理容師が破顔するのが、鏡に映る。「物騒な武器となると、そりゃあ、まずいだろうね」

「ですよね」

鏡の若者は疲れ果てた顔つきで口を噤む。

髪を切り終えた理容師が、ヘアーエプロンを外し、若者を立たせた。刷毛を使い、服についた髪を払い、生地がこすられる音が店内の床に積もっていくかのようだ。レジで会計を済ませ、「じゃあまた。睡眠時間はちゃんと確保するんだよ」と理容師が声をかけるのが、四番通り側にレンズを向けたカメラの端に写る。

入れ替わるように、背広姿の客が入ってきた。「いらっしゃいませ」

三日後、録画装置の設定通り、この場面は消去された。


当日は必ずやってくる。

これは、私が警察の現場、特に刑事として働きはじめた頃、上官より言われた台詞だった。何日後に逮捕する。何月何日に容疑者がどこそこに現われる。いついつの犯行予告が届く。その時は、まだまだ先の未来の出来事だと構えていても、確実に時間は過ぎ、その、「当日」は必ずやってくる。だから気を引き締めろ、無駄な時間の使い方をするな、とそういう意味合いで、教えられた。

今回も、当日は来た。県警の捜査会議の部屋には、三十数名の捜査員が集まっており、椅子に座っている。宮城県警内に設置された平和警察のメンバーはもとより、県警捜査一課、二課、三課からも呼び出されている者がいる。総動員での、一大イベントだ。

「いやあ、二瓶君、どっちだと思う？」気づけば後ろから颯爽とやってきた真壁鴻一郎が、隣に座り、顔を寄せ、訊ねてきた。

「どっちと言いますと」

「佐藤誠人と、白幡教授のどちらを正義の味方は助けに来るのか、だよ。賭けるかい？」

会議室の一番前にいる薬師寺警視長は、陽動作戦についての説明をしている。

集まったメンバーは、「北班」と「南班」の大きく二つのチームに分けられた。

北班は佐藤誠人を連行し、南班が白幡教授を連行する。

リストアップされた人物はほかにもいたが、そちらはダミーに過ぎず、数人が連行に赴くだけだ。

「おそらく犯人は、どちらかの関係者の可能性が高い。連行を求め、面会するタイミングかもしくは、こちらに連れてくる途中で、犯人が阻止するために現われるかもしれない。それを期待した作戦だ」

「現われなかったら、がっかりだなあ」真壁鴻一郎がぼそっと、私にだけ聞こえるような声で茶化す。どこまで本気なのか。

「連行の情報はかなり広まっている。犯人が市内で、通常の生活をしているのであれば、かなりの確率で把握しているはずだ」薬師寺警視長の言葉に、前に座る背広姿の男が立ち上がり、この一週間で、情報がどの程度浸透したのかをグラフ化したものをいくつか、正面のスクリーンに表示した。右肩上がりの折れ線グラフと、色のついた円が重なった、集合ベン図のようなものが映し出される。噂を広める際には、まず、情報を流す拠点を選ぶ。人は、「面白い情報を他者に喋りたい」欲求があるため、動機付けできるよう、情報に脚色を加え、たとえば、「高校生の佐藤誠人は真面目な生徒に見えるのだが、実は、あの未解決の女子高生殺人事件に絡んでいるらしい」であるとか、そういった加工をし、流す。「そのために平和警察に見つかったらしい」と。あとは定期的に、決められた地点での観測を繰り返し、どの程度、人がその噂話を知っているかを観測する。

平和警察の、情報コントロールメソッドを使った結果、今日の連行についての噂を知る人間はこのように増え、そしてその内容については尾ひれがつき、微妙に歪んでいるものの、重要な要素、たとえば、日付や対象者といった情報については、さほどずれがない。そう報告がなされている。

配られていた資料の説明がはじまる。

佐藤誠人の身体的特徴や調査済みの性格、運動経験、家族構成などが記されていた。白幡教授、白幡和夫についても同様の情報が列挙されている。

「本日、白幡和夫はすでに、太白区青山の住宅を出発し、工学部キャンパスに到着済みで、午前中に工学部生に向けた講義を行います。午後は講義がなく、研究室で」刑事の一人が説明をすると、正面のスクリーンに、キャンパスの地図と講義室や研究室の配置図が映った。

「午後二時、われわれ南班が研究室に出向き、同行を求めます。その後、青葉山から川内《かわうち》方面に出て、仲《なか》の瀬《せ》橋を渡り、西公園の交差点で左折」と話す。地図が映し出され、パトカーの走行ルートがハイライト表示される。

「もし、犯人が市街地での混乱を避けようと考えるのなら、工学部の敷地か、そこから出た青葉山周辺、もしくは仲の瀬橋など、周囲に巻き添えを食う部外者がいない場所で襲ってくると思われる」薬師寺警視長が続けた。

「一方、佐藤誠人のほうはですね」別の捜査員が説明をはじめる。「本日、本来であれば高校の授業を受けているはずですが、昨晩から泉《いずみ》ケ《が》岳《だけ》ふもとにあるロッジに家族で宿泊しています」

「逃亡するつもりなのか？」低く、荒っぽい声で誰かが訊ねる。

「本人と家族はそのつもりですが、実際のところは我々が誘導しました」

意図的に情報を流し、市内に噂話を広めれば当然ながら、当事者の耳にも入る。「佐藤誠人が危険人物らしい」「近いうちに連行されるそうだ」といった話を、佐藤誠人やその家族も知ることになる。動揺した彼らが、どこかに逃亡する可能性はあり、それを防止するため、彼らが独自に移動する前に、逃亡先を提供したわけだ。平和警察では何度か使われたことのある手法なのだろう。佐藤誠人の知り合いを抱き込み、脅したのか利益を与えたのかは定かではないが、とにかく、「連行の噂が本当かどうかは分からぬが、当日は自宅にいないほうがいいだろう」「平和警察は、対象が自宅にいない場合には再度、仕切り直すという話がある」「私の知っているロッジにいたほうがいいのではないか」と、相手をその気にさせるために言葉を弄《ろう》し、誘い出した。佐藤誠人の家族はそれに乗った。

おかげでこちらは、佐藤家が独自に逃げることを防止でき、さらには住宅街を混乱させるリスクも回避できるというわけだ。

「泉ヶ岳のロッジから、連行する際のルートは」捜査員の言葉の後、スクリーンには先ほど同様、地図の上に、経路が表示される。

「二瓶君、あの直線道路はずいぶんすごいね」真壁鴻一郎が野球観戦中の雑談さながらに、言ってくる。

「根白石《ねのしろいし》の直線です。片側一車線なんですが、周りは田圃で、三キロ弱まっすぐの道で」

「三キロの直線か。みんな飛ばしそうだ」

「たぶん、市内でも一番、速度を出せる直線かもしれません。スピード違反の取り締まりをやれば、一網打尽ですが、いかんせん見晴らしが良すぎるので、それすら難しいんですよね」

「なるほど、うまいことできているわけだ」

「うまいこと、と言っていいのかどうかは分かりませんが」

捜査員の話は続いていた。「南班同様、われわれ北班も、午後二時、ロッジを訪れ、佐藤誠人の同行を求めます」

「親が抵抗したらどうすれば」年長の捜査員が確認する。

「親ごと引っ張れ。そのほうが犯人は必死になるかもしれない」薬師寺警視長の冷たい声がそれに答えた。「それから、真壁、おまえが言った通り、エサも撒いている」

「エサ？　ああ、犯人候補にも情報が届くように？」

「そうだな。捜査員が市内で、幾人か疑わしい人物を洗い出してもいる」

「僕もやってますけどね」真壁鴻一郎が負けず嫌いの少年のように言い返すのが可笑しい。

「おまえがやっているのはどうせ、昆虫採集みたいなもんだろうが。とにかく、もしこっちの思惑通りなら、敵は今日の連行ルートのどこかに現われる」

「そうなることを祈ってますよ。誰の仕掛けで釣れるのか、楽しみです」

「犯人が現われた場合の処置はどうすれば」私は訊ねた。

薬師寺警視長は顎を引く。「逮捕し、ここに連れてこい」

「そうすれば、尋問で鬱憤を晴らして、処刑で見せしめにすることもできるからね」真壁鴻一郎は、私にだけ聞こえる声でぼそぼそ言った。

「とはいえ、相手が大人しく捕まるとも思えない。抵抗するようだったら、こちらもそれなりの対応をしていい。おい真壁。おまえの主張を信じていいんだな？」

「主張って何ですか」

「犯人は、強い磁石を使った武器を持っているのか」

「それは、薬師寺さんだって確信しているんじゃないですか？　ほら、大学の教授も引っ張ってきたんでしょ？　白幡教授じゃないほうの」

大森鷗外は、白幡研究室から磁石の試作品を盗み、それを隣の研究室の教授と何らかの武器に利用すべく、開発したのではないか。

それが真壁鴻一郎と私が調べた結果、行きついた考えだった。無論、そのことは薬師寺警視長に伝えた。

薬師寺警視長はすぐにその教授を連れてきて尋問を行った。教授は、大森鷗外と磁石を使ったグッズを、教授自身がその、「グッズ」という言い回しを使ったらしいが、それを作ったことを認めた。過去に仕事を請け負ったことのある団体と取引する予定だったことも明かした。が、それ以上のことは教授は知らず、「大森鷗外はそのグッズを持っていったきりで、姿を消した」と言うのだ。

「やりすぎて、あの教授をショック死させちゃったのは、薬師寺さんの責任ですよ。おかげで大森鷗外君がどこで、誰と取引するつもりだったのかも分からずじまいで」

薬師寺警視長はそこで珍しく、ぐっと言葉に詰まった。確かに、あの教授を尋問中に死なせてしまったのは痛恨と言えた。とはいえ運が悪かったのも事実だ。さほど、厳しい尋問をしたわけではなかったにもかかわらず、教授は心臓に持病があったのか、何もしないうちから怯えに怯え、苦しみ出し、口を泡まみれにし絶命したらしい。

「あの教授がやもめ暮らしで身寄りがないのをいいことに、また、何かの事故死に紛れ込ませるつもりなんでしょ？」真壁鴻一郎は嬉しそうに言う。実際、教授の死体については、刑事部長預かりで、保管されているという話もあった。

薬師寺警視長はそれには答えず、「すでに周知しているが、全員、磁石に反応する金属は身に付けるな」と指示を出した。真壁鴻一郎もそれ以上は特に何も言わなかった。

「拳銃もですか？」捜査員の一人が確認する。

支給されている拳銃にはいくつか種類があり、中にはポリマーフレームのものもあったが、銃口や撃鉄、引き金に関しては鉄製のものが大半で、磁石には反応することが分かっていた。

肥後たちが至近距離からの発砲に失敗したのは、磁石の力で銃口が揺れた可能性が高い。

「ネジ部分が磁石に反応する可能性もあるからね、持たないほうがいいよ」

そんなに強い磁力なのか、と捜査員たちが目をしばたたく。

「念のためだよ。僕だって磁石の現物を見たわけじゃない」

「そういうわけで、拳銃以外の、特殊警棒や刺叉をメインに使え」

捜査員たちは不安な面持ちだった。私も同様だ。果たして、そのような武器でどこまで犯人に対抗できるのか分からないからだ。

「刺又にも金具がありますが」

「それでも拳銃よりはマシだよ。拳銃の場合は、下手に使うと味方に当たるだろ」

薬師寺警視長は顔をひきしめた後で、「以上。解散」と言い放った。


「二瓶君はどっち？」会議室から出ようとする私に、真壁鴻一郎が追いついてきた。

「南です。白幡和夫のほうを」

「なるほどね。ただ、二瓶君には別のことを調べてほしいんだけど」

明らかに、面倒なお願い事だと私は分かった。困ります、という表情を作った上で、実際に、「困ります」と口に出した。

「いいからいいから」と真壁鴻一郎は譲らない。「薬師寺さんには僕から説明しておくから」

「別のこと、って何ですか」

「強いて言えば、北でも南でもなくて、東。仙台市の東、海岸沿いのほうのアミューズメント施設なんだけれど、ボウリング場や映画館が集まった」

「そこに？」

「五島ちゃんから連絡をもらってね。そこの防犯カメラに写っていたらしいんだよ」

「誰がですか」

「鷗外君だよ。スキャンした結果、引っ掛かったらしい」

「今そこに？」私は、すわ逮捕！　といった勢いで立ち上がりかけたが、「少し前なんだよ。一ヶ月くらい」という言葉が返ってくる。「そこの防犯カメラのレコーダーの上書きが、一ヶ月間ごとだったからね、ぎりぎりだ。とにかく、行方が分からなくなった後の鷗外君が、そこを通りかかっていた」

「それなら、今さらそこに出向いても」

「意味がない。その通り。だから僕もね、五島ちゃんから情報をもらってそのまま放っておいたんだ。ところが昨日、別の情報も入ってきて」

「何ですか」

「一ヶ月ほど前に、定食屋でクレジットカードを使おうとしたら、磁気がやられていた、という情報提供だ。会社員らしい。五島ちゃんは抜かりなく、カード読み取り不良の情報も集めてくれていたようだね。その会社員が言うには、財布に入れていたカードが全部駄目になったらしくて、しかもその日が、さっきのアミューズメント施設のカメラが、鷗外君を捉えた時と同じなんだ。時間は前後するけれど。さらに、その定食屋は、施設に近い」

「鷗外君が定食屋にいて、その会社員のカードを駄目にした、ということですか？」

「もしかすると、磁石を持ち運んでいて、隣の席の会社員の鞄の近くに置いてしまった、とか」

「たった、そんなことでカードが壊れるんですか」

真壁鴻一郎は眉を少し上げた。「それくらいの威力はあるんだろうね。新磁石は。とにかく、二瓶君はそちらを追いかけてよ」

「今日、ですか？」

「うまくいけば、鷗外君に辿り着ける。鷗外君がツナギ男に変身して、佐藤誠人を奪還しに行く前にね」

「今日の今日で、見つかるとは思えませんが」

「打たないパットは入らない」

「何ですかそれは」

「ゴルフのパット、パターで最後に打つじゃないか、あれだよ。打たないことには入るわけがない。やってみないことにはね。宝くじを買わなきゃ当たらない、というのと同じで」

宝くじ当選に譬えられた捜査をやる気分にはなれなかったが、私は、真壁鴻一郎の指示に従うことにした。

真壁鴻一郎に連れられ、薬師寺警視長のところに戻り、事情を話せば、「好きにしろ」と投げ遣りな反応がある。しょせん私一人が抜けたところで、作戦に大きな影響がない、という事実が突き付けられたようで、私は実は少し傷ついた。

しかも薬師寺警視長は、「そんなことよりも」と別の話題に移る。「真壁、もしもの時は車両を爆破するからな」

「爆弾載せるんですか」

「囮の車にだけだがな。もし、われわれが手も足も出ない状態になったら、やむを得ない。ここで犯人に逃げられたら丸潰れだ」

「丸潰れって、面子《メンツ》ですか。僕はそれ反対ですよ。爆破したら、木端微塵《こっぱみじん》で、何が何だか分かったもんじゃないです。名古屋でも似たようなことあったじゃないですか。逃げた危険人物の車を爆破して」

「今回はそれとも状況が違う。威信がかかっている」

そこで横にいた刑事部長がおろおろしながら、前に出た。と思えばすぐに一歩退く。「すみません。爆弾を仕掛けてはどうか、と提案したのは、私でして」

へえ、という様子で真壁鴻一郎は肩をすくめた。

「ちなみに、そのアミューズメント施設の防犯カメラに大森鷗外が写っていたのは、いつだ？」薬師寺警視長が、真壁鴻一郎を見る。

「約一ヶ月前です」

「そんな昔か」

「でも、映像データが残っていただけでも御の字ですよ。床屋のカメラは三日だけですからね」

「タクシー会社にいたっては、丸一日で上書きするところも多い」

「平和警察に協力的じゃないですね」真壁鴻一郎はどこまで本気なのか、嘆いた。

「二瓶、おまえ、くれぐれも迷惑をかけないようにな」そう言ってきたのは、刑事部長だった。事なかれ主義が、小太りの体から発散されている。

迷惑とはいったい誰に対する迷惑を心配しているのか、と私は呆れながらも、「はい」と返事した。

「いやあ、君のところの部長はいい味を出してるよね」通路を歩きながら、真壁鴻一郎が笑ってきた。私は自分のことのように恥ずかしくなるが、そこでふと二日ほど前、自宅近くを早朝にランニングしていた時のことを思い出した。「実は川原で、部長を見かけたんです」

ボールを投げ合っている人影があり、朝早くからよくやるな、と思ったところ、よく見れば一方は部長だった。

子供と野球の練習でもしているのだろうかと思ったが、相手はおらず、おもちゃのピッチングマシーンのようなものを置き、球を受ける練習をしているのだった。さほど重くもない、プラスチックのボールを必死に取る様は滑稽だった。

「へえ」真壁鴻一郎は愉快げに目を細める。

「グローブじゃなくて、ほとんど体で受けるような練習でしたよ」私は顔をしかめる。

「あ、それはほら」真壁鴻一郎が顔を明るくした。指でも鳴らさんばかりだ。「あれの練習じゃないの？」

「上司の盾代わりになる練習でしょうか」私も、まさか、と思いつつ、その想像は拭えなかった。

真壁鴻一郎がうなずく。「徹底していて、好感が持てるなあ」と感心の声を上げ、私はますます恥ずかしくなる。

「かなり前のことだからうろ覚えなんですよ」

会社員の男は二十代の、日々、安い給料の中でどうにかこづかいを捻出しているような若者で、伊東勇樹《いとうゆうき》と言った。

「カードが使えなかった時はほんと慌てました。頭が空っぽになって一瞬、あ、うちの会社潰れたのかな、と思いましたからね。会社が倒産しても、僕のカードが凍結されるわけないのに」笑い声を発し、ウニの軍艦巻を口に入れる。

仙台新港近くの、回転寿司店の四人掛けテーブルだった。平日の昼間、正午前だからか一般の客も、サラリーマンもほとんどいない。伊東は営業の外回り中だったようだが、急に連絡を取った警察を、つまり私の呼び出しを訝ることもなく、この回転寿司店を指定してきた。

「財布はどこに入れていたんですか?」

「鞄ですよ」

私は紙を取り出す。手書きの間取り図のようなもので、事前に用意したものだった。「これが、大雑把なその定食屋の店内です。ここに来る前に立ち寄って、簡単な略図を作ってきました。カウンター席、テーブル席と座敷がありましたが、伊東さんはどこに?」

「ずいぶん前だし、定食屋なんてしょっちゅう行くから、覚えていないですが」

「隣にいたのはこの若者ではないですか?」私はテーブルの上に置いたタブレット端末を操作し、画像を呼び出す。大森鷗外の写真だ。学生証のものと、あとは、白幡ゼミの旅行時の写真を引き伸ばしたものだ。

「誰ですか、これ」

「その日の夜、定食屋に彼がいて、その隣に伊東さんがいたのではないか、と思いまして」

「だとするとどうなるんですか」えんがわの握り寿司をつまみ、醬油をつけ、口に放り込んでいる。私の質問内容や、この写真の人物の正体よりも、どうやってたくさん食べるかのほうに関心を抱いているようだ。

「この男、もともとは八木山近辺に住んでいたのですが、姿を消していまして。重要な事件に関係している可能性があるため」

「いつも座るとすれば、ここのカウンター席、しかも端っこなんですよ。だからその時も混んでいなければ、ここに座っていたんだと思います」彼は間取り図を指差した。厨房を囲むような形で、L字型のカウンターがあり、その角の部分が彼なりの指定席らしかった。「その彼について、何か特徴はないですか、思い出せるような」

「特殊な装置を持ち歩いています。強い磁石のような」

「磁石？」

「かなり強力な。おそらく、伊東さんのカードが使えなくなったのもそのせいではないかと」

「カードが？　磁気で駄目になったってこと？　でも鞄の中の、財布に入っていたんですけど」彼はそこで、醬油差しに手を伸ばしたが、動作を一度止めた。「あ、そういえばあの時、やけに体がよろけたんですよ」

「よろけた？」

「トイレに行く時とか、座る時もそうでしたね。腰がぐらっと引っ張られる感覚があって、よたよたして。単に、前日の酒が残っているのか、もしくは足腰が弱っているのかな、なんて思ったんですけど、今、聞いて、磁石に引っ張られていたんだとすれば、そういう気もします。でも磁石と体がくっつきますかね」

「ベルトはどうですか？」

「あ、ベルト」伊東は上着をめくり、腰を見下ろした。金属製の輪がたくさん埋め込まれているベルトだ。「これですか」

「それと磁石が反応した可能性はあります」

「なんと」腰回りの贅肉《ぜいにく》をチェックするように、伊東はベルトを引っ張ったり押したり、している。「そんなことがあるんですか」

私は説明しながらも、それほど強い力があるのか、と信じられないでいた。磁石だと分からなければ、酔っ払ってよろけたと感じるのも無理はない。鞄に入っていたために一番近くにいた伊東がふらつく程度で済んだのだろう、とも想像できた。

「あ、すみません、同僚から電話で」伊東の手元に置かれていたスマートフォンが振動していた。

「どうぞ」と答えると、すみません、と彼はテーブル席から離れ、店の入り口へと向かった。彼からこれ以上何か聞き出せないだろうか、どう質問をぶつければいいのだろうか、と考える。真壁鴻一郎であればどういう話の進め方をするかと想像してしまう自分がいた。念が通じたわけではないだろうが、私のスマートフォンにも着信があった。見れば真壁鴻一郎からで、すぐに受ける。

「二瓶君、そちらはどうだい」

「伊東勇樹に会えて、話を聞いています。彼が定食屋で磁石の影響を受けたのは間違いないと思われます。そちらはどうですか」時計を見れば、連行がはじまる頃合いだ。

「こっちは今、ロッジで佐藤誠人を車に乗せて、戻っている最中だよ」

スケジュールから考えると、意外に早い。「抵抗はなかったんですか」

「母親はかなり抵抗したよ。半狂乱というか、ほぼ狂乱というか。母親というのはそういうものなんだろうかね」と軽口を叩くようだった。「ただ、説明をしたら納得した。納得させたと言ったほうがいいかな」

「今、真壁さんはどこに」

「タブレットで映像中継を起動させてみてよ」電話の向こうから指示を出してくる。

「え、はい」私はタブレット端末の画面から、プログラムを起動させた。すぐに真壁鴻一郎からの呼び出しがある。捜査員間でのみやり取りのできる、映像送受信のアプリケーションだ。

ディスプレイ全体に映し出されたのは、真壁鴻一郎ではなく、車の中だった。画像が粗い。少しして、これが、真壁鴻一郎の視点だと分かった。

スマートフォンから、「中継用のカメラを耳にかけてるんだ。見えるかい」と彼の声がする。耳かけタイプのイアフォンの形で、小型のカメラがついたもののことを言っているのだろう。無線で映像と音声を送ることができる。

パトカーの後部座席からの映像だった。運転席の背もたれが見える。私はイアフォンを取り出し、タブレット端末に差し込み、そちらから音声を受けることにした。スマートフォンのほうは切る。

「佐藤誠人は、この一台前の車両に乗っている。見えるかな」

映像がずれ、背もたれから前方を覗き込む形になった。フロントガラスの向こう側にあるのはパトカーではなく、ファミリータイプの黒のSUVだった。

現在地はどこなのだろうか、と思ったのを先読みしたかのように、真壁鴻一郎が、「GPSで地図も出る」と言う。慌ててアプリケーションの端に表示されたアイコンを押した。地図の画面が横に並ぶ。グラフィック表示の地図上を、赤い点がゆっくりと移動していた。泉ヶ岳から南に下り、くねくねとした車道を走っているのが分かる。

「そろそろ、根白石の直線に出ますね」私は言う。私のイアフォンにもマイク機能はついており、こちらが喋れば、声が相手に届く。

根白石の直線道路は、距離三キロ弱、信号もなければ周囲に建物もない一本道で、見晴らしの良いエリアだ。もし犯人が襲ってくるとすればそこではないか、と捜査員の一人が言っていたが、私は違う意見だった。確かに、田圃に囲まれるだけの片側一車線の直線道路は、重要人物を移送するこちらからすれば、壁も目隠しもない無防備な裸の状態に思えるが、それは相手も同じだ。あの直線道路で警察車両に襲い掛かり、仮に佐藤誠人を奪還できたとしても逃走すれば丸見えで、ヘリコプターや昔懐かしの怪人二十面相よろしく気球で逃げることでもしない限り、すぐに追跡される。

もし私なら、ここでは襲わない。

タブレットを眺め、すっかり自分も乗車している気分になっている。いくつか細い道を折れながら、南へ向かう景色が見える。

「南班はどうなっているんですか」

「白幡教授もすでに連行されたよ。さっきあっちの班から報告が入った。今頃、青葉山を下っている。そっちには、ほら、君のところの部長がいるから、やっぱり、映像でチェックできるはずだ」真壁鴻一郎は言い、その、南班側の映像が配信されているＩＤを伝えてくる。

私は映像の映る画面を左右に二分割し、左側を触ると、該当のＩＤを選ぶ。そちらも車内の映像だったが、ひどく揺れていた。

どういうシチュエーションなのかすぐには分からない。

ほどなく、カメラは助手席にいる人物の視点にセットされており、おそらく部長なのだろうが、その部長が後ろを振り返っているのだと察することができた。後部座席で、捜査員の横に座る白幡和夫の姿がある。手錠はない。すでに覚悟していたのか、放心状態なのか、ぼんやりと外を眺めていた。

また画像が揺れる。

地図情報によれば、すでに青葉山を下り、東北大学の川内キャンパスに到達しようとしている。

私はふと、伊東勇樹の戻りが遅いことに気が付いた。顔を上げ、店の出入口を振り返るが姿はまだなかった。電話が長引いているのだろうか。

「真壁さん、犯人は大森鷗外なんですかね」とタブレットに向かって、喋る。

「どういう意味？」

「平和警察ビルから助け出された蒲生たちはこの半月以上、どこか別の場所に潜んでいたことになります。学生がそんなことを仕切れるとは思いにくくて」

「ああ、なるほど」

「警察の目から逃れるような場所を用意して、そこで暮らさせるなんて、なかなかできないですよ」

「平和警察もローラー作戦で市内中の建物を全部、調べたわけじゃないからね。空いているマンションでも見つけて、仮の住居にしたのかもしれない。学生とはいえ、二十代の若者なら、たいがいのことはできる。むしろ」

「むしろ?」

「世間知らずのほうが、無茶をやるものだよ。ほら、あれは、視野が狭いからこそ主張できる」

「あれ、と言いますと」

「正義だよ。正義の味方なんてものは、若気の至りでしかない。二瓶君だって、正義感で警察勤めをしているわけではないだろ」

私はもう一度、店の通路を振り返る。まるでその姿が見えているかのように、「二瓶君、どうかしたかい」と真壁鴻一郎の声がする。

「いえ、話を聞いていた伊東勇樹が、電話のために外に出たものの、なかなか戻ってこないので」

そうしている間も、タブレット端末の画面が揺れる。南班の、部長の視点カメラだ。トラブルや事故かと思ったが、単に急ブレーキで車体が揺れたのだと分かる。

気づけば横に男が立っており、私はぎょっとした。小さく悲鳴を上げてしまったため、「どうした、二瓶君」と真壁鴻一郎が言ってくる。

「伊東勇樹が戻ってきました」と答え、私は映像ではなく、今自分のいるこちらに意識を戻した。

「すみません、遅くなっちゃって」向かい側に腰を下ろす伊東勇樹は、私が眺めているタブレット端末に気づき、「それ、何ですか」と訊ねてくる。素朴な物言いだった。

私はイアフォンを外し、「これで、別の現場の状況を確認しています」と曖昧に説明する。

「現場？　事件でも起きているんですか」

「事件が起きていないことを確認しているんです」

はあ、なるほどねえ、と伊東勇樹は大袈裟に感嘆した後で、「今、同僚からの電話だったんですけど、刑事さんの話を少ししちゃったんですよ、まずかったですか？」と親の機嫌を窺う幼児じみた顔つきになった。

「構いませんよ」

「実は、そいつ僕と一緒に、あの定食屋にいた奴でして。すっかり、忘れていたんですけど」

「一緒に？」

「ほら、磁石でカードがやられちゃった時です。カウンターにいたんですけど、隣が同僚だったんですよ。それで今、電話で喋ったら、覚えてるって言うんで」

「覚えてる？」

「その時のその、僕の隣にいた」

「大森鷗外のことをですか」

「店で定食食べた後、小野《おの》っち、あ、そいつ小野と言うんですけど、小野っち、自転車で帰ったんです。で、その途中で、リュック背負ったその彼を見かけたらしくて」

「どのあたりですか」

「言われると思って、聞いておきました。ええと、地図ありますか」

私はいったん真壁鴻一郎との通信を切り、タブレット端末の画面を、現在位置中心の地図表示に切り替える。イアフォンを端末から抜いた。

「アウトレットモールに続く道らしいんですけど、たぶん、ああ、ここって東部道路が上を通っていますけど、その下の県道ですね。この先の運輸会社の看板あたりで。小野っち、家に帰る時はそこ曲がるらしいので」伊東は地図の細道に指先を向ける。「その角あたりでリュックサックの若者が、背広の男と喋っていたみたいです。はじめは、若者が因縁でも付けられているのかと思って、気になって観察したみたいなんですね。で、定食屋にいた若者じゃないか、と気づいたみたいで」

「若者が背広の男と？」

「小野っちもそんなには、じろじろ見られないし、通り過ぎたみたいなんですけど。そのうち、ドラッグの受け渡しをしているんじゃないかと思ったらしくて」

「取引めいていたんですね」なるほど、大森鷗外が「グッズ」を売ろうとしていたのが、その時だったのかもしれない。

それ以上の情報は、伊東勇樹から出てこなかった。本来であればその小野なる同僚をすぐに呼び出し、細かい話を聞きたかったところだが、その彼はあいにく関西地方に出張しているらしく、連絡先を伊東から教えてもらうまでが精一杯だった。店を出て、伊東と別れた後で私は再び、タブレット端末を使い、真壁鴻一郎と連絡を取った。

「根白石の直線道路をもう少しで通り抜ける。今のところ何事もないね」真壁鴻一郎は物足りなさそうに言った。

画面には、後部座席から見える田園風景が映し出されている。


回転寿司店を出ると、先ほど、伊東が地図上で指した方向へと足を進めた。大森鷗外が定食屋を出た後で、背広姿の男と取引めいたことをしていたという、その場所を確かめるためだ。

県道二三号は、有料の東部道路の高架を挟み、片側三車線の広い道路で、徒歩で移動するのは、大河を眺めながら脇の土手を歩くような心細さがある。

大森鷗外は研究室から盗んだ磁石を持って、そしてそれから作り出したグッズを抱え、この道を歩いていたのだろうか。後ろ暗い気持ちもさることながら、このだだ広い道を、しかも日が落ちた後に、とぼとぼと歩くのは、決して楽しい気持ちにはならなかったはずだ。

大森鷗外は、実家の借金のために金を得る必要があった。学生という身からすれば、自力で多額の金を手にする方法は限られており、アルバイトに精を出したところで高が知れている。せいぜい、宝くじに期待することしかできないだろうから、本当に困ったのならば、そして冷静に物事を考える余裕を失っていたのならば、研究試作品をこっそりと金に換えようとしてもおかしくはない。

必死だったのだろう。が、取引の後でどこに消えたのか。今、どこにいるのか。

運輸会社はいくつか並んでおり、車やトラックが駐車されている場所までやってきた。交差点の角だ。

近くをうろつき、どのあたりで大森鷗外が背広の男と会っていたのかを考えた。

防犯カメラを見つけた。発見した、と表現するにはあまりにも分かりやすい位置に設けられていた。倉庫の入り口付近に、さほど新型ではないが半球状のカメラがある。

興奮しながら近づき、同時にスマートフォンで県警に電話をかけ、五島を呼び出してもらう。捜査員はほぼ出払っているものの、情報分析部は居残り、情報やデータのやり取りに備えていた。五島は席を外しているらしく、折り返しの電話を頼むことにした。

ここのカメラの録画情報を調べれば、大森鷗外と取引をした人物が把握できる可能性が高い。

タブレット端末に着信があり、私は画面に触れる。

「二瓶君、来たかもしれないよ」真壁鴻一郎の声が聞こえた。イアフォンを差す余裕はなかったため、端末から直接、音声が出ている。「誰がですか」

「正義の味方がここに」

地図を呼び出す。北班の現在位置を示す点滅表示は、根白石の直線道路をとうに越え、国道四五七号をそのまま南に進んでいる。真壁鴻一郎の視界カメラから見える光景は、車道の左右に立つ電信柱と、それを囲み、生い茂る草木だった。

「どこですか、そこは」画面に映った車窓からの眺めは止まったままだ。停車しているのだろう。目的地に着いたとも思えない。「信号待ちですか?」と訊ねたが、助手席の捜査員が降りていく姿が見えたことから、違うのだと分かる。

「前の車が停まったんだ」真壁鴻一郎もドアを開け、外に出た。車道に降り立ち、前方を窺っている。真壁鴻一郎の乗っていたパトカーの前に、SUV車両が停まっていた。その前に、何かが横たわっている。はじめは人間のように見えたが、どうやら木のようだと分かる。人の身長ほどの木が倒れ、走行の妨げとなっているのだ。

偶然落ちていた、とは思いにくい。

「気を付けたほうがいいね、これは」真壁鴻一郎が車から降りてきた捜査員たちに、声をかけている。ゆっくりと歩を進め、そのことがカメラを通じ、私にも伝わってくる。

ゆっくりと周囲を見回し、捜査員たちがＳＵＶの車両の周りをうろつく。車道を囲む草木は丈が高くはなかったが、それでも見通しは悪く、どこから何が飛び出してきてもおかしくはない。と感じられた。

タブレット端末にイアフォンを差し、耳に入れようとしたところ、私のスマートフォンが振動した。発信者名を見れば県警からで、スマートフォンを耳に当てる。あっちこっちと、私も忙しい。

五島だろうと思えばその通りで、「二瓶、どうした」と聞こえた。右手に持ったタブレット端末を眺めながら、左手のスマートフォンで会話をする、という恰好になる。

「防犯カメラの映像を調べてほしいんです。ＧＰＳ検索してもらえば、今の私の居場所が分かると思います。そこの運輸会社の倉庫の防犯カメラを」

そこまで言いかけて私は、大事なことに気づく。すでに警察側は市内一帯の防犯カメラ情報を回収しはじめているはずだ。この近辺のアミューズメント施設で大森鷗外の姿が写っていたことが判明しているのだから、この運輸会社のカメラもチェック済みに違いない。大森鷗外の映像が見つかれば、私や真壁鴻一郎もその情報を得ているだろう。それがないということは、大森鷗外の姿は捉えられていないのか。

当てが外れたことに落胆するが、そのまま切るわけにもいかず、事情を説明する。五島は、「ちょっと待ってくれ、今、録画情報を検索してみる」と答え、電話を切らずにパソコンを操作しはじめていた。

タブレット端末の映像が目に入った。耳から取り外したまま、イアフォンは垂れ下がっているため、無音だ。

カメラが、つまり真壁鴻一郎の視界が地面を向いている。自分の靴を見ているのだ。

車道のアスファルトに、転がってくるものがあった。風によってふらふらと、というよりは、明確な意思によって投げ込まれた、無愛想ながら重みのある球体だ。突然のことで、真壁鴻一郎の横にいる男も、ぼんやりとそれを眺めているのが見えた。

私はアクション映画の一場面、投げ込まれた手榴弾が炸裂《さくれつ》する直前の、空白の時間のようなものをそこに感じ、寒気を覚えた。爆発する！　と顔を両手で覆い、叫びたくなる思いに駆られたのだが、画面の中の球体はただ移動するだけだった。

あるところまで移動すると、球体は地面から浮いた。車体のボンネットへぶつかった。磁石だ、と私が思った時、映像の向こう側、真壁鴻一郎も同じことを思ったのだろう。すぐに後ずさり、周囲を警戒するように右と左を確認しているのが、カメラの動きで分かる。

黒いツナギの男が、草木の間から飛び出してきたのは、その直後だ。

ぬっと現われたかと思うと、捜査員の一人を木刀で殴りつけた。別の捜査員が腰を落とし、腰に手をやろうとしたのが画面に映る。そこに磁石の球が転がり、激突した。ツナギの男が駆けより、木刀を振る。磁石の武器を警戒し、捜査員は鉄製のものを身に付けていなかった。とはいえ、放られた磁石が次々と車のボディに激突するのは、威嚇じみているからか、隙ができ、ツナギの男が次々と捜査員を殴っていく。

刺又を構えた捜査員がゆっくりと、ツナギの男に近づく。

男は球体を転がした。球体は、刺又を持つ男の足元まで来ると、すぐ横の車のボディにくっつき、その後で、捜査員の体勢を少し崩した。あれほど鉄製の金具を外せ、と言ったにもかかわらず、服のどこかについていたのだろうか。

木刀が突き出される。

真壁鴻一郎の手が、カメラの端で揺れていた。車に一度戻れ、と現地にいるほかの捜査員たちに合図を出しているのかもしれない。何を喋っているのか分からず、イアフォンを付け直そうとしたが、そこで五島の声がスマートフォンから聞こえた。

「二瓶か、さっき言っていた運輸会社倉庫の防犯カメラな」

「あ、はい。カメラのデータ、回収されてましたか」と答えながらもタブレット端末から目を離せない。

「そうだな。こっちに映像は届いている」

「どうですか？　夜の時間帯で、大森鷗外ともう一人の男が写っているはずなんですが」

「それがな、ちょっと今すぐには確認できない」

「え、どうしてですか」囮作戦を決行している最中であるから、手が足りないのだろうか、と想像した。

カメラの中で、手が伸びた。真壁鴻一郎が車に近づき、ボンネットにくっついたままの黒い磁石をつかもうとしているのだ。証拠として確保したかったのか、それともただの好奇心なのか。

「二瓶、これな。特殊事項で、データが削除されているんだ」五島が言う。

「特殊事項？」

映像の中、ツナギの男の体が目の前にあった。真壁鴻一郎に向かって、木刀を振り上げ、殴りかかってくるのが見えた。真壁鴻一郎がかろうじて、それを避けるのが分かった。私は、釣られて体を左に振ってしまう。

「二瓶、おまえも聞いたことあるだろ。少し前に、平和警察の捜査員の一人が酔っ払って」

「何ですかそれは」

「タクシー運転手を」

「ああ」私も思い出した。「銃で」

撃ってしまったのだ。もちろん平和警察はそれを揉み消し、公式発表では、タクシー運転手が危険人物だったこととなった。

「それがその近くなんだ。おまえが今いる場所の、近くだ。だから、関係のありそうな証拠は全部、こちらで回収して、表に出ないようにしたわけだ」

頭の中で、千切れていた銅線が繋がり、電気が光る。まさか、と思った。右手で持っていたタブレット端末に目を戻す。

真壁鴻一郎の動きに合わせ、映像がくるくると回転する。ツナギの男の全身が右隅、左隅とちらちらと映る。

ＳＵＶ車両のところに、真壁鴻一郎は近づいており、ツナギの男が後方の車の場所に立っていた。

私は、五島と通信が繋がったままのスマートフォンを耳から離すと、そのかわりにタブレット端末から垂れ下がっているイアフォンを耳に差した。

「二瓶君」と真壁鴻一郎が喋っているのが聞こえた。ずっと呼んでくれていたのだろうか。

「真壁さん」私は呼びかける。

「おお、二瓶君、正義の味方はなかなか強いよ」言いながら、真壁鴻一郎はまた動く。端末を持っている様子はないから、無線で映像を飛ばしているのだろう。

ツナギの男が木刀を振り回した。カメラの位置めがけて、飛んでくる。反射的に私は首をすくめる。真壁鴻一郎も同じ動きをした様子で、無事だ。

ツナギの男と位置が入れ替わる。ＳＵＶのドアを、ツナギ男が開けた。

佐藤誠人を連れ去られる。私は想像し、足元から血の気が引くのを感じた。やられた、しくじった、という恐怖に襲われ、焦りが全身を走る。

が、ツナギの男は車内を覗くと、一歩二歩と退いた。そして、車道脇の、草木に飛び込むようにし、消えた。

「正解だったね」真壁鴻一郎が言う。ドアが開けられたままのＳＵＶに近寄っていく。

「何がですか」

「結局、僕たちはね、佐藤誠人を連行してこなかったんだ。ロッジまでは行ったけれどね。母親がひどく抵抗して、時間がかかりそうだった。そこで、僕が提案した。今回はあくまでも、囮作戦だから、連行していると思わせることができればそれでいい。佐藤誠人の家族にも、そう説得して、さも連行されたかのような態度を取ってもらうことにした」

「そうだったんですか」

「正義の味方、鷗外君も無駄足だったわけだね」真壁鴻一郎は言い、ＳＵＶの中を見る。確かに後部座席は無人だ。

「あ、真壁さん、違います」私はそこで声を張り上げていた。「大森鷗外ではありません」

「え、何だって」急に、マイクに雑音が入りはじめた。

たぶん、大森鷗外はもういないんですよ。その夜に、大森鷗外と取引をしていたという男もおそらく、生きていないだろう。

理由は簡単だ。彼らは、酔った平和警察の捜査員がタクシー運転手を射殺する場面を目撃してしまい、その口封じで、殺されたのだ。

酔った捜査員が、たまたま現場にいた二人の男を、海に捨てた。そのことは、私も聞かされていたが、その、被害者の一人こそが大森鷗外だったのだ。だから行方不明になったまま、姿が見当たらなかった。見つかるわけがない。警察が、隠蔽《いんぺい》しようとした死体なのだ。

「二瓶君、何だって?」真壁鴻一郎が言ってくる。

「もしもし」私は大声で返す。イアフォンの接続が悪いのだろうか、とコードをいじくる。

そこで映像が動いた。真壁鴻一郎が、耳に挟んでいたカメラを取り外し、自分に向けたのだ。真壁鴻一郎の顔が、大きく映し出される。

「そういえば、二瓶君、新種の昆虫がね」

「そんな話をしている場合じゃ」

また映像が揺れた。カメラが落ちたのだ。空が映し出され、雑音ばかりが私の耳に飛び込んでくる。真壁さん？　と何度か呼ぶが返事がない。

そう思った直後、イアフォンからの音が消えた。あちらの大きな爆発音を、マイクが拾いきれなかったのだと、後で分かる。ＳＵＶに仕掛けていた爆発物が爆発したこと、真壁鴻一郎は巻き込まれて死亡したこと、それらを知るのも後になってからだった。

タブレット端末の映像が煙で覆われ、何も見えない中、私はずっと、真壁さん、と名前を連呼していた。端末の画面は黒くなり、自分が暗黒に放り投げられた思いに襲われる。

理容室のカメラは、室内を捉えている。

四番通りに面した入り口、東側の壁に設置されている防犯カメラは、半球の形をし、定期的にレンズが中で動き、理容室内を把握する。

カレンダーは九月だった。

三つ並んだ理容チェアはいずれも空だ。電気自体が落ち、暗い。

カメラの近くでドアが開き、人の姿が現われる。

フルフェイスのヘルメットをかぶっていたがそれを頭から取ると、理容師の顔が現われた。

理容師は、ヘルメットを客用の椅子、三つ並ぶうちの奥側のところに置いた。少しよろけているようで、椅子の背もたれにつかまる。

青色のジャンパーを脱ぎ、それも椅子に放り投げた。

黒色の、上から下まで一続きのライダースーツ姿だ。

ポケットに手をやり、物を取り出す。ゴルフボール大の球体で、重みを確かめるように肘を折り曲げると、横のキャスター付きの用具入れが引き寄せられるかのように動き出した。

理容師はまじまじとその黒い球を眺めた後で、恐れるように、ポケットから取り出した小さな袋のようなものに入れた。その後で自らの呼吸を確かめるためなのか、胸を膨らませ、直後にうずくまる。

カメラは定期的に回転し、しゃがんだままの理容師の姿と入り口付近のガラスとを写し、さらには理容チェアの近くの棚に、理容師の妻の遺影が飾られているのを、繰り返し、録画している。

やがて理容師は腰を上げ、待ち客用の長椅子に座り、小さな液晶テレビの電源を入れる。仙台市内の泉区の道路上で警察車両が襲撃された上に、爆発が起きたニュースを、アナウンサーが喋っている。

理容師はそれをじっと見ていた。

十分後、理容師の操作により、この場面は消去された。

第三部

人の性格を形成するのにはいくつかの要因があるだろう。遺伝子や親からの教育、さらには身近で起きた出来事も大きな関わりがあるはずだ。

僕の場合はどうか。

性格については、十代の時に周囲で起きた二つの出来事が大きく影響しているのは間違いない。

ひとつめの出来事は祖父の話で、二つめは父の話になる。つまり、僕自身の経験ではない。

まずは、ひとつめのほう。

祖父は岩手県の釜石《かまいし》市で育ち、学業優秀であったために東京の旧帝大に進み、大学院まで行った後で民間企業に勤め、製品の研究開発に打ち込んだ。

文章にすれば、あっさりとした、披露宴での新郎紹介じみたものになってしまう。もちろん、その中にはさまざまな、こまごまとしたドラマがあったのだろうが、とにかく祖父は企業の研究員として働きながら、当時としては遅い結婚をし、一男一女を儲け、その一男のほうが僕の父親なのだが、派手さとは無縁の、堅実で質素な生活を送っていた。

祖父の息子、つまり僕の父は、東京下町の実家を出て、ふらふらと全国をバイクで旅した挙句、仙台の理容師の娘と昵懇《じっこん》になり、結婚し、理容室を引き継ぐ形となった。理容師という仕事柄、休日や学校の長期休暇期間も仕事であったため、僕は夏休みになると東京の祖父の家に、祖母と二人で住む古い家に、遊びに行った。

「羊介《ようすけ》、困っている人は助けろ」祖父はよく口にした。

親切は正義、とでもいうような、悪くもないが正しくもない認識が、祖父にはあったのだろう。昔ながらの勧善懲悪、天網恢恢《てんもうかいかい》疎にして漏らさずの思想を大事にしていた愛すべき市民と言えた。そしてもちろん当時小学生だった僕は、それをそのまま、大事な教えと受け止めていた。

武道を習いたい、と親に訴えたのも、祖父の影響だ。人を助けるためには何らかの力が必要で、技や技術を学ばなくてはいけないと思い、「柔道か空手を習いたい」と父に申し出た。一番近くにあったのが剣道の道場で、だから十代の終わりまでそこに通うことになった。

竹刀《しない》というある種の道具を用いて戦うことに抵抗はあったが、祖父が、「よく考えてみろ。武器を持った時だけ、戦うことになるんだから、むしろ普段の生活との切り替えができる」

と言うものだから納得した。

祖父が亡くなったのは、僕が小学四年の時だ。自殺だったことを知らされたのは、中学生に入ってからだ。

真相を知らされるまで、交通事故に遭ったと聞いていたため、僕はその、祖父を轢《ひ》いた運転手に対して憎悪に近い怒りを抱き、いつかその加害者にも言葉にできぬほどの苦しみが落ちるに違いない、でなければ、世の摂理に合わない、と考えていた。だから、「実は祖父は自殺した」と知らされ、自分が憎んでいた敵の姿が忽然と消えるショックを受けた。実態のない煙に恨みを抱いていたようなものではないか。

しかも、祖父の自殺原因を知るにつけ、ますます、その、どうすればよいか分からない思いが増した。僕の名前、「羊介」にちなめば、「亡羊《ぼうよう》の嘆《たん》」の感が強くなった。

祖父の自殺への第一歩は、宝くじが当たったことだ。

一等の数字一つ違い、前後賞の、前だったか後だったかに当選した。年末に宝くじをたまたま購入した一枚が見事、一億円となったわけだ。

素朴で実直な市民の、「日ごろの行い」が報われたいい話と言えるのかもしれないが、それが祖父にとっては悪夢の晩年のはじまりだった。

ここにも要因がいくつかある。

まず、祖父が、この宝くじ当選を、「分不相応の幸運」と考え、罪悪感を抱いていたこと。

次に、祖父の近隣に、金に困った人物がいたこと。

くじが当たること自体は悪事ではなく、ずるい工作を行ったわけでもない。罪の意識を感じる必要はないが、開き直れないところが祖父の一般市民性のあらわれで、もちろん僕はそのことが誇りですらあるのだが、そこで、同じ町内の昔ながらの知り合いである人物が借金に困っていたのが運の尽きで、宝くじ当選により運を使い果たしたのだ、と言われればまさにその通りだったのかもしれない。

僕も、その近隣住人のことは知っている。祖父と同世代で、祖父と囲碁をやっていたのを何度も観戦した。悪い人ではない。いや、むしろいい人に分類され、さらに正確に言えば、人が好かった。お人好しの世間知らず、という意味では祖父といい勝負で、囲碁の勝負は祖父のほうが圧倒的に強かったが、とにかく、悪い印象はなかった。

だから囲碁仲間の彼が、「いやあこの年で、怪しい金貸しのお世話になるとはね」と囲碁の最中に嘆いたのだとすれば、そこに深い意図はなかったに違いない。まさか祖父が、「俺がかわりに返してやれるかもしれないぞ」と言い出すとは思ってもいなかったはずだ。

祖父はそこで、宝くじ当選の話を告白し、彼のため、それはそもそも事業に失敗した彼の長男の尻拭い用の金だったらしいのだが、その返済を肩代わりした。

ここまではまだ、違和感や反対意見はあるにしても、最低な話とは言えない。お人好しがお人好しを助けようとしただけで、表現次第では、やはり、いい話とすることもできる。

そこから祖父を追い込んだのは、まず、「びっくりする話を、他者に喋りたい」という人間の欲求だ。

借金返済を援助してもらった彼が、宝くじ当選のことを周囲に話したのだ。

ここにも悪気はなかったはずだ。身近で、一億円が当たるという大事件が起きたことを広めたい！　という思いを抑えきれなかっただけだろう。さらに、「その当選金で、自分を救ってくれた」という話は、祖父の素晴らしさの証でもあるから、良い噂を流すような思いもあったのではないか。

待っていたのは、その彼も祖父も予期せぬ、展開だ。

金に困っている近隣住人が、祖父の家にやってくるようになったのだ。一人ではない、複数だ。

僕はその時の祖父の困惑とつらい思いを想像すると、胸に裂け目ができるような感覚に襲われる。

私も助けてください。お金に困っているんです。このままでは一家心中です。といったあたりの縋りつきならまだ受け入れやすいが、おそらくは、どうせ宝くじで当たっただけでしょう。どうしてあっちは助けてこっちは助けてくれないのだ。ケチ。ただいい恰好をしたいだけではないか。といった言いがかりに近い言葉も、祖父にはさんざんぶつけられたに違いない。そしてとどめの一撃も想像できる。「この偽善者め！」

祖父は、他者からの賞賛を求めていたわけではない。人助けをすることで感謝されたかったわけでもなければ、正義の味方を気取るつもりもなかったはずだ。ただ、少なくとも、人様の迷惑にはならないように、非難される振る舞いはせずに、生きてきたつもりだったに違いない。

それが、贈与税の存在も知らぬ近隣住人から、おまえは何とひどい人間なのだ、と罵倒されたのだから、ショックを受けた。そもそも、金に困っている人間が身近にいくらでもいる、という事実に、唖然《あぜん》としたのではなかったか。

祖母が言うには、祖父は日に日に口数が少なくなり、結局、町の集会所の柱に黄色と黒の縞模様のロープをかけ、自殺をした。

祖父の自殺に至る顛末《てんまつ》を話した後で、父はこう言った。

親父は真面目過ぎたんだ。明らかに、たかってくる奴のほうが間違っているのに、偽善だ偽善だ、善ならみなを助けろ、と責めるほうがおかしい。気にすることはなかった。

「まったく真面目過ぎたんだ。もっといい加減で良いのに」

が、そうは言っても、「真面目さ」は意識によって変革できるものではなく、さらにいえば、親から子へと受け継がれる性質のようなものなのかもしれない。

ここからが最初に述べた、「僕に影響を与えた出来事」の二つめになる。

父もその、「真面目さ」により命を落とすことになったからだ。

僕が高校二年の時だ。父は夜のジョギング中に転倒し、鎖骨を折った。ダメージはそれほどなかったようだが、手術と患部の固定のため、大部屋に入院した。「こんなにゆっくり休むのは久しぶりだ」と父は嬉しそうであったから僕は、「怠けていると罰が当たる」と軽口をぶつけたのだが、まさかその病院で火事が起きるとは思いもしなかった。

深夜の火事は、院内をそれなりにパニック状態にしたらしく、入院患者たちを我先にと非常口へと走らせた。父は鎖骨を負傷していたとはいえ、ほかのアキレス腱損傷や大腿骨骨折の患者に比べれば、自由が利く。同室の入院患者を助けるために、肩を抱くようにして外に連れて行ったのだという。二回繰り返した。つまり、二人を助け出した。

が、建物の中が危険な状態で、もう中には戻れないとなった時にも、父は残された入院患者を助けるために中に向かったのだという。

骨折の完治しない体で何度も往復する父の姿に、「負けてなるものか」と火炎がムキになったわけではないだろうが、父はさすがにそれ以上、患者を助けることはできず、煙に阻まれ、死亡した。

正義感の強い人だ、と感動してくれた人も少なくなかったが、母は怒った。「人を助けることができるだなんて、おこがましいんだから」と泣いた。

その時の父が何を感じていたのかは分からない。おそらく本人にだって明確には理解できていなかったのではないだろうか。

ただ想像することはできる。

父の頭を過ったのは、祖父のことだったのではないか。

一人の困っている人間を助けたら、ほかの困っている人間も助けなくてはいけない。なぜなら、「すべての人を救わない」ことは、「偽善」だからだ。

偽善者め！

そう批判される。祖父がそれを証明した。

だから父は、一人で逃げることはもちろん、ほかの一人を助けただけでは自分を許せなかった。きっとそうだろう。偽善者め、と責められた結果、死を選んだ親の呪縛にやられた。

一度、そのことを母に話したら、「一人を助けたら、全員助けなくちゃいけない、だなんてそんな馬鹿な話、お父さんが気にするわけないでしょ」と一笑に付された。反論はしなかったが、反論が僕の中になかったわけではない。たぶん、父は、入院中という非日常の中におり、しかも突然の火災であったから冷静なわけがなく、パニック状態に近かったはずで、そうであるのならまともな判断はできず、頭に去来した父親の自殺の記憶に、思考が乗っ取られた可能性もある。

以上、駆け足ではありますが、僕の性格を形作ることになった二つの出来事、祖父と父の思い出について説明させていただきました。とプレゼンテーションや会議での話なら、おしまいになるところだろう。

とにかく僕は、「正義」や「偽善」についてはいい思い出がなく、何しろ祖父も父もそれによって命を失ったのだから、これは親からの大事な教訓、遺言にも似たものとして受け止めていた。

「他人を助けることは死につながる」というほど怯えるわけではなく、親切に振る舞うことも嫌いではなかったのだが、一人の人間にちょっとした手助けをするたびに、「気をつけろ。偽善と思われる可能性はあるぞ」と心に警告が鳴り、そのうちに自分の周辺の人のことだけを考え、人間関係は最小限に、地味な生活を続けることばかり考えるようになった。

ただ、ここに来て、僕の人生に大きな変化が起きた。

このきっかけも二つある。

妻の茜《あかね》の死と、大森鷗外君の死だ。

妻の茜が入院した時、僕は自分の日々の生活が崩れるとは、思ってもいなかった。悲しいことに、彼女も同じだったはずだ。

立ち眩みがひどいのは寝不足のせいだろうと思い込んでいたから、休息を取ればすぐに元に戻ると思い込み、理容室の手伝いはしばらく休んでもいい、深夜に海外ドラマを観るのもやめたほうがいい、と気軽に言った。

数日経って貧血気味となっても、彼女自身が生理の関係だろうと解釈していた。レバーをたくさん食べれば治ると冗談で言ってもいた。

スーパーマーケットで倒れ、救急車で運ばれた時、僕は不安よりも安心のほうが強かった。これで休養し、専門家であるところの医師に原因を調べてもらえれば解決するだろう。退院するまで一人で店をやるのは大変だが、それもまた難易度の高いゲームをこなすようなやりがいを覚えていたくらいだ。

その後、医師から説明を受けた時、僕はつまらない冗談だと思い、あまりに医師が、「嘘です」と白状しないことに苛立って、「さすがに怒りますよ」と言った。

もちろん、医師は嘘をついていなかった。茜の体調が日に日に悪くなることからも明らかだった。腸への細菌感染がもともとのきっかけで、免疫が正常に反応してくれれば大事には至らなかったものの、妻の場合は体質的にそれが機能せず、それどころか悪いほうへと暴走した。

説明されて納得がいくわけがなく、僕は一人で家に帰るとぶつぶつと、医師はもちろん、その細菌や彼女の免疫機能にまで、言いがかり同然に、罵りの言葉を浴びせずにはいられなかった。

彼女は、あっという間に死んだ。あっという間のこととはいえ、安らかに、眠るように、といった表現とはかけ離れたものだった。すでに排出するものがなくなっているにもかかわらず、胃腸は外に異物を出そうとし、吐き気と腹痛に悩まされ、頭痛がひどい、と訴えた。薬がなかなか効かなかったのは、彼女の体質のせいだったらしいが、それについても「じゃあ仕方がないですね」と割り切れるわけがなく、僕は何度も医師に噛みついた。噛みついてはいたが、内心では縋りつく思いだった。僕は医師に甘え、病院職員はその甘えを許してくれた。

人の死は突然、思いもよらぬところからやってくる。そのことは、祖父と父の死により、僕は学んでいた。

だからそういった死を避けるために、僕は他者とは距離を空け、自分と妻とその周辺あたりのことだけに関わり、穏やかに暮らしていた。そのつもりだった。が、死はどこにでもあった。

妻の最期が、僕にもう一つ教えてくれたことは、「どれほど善良に、人に迷惑をかけずに生きたとしても、死が穏やかとは限らない」ということだった。

自分の死を想像したことはある。

現実味のない、現実のこととして、「人はいつか死ぬ」といった使い古されたフレーズのような感覚で思い浮かべ、「でもまだ先だろう」と考えていた。そしてもし、その時が来るにしても、いや、来るに決まっているのだが、その場面は、病院のベッドで横たわり、家族に囲まれ、朦朧とした頭の中で、夢を見ると言ったらあまりに都合がいいが、そういった中で死ぬことを想像していた。事故などによる突発的な死も念頭にはあったが、それは苦しみも痛みもなく、瞬時に自分が消える恐怖として、思い浮かべた。

それとはまったく異なり、体の不調に苦しみ、頭が割れるように痛み、吐き気に身をよじり、どうにかここから解放されたい、とそれだけを念じ、つまり自分の一度きりの、大切な一生の終わりについて思いを巡らせる余裕もなく、自分が消えてしまう。そういった死があることを、想像していなかった。

妻の死後、外を歩く人たちを眺めながら、彼らの死はどういったものなのだろう、と僕は想像し、決して意地の悪い気持ちからではなく本心から知りたかったのだが、自分も含め、ここにいる多数は、病院のベッドの上で何らかの病の痛みや苦しみを感じながら、「苦しい」「痛い」「気持ち悪い」ということだけを考えて衰弱し、「終わり」に感慨を持つこともなく、死ぬのかもしれない、と思い至り、胸が握り潰される苦しさを覚えた。

人生の最期は、苦しみでしかないのか。

正気を失いそうになるのを、ぐっとこらえていた。

理容室はしばらく休むことにした。妻が入院し、一週間は一人でやってみたがなかなか難しかった。別のスタッフを入れる気持ちにはなれなかったし、何より妻に死なれ、情緒が不安定な理容師に髪を切ってもらおう、とは客もなかなか思えないのではないか。狂人に刃物を持たせるのも怖いが、落ち着きのない理容師に剃刀を持たせるのも恐ろしい。

僕自身も平らかな気持ちで、人の髪を切る自信はなかった。突如、寂しさに耐えきれなくなり、つかんでいた剃刀で自分の首を裂く。そのようなことが絶対にない、と言い切ることもできなかった。

大森鷗外君のことは、妻の納骨が済んだころに起きた。店を開ける気にはなれず、かといって何をする気にもなれず、家の中でうろうろしているだけの日々だった。じっとしていれば、頭の中に、妻との思い出がよみがえり、そこに病院で苦しみに顔を歪める彼女の表情がまざり、さらには自分がいつか直面するだろう死のことを考えずにはいられず、内心に嵐が起きる。

妻の遺影は、店側に移動した。

日々の生活の時間、彼女が目に入るたびに胸がえぐられるからだ。えぐられたところに、嵐が入り込む。目に入らぬところに遺影を置こう、と思ったものの、押入れや棚に入れるのは忍びなく、「茜は、床屋の仕事が好きだったから」と言い訳を唱え、営業する気のない店内に置いた。

電話がかかってきても、出る時と出ない時が半分半分だった。気持ちが切り替わるかもしれぬ、と縋る気持ちで出ることもあれば、不本意な対応しかできず自己嫌悪に陥るのが予想でき、居留守を使うこともあった。

だから、社長がかけてきた電話に出たのは、たまたまだ。

「久慈《くじ》君？　いや、こんな時間で悪いけれど、散髪の予約をしておこうと思ってな」

二つのことが分かった。

今が、「こんな時間」、つまり夜であることと、社長はまだ妻の死については知らない、ということだ。葬儀らしい葬儀はしなかったため、近所の人以外は知らない。店に問い合わせてきた人には、その都度、説明した。

社長にも話さなくては、と思ったがその前に、「あ」と向こうが言った。

「どうしたんですか」

「いや、今、車の中なんだがな。新港近くのアウトレットモールのある、ほら、県道か」

何を暢気なことを言ってるのですか、と怒鳴って電話を切りそうになるのを、こらえた。

そこで電話を切っていれば、僕のそこからの日々はまったく変わっていただろう。

「信号待ちしてるんだが。おっと、青になった」車が発進したのか、社長が窓の外を覗き込む姿が頭に浮かぶ。「あの学生君がいたぞ」

「誰ですか」

「磁石を作ってるんだっけか。何回か久慈君の店で一緒になったんだが」

「鷗外君？」

「運輸会社の倉庫の脇にいたぞ。別の男と一緒にいて、実はそっちの男も俺は見たことある。ええと誰だったか」社長は後部座席にでもいるのだろう、運転手に訊ねるような声が聞こえる。「商売の仲介というか、売る奴と買う奴をつなぐのを生業《なりわい》にしてる男だ。学生さんが取引するには、ちょっと物騒な相手だけどな。まあ、そういうものか」

「そういうもの？」

「このご時世、学生さんも少し危ないことに手を出して、金を稼ぐのかもしれねえな。それに、あの学生君とはおたくの店で会うだけなんだがな、どんどんやつれて来てただろ。少し気になってたんだよ。ありゃ、悪い方向にごろごろ転がってるパターンだ。女か借金か、と思ってたけどな、金のほうだったんだな。金に困った結果、あのブローカーみたいな男と取引することになったのかもしれねえな」

鷗外君が店に来るたびに人相と顔色が悪くなっていくことには、僕も気づいていた。彼が髪を切りに来た際、「金を貸してくれ、という相談以外なら乗るよ」と言ったところ、少し困った表情をしていたのを思い出した。ああ、あれは茜が体調を崩しはじめたころだったはずだ。

「まあ、次に散髪に来たら、それとなく話を聞いてやりなよ」社長は放り投げるように言うと、「で、明後日の十時で予約できるかな」と続けた。

「あ、いえ実は社長」僕は唾を飲む。「しばらく店は開けないんですよ」

「どうしたんだよ。離婚でもするのかい」社長の冗談は、正鵠《せいこく》を射ていなかったにもかかわらず、つまり正解とは違った的《まと》を射たにもかかわらず、そちらの的が倒れ、こちらの的にぶつかった。

「実は社長、妻が最近、亡くなったんです」

社長は噴き出し、「俺もその台詞、言ってみたいもんだよ」と言った。冗談以外に思えなかったからだろう。

が、その後の僕の沈黙で、事情を把握したのかやがて絶句し、その後で、「どういうことだい」と何度も言った。「だって、この間、行った時は普通だったじゃないか」

まさにそれは僕がこの半月、繰り返し、発していた嘆きと一緒だ。どういうことだ！ずっと元気だったじゃないか。前触れや予告もなしなんて！

「すみません、社長。なので髪はまた落ち着いたら。それまでは別の床屋で」

社長はそれでもまだ、言葉を続けてくれていたが、僕は挨拶をして電話を切った。

その後で外に出ようと思ったのは、社長がやってくることを予想したからだ。いても立ってもいられずに、「俺に何かできることはないか」と考える、社長はそういった人間だった。ありがた迷惑、とは思わぬが、今の自分にそれを受け入れるエネルギーはなかった。行き先も深く考えず、原付バイクで飛び出すと、夜の暗さが襲ってくる。すべてが黒くなる前に、原付バイクのライトで弱々しく突き刺すことしかできない。

✂

新港を目指していた。行き先は決めておらず、とはいえすぐに帰ってきては意味がない。新港エリアはかなり遠く、片道三十分はかかるため、ちょうどいいのではないか、と思った。アクセルをひねり、古い原付バイクがエンジン音を発し、制限速度を超え、進む。声変わりの遅れた不良少年が発する脅し文句のような、甲高い音だ。

家にいるよりはマシだと分かった。運転に意識をやらずにはいられず、フルフェイスの中には何の音なのか常に響きがあって、物事を考える隙が減る。

片側三車線の広い道路を東に向かう。車通りはあったが原付バイクは少なく、大河の脇を行く、小魚の気分だ。

社長の言っていた運輸会社の倉庫を見つけると、歩道脇に駐車し、歩いてうろつき回ることにした。産業道路を通過する車は、ただ走り抜けていくだけだ。通過車両は多いにもかかわらず、賑やかとは言い難い。さすがにもう鷗外君もいないだろう、とは感じながらも周囲を歩いたが、少しすると人の声がした。

罵るような毒づくような品のない声で、はじめは乱暴な人間が犬を躾《しつ》けているのかと思った。

断続的に発せられる声に耳を澄まし、こちらのほうあちらのほうと道を曲がりながら奥へ行く。

暗い中で人が動いている現場に出た。二〇メートルほど離れているだろうか、僕は咄嗟にそばにあるブロック塀に隠れ、横から顔を出した。

タクシーがあった。その脇で運転手が、男に暴力を振るわれている。男が時折上げる声は呂律《ろれつ》が回らず、動きにもよろめきがあった。

酒でも飲んでいるのか、非合法の薬でもやっているのか。

喧嘩にしては一方的だ。警察に電話をかけようとスマートフォンを取り出すが、指が震え、うまく操作できない。

そこにどこからか別の人影が近づいていった。鷗外君だった。まだいたのか、と思っているとその鷗外君の近くには、ひょろ長い体型の別の男もいた。

鷗外君は、タクシー運転手と男のいざこざに驚きながら、眺めている。

体の脈動で、僕は揺れていた。

運転手ははじめは防戦一方で、すみませんすみません、と謝っていたがどこかのタイミングでさすがに我慢の緒が切れたのか、反撃し、男を殴った。

「あ」と鷗外君の発した驚きの声が、夜の中で光った。

そこからはあっという間だった。殴られた男は動物じみた声を上げ、何かをポケットから取り出した。すぐさまそこで、重いハンマーが地面に打擲《ちょうちゃく》されるかのような音が鳴った。

その音が、周囲の物音をすべて吸収したのか、しばらく、しんとしている。少しすると男は喚き、運転手をタクシーに引き摺り込んだ。

鷗外君は偉かった。偉かったが、無謀だったのかもしれない。

「何してるんですか。警察、呼びますよ」鷗外君の声が響く。

そこで男の発したのは耳を疑う台詞だった。「俺が警察だっての。平和警察だよ」

酔っ払いのたわごとだと僕は思ったが、男が手帳のようなものを掲げているので、ぎょっとする。

一方、ブローカーと思しき男は明らかに動揺し、その場から逃げ出そうとし、僕のいるほうへと足早に向かってきた。

恐ろしいことがまた起きた。

男がもう一度発砲したのだ。

鉄で地面を殴るかのような音が響く。二回、鳴った。

まず、鷗外君が倒れた。さらにブローカーの男が、僕のほうを向いたまま胸から地面に倒れた。

僕は口を開け、眺め、ただすくむ。わなわなと体が震える。

平和警察と名乗った男は依然として興奮状態だったが、その興奮の慌ただしさで、鷗外君とブローカーの体をタクシーに押し込んだ。そして自らタクシーを運転し、どこかに消えた。

僕はかなり長い時間、そこで体を震わせていた。いつまでもそこにいるわけにはいかないと脚を動かしても、脚がすでにくにゃくにゃになっており、まともに歩けない。

鷗外君の荷物があった。見覚えのあるリュックサックだ。頼りない足取りで近づき、それをつかむと手は震えていたのだが、後先考えずにバイクで家に帰ることにした。

エンジンの振動と、心の動揺が同調し、走れば走るほど、バイクと心拍数が加速する。

サイレンが聞こえた。銃声を聞いた誰かがすでに通報したのだな、と納得した。同時に男が、「平和警察だ」と堂々と述べたことが頭には引っかかっていた。出まかせの可能性もあるが、銃を持っている時点で一般人とは思えない。が、この時間にタクシーに乗車する刑事が、拳銃を携帯するものなのかどうか。

自宅に戻り、僕はまず気持ちを落ち着かせてから、理容室内で、鷗外君のリュックサックの中を確認した。

ゴムのような生地の小さな袋がいくつも入っており、一つを持ち上げると中に、重い球体状の物が入っていた。個装包みの宝石が詰め込まれているかのようだ。

包みから一つ取り出したところ、それが鷗外君の話していた磁石だと分かったものの、手にしたところに鋏が、エサに吸い寄せられる魚のような勢いでくっついてくることには、何が起きたのかはじめは理解できなかった。

鋏を取り外す時に力を込めながら、それが磁力によるものだと分かった。

磁石の力強さが、どういうわけか鷗外君の死を実感させた。急に僕は体から力が抜け、床に座り込んでいた。

鷗外君、鷗外君、と何度か口に出したがどうすることもできない。涙が出たのは、鷗外君の身に起きたことを嘆く気持ちよりも、混乱のためだった。

茜の遺影が目に入る。彼女は笑っていたが、その眼差しには、こちらを心配しているような色も見えた。

警察に電話をしなければ、とスマートフォンを取り出した。目撃者として、名乗り出るべきだと思った。が、一一〇番を押しかけたところで、また茜の写真が目に入る。

あの男が本当に、平和警察だったら？

茜との会話が思い出された。


平和警察の集会で、早川医院の早川先生が危険人物として処刑された時のことだ。

早川先生は、二ヶ月に一度、髪を切りにうちに来てくれる常連客だった。穏やかで威張るところがなく、ユーモアもあった。医者にありがちな、こちらから質問をすると不愉快さを浮かべる、というような尊大さは皆無で、話がしやすかった。小児科ではないが、緊急時には幼児を連れて行く親も多く、夜間や休日であっても、電話をかければ、開けて診療をしてくれる、という話も聞いた。

その早川先生が危険人物で、医療費の違法申請をし、さらには化学兵器、ウィルス兵器の作製に関与していたと平和警察によって発表されても、僕には、同姓同名の別人としか思えなかった。

「あるわけないでしょ」茜はそう断言した。「警察が間違ってるんだよ」

が、店に来る客の多くは、「いやあ、人は見かけによらないね」「まさかあの先生がね」と口々に言い、濡れ衣の可能性は一切、考えていないようだった。警察が間違えるとは思ってもいない節があった。

早川先生の処刑は観に行かなかった。誰の処刑であってもわざわざ観る必要は感じなかったし、何より、週末は理容室にとっては大事な営業日であるから、東口広場には行かなかった。

とはいえ、仕事をしていれば否が応でも、その話題は耳に入る。早川先生が斬首台で処刑された時の様子は、複数の客から伝えられた。

理容室とは、一般市民の噂話や世間話が集積する特殊な場所だ。

ある人にとってはただの雑談が、別の人にとっては重要な情報になることもあり、人の髪を切りながら、特に計算もなく、「あるお客さんが言っていたんですけどね」と口にしたところ、聞いた人物やその隣にいた人物が驚きを浮かべたり、いいことを聞いた、と喜ぶ場面に何度も遭遇し、迂闊に話をすべきではないな、と自戒の念に駆られることも多い。

ある人とある人のトラブルについて噂話が聞こえてきたと思えば、その当事者が髪を切りに来て、さらにはもう一方の当事者も時期を前後してやってくることもあった。

とにかく、僕の仕事にはさまざまな噂や情報が付きまとう。知りたくないものも含めて、だ。

「誰が何と言おうと、早川先生は無実だと思う」茜は言い切った。

「じゃあ、警察が間違っていることになる」

「なるよね」

「警察は信用できない、ということ?」

「見せしめにして、ギロチンをやるような側を信じたら大変だよ」茜は顔をしかめた。「わたしと平和警察のどっちを信じる？」

そういったやり取りを思い出し、僕は警察に通報するのをやめた。目撃者として警察に名乗り出るのは、もう少し様子を見てからのほうがいい。

ひとまずは翌朝のニュースを聞いて、どうすべきかを考えることにした。

翌朝の新聞報道を目にした僕は混乱した。自分が目撃したものとはまるで異なる説明がなされていたからだ。

タクシー運転手のほうが危険人物で、そのために平和警察の捜査員が射殺した。そう記されている。

おまけに、どこをどう読み返しても、ネット検索をどれだけ行っても、鷗外君のことは記されておらず、僕は自分が見たもののほうが幻だったかのように思うようになった。

今まで切ってきた彼の髪が今はまったく消えているのと同様、鷗外君の存在が、綺麗さっぱり消失した。いったいどこに。

ただ一つ、確かなことはあった。

茜の言っていた通り、平和警察を信用してはならない。

それだ。

それからは、警察に対する不信感と恐怖に、家の中でただひたすら怯えるだけの日々がしばらく続いた。恐ろしかったが、別の効用もあった。

鷗外君と平和警察のことを考え、悩み、恐れている間は、茜の死のことから気持ちを逸らすことができていたのだ。


これでほとんど説明できたのではないか。

ほとんど？　何の？

僕がどうして、磁石を使い、平和警察に歯向かうことにしたのか、だ。

一方で、まだぜんぜん説明が足りていない。と言われれば、なるほどそうかもしれない、とも思う。

祖父と父の死のこと、それから、妻の死と鷗外君の事件のことを述べただけで、「久慈羊介が、平和警察に乗り込む」ことになる理由は、他者に想像できないのかもしれない。やはり、自身のことは自分では把握しているため、細かい情報は説明するに及ばないと思ってしまっているのだろう。

あとはいったい、何の説明をすれば良いのか。

武器のことか？

気づけば自問自答を繰り返している。

もちろん僕も、初めから、磁石が武器になると考えたわけではなかった。

鷗外君のリュックには、ゴルフボール大の球体をした磁石と、それより一回り大きな磁石がそれぞれ一ダース入っていた。一個ずつ、ウェットスーツの生地のような袋に入っており、ゴムに包まれた水羊羹を思い出させた。

わざわざ個装包みにするのは、高級品に指紋がつかないように、であるとか、指でじかに触ると脂がつき、磁力が弱まってしまうから、であるとか、そういった理由かと想像したが、たぶん違う。

袋から取り出した途端、球体磁石に鋏が飛びついたのを目の当たりにし、磁力を弱らせるために包んでいるのだと分かった。そのカバーに入れた状態でも、お互いにくっ付き合うところを見ると、完全に磁力を遮断するほどではないのだろうが、ただ、ずいぶん力は弱くなる。

さらにリュックには、鷗外君のパスケースが入っていた。ごく普通のものとは厚みも素材も違い、これもまた磁気防止が施されているのだろうとは想像できた。中には、市営バスの乗車カードや学生証、電子マネーカードが入っていたが、仙台駅のコインロッカーを利用した際のレシートが出てきたことは気になった。前日の日付で、電子マネーカードで支払いを行っている。

荷物が入っているのではないか、と出向き、電子マネーカードで開錠するとリュックサックと同じメーカーの、ボストンバッグが出てきた。引っ張り出すと重く、ファスナーを開ければやはりいくつかの、個装包みにされた磁石、ゴルフボール大とこぶし大のものが半分ずつ、あった。さらに、それとは別に、長さとしては五〇センチ程度の筒状のものが三本あった。

僕はそれを肩にかけ、原付バイクで仙台駅から青葉山まで向かった。

何のために？

磁石を返すために、だ。

鷗外君の所属していた工学部の研究室に、その磁石を届けるべきではないかと思ったのだ。状況から想像するに、鷗外君はブローカーにその磁石を売ろうとしていたのではないか。教授には内緒で、拝借してきた研究素材かもしれず、だとしたら返却しなくてはならない。そう考えた。

車道のターニングポイントたる曲がり道で原付バイクが横転したことが、まさにターニングポイントとなった。今から考えればあれは、たすき掛けにしていたボストンバッグの中の永久磁石により、重心が傾いていた可能性が高い。

広瀬川に架かる橋を走り抜け、土手の近くの細い道を走行中に、違和感を覚えた時にはバイクが右に傾いた。状況がうまく把握できずブレーキをかけるのが遅れ、遅れたブレーキは力の込め方が強くなりすぎた。原付バイクのタイヤは細く、路面をつかむ力は弱く、すぐに横倒しになり、滑った。慌てて飛びのいた僕は体を道路に打ちつけ、転がる。

ほとんど車通りがなかったのは幸いだったが、駐車中の車があったのは不幸だった。僕の原付バイクが滑り、車のバンパー近くをかすりそうになる。ぶつからないでくれ、と心で念じた。

音はしなかったから、おそらく間一髪、衝突を免れたのだろうとほっとし、立ち上がり、エンジンが動いたまま、マフラーからげほげほと煙を排出しているバイクのもとに戻ろうとしたのだが、そこで車のドアが開き、体格のいい男が降りてきた。

「おまえ、何してくれるんだよ」

若いのかもしれないが眉根はこれきりというほどに盛り上がり、睨んでくる。

「すみません。転んじゃいまして」素直に謝る。どう考えても非はこちらにあった。転倒のショックで体は震え、よろめきながら車に近づいた。衝突しているのだとすれば車の損傷の度合いを確かめようと思ったからだ。

心の隅で、チャンスを逃した、という思いもあった。いっそのこと、頭を打ち、ここで人生を終えるのも良かったのではないか。茜を失った寂しさも、将来の死の恐怖もここで一気に片づけられた。しくじった。

しゃがみ、相手のバンパーに傷がないか確認していたところ、腰を蹴られた。押し倒すような蹴り方だったからか、僕は路上にまた倒れる。振り返ると、車の持ち主のその男が不機嫌丸出しで、「俺が信用できねえから、傷跡、チェックしてるのかよ」と言った。

「そうじゃなくて、確認しただけです」僕は立ち上がる。「警察に事故処理してもらうにしても」

「警察なんて呼ぶんじゃねえよ。この場で弁償しろよ。カード出せ」

カードとは何なのかすぐにはぴんと来ない。持ち札を、手札を見せろ、と言われているのかと思う。クレジットカードかキャッシュカードのことだと、遅れて気づいた。

よりによって面倒な相手だ、と落ち込む一方、どうにでもなれ、という思いも生まれてきた。男の偉そうな物言いは腹立たしく、さらにいえば、こちらはどうなっても構わなかった。道路脇に一メートルほどのプラスチックのパイプが落ちていたことも、僕を後押しした。拾い上げ、剣道さながらに構えた。

「おまえ、何考えてんだよ。ぶつけたくせに、喧嘩売るのかよ」

僕は自棄《やけ》を起こしていたのだろう。常識的な行動に囚《とら》われるのも面倒で、羽目を外したかったのかもしれない。茜の死と、鷗外君の死が、「どうでもいい」の思いを強くした。

「態度が悪すぎるから、さすがに頭に来た」僕はぼそっと言い、男との間合いを目で測る。

武器を持った僕に、男は少しは臆するかと思えばそうではなく、アーミーナイフなのか、刃物を取り出した。

その刃渡りには恐怖を覚え、一瞬後ろに下がりそうになったのだが、「これがどうかしたのか」と自らに問いかけた。

死は誰にでも訪れる。真面目に必死に生き長らえても、最期が安らかだとは限らない。どこでおしまいになるのかも分からないのだから、それが今でも構わない。

はじめに動きはじめたのは、男のほうだった。刃物を引いたかと思うと、すぐに突き出した。それを横に移動し、避ける。刃先に、乾いた血が付着しているのが目に入る。男はこの刃物で人を刺した経験があるわけだ。そのことは僕に、恐怖よりも踏ん切りをつけさせた。

剣道の籠手《こて》の要領で、パイプを振り、男の手を狙う。当たったが、刃物をつかんだ手はそのままだ。

体当たりをされ、僕は尻餅をつく。同時にパイプが飛び、遠くに転がった。やはり、プラスチックでは軽すぎるのか。

「ぶっ殺すぞ」と男は言い、刃物を前に出し、近づいてくる。

その時、尻をついた僕の手元に、バッグがあった。あの、鷗外君の形見といえる、コインロッカーから持ち出したバッグだ。原付バイクで転倒した時、飛んだのだろう。ファスナーが壊れ、中が覗いている。深い考えはなかった。バッグに手を入れ、磁石の球を取り出すと、カバーを外し、というよりも強く握ったことで、つるんとカバーが自然と剥がれたのだが、中の球を相手に投げた。

男の膝に当たった。それなりに重かったからか、男は大きな動物の鳴き声じみた呻《うめ》きを上げ、膝を折った。その隙に僕は立ち、パイプを拾い直す。今のうちに殴りつけようと振りかぶった時には、男はすでに体勢を立て直し、刃物を構え、つまり最初の状況に戻ってしまっていた。

そこで激しい音が鳴った。金属が凹《へこ》む、重々しい音だ。

車のほうから聞こえてきたため、男は咄嗟に振り返り、それと同時に身を傾けた。刃物が引っ張られたらしい。僕は迷わずパイプを相手の頭に打ち込んだ。一瞬目を白黒させた男は、その場にゆっくりと崩れる。僕は、落ちた刃物を横に蹴飛ばした。相手の胸は上下している。死んでいないのは明らかだ。

車を見れば、そのドアのところに、先ほど放った磁石の球がくっついていた。転がった後で引き寄せられ、激突したのだろう。勢い良く、ぶつかり、音を立てた。

取り外すのにはかなりの力が必要で、手でつかむのは難しいため、もう一つの磁石をくっつけ、それごと引っ張るような形で、しかも、『大きなかぶ』の絵本を思い出すような、あいった姿勢で引き剝がした。ようやく取れたと思えば、今度は、倒れた男のポケットからはみ出したチェーンにくっつく。

バッグを開き、球の入っていたカバーを拾うとそこにしまった。研究室に行くのはやめた。教授にこの磁石を返す気持ちがなくなっていたからだ。欲しくなったのか？

「はい」と答えるしかない。武器になる、と思った。

何のための武器になると？

そこまでは考えていなかった。

次の日、僕は原付バイクに乗り、広瀬川の河川敷へ向かった。霊屋《おたまや》橋の手前で左折し、細い道を通ったところでバイクを置く。歩道を歩き、進んでいけば川の音が少しずつ届きはじめ、河原の草地に出た。

町に配置されている防犯カメラにも敏感になりはじめたのは、この日からだ。店の角に設置されているものもあれば、電信柱につけられているものもあり、それらの位置をこまめにチェックし、スマートフォンの地図に記録した。映像に残ったら困る、という自覚があったのだ。ばれたらまずいことをやるかもしれないと思いはじめていたわけだ。

河原には期待通り、人はいなかった。昼間ではあるが、秋の恒例行事、芋煮会の季節でもなければ、犬の散歩の人くらいしか見かけない。

ゆっくりと流れていく広瀬川の下流に目をやると、崖が切り立っている。上からナイフで切られたかのように、地層が露わになった断面で、その無骨な猛々しさには、迫力があった。人通りもなければ、防犯カメラもない。さらには、磁石が作用するような鉄製のものもない。

木製ベンチのある場所まで来ると、前日、駅のコインロッカーから持ってきたバッグをそこに置いた。

中から球を二つ取り出す。カバーを取り外し、まずは草の上に投げてみる。重いものが土に沈む、どん、という響きはあるが、動くことはない。もう一個、先ほどよりは少し離れた場所に放った。

すると、どちらからともなく、球が移動をはじめ、激突した。空港で姿を見つけ合った恋人同士が駆け寄って抱き合う、とたとえるにはあまりに激しい。飛びかかり、強く抱きつき、相手の肋骨を粉砕するかのようだ。磁石の一部が欠けるのが見えた。

拾い上げると、その磁石に砂がたくさんまとわりついている。砂鉄だ。無数の細かい砂がまとわりつく様子は、拡大された昆虫の触角のようでもあって、気色悪く、手でこすり取ろうとするがうまくできない。

のちに磁石の扱いになれてくると、粘着テープによって砂を取り除く知恵を覚え、さらにはもとから磁石をラップで包み、砂鉄がこびりついても、ラップを剥がすことで対応するようになったが、その時はどうすることもできず、砂鉄が付着したままだった。

移動しながら、いくつかの磁石を放ってみたところ、思わぬところに引き寄せられることが分かる。木製ベンチのネジや標識の支柱にも付いた。

どう動くのかは予測できず、その予測のできない不気味さは、利用できると思った。

何に利用しようと？　具体的な行動は考えていなかった。自警団よろしく、町の見回りをやり、犯罪者を懲らしめようなどと思っていたわけがなく、どちらかといえばその反対で、こうなったら真面目に社会のルールを守るのをやめ、自暴自棄の暴漢よろしく、磁石を武器に街の裏道で暴力を振るってみようか、そういった思いを抱いていた。

磁石をひとしきり転がした後で、筒状のものを手に取る。

これもバッグに入っていたものだ。

運動会のリレーで使うバトンほどの太さで、長さはバトン二つ分といったところか。はじめは磁石かと思ったのだが、それにしては重量感に乏しく、色もほかの球体のものとは異なり銀色で、ためしに標識の支柱に近づけてもくっつくことはなかった。そのかわりに磁石はつくため、鉄を含んだ金属素材だとは分かる。

片端には小さな穴が開いているが、その筒を振ったところで何が出てくるわけでもない。覗き、透かしてみても中は見えない。

花火の筒のようだ。

つかんでバトンをいじくるように回してみる。剣道の竹刀がわりに使うには、短すぎる。

僕はその時にはすでに、鷗外君が本来の大学院の研究とは別に、研究成果物の磁石を使い、ブローカーに売れる「商品」を作っていたのではないか、と想像していた。お金のためにやったのだろう。鷗外君一人の力では無理であっても別の、誰か別の人間、担当教授は真面目であったそうだから、隣の研究室の教授であるとか、そういった協力者がいたのではないか。

そう考えれば、このバッグの中身は売ろうとしていた品物のはずだ。球体磁石は、新素材の、強力な磁石として価値があるにしても、この筒にはどういった機能があるのか。ただのスティック状の金属、というだけではないはずだ。

いじくっていると、握った親指の触れた部分がかすかに動く。表面をこするようにしたところ、スライドする箇所があった。指先ほどの隙間が生まれ、そこに突起があった。深く考えることなく、押した。怪我をしなかったのは、運が良かった。たまたま、筒の向きが体と相対していなくて助かった。

空気が噴射する音が鳴ったと思うと、筒の端から何かが飛び出した。いや、それよりも筒から噴き出した煙の量が凄かった。これは毒ガスでも噴き出したのではないかとぞっとし、口を押さえた。が、息苦しさはなく、火薬の匂いがするが、熱さはない。白煙が周辺に漂う。手を振り、宙をかき混ぜてもなかなか煙は消えなかった。しばらくしてようやく視界が晴れた。

筒から何かが飛び出した感覚はあったため、周辺の様子を観察しながらうろつくと、木製ベンチにビー玉ほどの球が五つ、めり込んでいるのを見つけた。

筒の小さな穴から発射され、広がりながらぶつかったのだろうか。一つずつほじくり出す。元の筒に近づければ張り付くことから、この小さな球は磁石なのだと理解した。筒の中で、磁石の反発を利用し、飛ばす装置なのか。煙が噴出するのは目くらましなのか、それとも発射する副作用によるものなのか、判断はつかない。

おっかなびっくりに再度、突起を押すが何も起きない。親指で蓋を元に戻し、再びスライドさせ、試すがやはり、動かない。

一回こっきりの使い捨ての武器らしい。もったいない消費をしてしまった。

鷗外君はこれらを売って、金を得ようとしたのだろう。

筒状の武器は三本あり、その河川敷で一つ使ってしまったわけだ。さらにその後、僕が平和警察の建物に乗り込み、蒲生さんたちを連れ出す際、あのビルの中で、捜査員に向かって一つを使ったため残りは一本となるのだが、とにかくその時の僕はまだ、人助けに使おうなどと思ってはいなかった。

次の段階に進むきっかけは、高校生の佐藤君がいじめられている現場を目撃したことだった。

原付バイクでその道を走った時に、制服姿の高校生が路上で揉めていた。すれ違う瞬間、片方がうちの常連客、佐藤君だと分かった。友達と喋っているのだろうと思ったが、通り過ぎた後で、悲鳴じみた声が背後から聞こえたことで気になり、角を曲がったところでバイクを止めて来た道を戻ると、佐藤君が体格の大きな高校生にぐいぐいと迫られ、塀に向かって、突《つつ》かれているところだった。これはまずい、と止めに入ろうとした僕を呼び止めたのは、祖父と父の声が入りまじった助言だった。「誰かを助けると、きりがない。そして命を落とすぞ」

とはいえ、見捨てるわけにいかない。足を踏み出しかけたが、そこで別の通行人が声をかけたらしく、体格のいいほうがその場を去った。佐藤君は鞄を拾い、怯えたように、そそくさとその場を離れた。

家に帰ってから、佐藤君はいじめられているのだろうか、と悩んだ。金を要求され、暴力を振るわれているのではないか。

前に佐藤君が店に来た時のことを思い出そうとするが、記憶は定かでない。カルテを見れば記録が残っているだろうが、調べる気持ちにはなれなかった。

次の日、もう一度同じ時間に、そこに行こうと決めたのは二つの気持ちからだった。一つは、佐藤君がいじめられているのであれば助けたい、という思い、二つめは、自分の中の恐怖や悲しみを、暴れることで発散させたい、という欲求で、おそらくは、一つめは二つめを正当化するために後から生まれたものだろう。

茜の死や鷗外君の事件をはじめ、そして自分がいつか死ぬ、といった絶望的な理不尽さに苦しめられている僕からすれば、高校生のいじめは、ひどく暢気に思え、腹が立った。

身元がばれては面倒だと考え、ライダースーツを手にする。昔、中型のバイクに乗っていた頃のツナギがあったのだ。部屋の奥の引き出しから引っ張り出すと、かび臭かった。同じ引き出しに、ゴーグルとフェイスマスクも仕舞われており、これも使えると判断した。

それから、武器を探した。

部屋の中を見渡し、子供の頃に修学旅行で買ってきた木刀が目に入った。なぜか同級生みなが憧れ、それを買わねば帰れないとでもいうような思いで購入し、写真を見れば全員のリュックサックから木刀がはみ出ている、というほどだったが、買ってきたところで使い道がなく、孫の手がわりに数回、背中を掻いただけで放っていた。よく残っていた。大事にしていたというよりは、廃棄が面倒だったというほうが正しい。

アウトドア用の折り畳みチェアの入っている袋に、ちょうど木刀が入ることにも気づいた。チェアを出し、木刀をしまい、肩にかけ、さて、いざ、と店の鏡の中に映る自分の姿を見たが、絵に描いたような不審者姿にさすがにまずいと焦った。外に出た途端、職務質問必至の恰好ではないか。ゴーグルとフェイスマスクは取り外し、スーパーのポリ袋に入れる。ツナギの服については、その上から薄手のジャンパーを羽織り、ごまかすことにした。

磁石を持っていくことを思いついたのは、家を出る直前だ。隅に置いてあったボストンバッグを目にし、「何かに使えるかも」と思ったのだ。咄嗟に、球体のものを大小二つずつ、カバーのついた状態でスーパーの袋に入れた。ゴーグルの金具部分にさっそく磁力が働く手応えがあった。

店に飾ってある茜の遺影を振り返る。「気を付けてね」と言っているようにも、「何やってんだか」と笑っているようにも見え、ようするに、写真は写真、ということにほかならず、僕は胸が痛くなり、その疼痛《とうつう》を消したくて原付バイクに乗り、エンジンをかけ、フルフェイスを被るや否や、スロットルを捻った。

前日と似たような場所で、佐藤君がいたぶられているのを見つけた。一度通り過ぎ、前日と同じ場所にバイクを停めた。

体格のいい高校生が、佐藤君を痛めつけている。昨日と同じような場面に、滑稽さすら覚える。これも授業の一環なのではないかと考えそうになった。

公道では人目があるだろうに、誰かに咎められたらどうするつもりなのか。おそらくそこまで考えていないのだろう。高校生にとっての世間とは、ほとんど学校と家だけを指し、その周りの「社会」への実感が薄く、それは、暴行や恐喝、傷害といったものが「いじめ」と言い換えられていることも関係している。

ヘルメットを脱ぎ、ゴーグルとフェイスマスクを装着し、ジャンパーを脱ぐと木刀と磁石を持ち、彼らのもとへ足を進めた。正義感などは持っていなかった。

いざ、その場となると興奮と緊張で自分が何をやっているのか分からなくなった。ふわふわと舞台の上で舞い上がる、新人役者とはこういったものかもしれない。とにかく、痛めつけられている佐藤君の様子に怒りを覚えたこともあり、必死に木刀を振った。

投げた磁石は、直接、相手を攻撃することはなかったものの、物に激突し、相手を混乱させるのには役立った。磁石を回収しなくては、と思う頭はあった。フェンスにくっ付いた磁石は引っ張ってもなかなか剝がれなかったが、川原での練習で、磁石を使って剝がすコツもつかんでいたため、剝ぎ取るように、回収した。

人を木刀で攻撃することなどはじめてであったし、やりすぎてしまった、という恐怖もあった。帰りのバイクの運転中、全身が震えていた。

✂

そのようにして僕は、ツナギの服を着て、磁石と木刀で、暴行を行う人間になった。

店の営業も再開した。生活していくためには収入が必要であったし、誰にも会わずに塞ぎ込んでいるよりは、接客をし、髪を切っているほうが精神的には楽だと気づいた。茜の遺影は店に置いたままだったが、仕事の最中にだけ裏を向けるようにし、僕は店に立つようになった。

一人で仕事をするのには限界があり、こちらの客の髪をカットしながら隣の客のシャンプーをし、といったことはできないため、どうしても待たせる時間が長くなる。二人目以上、客が待つことになる場合は、状況を説明し、出直してもらうことが増えた。

不思議なことに、同じ平日の昼間の時間帯であっても、次々と客が現われ、「今日はもういっぱいです」と頭を下げる日があれば、別の日には一向に客が来ず、ひたすら店のカウンターで読書をしているだけであったりした。平均して来てくれればいいのに、と思わずにはいられなかった。

常連客の多くは僕を心配し、励ましてくれた。草薙夫妻もそうだ。四十代の夫婦で、仙台市の北郊、泉区の黒松に住んでいるのだが、以前は僕たちの店のすぐ裏に住んでおり、その時にご主人が、うちの客だった。毎月、髪を切りにやってきてくれ、奥さんの美良子さんも時々うちを利用してくれた。マンションを購入し、黒松に転居した後も夫婦でわざわざ、車で来店してくれており、茜の死もどこからか聞いたらしく、営業再開後のある日、美良子さんがやってきた。はじめは、素知らぬふりをしなくてはと思ったのか、「髪が伸びちゃって」

と自然に言ってくれたが、その直後、瞳から涙を溢れさせ、僕のほうがうろたえるほどだった。線香を上げてくれた後、髪を切ったのだが、その間も泣くのをこらえようとしつつ目からは涙を流していた。

その草薙さんの奥さんが、危険人物として検挙されるようだと噂話で知った時はかなり驚いた。同時に、心の底から、平和警察の制度を疑うようになった。草薙夫妻が危険人物のわけがない。にもかかわらず、「あの奥さんの前の旦那さん、マンションから落ちて死んでたんですってね。そのことを隠していたみたい」といった話が聞こえてきた。

呆気に取られた。過去の、私的な不幸などわざわざ世間話で喋ろうとはしないものだろう。マンションからの落下事故があったからといって、それが妻である彼女の故意によるものだとは、通常は、思わないはずだ。「生命保険が入ったんですってね」

生命保険とはまさに、そういった不慮の事故の時のために加入するものであるのだから、支払われるのが当然で、そこを批判してどうするのか。

笑ってしまいそうになったが、それ以上に恐ろしくなった。これは、早川先生の時と同じではないか。

草薙さんの奥さんは老人介護施設の職員で自分が体を壊しかねないハードな仕事をこなしていたのだが、危険人物の疑いがかけられた途端、「老人の預貯金に手をつけた」であるとか、「認知症の老人の動画をネット上にアップしている」であるとか、そういった真偽不明の噂話が流布したという。

その人と接していた時の印象や体験が、「警察による発表」や「噂話」によって上書きされていく。「信じられない」「良い人にしか見えなかったのに」と首を傾げながらも、「濡れ衣だ」と思うのではなく、「人は見かけによらない」と嘆く。

「人間は、安心できる情報よりも、危険を煽る情報に、より反応するんですよ」以前、店の常連客、蒲生さんが言っていたのを思い出した。「たぶん、そのほうが、長生きできる確率が増すからじゃないですかね。生き物としての本能に近いと思うんです」

「本能?」

「そうです。楽しい話よりも恐ろしい話のほうが頭に残りますし、子供の頃の記憶も、恥ずかしかったり、嫌だった思い出のほうが強く刻まれているじゃないですか」

「むしろ、それしか思い出せないくらいだ」僕もうなずいた。

「失敗や恐怖の経験は、生き物として忘れてはいけない、ということからかもしれません。弱点を改善するように意識づけるのは、大切なことですから。だから、『大丈夫だよ』と言われるよりも、『大丈夫に見えるけれど、実は危ない点もあるんだよ』と言われるほうがより深刻に受け止めて、そして」

「そして?」

「噂話として回りやすいような気がします」

蒲生さんは若いにもかかわらず、情報通で、物事を客観的に眺めて話をする人だった。

草薙さんの噂に対し、僕が思ったのは単純なことだった。

早川先生の時のようなことは起きないでほしい、というただそれだけだ。

草薙さんの奥さんは、早川先生と同じ目に遭ってほしくない。

「君だって、草薙さんの奥さんが危険人物だとは思わないだろ」僕は、茜の遺影に話しかけ、そして、僕はそこで、一歩踏み出すことになった。

草薙さんを助けよう、と思ったのだ。

それは主義に反しないのか？

祖父と父の死から学んだ、「人助けをすると、ろくなことにならない」の教えのことだ。

が、見て見ぬふりはできない。いや、正直に告白すれば、僕には明確な目標が必要だった。エレキギターを買った中学生がやみくもに家で運指の反復練習をするよりも、一ヶ月後にライブをやりましょう、と決めたほうが気持ちが高ぶるのと似ている。

佐藤君を助けるために、通り魔よろしく暴力を振るったことが、僕を興奮させてもいた。認めたくはないが、放火魔や痴漢の常習性、麻薬性に似たものに、僕も陥っていたに違いない。

大義名分を見つけた。

平和警察と対決する。

なぜなら、彼らは鷗外君の死を隠蔽し、さらには無実の早川先生を処刑し、今度は草薙美良子さんを捕まえようとしている。

自分に都合のいいルールを作り出した。

みなを助けることはできない。一人を救えば、ほかの全員を救わなくてはならず、その公平性を確保できなければ、偽善、と糾弾されてしまう。

であるなら？

自分の店の常連客だけを助けよう。せいぜい、その客の家族まで。

僕は世界中の誰もの髪を切るわけではない。店に来た人だけだ。それと同じく、「常連客の危機を知った時には、助けても良い」と自分に許すことにした。

店の客を大事にすることは客商売の基本であり、これは決して善行ではないのだ。そう思うこともできる。


草薙さんを助けることは、平和警察に盾突くことだ。

平和警察に喧嘩を売るのは、巨人ゴリアテに立ち向かう少年ダビデのようなもの、いや、僕の場合はただの自棄っぱち、妻を失い、死ぬことが怖くなったがために暴れたかったようなものであるから、ダビデの勇ましさとは反対だったが、とにかく多勢に無勢、公権力と理容師といった力の差は意識しなくてはならない。街中の防犯カメラから素性がばれるようなヘマくらいは避けようと、下準備をした。

まず草薙さんの住所の近隣、黒松エリアを調べた。インターネット上の地図には、路上撮影した実景が見られるものもあるため、それを使い、防犯カメラの位置を把握し、残りは自分で出向き、通行人のふりをし、カメラにできるだけ捉えられることなく移動できる経路を考えた。

移動手段も、懸案事項の一つだった。

自分の原付バイクは使えない。すぐに身元がばれる可能性がある。

真っ先に思い浮かんだのは、甲野バイクのことだった。甲野のおじいちゃんが経営する中古バイクショップがあり、そこは鍵の管理も緩く、簡単に盗むことができるため不良少年たちが一晩のレンタルバイクよろしく、借りては返すことを繰り返している。以前、佐藤君からそのことを聞いていた。

甲野さんの店舗は、何十年もの間、バラック、仮小屋のままといった雰囲気で防犯カメラのようなものはついていなかった。

だから僕は、草薙さんを守ると決めた時点で夜に甲野さんの店に侵入し、鍵と一緒にバイクを奪ってきていた。どの車種にするか一瞬だけ悩んだが、よく蒲生さんが乗ってきていた二五〇ccのスクーターは力強く、憧れめいたものを抱いていたため、似たバイクを発見すると、それを選んだ。いつ何があっても使えるように、と理容室の駐輪場に停め、カバーをかけ、僕としては準備万端のつもりだった。ナンバープレートの部分は隠した。

平和警察がいつ草薙さんを連行するのか、そもそもそれが実際に起きることなのかどうかも分からなかったが、僕は草薙さんの家まで往復し、様子を窺うことを繰り返した。

理容室のほうは営業を再開したものの、営業時間は限定し、不定休としていたため、つまり客商売としてはかなりやる気がなかったと言えるが、とにかく日中に自由に行動できた。

水野さんの娘さんを助けたのは、ちょうどその頃だ。

草薙さんの自宅近くに行き、今日も連行はされなかったと確認した後で、自転車で河川敷まで行き、磁石や木刀を使い、自主トレーニングをした。それが日課のようなものだったのだが、帰り道で自転車に乗った水野さんの娘さんを見かけた。街中で何度か水野さん一家とすれ違ったことがあり、顔は知らないでもなかったのだ。

暗い細道ですれ違い、「今のは水野さんの娘さんだったな」と振り返ったところで、彼女の周りに、不審な人影があった。

目を凝らせば、ワゴンに乗せられるのが見え、彼女の自転車だけがそこに残された。

僕は咄嗟にワゴンのナンバーを暗記し、自転車を漕ぎ、理容室に戻るとすぐさま例のバイクのエンジンをかけ、発進させた。慌てて来た道を戻ったものの、当然ながらワゴンの姿はなく、さすがに見失ったかと思いながら大通りを走行していたところで、その車を発見した。

あの時、水野さんの娘さんを助けた時はうまくいった。荒っぽい学生たちを、磁石と木刀で叩きのめすことができ、磁石が相手の振り回そうとした鉄パイプに激突した時には、その効果に感動を覚えるほどだった。

だから調子に乗っていたのだろう。数日後、草薙さんが連行される現場に直面した僕は、強気な行動に出てしまった。鷗外君の磁石を、捜査員の一人に投げつけ、すると磁石のかたまりは、彼の腹にぶつかり、そこから近くの看板、「痴漢に注意！」と書かれたパネルに引き寄せられ、激突したのだが、それに捜査員が気を取られている間に僕は持っていた木刀を振り回した。捜査員の頭に激突した時の、肉体を壊してしまったのではないか、という衝撃と、後ろに倒れる捜査員の姿に、僕はかろうじて残っていた理性を失い、その直後から目の前の状況が把握できなくなった。

木刀片手に暴れまくった後で、「痴漢に注意！」のパネルがすぐ横にあるのが目に入り、くっついている磁石を横に滑らすようにし、必死に剝ぎ取ろうとしたのは覚えている。銃声が鳴り、振り返ると、草薙さんの奥さんが倒れていた。捜査員の注意がそちらに向いている間に、磁石をどうにか回収し、気づけばバイクで逃げていた。

僕のせいだ。いや、もしそのまま、平和警察が連行していったとしても、草薙美良子さんは危険人物として処刑されていたのだから、同じこと、むしろ、苦しまなかっただけ良かった。そう自らに言い聞かせた。身勝手な理屈だったが、そうしなくては、僕の精神はまともではいられなかった。

自分を正当化するために、僕の中ではさらに、ある思いが強くなった。

僕もひどいが、平和警察はもっとひどい。人にとってとても大切な、一度きりの人生を、その最期をいいように弄んでいるあいつらは最低だ。


蒲生さんと水野さんが捕まった、というニュースは新聞で知った。

あの蒲生さんと水野さんが？

平和警察の情報を得るために、もしくは仕事を妨害するために平和警察の建物に入ったところを逮捕されたとあった。

蒲生さんと水野さんが知り合いであることが、まず僕には意外だった。二人ともこの床屋の客だが、いつも来る時間帯も曜日も違う。だから彼らが知り合いになったのは、うちとは関係がないところできっかけがあったのだろうとは想像できたが、やはり驚いた。

髪を切りに来た際の会話をいくつか思い出し、彼らに、「平和警察に対する不満」があったのは事実だと僕は思った。水野さんは、「あんなの特高警察と同じで、拷問にかけてるんだよ」と言っていたことがある。蒲生さんは、「知っている人が捕まったんですが、信じられなくて。あれはきっと間違いですよ」と静かではあるものの明らかに憤っていた。どうやらその知人は危険人物として勾留され、取り調べを受けたものの、留置場内で首を吊ったらしく、蒲生さんはそのことを本当につらそうに話した。

平和警察の中に彼らが入り込んだのは、そういった反発心からだろう。きっと彼らは、僕と同じ側の人間なのだと結論した。

そして同時に、恐怖が、僕の足首をつかみはじめる。

二人がこの店の常連客だと分かれば、まっさきにうちに警察が来て、防犯カメラのデータを回収していくのではないか？

もちろん、三日間のみの録画であるから仮にデータを持っていかれても困ったことにはならないが、怪しまれること自体が怖かった。草薙美良子さんのことと結び付けられる可能性もある。

調べられる前に、彼らを助け出さなくてはいけない。

社長が店に来たのは、その計画を考えている時だ。

理容室の三色サインポールは動かしておらず、店の扉にも、「CLOSE」の看板をかけていたため、油断しており、僕は店のスペースで、平和警察に乗り込む準備をしていた。鷗外君のリュックサックを広げ、磁石の球をより分け、どれを持っていくべきか考えていた。子供

の頃の遠足の準備に似ていたが、荷物は、地味な磁石やフェイスマスク、革手袋などである

から、遠足とは違い、気分が浮き立つことはなかった。

磁石のうち、大小五個ずつを選び、それでは足りないだろう、とさらに五個ずつを取る。筒状の武器も持っていくべきだとは思った。河川敷での実験によれば、かなり強力な飛び道具となりそうであったから、役立つはずだ。が、一度使うとそれきりの武器にも思えたため、ここで使い果たしてしまって良いのかどうかと悩んだ。つまり僕は、それが最後の対決だとは思っておらず、次がある、と考えていたことになる。根拠はなかったのだが、結果的にそれは正しかった。

ドアに人影が見えた時、僕はちょうどその筒状の武器を一本、カウンターの近くで触っていたところだった。ドアの窓越しに社長が立っているのは分かった。窓ガラスに顔をつけ、こっちを覗き込んでいる。

鍵をかけていたつもりだったが、かかっていなかったらしく、ゆっくりとドアを開けてくるため、僕は咄嗟に、手元の磁石球と筒状のものをカウンターの下に隠した。ほかのものはリュックサックに入ったままだ。

「社長、今日、休みですよ」

「そこを何とか頼む」社長は拝む恰好になり、「これから大事な商談が」と、果たしてどこまで本当なのか分からぬが頭を下げた。「これも何かの縁だと思ってくれ」と意味の分から

ぬ言葉を続けるため、こちらも笑ってしまう。

カウンターの裏側が鉄製の素材になっていたことをその時、初めて知った。隠していた磁石球がばちんとくっついたのだ。

社長のほうからは見えないが、その音に、「何だ？」と首を傾げている。ふと思いつき、筒状の棒をその磁石球に付けた。カウンターの裏に磁石を付け、それを挟む形で筒状の武器もへばりつかせたわけだ。

ようやく両手が自由になった僕は、何事もなかったかのようにカウンターから出て、「じゃあ、特別に髪、切りますね」と真ん中の理容チェアを指差し、「座ってください」と社長に言った。

「助かる」

社長は例の電話でのやり取りがあってから、二度ほどやってきた。鷗外君を新港近くで目撃した話などすっかり忘れており、茜の死のことを気にかけ、涙ぐみ、しつこいくらいに僕を励ましてくれた。

頭にそのアイディアが浮かんだのは、霧吹きを使い、髪を濡らしている際、社長が、「ほんと、久慈君、俺にできることがあれば何でも言ってくれよ」と話した時だった。今までは、社交辞令として聞き流していたにもかかわらず、「お願いがあるんですが」と僕は口にしていた。

鏡を真っ直ぐ見た社長は視線の角度を少し変え、鏡の中にいる僕の顔を確かめた。こちらにいる自分と、鏡像とが一瞬切り離され、こちらはただ、そこに映る自分たちそっくりの誰かの動きを眺めているような感覚になる。

「それは」じろっと目を動かし、社長は言った。「それは、俺にできることか」

「たぶん」

「なら、請け負うよ」

「え」僕はさすがに少しうろたえた。「内容を聞いてから答えてください」

「大丈夫だ。俺は、久慈君を信じてるから。常識はずれの、たとえば違法なことを頼んできたりはしないことは分かってる。それなら、力になる」

僕は罪の意識を覚え、同時に、頼むのではなかったな、と後悔が背中を走ったが、ここで退くこともできなかった。そして、半分は真実を告白するため、もう半分は、堂々としている社長の動揺が見たかったために、「実は違法なことです」と言った。

「なるほど」社長の眉が少し動いた。「で、どういう?」

「妻の病気を治せなかった、病院の医者を抹殺してもらいたくて」

さすがに社長は目を見開いた。

「嘘ですよ」と僕が続けるのと、社長が、「何だお安い御用だ」と答えるのが重なり、ぎょっとする。社長のほうが落ち着いていた、というわけだ。冗談だと分かっていたらしい。

「さすがに、医者を抹殺するのはできないなあ」

「お願いしたいのは、それよりはまだマシなんですが。空いているマンションか一戸建てを知りませんか？」

社長はクイズの答えを考えるかのような顔つきで、黙った。

「購入したい物件を探してる、とかそういうわけじゃなくて、助けたい人がいるんです」

「ホームレスとかかい？」

「違います。ただ、そう思ってくれたほうが分かりやすいかもしれません。もしくは」

「もしくは何だい」

「リチャード・キンブルさんを匿《かくま》うつもりで」

「ああ、なるほどな。そこに住まわせようっていうのか」

僕はうなずく。「しかも、それがどこの誰なのか、社長にも言えません。秘密で貸してもらえるような場所はないでしょうか」

あまりにむちゃくちゃな依頼だった。どういう顔をしていいのか分からず、とはいえ、へらへらと笑ってしまうのはよろしくないとは判断できた。結果的に、半分笑いながらも苦虫を嚙み潰したような、中途半端な顔が鏡に映る。

「あるといえばある」社長は言った。

「え」

「そういう物件だよ。あるといえば、ある。市内ではなく、富谷《とみや》市のほうだがな。買ったまま、手つかずのマンションがある。中古で、ワンフロア丸々、空いてる」

「ワンフロア？」

「そうだ。社員寮に使えるんじゃないかと思ったんだけどな」

その話は、以前、社長から聞いたことがあった、と僕は思い出した。「そこ、まだ空いてるんですか」

「すぐに売ろうかとも思ったんだが、それはそれでもったいない気がしてな」

「使えますか」頭にあったのは、平和警察に乗り込み、蒲生さんたちを救出した後のことだった。そのまま帰宅させたところで、再び連行されておしまいになる。つまり、何らかの取引か駆け引きが必要で、そのためにはいったんは、身の安全を確保できる場所に蒲生さんたちを逃がす必要があった。

別の客が来ていたことに、気づかなかった。「あの」と横から言われ、僕ははっとした。背広を着た眼鏡の男が立っており、「髪、切ってもらえますか」と訊ねてきた。

いえ、今日は閉店でして、と言いかけたが、それもまた面倒臭く感じた。「あ、いいですよ。待ってもらえますか」と返事をした。

社長はさすがに先ほどまでの話題は控え、「何かいい宣伝になるアイディアはないかね」といつものように話しはじめた。

髪を切り終えると社長は会計を済まし、「助かったよ。じゃあ」と帰ろうとした。出口で、「さっきの話はまた、後でじっくり聞かせてくれ。用意はするから」と言ったがそこで、「ああ」と体を捻り、壁に取り付けられているカメラを指差した。「これが記録しているのに、あんな話をして、大丈夫だったのか？」と少し眉をひそめた。

「大丈夫ですよ。この後で消去しておきます。リセットボタンを押すと、録画データが消えるので」

「そんなことしていいのか？」

「厳密に言えば、法律違反でしょうけど」僕にとって、「法律」はすでに自分を守るものとは程遠く、敵の駆使する武器の一つにしか思えなくなっていた。

✂

蒲生さんたちを助け出した時のことは、はっきりと覚えていない。今までにないほどの緊張を感じていたが、それはたぶん、これまでに経験したことのない興奮を伴ってもいた。

平和警察のビルは、当然ながら街の他の建物と変わりなく、どちらかといえば、ほかよりも古びた外観で、そのことが、信念を曲げずじっと同じ場所に立ち続ける頑強な審判者の怖さを醸し出していた。

スクーターを停めたのは東西に走る一方通行の細道、北四番丁通りのマンション駐輪場だった。来客用のスペースでほとんどいつも空いており、防犯カメラのないことは確認済みだ。リュックサックを背負い、筒状の武器を入れた袋を肩にかけ、徒歩で移動した。

民家と民家の間、私道を選び、こそこそとビルに近づき、今は閉店したラーメン店の裏側でジャンパーを脱ぎ、ライダースーツ姿となり、フェイスマスクをつけた。ゴーグルはビルに近づく直前だ。

ビルの裏口の認証装置が、磁石で壊せるかどうかは一か八かだった。解錠できなければ撤退すればいい。その程度の、考えだったとも言える。

ドアは開き、僕は引き戻せなくなる一歩を踏み出した。

あとは無我夢中だった。通路を進むと捜査員と思しき者が現われた。ぎょっとしたものの、向こうに比べれば、僕のほうが覚悟ができていた。装備も心構えも準備万端であったから、先方の不意を突けたわけだ。

彼らのベルトには鉄製のプレートがはめ込まれているらしく、磁石を放ると彼らがバランスを崩すのが分かった。その隙に木刀で頭を叩き、粘着テープで縛り上げる、といったパターンを数人に対し、続けた。はじめはあたふたしたが、そのうちに、店に来た常連客の髪の毛を切るような、段取りを踏みながら淡々と作業をこなす感覚になってきた。

磁石の効果は思った以上だった。カバーを外し転がすと、それだけでまず相手の注意がそちらに移る。おまけに磁石は近くに反応できるものがあれば、それは壁に貼られたプレートであったり、非常口扉だったりしたのだが、そういったものに激突し、音を立て、さらには相手の体をひきつけた。

一度、遭遇した制服警官が拳銃を取り出そうとしたのだが、その銃にも磁石は反応した。突き出した銃口が明らかに傾いたのだ。相手の腕の位置が少しぶれ、照準がずれるのか撃たれても僕に当たることはなかった。

相手が動揺している隙に、木刀で打撃を与えられた。一人倒すごとに、磁石を回収することだけは意識した。

はじめに水野さんを見つけた。二階奥、いかにも人を拘禁しています、といった雰囲気で、部屋の並んだ通路があり、重々しい扉には小さな窓がついていたため、外から覗き、中にいる人を片端から見た。横たわっている者もいれば、死んでいるのではないかと思えるほどぐったりしている者もいた。室内をうろつき回り、外にいる僕に気づき、縋るように寄ってきて何か訴え、なぜか謝罪を繰り返す者もいた。

胸が苦しくなったが、僕は彼らを無視し、水野さんと蒲生さんを探した。

頭にあるのは、「全員は助けられない」という、教訓だけだった。

助けるのは僕が髪を切る客、それだけだ。

水野さんは起きていた。僕は無言で、電子ロックに磁石を当て、ドアを開けた。呆然としている水野さんはツナギのライダースーツを着た僕に怯えていたが、半ば無理やり引っ張り出し、「助けに来ました」と告げた。フェイスマスク越しだから正体はばれまい。実際、ばれた様子はなかった。「蒲生さんは？」

「ここにいなければ、取調室」水野さんは言う。滲む疲労がひどすぎた。状況が分かっておらず、朦朧としているに違いない。

それから僕はふと、職業柄というべきなのか、水野さんもずいぶん髪が伸びているなあ、と彼の頭髪を眺めてしまい、あまりにのんきだ、と自らを叱咤したくなった。

足元が覚束《おぼつか》ず、思考もまだ追いついていないだろう水野さんは、それでも後ろを振り返りながら、「あとは田原君がどこかに」と言う。

田原、という名前の人間は、僕の常連客の中にはいなかった。

田原君は助けられない。僕は言葉には出さなかったが、内心で強く言い切っている。

全員は無理なのだ。全員を助けようとしてはいけない。

偽善者め！　何者かが、僕に向かって怒ってくるような気持ちになる。これは善行ではなく、営業活動なのだ、と自らに言い聞かせる。

取調室は一つ上の階だった。冷静に、と自分に言い聞かせていたものの、たまたま入った部屋で、年配の女性が必死の形相で器具にぶら下がり、それを男たちが笑いながら眺めている光景を観た瞬間、僕の頭は空っぽになった。

後はよく覚えていない。

磁石を投げ、木刀で殴りつけ、さらには相手が手放したゴム製の警棒のようなものを拾い、それを相手にぶつけていた。誰かの頭が潰れたような感触はあった。

隣の部屋に行くと、そこに蒲生さんがいた。

僕は闇雲に動き、制服姿の男を殴りつけた。手加減はしなかったため、果たして息があるのかどうか、それも分からなかった。残った男は制服姿ではなかった。突然の闖入者《ちんにゅうしゃ》である僕に驚きつつも、舌なめずりするかのような態度も見せた。怒りつつも興奮しているのか。明らかに暴力に慣れてはいるようだったが、磁石がここでも効いた。

相手の注意を惹きつけ、動揺を誘う。

木刀で打撃を与えようとしたが、よけられた。

相手には迫力があり、僕は気圧《けお》され、危機感を抱いた。気づいた時には、ようするに恐ろしかったからなのだが、例の筒状の武器を取り出し、ボタンを押していた。「残り二本のうちの一本」だ。ここで使わなくてはいつ使うのか、といった思いだった。

煙が充満する中、蒲生さんを連れ、外に出た。蒲生さんが隣の部屋にいた女性に、「おふくろ」と声をかけていたため、僕は水野さんを含め、三人を逃がすことにした。三人なら何とか、と考えつつ、「この女性が、蒲生さんの母親で良かった」とも思った。

もしそうでなければ、常連客とその家族以外は助けない、と決めた自分のルールに則るために、見捨てなくてはならなかった。自分にそれができたかどうかは別にして、悩んだはずだ。

両方の部屋から磁石を回収した後、ビルから出て、来た道を引き返し、マンションの駐車場へ向かった。

蒲生さんにはメモ用紙と車のキーを渡した。

事前に社長の車を停めた駐車場の場所と、車のナンバーを記してあった。ナビに設定したマンションの四〇五号室に逃げてください、車内の服を着てもいいです、という旨のメッセージも書いてある。「詳しくは、マンションに説明を置いておきます」

混乱している蒲生さんが果たしてどこまで状況を把握しているのか分からなかったが、とにかく、「しっかり車のところまで行って、逃げてください」と言い含めた。蒲生さんは、「分かった。ありがとう」と答えた。

あとは知らない。無責任かもしれないが、どうにでもなれ、吉と出ようが凶と出ようが仕方がない、といった気持ちが強かった。

僕は別方向に向かい、ジャンパーを着て、スクーターに乗った。

店に戻ると、着替えている最中に恐怖がまた蘇り、そのままの姿でうずくまり、震えのため立ち上がれなかった。録画されていることに気づき、防犯カメラの映像を消した後、疲れに襲われ、しばらくそこで眠ってしまった。休みながら、あのビル内の防犯カメラを壊してこられなかったことを悔やんだ。

✂

僕のやったことは、自己満足といえばあまりに自己満足で、人助けというにはあまりに犯した罪が大きかった。

木刀で殴りつけた相手は、かなりの重傷を負ったはずで、あの筒状の武器で撃った刑事に至っては、おそらく絶命していた。ほかにも命を奪った可能性はある。

許されることではない。分かってはいたが、僕はそのことで正気を失うようなことはなかった。茜の死と鷗外君の死によってすでに正気は失っていたからだろう。なくしたものを、さらになくすことはできない。

自分の日常が、非現実的なものに感じられた。

いつかこの一連の出来事を、僕に取材にくる誰かがいて、どうして、「そのようなこと」をやったのか、と訊ねてきたら、「そのようなこと」は、「正義の味方の真似事」でも良いし、「警察組織に対するテロ行為」となるかもしれないが、僕は、「妻が急にいなくなり、一人での人生に不安があり、寂しかったから」と答えるに違いない。

そうなれば、非難囂囂《ごうごう》だろう。人生に寂しさを感じ、警察に乗り込み、公衆に奉仕する刑事を殺傷するとは、「死刑になりたくて人を殺した」といった通り魔犯に等しい！　と石を投げられるに違いない。

一緒ではない！　僕には、助けたい人がいた。それを言うなら、警察は、鷗外君の人生を簡単に潰したではないか。

抗弁しようにも、それは結局、都合のいい自己弁護にしかならないだろう。

実感がなかった。恐怖もなかった。

蒲生さんたちの無事が気になった。

彼らが乗ったはずの車の運転席には、妻の茜のスマートフォンを置いておいた。バッテリーが切れるまでの間ではあるが、位置情報を検索できるからだが、それによれば、マンションまではすでに辿り着いている。

部屋には、指示を書いたメモを残してあった。

目立たぬように、そこでしばらくは生活してほしいこと。近所の店に出向くことは構わないが、正体がばれるような行動は慎んでほしい。自宅に帰らないのはもちろん、家族と連絡も取らない。ここで自宅に戻ったり、もしくは居場所が見つかればすぐにまた連行されるため、ぜひ、我慢してほしい。それらを伝えた。

果たしてどこまで、僕の指示に従ってくれているのかは分からない。「二十日間我慢してほしい」と書き加えたが、その日数に根拠はなかった。期限なく、「我慢して」と頼むのは酷だろうし、実際、我慢できないだろうとは想像できる。僕の考えでは、とにかく蒲生さんたちに隠れて生活を送ってもらい、その間に平和警察と交渉するつもりだった。交渉が可能かどうかは分からぬが、そうするほかなかった。

二週間では短すぎるように感じ、一ヶ月では蒲生さんたちに課す不安が大きすぎるように思え、だから、「二十日間」が出てきた。

二十日でどうにかなるのか、二十日間で蒲生さんたちがどうなるのか、音《ね》を上げるのか、それとも期間延長も可能となるのかは分からない。

行き当たりばったり以外の何物でもない。

はじめは、佐藤君をいじめる高校生が相手だった。水野さんの娘さんを襲った大学生たちをやっつけたことまでは、まだ良かった。その後で、草薙美良子さんの連行を食い止めようとし、失敗し、蒲生さんたちが逮捕されたニュースを知り、「通っている床屋がうちだとばれたら、怪しまれてしまう」と浮き足立ち、焦って彼らを助けに行った。

その結果、またしても問題を抱えている。蒲生さんたちを助けたことはやはり失敗だったのだ。勢いで飼ってしまった動物の世話をどうしたものか、と後悔しつつ、責任の重圧を覚えているような気持ちだ。

すべてを放り出して、逃げ出したい。

思いつきと焦りで行動したことにより、次々と泥沼にはまっていく。その見本のようなもので、戒めのために、「久慈の人助け」なる諺《ことわざ》ができても良さそうだ、と苦笑交じりに思いもした。

こんなことを続けていては、いずれボロが出るだろう。平和警察がこの店にやってきて、手帳を見せる光景が容易に浮かんだ。

が、平和警察よりも先に、別の人物に気づかれた。

初めてやってくる男性客で、若くも老いても見えるタイプだった。坊主頭が少し伸びたような髪型で、「揃えてください」と言う。つむじのあたりの髪の毛を切っていたところ、「実は見ちゃったんです」とその客が言い出した。

「え、何をですか」当然ながら僕はその時は、世間話のつもりだったから、この初めての客の趣味や贔屓《ひいき》のスポーツなど、話題の取っ掛かりができればいいな、と暢気に思っていた。

「先日、平和警察のビル近くからあなたが出てくるのを」

血の気が引いた。足元から寒々しさが襲ってくる。「平和警察の？」

「平和警察と戦っているんですか？」客は口だけで笑みを浮かべた。

「え」

平和警察、という単語がまた、僕の頭を叩く。彼のこれから喋ることが、自分をぎゅっと潰してくるのではないか。この場で、鋏を投げ出し、逃げるべきではないかと思い、おそらく足に力が入ればそうしていたかもしれない。

鏡に映る短髪の彼は、「唐突にすみません」と謝る。感情のこもらぬ表情だ。「平和警察は間違っています。秘密警察や戦時中の特高警察のように、限度を超えて、やりたい放題で、無実の人が全国で処刑されています」と続けた。

僕は返事に困り、黙っているしかなかった。

「あの時、ゼミの仲間が」

「ゼミ？」

「ええ。仲間があのビルにいたんです。正確に言えば、平和警察内にも、仲間がいるんですが」彼は話を続ける。

僕は何千回、何万回と繰り返してきた鋏の作業を、自動ロボットの気分で続けた。彼の言う、「あの時」「あのビル」とは、僕が蒲生さんたちを助けに行った時のことを指しているに違いなかった。

「仲間が、防犯カメラや取り調べの録画映像を管理する部屋で、その情報を入手していたんです」

「あの時に？」

「はい。そうしたところ、見知らぬ侵入者が、平和警察内で暴れているのがモニターに映ったそうです。その男はツナギの服を着て、勾留されていた者たちを連れて、出ていきました。

私はその連絡をもらって、慌てて駆けつけました。そして、あとをつけて」

「スクーターを？」僕はその時点で観念していた。

「ええ。私もバイクで」

反射的に僕は、今日もバイクで来たのだろうかと店の外に目をやった。いや違った。向かい側の道路から横断歩道を渡って、入ってきたのを覚えている。

すると彼はその僕の視線について勘違いをしたらしく、「そこにある防犯カメラ、この間、消していませんでしたか？　外から見ていたら、脚立に上って、いじくっていました。消していますよね？」と目を細めた。「今のこの会話も後で消してください」

そんなことまで知られていたのか。

「平和警察に一人で対抗しているんですか？」彼が鋭い目を向けてきているのは分かったが、僕は視線を合わせられず、散髪に集中する。

一人で戦ってるのか、という問いかけなのだろう。次々と質問を投げてくる。こちらの情報を聞き出そうというのだろうか。

「久慈さん、次はどうするつもりなんですか？」

「あ、カットが終わりそうなので後はシャンプーと顔剃りを」

彼が少し馬鹿にするかのように、薄ら笑いを浮かべた。「いや、そうじゃなくて」と先ほどまでの仮面が剝げたが、すぐにまた表情を強張らせた。「平和警察は無実の人を捕まえて、処刑します」

「ああ」

「次は高校生も」

「え」

彼は、平和警察の内部から得た情報があるのだと言い、高校生が連行される予定だと言った。いやそれだけであればまだしも、恐ろしいコメントを付け加えた。「しかも、佐藤誠人はこの理容室の常連ですよね」

佐藤君が処刑される？

僕の顔は引き攣った。それが鏡にありありと映っている。佐藤君に対する心配や同情ではなく、平和警察に対する憤りでもなかった。「店の客だけを助ける」といったルールに当てはまってしまうことへの、うんざりした思いからだった。自分で決めた規則に、自分が苦しめられる。

助けなくてはいけないのか？

もちろん、今ここにいて喋っている彼は、僕のそのルールまでは知らないはずだ。「警察がいつ、どういうルートを使い、佐藤誠人を連行するのかその情報もあります。いりませんか？」

彼はじっと鏡の反射を使い、僕に視線をぶつけてきた。挑むようにも、観察するようにも見える。

「お客さんはいったい」僕は探るように訊ねた。

「平和警察に対して立ち向かおうとするグループの一人です」

「立ち向かうグループ？　そんなものがあるんですか」僕の体を覆ったのは、疑念や警戒心ではなく、「自分一人ではなかったのか」といった、心強さだったのかもしれない。

「金子という教授が中心になっているため、金子ゼミと呼んでいます。久慈さんもゼミの仲間に入ってくれませんか？」


結論から言えば僕は、佐藤君の救出に失敗した。あの、根白石の長い直線道路を過ぎた細道で警察の車両を襲い、先頭の車から連れ出す予定だったのが、中には佐藤君はおらず、その時点で僕は混乱した。

計画は失敗した。

いったいどうすれば。

その二つの思いが全身を走り、それ以外のことは考えられなくなり、現われた刑事や制服警官を相手に戦い、いや、戦うというほど立派なものではなく、それは悪戦苦闘しながら必死に暴れるだけだったのだが、とにかく、取り押さえられぬように、と動き回った。幸いだったのは、車のボディには磁石が反応することだった。

ここぞとばかりに転がした、鷗外君の磁石が次々とぶつかり、車にも激突する。その勢いと音は、相手を明らかに威嚇し、動きを止めさせた。

その隙に木刀を振り回した。筒状の武器も準備しており、最後はそれであたりを攪乱《かくらん》し、逃走する予定だった。が、佐藤君がいない上に、警察のほうは僕の登場を待ち構えていたかのような様子もあり、このままではまずい、と背筋が寒くなった。

大人しくその場で敗北を認めても良かった。警察に捕まり、おしまいにする選択肢もあった。そのほうが楽だったかもしれない。

逃げ出そうとしたところで、車両が爆発した。何が起きたのか、何が発火したのかも分からず、僕からすればそれはパトカー自体が膨張し、破裂したように見えた。

尻餅をついたが、すぐに起き上がり、僕はスクーターに飛び乗り、その道から全速力で逃げた。大型スクーターが浮き上がりそうなほどの勢いで、遠ざかる。

金子ゼミを名乗る彼が再びやって来たのは、翌日だ。

平日であったが開店と同時に、いくにんか常連客が来て、例によって、僕だけでは同時並行で散髪するのには限界があり、即席のタイムスケジュールを組み、一人ずつ散髪をし、気づけば午後の一時を回っていたのだが、そこで一段落するのを見計らっていたかのように、金子ゼミの彼が入ってきた。

彼の髪は先日、僕自身が切ったばかりだったが、椅子に座ってもらうことにした。そのほうが喋るのに、不自然ではなかったからだ。僕が言うより先に、彼は腰かけた。

ヘアーエプロンをつけながら、「失敗しました」と僕は喋った。警察の連行するルートやその情報は、彼からもらったものだった。どこまで彼の言うことを、その、「金子教授とそのグループ」のことを信頼して良いのか分からなかったが、「根白石の直線道路を過ぎ、南に行った場所で、警察車両を停止させるために障害物を用意しておきます」といった約束は守られていた。おかげでパトカーは停止し、僕は襲撃することができた。彼らは嘘をついていない。「結局、佐藤君はどうなったんですか」

「どうやら、あの後、別の車で平和警察に運ばれたそうです」

「そんな」

「すみません、こちらの情報が裏目に出て」

真っ直ぐに謝罪されると、僕としても、それほど彼らに迷惑をかけられたわけではない、と感じた。不運だったのは、あの爆発による被害者だ。「あの爆発は何だったのか」

僕はいつもの手順で、霧吹きを使い、彼の髪を湿らせる。毛先を揃え、シャンプーくらいはやるべきだろうか。

「あれで、平和警察側には死傷者が出ました」

「そうなんですか」あの爆発であればもちろん死傷者が出てもおかしくなかったが、僕はやはり、人の「死」が恐ろしく、だから自然と語調が強くなった。

「DNA鑑定によれば、亡くなったのは、東京から来ていた特別な捜査員だったようです。まあ、肉片が飛び散っていたので、生きてはいないでしょう」

「何が爆発したんですか」

「たぶん、もともと車の中に仕掛けてあった爆発物が作動したんだと」

「爆発物がどうして」

「久慈さんを狙ったのかもしれません。高校生は乗せず、かわりに爆弾を。助けに来た人間を、火薬で吹き飛ばす作戦だったんでしょう」

「吹き飛ばされなかった僕は、運が良かったわけですね」

「そうですね」一瞬その物言いが棒読みに感じられ、僕は背中に寒々しいものを感じた。吹き飛ばされたほうが良かった、と思っているのではないか、と疑いそうになり、僕は細かく毛先を整えることに専念した。余計なことを考えている余裕はない。

つい最近切ったばかりの髪であっても、いざ切ろうとすればそれなりに切るべきところが見つかるものだから興味深い。

「どうやら、処刑されるようです」彼が言った。

鋏を止め、まっすぐに体を伸ばし、鏡を見た。ヘアーエプロンをつけ、てるてる坊主姿の彼は真面目な顔つきのままで、「あの高校生は次の処刑日に、斬首台にかけられます」と言った。

「本当に佐藤君が？　高校生ですよ？」

「たぶん、一番の狙いは誘い出すことかと」

誰を、とは訊ねなかった。まず間違いなく、僕だろう。僕が平和警察に盾突いたがために、あちらはムキになり、その結果、佐藤君の人生が巻き込まれている。

僕のせいだ。

すべてが悪いほうに転がっているではないか。

祖父と父のことが頭を過る。情けは人のためならず、ではなく、人助けは誰のためにもならぬ、といったところだ。

「鋏、気を付けてください」鏡の彼に言われ、僕は自分が鋏を持った手に力を込めていることに気づいた。自らの首をそれで突いてしまいたい衝動に駆られていた。

「どうすれば」

「そこで、救うしかないかと」

「処刑の日に？」

「もう一度、平和警察の建物に侵入するのは難しいです。さすがに二度目は警戒されています。となれば、そこにいる佐藤君を助けるのには、彼が表に出てきた時が、一番可能性があります。処刑の時には確実に、広場にいるわけですから」

「でも、どうやって」駅の東口広場に大勢の人がやってくるのは間違いない。ただの見物客もいれば、「悪事を働けば、処罰を受ける」といった現実を見届けるために来る者もいるかもしれない。会社員もいれば、若者も、子連れもいるだろう。その大勢の人間の前で、佐藤君が無残に首を斬られる場面が、僕にはうまく想像できない。

佐藤君は死を前にし、どうするのだろう。うろたえ、みっともなく命乞いをする可能性もあるはずだ。彼はもちろん、その両親も胸が潰れる思いになるに違いない。しかも、それは冤罪なのだ。

戦国時代や江戸時代ならまだしも、これが現代の社会で起きることなのか。

「自首をすれば」と僕は言っている。今頃、気がついた。これ以上、事態を悪化させないためには、やはり、僕がおしまいにするほかない。

椅子に座る彼の顔に初めて、罅《ひび》が入った。引き攣るほどではなかったが、困惑が滲んだ。いったい、僕の発言の何が彼を困らせたのかは分からない。

「残念ですが、久慈さんが自首をすれば、久慈さんと高校生が一緒に処刑されるだけです」

「そんな」

「その可能性は高いです」

否定はできない。平和警察のやることは、僕の常識や道徳の範囲をはるかに超えている。

「では、どうすれば」

「助け出すしかないかと。私たちのほうで段取りは考えます」

「段取り」この間はうまくいかなかったではないか、と責めるつもりはなかったが、僕のその口調から、非難を感じ取ったのだろうか、彼は強い口調になる。「百パーセント完璧な計画はありません。ただ、相手の裏をかくプランはいくつかあります」

「平和警察の裏ですか」

「当日、広場のステージに近づき、処刑前に並ばされた佐藤誠人たちを逃がせば」

「逃がせば？　その後はいったい」蒲生さんや水野さんの今後についても目処《めど》が立っていない状況で、さらに、逃亡者を支援できるとも思えなかった。「というよりもそもそも、どうやって逃がすんですか」

「こちらに考えがあります」

そこから彼は、計画の概要を話しはじめた。

聞き終えた僕は、別段、勝てると確信したわけではなく、ただ、そうする以外に方法はない、といった消極的な賛同を感じていた。彼は最後にこう言った。「もし、久慈さんが平和警察に捕まるようなことがあったら、我々、金子ゼミのこともすべて話してください。仲間を売りたくない、と躊躇する必要はありません」

「どういうことですか」平和警察に逮捕される時のことなど考えてもいなかったため、僕は少し怖くなる。

鏡の中で彼はうなずき、こう言う。

「一蓮托生です」

表情に笑みが浮かんだが、それは息を吹きかけられた蠟燭の火のごとく、すっと消えた。

第四部

二瓶

「晴れて良かったですね」刑事部長の声がした。

東口広場は仙台駅の東側の敷地にある。古くから立ち並んでいた店舗を立ち退かせた上で、市民交流の活性化を名目に作られた広いエリアだ。広場の北側は少し高台になっておりイベントやライブが開催される際に、ステージとなるが、そのステージ側の袖部分に二瓶は立っていた。私服捜査員として、周囲を警戒している。

刑事部長が声をかけた相手は、警視監だった。平和警察の集会、刑の執行には、警察庁の警視監が立ち会うことになっている。責任者による見届け、箔付け、の意味合いだと言われているが、二瓶には、単に警視監も近くで処刑が見たいからではないか、と思えた。特等席のアリーナを用意してもらっている感覚かもしれない。

刑事部長は、へいこらといった態度で、壇上脇に警視監を連れて行く。コンテナが置かれ、そこが即席の控室となっているため、まずはそこに案内するのだろう。その媚び諂う態度に呆れる。組織を円滑に機能させるという意味では、こういったポジションの人間も必要なのか。

二瓶たちの前には、市民がたくさん集まっている。まるでロックフェスを観に来たような雰囲気だよな、と三好が言う。そうですね、と答えたものの、ここに集まっている観衆には、ロックバンドの登場を心待ちにするような明るさは皆無だと二瓶は感じた。ここにいるみなには、薄暗い緊張感ばかりが漂っている。

天気は良かった。雲一つないとはまさにこのことで、青よりも白色をした空は濃淡がなく、これから起きる一日について無表情を決め込んでいるように、つまり、「ノーコメント」と答える政治家のような、すげない態度に見えた。

「おい、二瓶、来ると思うか？」横に座る三好が訊ねてきた。見れば、にやにやとしており、鼻の脇を指でこすっている。

誰のことを言っているのかはすぐに分かる。ツナギの服を着た、磁石男だ。そもそも、今回は、危険人物を処刑することよりも、それに見せかけ、あの男を誘《おび》き寄せることが目的だと言えた。

「来てくれないと困ります」

「真壁捜査官の敵討ちか」

「そういうわけではありません」二瓶はきっぱりと答えた。真壁鴻一郎と行動を共にしたのは長い期間ではなかったから、彼が死んだことも、彼がいたことと同じ程度の現実味しかなかった。死んだら、蟻にばらばらにされたい、と言っていたのが、本当に、爆弾によって、散り散りの肉片となり、死んでしまったのだ。冗談としか思えない。「ただ、ツナギ男が警察に盾突いてるのは事実ですから、このあたりで捕まえておかないと」

「面子丸潰れだよな」

薬師寺警視長はいつもと同様、表情のない冷淡な態度を貫いていたが、それでも今回のこの東口広場にはただならぬ真剣さを持って、臨んでいるのは伝わってきた。もちろん薬師寺警視長が、真壁鴻一郎の死を悲しんでいたり、喪失感に苛まれていたり、といったことはないだろう。彼からすれば、自分の作り上げた平和警察に、一介の民間人が立ち向かってきているることが許せないのだ。

先日行われた、平和警察捜査員の葬儀で挨拶をした薬師寺警視長は、殉死した加護エイジや肥後武男について話す際には、心の底から犯人を憎むような真剣さを滲ませたが、真壁捜査官への弔辞については、ほとんど脚本を読む役者のようであった。

感情のこもらぬ口ぶりで、「真壁の死を無駄にしてはいけない!」と言い放ち、仲間の死を燃料に、部下たちの闘志に火をつけ、薪をくべた。

「今日は総動員だからな、仙台市内の他の場所は、無法地帯だぜ」三好が笑う。言わんとすることは分かった。ツナギ男を迎え撃つために、県警職員や近隣の警察署から応援要員が派遣されてきている。東口広場を囲むようにして制服警官が配置につき、私服刑事が広場内を歩き回っており、近くの県庁や市役所はもとより、二番丁通りから定禅寺《じょうぜんじ》通り、錦町のほうも厳戒警備を敷いていた。警察関係者はほとんどこのエリアに集まっているため、少し離れた場所で事件が起きても駆けつける人員はいない。少なくとも駐車違反程度なら、し放題だ。

「制服を着てても、知らない顔ばっかりですよ」二瓶が答えると三好も、「さっきうちの若いのがトイレで愚痴ってたけどな、人相が悪いから職質をかけたら、今日のためにやってきた警察関係者だったんだと」と苦笑する。

「ありえます」

「ありえるんじゃなくて、あったんだよ」

ですね、すみません。二瓶は素直に謝る。

「あ、二瓶、でもよ、薬師寺さんたちが何か握ってそうな雰囲気、気づいてるか?」

「何か握ってる? どういうことですか」

「ツナギ男のことだと思うんだけどな、何か、怪しそうな奴をいく人かピックアップしてるっぽいんだよな」

「容疑者が絞られてるってことですか」

「そうなんだよ。エサを撒いて、今日、ここに誘き出しているらしいぜ」

「ツナギ男を？」

「街中の怪しいという奴らに情報を与えて、呼び出そうとしているんだと。本物がひっかかるだろう、って判断だよな。まあ、俺たちは蚊帳《かや》の外だけどな」

ですね、と二瓶は答えたが別段、そのことを屈辱だとは感じなかった。自ら考えることなく、司令官の立てた作戦に従う役割が自身の性格に合っていたからだ。サッカーに司令塔が大勢いても機能しないのと同様、手足となって走り回り、点を取るポジションも重要に違いない。

「そういえば前に五島さんの同期が、ツナギの男と思しき人間を罠にかける、とか言っていました」二瓶は思い出した。真壁鴻一郎はそれを聞き、「金子ゼミのトラップにでもかけたら？」と提案したのだ。

「まあ、どこもかしこも怪しい人間ばかり、ってところだろうな」

「仙台市も結局、危険人物だらけなんですね」

「というよりも、平和警察が行くところ、危険な奴らばっかり、ってわけだ」

そこで、「三好、二瓶」と声がした。耳に入れていたイアフォンから刑事部長の声が聞こえた。

「どうしましたか」と三好が答える。隣の二瓶に、「使えない部長が、また偉そうに」とでも言いたげな顔をしてみせた。

「タブレットを見ろ。東口広場の北東側の路地で、今、捜査員の一人が標的を尾行している」

「標的？　ツナギの男ですか」

二瓶は小型のタブレット端末のボタンを押し、地図画面を表示する。現在、配置されている捜査員の居場所が薄い青色の点として映っているが、赤色に点滅する点もあった。捜査員が特定の信号を発した場合、たとえば今日であれば、不審人物を発見した場合だが、その情報を発信している。

「応援に行ってくれ」部長が偉そうに言ってくる。

「了解しました」二瓶は答えて、すぐにその方向へと足を進めた。

壇上に危険人物が連れて来られ、広場内の人々を緊張が包んだのは、それから少しして、だ。

空に、薄い白雲がいつの間にか現われ、横にたなびいている。

広場に集まる大人たちの多さに、多田は怯みながら、腹が立ってもいた。物見遊山の奴らばっかりで、平日だってのに仕事はどうしてるんだ。人が無残に首を斬られるのをそんなに見たいのか。気を緩めると近くにいる、いかにも会社を抜け出してきたというスタイルの男たちにつかみかかり、「人が死ぬところを見て、リフレッシュとかしてるんじゃねえよ」と叫びたくなってしまう。実際、「あのさ、こんなの見て楽しいんすか」と隣の背広姿の男に言っていた。

「楽しいとかじゃねえだろ」その男は背はそれほど高くなかったが、肩幅が広く、思ったよりも年嵩《としかさ》のようだった。「おまえだって、学校さぼって来てるじゃねえか」

「俺は」と多田は言ったものの、その言葉に繋げられるものが思い浮かばない。俺はほかの観衆とは違うと言えるのだろうか。今日、処刑されるのは俺の後輩なんだと説明したところで、「だからどうかしたのか」と問われるのがオチだ。実際、多田自身が、自分がなぜここに来たのか分かっていなかった。

佐藤は、自分たちのことを教師に密告した。そういう意味では恨みがあったが、とはいえ、処刑となれば話は別だ。教師への告げ口が斬首に値するとは思えない。

そして何よりも、多田は最近、自分の小学生の頃のことが思い出されてならなかった。年下の佐藤と一緒に公園で遊んでいた場面ばかり、頭に浮かんだ。あの時の自分が、今と連続したものとは思えず、いったいどうして自分はこうなったのか。脱ぎ捨てた蛹《さなぎ》の抜け殻を眺め、呆然としている感覚だった。

年上の男は、「だって、あれだろ、今日、処刑される高校生ってのは、パソコン使って、外務省だか国防省だかの重要機密を海外に送っていたっていうんだろ。国への反逆だろうが」と言う。

国防省なんて、日本にねえよ、と多田は思いながら、「それって本当なんすか?」と問い返す。

あの佐藤が国の機密を外国に売る? 上級生の俺にさえ歯向かえないような奴が?

「本当も何も、平和警察の発表を読んでいないのか」男の目には、尋常でないほど強い力が込められており、多田は少し動揺した。おまえも危険人物ではないか、と疑うような目つきであるのに加え、理性を失い暴力性が前面に出ているのが明らかだった。ここに来ている観衆は多かれ少なかれ似たような顔つきをしている。哺乳類のヒトであるはずが、誰もかれもが爬虫類の顔だ。

彼らの頭の中を覗き込めば、「細かいことはどうでもいいから、さっさと処刑しろよ」と吹き出しが飛び出してくるのではないか、とさえ思った。

人ごみから、多田もその中の一人なのだが、ざわめきが上がる。それまで散発的に、散文的にあちらこちらでざわめいていた人々の声が、一瞬止み、そのあとで今度は声を合わせたかのような、大きな感嘆となったのだ。

はっと顔を壇上に向ければ、その理由はすぐに分かる。

ステージの右側から制服姿の警察官が現われた。その後ろに、土色をしたジャージのような上下を着た者、つまり処刑される危険人物が続く。両手を体の前でくっつけた恰好だ。手錠のようなもので、自由を奪われているのだろう。警察官の次に危険人物が、その後ろにまた警察官で、さらに後ろに危険人物と、交互に並んでいる。今から演劇をはじめる役者たちが、まずは舞台上で挨拶でもするかの如く、歩いてくる。

佐藤はどこだ。

多田は首を伸ばすようにして壇上を見つめる。ずいぶん距離が離れているため、一人一人の顔はよく把握できない。今から前に行くにも、人を掻き分けて行くのは難しそうで、多田は反射的に周囲を見回し、近くにいた若い男が翳していたオペラグラスをひったくった。

「ちょっと寄越せ」

当然、相手は怒ったが多田は顔面をぐっと寄せ、有無を言わせない。さらに文句をつけてきたら、手を出す用意もあった。

オペラグラスを覗くと、それなりに壇上の人を識別できる。全部で四人いる危険人物のうち、三人は中年の男だ。列の最後に位置しているのだけが、明らかにあどけなさの残る少年で、それが佐藤だった。横に並ぶと、向かって一番右にいる。

壇上の両脇には、平和警察の関係者が立っていた。制服の者がほとんどだが、私服刑事もいた。

右手側には椅子があり、見物人よろしく男たちが座っている。つい先ほど、ぞろぞろと、学校行事に参加する来賓のように、やってきた。

警察のお偉いさんらしく、多田の近くにいる者たちの会話から、胸を張った見るからに偉そうな男が警察庁から来た警視監で、その隣にいるのが平和警察の生みの親と呼ばれる、薬師寺警視長だと知る。

処刑前にもかかわらず、お偉いさんたちはのんびりした雰囲気だった。それと対照的に佐藤の顔は青褪めに青褪め、魂が抜けたようだ。

本当に処刑されるのかよ。体が揺れるものだからこのタイミングで地震でも起きたのかと焦れば自分の脚が震えていた。顔も引き攣り、喉が渇いている。

壇の左手から別の警察官が三人掛かりで大きな器具を運んできた。高さ三メートルほどの装置だ。下部に、人間が首と両手を入れる穴の開いたパネルがあり、最上部にギロチンが留められている。その上部と下部とを二つのしっかりとした支柱がつないでいる形だ。

昔から存在する断頭台と構造は同じであるのだろうが、受けるイメージは違う。すべてが銀色のステンレス素材のようなもので構築されており、システムキッチンの一部ともなりうるような清潔感を漂わせているからだろう。

「大掛かりな調理器具みてえだよな」後ろで誰かが言うのが聞こえた。

斬首器具には車輪のようなものがついているらしく、一人の警察官でも移動させられるように見えたが、慎重を期すためか厳かさを失わぬためか、三人の警察官が運び、それを壇の中央に置いた。

あの場で、佐藤がパネルの穴から首を出し、落ちてくるギロチンによって首を切断されるのか。

なかなか現実のものとして、想像できなかった。

だってあの佐藤だぞ。俺についてまわって、カマキリを捕まえられた時に嬉しそうに歯を見せた、ほら、あの。と考えたところで多田はまた、現在の自分に戻る。その佐藤に難癖をつけ、指の骨を折ろうとしたのは誰なのだ。

「時間になりましたので、危険人物に対する刑を執り行います」

ショーとは異なるため、当然ながら、演出はない。が、アナウンスはある。まったくもって飾り気のない、鉄道における乗り場案内に近い口調で、マイク越しの声が聞こえた。

危険人物の一人ずつの氏名とその罪状が読み上げられていく。観衆たちはそれを黙って、聞いた。

多田は自分の喉の中を、大きな唾のかたまりが落ちていく感触に気づく。ごくり、という音が立つと、それがすなわち、この処刑に自分が興奮している証となりそうで、怖かった。

違うからな、俺は別に、興奮なんかしてねえぞ。

壇上で佐藤が叫んだのはその時だ。距離があるから、それは空《から》の鉄砲よろしく音のないものに思えたが、手錠をされたまま、佐藤が口を大きく、顔全体を口にするかのようにしているため、観衆が静まり返りそれによって、発言内容がかろうじて聞こえた。

内容はシンプルだ。「助けてください」

足にも枷《かせ》がついているのか、大きく動かすことはできないようだったが、よろよろと動き、壇上からこちらに向かって何度も叫んだ。

壮絶な、アカペラ熱唱のようだ。気弱で、こちらが脅せば要求をすべて飲むような、カモとしか言いようのない佐藤が、そして小学生の頃には無邪気に公園で遊んでいた佐藤が、このような場で、警官に押さえられながらも大声で、思いを発していることが、多田には驚きで、もっと言えば、感銘すら受け、さらに言えば胸を締め付けられた。

壇上で、暴れながら抵抗する佐藤の姿は痛ましい。こんなことがあっていいのか。あれが俺でなくて良かった、という思いも生まれはじめる。

もしかすると警察はわざと、と多田は思う。警察は、佐藤の命乞いをあえて止めないのではないか。みなに、「こうはなりたくない」と恐怖を植え付けるために、だ。

そこでひときわ大きな声で、佐藤が発した絶叫が東口広場に響く。「お母さん、死にたくない！　助けて！」

多田は体が熱くなる。こりゃおかしい！　頭ではなく、体全体の血流が、そう感じていた。そして、この場にいる誰もがその感情を共有しているに違いなく、観衆が騒ぎ、壇上に駆けあがって佐藤を救出するぞ！　と想像した。

待っていろ、佐藤、今助けてやる。数で言えば、圧倒的に観衆のほうが多いのだ。大勢が行けばどうにかなるんじゃねえか。

が、観衆は動かなかった。

興奮は、確かに増した。ただそれは、多田と同じような方向ではなく、むしろ反対の、処刑を前に命乞いをする罪人に対する憤慨だった。

危険人物は、危険人物らしく、とっとと処刑されろ！　周りの人間たちのその苛立ちが伝わる。

観衆が佐藤に対し、からかいと叱責の言葉を投げつけ、「お母さん助けて」と茶化すように声真似をしている中、アナウンスが聞こえる。

「順番が変更となります。佐藤誠人の執行をはじめに、執り行います」

処刑台に、佐藤が引き摺られていく。怖がり、腰が抜けたかのような姿勢になる佐藤は延々と泣き喚いている。

薬師寺警視長

壇上の脇、舞台で言うならば袖の部分に立つ薬師寺警視長からも、東口広場の様子は見えた。

ヒマラヤ杉とタブノキが公園内の人間たちをじっと観察するように、取り囲んでいる。

なんだかんだ言ったところで、一般市民は処刑を楽しみにしている。薬師寺警視長は改めてそう実感する。残酷だなんだと顔をしかめる良識派にしても、いざ、処刑を観れば、興奮を隠せない。気が弱い女にしたところで、「恐ろしいものを見た」と夜にうなされるが、それにしても日が経てば、「また観たい」という感情を隠せなくなるはずだ。

壇上にはすでに、危険人物たちが並んでいた。

向かって右の端にいる佐藤誠人が暴れ出すことは、予想していた。年齢がまだ若いゆえに、恐怖でパニックを起こすこともあるだろうし、失神や嘔吐などの反応をすることもあるだろう。

過去にもそういう事例は少なくない。

そういった行動を取ってくれれば、都合が良かった。

例の犯人が佐藤誠人を助けようとしているのならば、恐怖が露わになっているほうが、使命感は増すはずだ。さっさとここに来い。

その時、付近を警備していた捜査員から連絡があった。「ツナギの服を着た男が、東口広場に向かっているそうです」

後ろから近づいてきた捜査員がタブレット端末を見せる。各捜査員からの情報を集約する担当者だった。端末の地図には、連絡をしてきた捜査員の居場所が点滅している。

ツナギの男を発見した際、各捜査員が連絡を送ってくることになっていた。北東の方角、オフィスビルの並ぶ大通りを進み、東口広場へ近づいてくる捜査員の印が赤色に光っている。

「追っているわけか」つまり、この地図上、点滅表示の捜査員の先に、ツナギの男がいることになる。意外に馬鹿正直に、まっすぐやってきたことに、薬師寺警視長の胸には感心よりも、同情が強く湧く。

大森鷗外が大学研究室と協力し、特殊磁石を開発したのは間違いないが、それをどこの誰が手に入れて、「反平和警察」の活動を行っているのか。

あの、連行途中で襲ってきたツナギの男は磁石を武器にしていた。爆発があったためにほとんど欠片のような状態のものしか回収できなかったものの、分析の結果、非常に磁力が強いことも確かめられた。

薬師寺警視長は、おおよその犯人像についてあたりをつけている。

まわりの分析官たちは、「かなり本格的な反政府集団が背後にいるはず」と結論を出していたが、薬師寺警視長の考えはそれとは異なっていた。

思いつきとその場の発作的な感情で、行動しているだけの単独犯ではないか。いたとしても数人の仲間、それも運転手役のような端役を頼む程度で、基本的には、向こう見ずの一般市民の愉快犯だろう、と推察していた。

成り行きまかせに行動した結果、たまたまうまくいった、というところか。ようするにその男は、「偶然、大森鷗外の磁石を手に入れた」だけなのだ。

冷静に犯人の行動を眺めてみれば、綿密な計画性とはほど遠い、行き当たりばったりなものが浮かび上がってくる。

磁石の使い道を考え、平和警察への犯行を思い付いただけだろう。恨みがあるのかもしれない。警察を逆恨みする人間は、いくらでもいる。

「そういう意味では、それほど、うまくいってませんね」とは、薬師寺警視長の意見を聞いた後の、ある分析官の言葉だ。「あの男が助けようとした、草薙美良子は死亡しましたし、佐藤誠人も救出できていません。あの男の行動の大半は、空回りで、助けてもらう側の人間にとっても、状況を悪化させています」

「佐藤誠人は、こちらが連行しているふりをしてみせただけだからな。おそらく、そいつも驚いただろう」

「真壁捜査官の作戦通りにしたのが、功を奏したわけですね」

薬師寺警視長は、ふん、と鼻を鳴らしてしまう。真壁が常に、自分たちを掌握していたかのような居心地の悪さと、悔しさは依然として消えていない。

爆発事故に巻き込まれた真壁捜査官の葬儀では、その能力について賛美する者が少なからず、いた。一方で、真壁捜査官のプライベートについてはほとんどすべての人間が知らず、さらには、同僚たちの前で見せていた姿が、文字通り、仮の姿であることも分かった。

肉片のDNA照合を行うため、真壁捜査官の都内の自宅に行った捜査員も、部屋があまりに整然としていて驚いた、と言っていた。人の生活を感じさせるものは皆無だったらしく、あの男は最後まで本性を見せなかったと薬師寺警視長は腹立たしい思いに駆られた。

タブレット端末を持つ捜査員に、「近づいてくる奴が、候補者のうちの誰なのかは分かるか」と訊ねた。

市内の怪しい人物については、候補者としてリストアップし、マークをつけ、今日のこの場に来るように誘いをかけてある。金子ゼミのトラップも仕掛けており、候補者の幾人かには、捜査員が張り付き、行動を監視していた。

「まだ絞り切れません」

「まあ、誰であろうと、そいつがのこのこやってきたのは、間違いないわけだ」

東口広場に近づいてくる、ツナギの男を思い浮かべながら、薬師寺警視長は襟につけたマイクスイッチを操作した。

各捜査員に、「そのツナギの男を追って、取り押さえろ」と指示を出すためだ。が、声を発する寸前で、別の音声が耳に飛び込んでくる。「ツナギの男を見つけました。ただいま追跡しています」

そのまま取り押さえろ、と指示するために地図表示を見れば、先ほどの地点とは違っている。

南方向、踏切まで続く直線道路を進んでくる、赤の点滅があった。

「ツナギの男を見つけました。取り押さえますか」そう報告した捜査員もまた、別の地点にいた。さらには、「別のツナギの男も」と声が重なる。

「ツナギの服に、ゴーグルにフェイスマスク、という恰好の人間が三、四人ほど並んで歩いています」そういった報告も入った。

薬師寺警視長は一瞬、何が起きているのか、と困惑したが、すぐに状況を把握すべく、各捜査員に質問を投げかけ、やり取りを交わした。

報告が入り、情報を整理すれば、どうやら、十数人から二十人近くのツナギの服の男が東口広場に向かってきているのだと分かる。

「いったいどういうことでしょうか」刑事部長が例によって何も考えていない間の抜けた顔で訊ねてくる。まったく、どうしてこのような能力のない人間が、それなりの要職に就くことができたのか、と薬師寺警視長はうんざりしてしまう。「犯人は、複数人の、グループなんでしょうか」とほとんど意味のない問いかけを放ってくる。

さらに表舞台側から警視監がのそのそとやってきて、「どうかしたのかね」と言ってきた。中肉中背、目が飛び出すように大きく、神経質なネズミを思わせる。

本心を見せない狸め、と薬師寺警視長は内心でぶつけている。小心でありながらも偉そうにしている。小心を隠さない分だけ刑事部長のほうがマシだとも感じた。

「想定通りの展開です」薬師寺警視長は鋭く答えた。

もちろん、ツナギ男のことは警視監をはじめ、上層部とも情報を共有している。が、警察庁の中には、平和警察の存在自体を疎ましく思っている者も少なからずいるのを薬師寺警視長は知っていた。ふんぞり返った姿勢で、自分が躓《つまず》くのを待っている人間がそこここにいる。ここでヘマをやるわけにはいかない。

「警視監は座って、見物していてください」言い方は丁寧であったが、暗に、「邪魔するな」と言ったのが伝わったのか、警視監はむっとした顔つきで戻っていく。

その後すぐに私服捜査員からの報告が、イアフォンを通じて届いた。「市役所前の路上です。ツナギの男を呼び止め、確保しました」

「武器は所持しているか」

相手が持っているとすれば、強力な特殊磁石の可能性が高い。入手した磁石の破片から磁力の推定を行い、ポリマー製の拳銃を用意するとともに、ネジやプレートも別素材に替えた。

あとは磁石の動きに惑わされなければ、相手は無力のはずだ。

「武器は持っていません。というよりも、ごく普通の一般人といいますか。どうやら、ただ、宣伝のために集まっているだけのようです」

刑事からの連絡が入ってきて、薬師寺警視長もはじめはその意味が、理解できない。「宣伝とはどういう意味だ」

「ネット上で募集があったそうなんです。今日、黒のツナギの服を着て、東口広場に集まれ、という」

「募集？　誰が何のためにだ」

「煎餅屋です」

「煎餅屋？」薬師寺警視長はこの状況で、「煎餅」なる単語が出てくることに戸惑った。

「地元の銘菓メーカーです。奇抜なパフォーマンスをやって、話題にするのが得意、得意というか好きな、よくも悪くも目立つことの多い社長です。仙台の商工会では名物というか。今日も、東口広場での集会で同じツナギ服の人間をたくさん集めて、絵を描こうとしているようです。ネット上で募集されたらしく、ようするに面白半分に集まった若い奴らが大半なのかもしれません」

「絵？」

「黒いツナギの服の人間が人文字で、円形を作り、高い場所から撮影するつもりだったようです」

「煎餅の形のつもりなのか」まったくくだらない、と薬師寺警視長は吐き捨てる。

「はい」

「つまり、だ。そいつらはただネットに書かれた誘い文句に従い、煎餅屋の宣伝に協力しに来た、一般人ということか」

「そのようです」

「そんなことで宣伝になるのか？」

「分かりません。この若者はそこまでは考えていないんだと思います。面白半分です。特に嘘をついてはいないようですが、どうしますか？」

薬師寺警視長は広場に目を戻す。

東口広場のあちらこちらから、ツナギの服を着た者たちがやってくるのが、確かに見えた。幾本もの枝を広げたタブノキの横を通り、ツツジの植え込みを避ける。

黒や濃い紺のライダースーツに、キャップを被っている者やいない者、違いはそれぞれあるものの、おおよそでいえばみな同じ恰好だ。

観衆たちの中に、黒い雫《しずく》が一滴ずつ混ざり込んでいくように、広場に立ち並ぶ者たちの中に、そのツナギの服を着た男たちが入っていく。

一般観衆は壇上に注目しているからか、ツナギの男たちがばらばらと入ってきたところで、さほど違和感を覚えてはいないようだ。宣伝のためのパフォーマンスだと言われれば、そうも見える。

「至急、煎餅屋の社長を探して、身柄を確保しろ。この広場近くにいる可能性もある」薬師寺警視長は、前で不安そうな顔をしている刑事部長に指示を出す。

はい、とゼンマイ人形よろしく刑事部長は、あちらこちらに連絡を出しはじめた。

「ようするに、紛れ込もうとしているんでしょうか」タブレット端末を持つ捜査員が言う。画面上の地図にはすでに、たくさんの赤い点滅が表示されている。

「なるほど、同じ服装の者をたくさん集め、その中に紛れ、捕まるのを免れようとしているのか」

「これは、金子ゼミのトラップでも使うやり方ですね」

「どういうことだ」

「いえ、危険人物を炙り出す際に使うんです。『あなたが来ても目立たないように、我々がカムフラージュしますから、安心して来てください』と言い含めて、呼び出すやり方でして。たとえば、野球のユニフォームを着た人間を、野球場に。リクルートスーツの若者を、会社説明会に。目立たないから大丈夫ですよ、と誘うわけですが、それはあくまでも、相手を安心させるための方便でして、実際は、待ち構えて捕まえるわけです」

「昆虫が保護色に紛れていると思って、安心しているところを、捕まえるわけか。真壁が考えそうなアイディアだな」

「はい。ですので、犯人をここに誘い出すために、捜査員の誰かがこれを仕掛けた可能性もあります」

「そうなのか?」

「ツナギの服の男を広場に用意する。それに紛れ込めますよ、と誘った可能性はあります」

「なるほど」

「この場合、対処法は簡単です」

「どうするんだ」

「警視長も今、頭に浮かんでいると思いますが、それをやれば良いかと」

うなずき、薬師寺警視長はマイクのスイッチをオンにし、指示を出した。

「ツナギの服を着ている人間を片端から捕まえろ。抵抗する者には、実力行使もやむを得ない。全員だ。片端から捕まえ、広場の東側、危険人物の護送車両に運べ。あ、いや、捕まえた男たちはこの壇上に連れてこい」

本物だろうが偽者だろうが、片端から全部、刈り取ってしまえばいい。誤って、別の草を刈ったところで、気にかけることはない。草は草にすぎず、雑草としか呼びようがない。

が、その後でふいに気づく。「ツナギの男自身は、ツナギの服を着ていない可能性もあるな」

「どういうことですか」

「注意を惹きつけるという意味なら、自分自身はツナギの服を着ていなくてもいい。むしろ、その隙に、と考えるはずだ」

■ 久慈羊介

東口広場に集まっている一般の人たちがどういう顔で、壇上を眺めているのかは分からなかった。久慈羊介はとにかく、人の間に入り込むようにし、壇の近くへと向かっていく。

社長が約束を守ってくれたのは、広場のあちらこちらに黒いツナギの服の者たちが現われたことで、分かった。

「同じ服装の若者を集めてくれませんか」久慈羊介が頼んだ時、当然ながら社長はきょとんとした。

否定する態度ではなかったものの、「それに何の意味があるのか」と問いたそうなのは明らかだった。

久慈羊介は服装について、説明した。ツナギの服、黒系統の色、ゴーグルにフェイスマスクを装着する。「そういった恰好の人間を、東口広場に集められませんか」

「東口広場？　なるほどそれで宣伝でもするつもりなのか」

「はい。広場で、人文字を作るように」

「いや、久慈君、それはちょっと」さすがに意味不明であるし、頼りすぎてしまったか、と久慈羊介は悔いて謝罪しかけたが社長の返事は、「大して目新しくないいんじゃないか？」というものだった。「宣伝にしては、面白くないぞ」

だから久慈羊介はすぐに、考えを明かした。「東口広場とはいっても、社長、集会の日を狙うんです」

「集会？」

「平和警察の」久慈羊介は唾を飲み込んでから、「処刑の日に、やるんです」と続けた。嘘や冗談ではないことを伝えるために、社長の顔をまっすぐに見つめた。

一瞬、押し黙った社長が表情を硬くした。

怪しまれたかと久慈羊介は内臓が冷えきるような、寒々としたものを覚えた。社長が今すぐにでも立ち上がり、平和警察に通報をはじめるような恐怖に襲われる。

が、社長はすぐに口元を緩ませ、「そりゃまた目立ちそうだなあ」とうなずいた。あまりに簡単に賛同してくるためかえって不安も感じ、「ただ、そんなところで目立つことをしたら、警察に怒られちゃうかもしれないですが」と弱気な言葉を重ねた。

「警察に怒られる？」社長が目を丸くした。「ますます、目立つじゃないか」

「え」

「いいねえ。効果が期待できるぞ、そいつは」

どこまでこの人は本気なのか。久慈羊介は呆れながらも、感謝せずにはいられず、店舗内の遺影、茜の写真の目を見て、話しかけたくなり、また胸がぎゅっと詰まった。

東口広場にいる一般観衆たちはまだ、ツナギの男たちの存在にさほど気づいていないようだった。バイク乗りが来た、たとえば、コンビニエンスストアにフルフェイスのヘルメット姿で客が入ってきたようなものだと捉えているのだろう。不穏さはあるが、咎めるほどではない、と。

何より、ここは市内の警官が集結している場所であるのだから、今の時点ではもっとも治安が良いエリアともいえる。

久慈羊介の前を、黒のツナギの男が通り過ぎていく。人を掻き分けるように、ライブハウスの会場で前に割り込んでいく観客さながらに、歩いていく。社長に雇われた若者たちだ。

この観衆の中、黒いツナギの男たちが等間隔に立ち、円形に並ぶ。上から動画撮影を行いましょう。社長とはそういう話になっていた。というよりも、社長はそういう宣伝をするつもりでいるだけだ。

東口広場の西側にあるオフィスビルの上階に、広報担当者がおそらく、「また、社長の思いつきがはじまった」とうんざりしながら待機し、ビデオカメラを準備しているに違いない。

果たして、綺麗な円ができるのかどうか、はたまたそれが、煎餅の暗喩《あんゆ》となるのかどうか、久慈羊介にも分からない。

社長には申し訳ないが、それは口実でしかないのだ。

宣伝写真を撮るより先に、騒動は起きる。自分が起こす。

するとその時、背広の男が乱暴に、久慈羊介たちの後ろを通り過ぎ、「ちょっと君」と言った。

自分が呼ばれたのか、とぎょっとするが、違った。

刑事が、ツナギの男の体を乱暴につかみ、呼び止めている。「こっちに来てくれるかな」とでも声をかけているのかもしれない。ツナギの男はゴーグルを外し、少し戸惑っていた。

予想された展開ではある。

警察がツナギの男に注目しているのだとすれば、次々と広場内に似た恰好の男たちが入ってきたことに対し、何らかの行動を取るだろう。尾行や職務質問、場合によっては別の場所へ連れて行かれることもあるはずだった。

騒がしくなる可能性もあれば、そうはならない可能性もある。

久慈羊介は壇上に目をやる。

佐藤誠人が取り押さえられながらも、喚いていた。

助けて。怖いです。怖い怖い。すでに喉を痛めてしまったのか、声が嗄《か》れている。それでも叫ばずにはいられない姿が痛々しい。萎《しお》れた植物のようになり、あとはもう地面から毟られるだけ、といった様子だ。今の時点ですでに、根ごと抜かれ、毟られた状態ともいえる。

どうして、こんなことまで。

久慈羊介は自分の頭がぼんやりとしはじめるのを感じた。

どうして、こんなことになっているのか。

頭のぼんやりは、朦朧としているからではなく、興奮しているからだった。煮え立つ思いが、血流を速くし、その結果、頭の中が熱を帯び、落ち着きを失いそうになっている。

自分のせいだ。自分を捕まえるために、佐藤君はエサにされた。

罪の意識を感じそうになり、慌ててその思いを振り払う。まともに罪悪感を背負ったら、おそらく立ってはいられない。

ここで佐藤誠人を助け出すこと以外の選択肢は、久慈羊介には考えられない。

あの、金子ゼミの一員を名乗る男は、「久慈さんがツナギの服を着て、東口広場に出向けばすぐにマークされて、捕まって、おしまいです」と言った。「だから、カムフラージュが必要です」と提案した。

ツナギの男を隠すには、ツナギの男がたくさん集まっているところに、というわけだ。

「しかも、久慈さん自身はツナギの服を着ていないほうが、余計に、紛れます」

ツナギの服を着ていなければ、身元がばれてしまう。久慈羊介はそう説明したが、金子ゼミの男は、「もはや、そんなことを気にしている状況ではないですよ」と強い声で言い切った。「高校生の彼を助けることが第一じゃないんですか？」

その通りだった。

それをやらなければ、もはや、まともに生きてはいけず、どちらにせよ、おしまいだ。

久慈羊介は足を踏み出す。そろそろ、制服警官や私服刑事が、ツナギの男たちに意識を向け始めている。

その隙に自分は壇上へ向かう。

ポケットにはカバーをした磁石の球が三つ入っており、さらにはナイフも忍ばせてある。

「処刑の場には、警察のお偉いさんたちが立ち会うことになっています」

金子ゼミの男からはそう説明を受けていた。平和警察の責任者や、さらにその上の警察庁の幹部が、ＶＩＰ席からの観戦を楽しむかのように、来賓よろしく、処刑現場の近くに座っているのだ、と。

「そのＶＩＰを人質にすべきです」

壇上に駆け上がり、幹部にナイフを突きつければ、警察は乱暴なことはできないはずだ。

久慈羊介はツナギの服は未着用、シャツにジャケット、ジーンズ姿、ごく普通の恰好だった。

ツナギの服を着た者たちが取り押さえられる混乱に乗じ、壇上に登り、あとは、磁石の球で混乱を誘い、その隙にＶＩＰを人質に取り、佐藤誠人の解放を要求する。

やるべきことは、それだ。

「その後は？」内なる自分がそう言う。この場で騒ぎを起こし、佐藤誠人を連れ出せたとして、それから佐藤誠人をどうすべきなのか。暴力夫から、被害者の妻を逃がすようなものとはまるで違う。火事の現場から人を助けるのともわけが違う。敵は、法律を運用する側の警察なのだ。

いや、佐藤誠人は大丈夫だ。

別の自分が答えた。彼は、自分を誘き寄せるために連れて来られただけであるから、ここで久慈羊介が現われれば、お役御免で解放されるだろう。

「本当に？」と疑う自分もいる。

どちらも処刑する、という選択肢を警察側は持っている。

実際、あの金子ゼミの男もそう言っていたではないか。

が、久慈羊介はここまで来ると、「それでもいい」と思いはじめていたのも事実だった。このまま放っておいても佐藤誠人は処刑されてしまう。大勢の目の前で、命乞いをしながらも無残に、殺される。そうであるのなら、とにかくこの場から逃れさせてやりたかった。そして、安全地帯で余裕の態度を見せている平和警察にも、せめて眉間に皺を寄せるくらいの、気持ちに罅割れを起こさせたかった。さらにいえば、その場にいる他人事気分の一般市民にも、だ。

騒ぎを起こすことで、一般の人たちの意識も変わるのではないか。

それはすでに、テロによって社会を変えようとする人間たちと同じ思考に陥っているのだが、久慈羊介はもちろん気付いていていない。

ポケットに手を入れた恰好で、広場の人たちの間を縫い、前方へ向かう。

壇が数十メートル先まで近づいてきた。

風が吹いたからか、壇の後ろ側に並んではえる、高さ七、八メートルの木が緑の葉を揺らす。「そよぐから、ソヨゴと言うんだってよ」と妻の茜が以前、言っていたのを思い出した。

佐藤誠人をはじめ、手錠をかけられた危険人物たちの姿がある。佐藤誠人以外の三人は貧血でも起こしたのか、もしくは何らかの薬を投与されたのか、意識がはっきりしているようには見えない。

久慈羊介は顔にゴーグルをかけた。口にはマスクをつける。

壇上に上がれば、あとはもう、引き返すことはできない。いや、とっくに引き返せる境線は、越えていた。

地面を勢い良く蹴ろうとした時、広場全体にマイクの声が響いた。「みなさん、落ち着いて、その場から動かずに、聞いてください」

久慈羊介は足を止めざるをえない。

宙を巡るような声の出所を探し、周囲を見回した。

「ただいま、仙台市内における、危険人物の首謀者と思しき人物がここに紛れ込んでいます。みなさん、じっとしていてください」

　広場の人間たちからざわめきが起きた。危険人物がこの中に潜んでいると警察が宣言したのだから、慌てふためき、その場から避難したくなるのは当然だろう。が、その後すぐにマイクから、広場敷地内から出た者は危険人物と関係があると見做し、身元の確認をする、連行も辞さない、といった警告が流れるとみなの動きが止まる。マイクの声は、丁寧語を棒読みするような無機質なものであったが、その無表情な様子には、静粛に！　と怒鳴ってくるような迫力があった。

「ツナギの服を着た男たちを集めて、紛れ込もうとした男がいます。その男が市内の危険人物の首謀者だと考えられます。この広場に紛れ込んでいる可能性があります」

　久慈羊介の心臓が、どん、と跳ねた。周囲のみなが糾弾の視線で刺してくるように感じる。後ろ指どころではなく、誰もかれもが自分に憎悪の目を向けているのではないか。

　ゴーグルとマスクをそれとなく外し、手に持つ。

「首謀者は磁石の力を持った武器を使用する可能性があります」

　そのアナウンスの後、「磁石とは何だ。どういう意味だ」と広場の人間たちがざわつく。

「市民のみなさんの中で、自分の持つ金属製品が磁力に引っ張られるような感覚がある方がいましたら、教えてください。また、首謀者に告げます。ここからは逃げられません。大人しく、名乗り出てください。あなたです、あなたのことです」

　まわりの観衆たちはもちろん、それが誰を指すのか分からず、さらに混乱する。「あなた」とはいったい誰のことなのか、どこにいるのか、と顔をあちこちに振り、周囲を見ていた。久慈羊介は足元を眺めることしかできない。顔を見られたら即座に吊るし上げを食らうかのような恐怖が、足元からじわじわと沁《し》みてくる。

　こちらの武器も、相手は把握していることになる。ポケットの磁石を触れる手に力が入った。

「今から十を数えます」マイクの声が響く。「十秒のうちに、名乗り出て来てください。武器を持たず、壇上に上がってきてください。さもなければ、ツナギの恰好の男たちを壇上で射殺することになります」

　え、といった具合に観衆たちが戸惑いを浮かべる。

「いいですか、たくさんの人間が射殺されます」

　いったい誰が喋っているのか、と壇上を見る。危険人物とされた拘束者たちと制服警官、脇に座るＶＩＰたちは、マイクを握っていない。どこか裏手で放送を流しているのだろうか。学校の放送係が喋るかのような、丁寧な物言いだ。

　壇上を、じろじろ眺めていて目が合ってしまったら、正体がばれるのではないか。まわりを見れば、ほかの者たちもそわそわしていた。いったい何が行われるのか、どうなってしまうのか、と狼狽えている。

ほどなく壇上にツナギの服の男が三人上げられた。まだほかにも次々と、アリに運搬されるエサのように、連れられてくる。

並べられたツナギの男たちはゴーグルを外された。露わになるのは、まだ少年時代の名残りすらある若者たちの顔で、彼らは、予期せぬ場所に放り込まれた小動物さながら、おろおろとしている。中には反抗する者もいたが制服警官が銃を構えると大人しくなった。一対一で向かい合うように、それぞれの若者の前に銃を持った警官たちがずらっと並んでいる。

「十数えるうちに名乗り出てください。さもなければ」

カウントダウンがはじまった。

広場内のざわつきは増す。おい、何だよ早く名乗り出ろよ、と後ろで誰かが喋っているのが聞こえてきた。見殺しにするつもりかよ。

いや、どうせあいつら全員危険人物なんだろ、という声もあった。

壇上に並んだツナギの服の男たちはみな、社長のネット上の呼びかけに乗ってきただけのはずだ。悪ふざけが好きなものの、一般市民に過ぎず、今、銃を向けられていること自体が信じられないに違いない。

秒読みが進むに連れ、周囲のざわめきも減る。反比例して、久慈羊介の鼓動は激しくなっていく。

広場がしんとしていく分、久慈羊介の内面に嵐が起きる。呼吸が荒くなり、足を踏ん張り、拳を握り、視線を下にやるが、その恰好自体が不自然ではないか、と怖くなる。

秒読みはゆっくりと、たっぷりとした間を保ったまま行われた。「五」と読み上げられたあたりで、いよいよ、壇上での銃殺が現実のものとなりはじめ、広場全体が緊張に包まれた。

どうしたらいいのか、久慈羊介は悩んだ。とはいえ、それもカウントダウンが開始されてから数秒の間だった。「三」の声が上がり、周囲の者たちがああもう駄目だと銃声を覚悟しているのが分かった時にはすでに、自分がどうすべきなのか決めていた。

「ここだ」と口に出す。が、それはほとんど、震えた息に近く、ただの独り言だった。すぐ近くにいる数人が、挙手した久慈羊介に対し、訝しい目を向ける程度だった。

急いで久慈羊介は呼吸を大きくやり直し、そしてぎゅっと腹に力を入れると、妻の顔を思い出す。人はいつか死ぬ。それは穏やかなものとは限らず、苦しみの中で消えていかなくてはならないことも多い。

自らの人生を鋏で切断する気持ちで声を上げた。「ここだ！　ここにいるぞ」

二瓶

壇上にいる二瓶は、構えていた銃をホルスターに戻した。カウントダウンは「二」まで来ていたから、ほとんど引き金を絞る直前だった。まさかこのぎりぎりのタイミングで、「犯人」が名乗り出てくるとは、予想していなかった。

横にいる三好も、射殺する気満々でいたからか、明らかに残念そうで、「おまえら、命拾いしたな」と前に並ぶツナギの男の群れに言う。

彼らは本当に、煎餅屋の宣伝パフォーマンスに参加するつもりで、ツナギの服を着て集まっただけなのだ。それが急に、二瓶たちの手によって壇上に上げられ、銃を向けられたのだから、状況を飲み込めてはいないのだろう。ふわふわと宙に浮かんだまま朦朧としているかのような、全員がそういった顔つきで、その状態で銃殺されるところであったのだから、まったく可哀相に、と二瓶は同情を覚えるが、助かって良かったじゃないか、という思いもあった。

「名乗り出なければ」の警告の後、カウントダウンを続ける中、広場から、「ここにいる」と男が声を上げた時、二瓶は、魚が仕掛けにかかった興奮と、敵がすぐそこにいるという恐怖の、両方に襲われた。

隣の三好は舌なめずりでもはじめそうな表情で、鼻の穴を膨らませている。

手を挙げた男はすぐに、制服警官二人に確保され、壇上まで連れて来られたが、俯き気味のため、顔はよく把握できなかった。ぱっと見たところ、ごく普通の男にしか見えない。薄い水色のシャツの上から、紺のジャケットを羽織っている。少し痩せ形で、動きは鈍くはないのだろうがそれにしても頼りない雰囲気だった。

男が壇上に来るのと交代に、煎餅屋の宣伝のために来ていたツナギの服の連中は、護送車の置かれたほうへと連行されていく。

紺ジャケットの男は、両脇にいる警官に必死の形相で話しかけていた。おそらく、あのツナギの男たちは無事に解放されるんでしょうね、と確認しているに違いない。もちろん警官たちは、虫の音でも聞くかのような涼しげな表情のままで、答えない。

その場に残ったのは、警察関係者と危険人物四人、そして今、やってきた男だった。

二瓶は三好たちと一緒に、壇の後方に退く。

「本当にあいつなのかよ」三好が小声で言った。「張り合いない感じだよな」

「愉快犯というか、便乗犯の可能性はないんでしょうか」二瓶は答える。何か大きな事件が起きるたび、「私がやりました！」と面白半分に言ってくる輩は思った以上に多い。いったい何のメリットがあるのか分からないが、とにかく、有名人にあやかるかの如く、他人の犯罪を自分のものとして主張したがる人間がいる。

今、広場から手を挙げ、名乗り出た男も、そのたぐいの変わり者の可能性はあった。が、今、手錠をかけられた男は、愉快犯のたぐいにしては自己顕示欲に乏しく、すでに自分の役割は終わった、と言わんばかりにうなだれているのも事実だ。

その、試合に負けた選手のようにうなだれている姿が、余計に、本物じみてはいる。

あいつなのか？

捜査員の一人が近づき、紺ジャケットの男をボディチェックしている。そして、ポケットの中から小さな袋を取り出した。即座に、防護服を着た爆発物処理班が駆け寄り、回収する。さらには別の捜査員が、広場に落ちていたというゴーグルとマスクを拾ってきて、それも処理班が受け取った。

紺ジャケットのポケットから回収した物が何であるのか、二瓶は気になったが、その答えはすぐに分かる。

裏側へ退いた処理班の一人がすぐに戻ってきて、薬師寺警視長に報告をしはじめたのだ。二瓶は、警察関係者の座るエリアまで戻ってきていたため、耳をそばだてると話が聞こえる。

「隠し持っていたのは、磁石ですね」処理班がそう説明している。

ポケットに入っていたのは、袋に包まれた強力な磁石だ、という。通常のものよりも遥かに磁力が強いらしい。まさに犯人の武器だ。当たりだ。あの男のせいで、真壁捜査官が死ぬことになったのか、と急に怒りが湧き上がり、紺ジャケットの男に飛びかかりたくなり、それをこらえる。

「やっぱりあいつが、磁石の男ってわけか」三好がぼそっと言った。

「いやあ、何とも、意外にあっさりだったなあ」あたりを払うような堂々たる言い方をしたのは、警視監だった。薬師寺警視長の横の椅子に座っており、腰を上げることもなく、他人事丸出しの声を出す。「これでその厄介者は捕まえられたんだな。それにしても、薬師寺警視長は、あんな男に手を焼いていたわけか。見れば、普通の男じゃないか」

薬師寺警視長は、「私の力不足でした」と無表情に答えたものの、目には、反抗的な光が宿っている。

警視監と薬師寺警視長のやり取りに、刑事部長がおたおたしていた。どちらに媚びた発言をすべきかと悩んでいるようで、その様子にはやはり苦笑せずにいられない。

「薬師寺警視長、これからいったい、どうするつもりだね」警視監が言う。「この場をどう収拾するのか」

「まず、あの男から刑の執行を行います」薬師寺警視長が言った。「今、名乗り出たあの男をここで処刑すれば、それでおしまいです」

「首を刎ねてから、実は、犯人じゃありませんでした、となったら面倒だが」

「そうはなりません」薬師寺警視長は冷たい眼差しで答える。

その通り、そうはならない、と二瓶も知っていた。

平和警察の仕事に、「冤罪」はありえないのだ。首を刎ねられた者は、その、刎ねられた事実こそが、危険人物の証拠となる。警視監にしろ、そのことはよく知っているはずであるから、今の発言はただの建前、もしくは皮肉に違いなかった。

「おい、二瓶、三好」刑事部長がこちらに呼びかける。「あの男の刑執行のサポートにつけ」

返事をし、二瓶たちは壇の中央へと移動した。

処刑装置を前にし、上から下までを眺める。高さは三メートル近くあるだろう。銀色のステンレス素材で組み立てられており、前知識なく向き合えば、センスの良い家具かオブジェのようにしか見えない。木製のものなどに比べ、血が付着しにくく、洗うのも楽だという話だが、無機質な外見は、野菜の如く人間を無表情で切断する機能に相応しくも感じる。装置の足元には、転倒防止用の支えが六本ついており、見ようによっては、六本足の首の異様に長い化け物のようだ。

後ろ手に手錠をかけられた、紺ジャケットの男は震えていた。二瓶が体を押さえると、びくっとする。武器を奪われ、もはや観念したのだろう。自分が首を斬られることを想像しているのか、ちらちらと装置を眺め、息を荒くした。

「そいつの身元が分かった」イアフォンから薬師寺警視長の声が聞こえる。「久慈羊介、三十三歳。理容師だそうだ」

おい、久慈。

横にいる三好がさっそく、紺ジャケットの男に呼びかけた。男は目を丸くし、首をひねった。名前を知られていることに驚いたのだろう。小心者を装っているようには見えない。演技するまでもなく、びくびくしているのだ。

「床屋だったとはな」三好が、その男を挟んで二瓶に言った。「大人しく、髪を切ってりゃ良かったってのに」

「何でこんなことをしたんだ」二瓶は訊ねた。何か問いかけたほうがいいように感じただけだった。さらにいえば、加護エイジや真壁鴻一郎といった同僚の仇！　という憎悪が浮かんでこなくなっていることが不思議でもあった。怯えるだけのその男、久慈羊介があまりに弱々しかったからかもしれない。

「これからおまえ、首斬られるからな」三好はわざと軽薄な言い方をする。「でも、良かったじゃねえか、これであっさり死ねるなんて楽なもんだぜ」

二瓶も同感だった。危険人物として取り調べを受けるとすれば、容易に解放されることはない。あれほど、平和警察のプライドを傷つけ、死傷者まで出したのだから、捜査員も手加減はしないはずで、久慈羊介は肉体の死より前に、精神が死ぬような、そういった苛酷な取り調べをされたに違いない。早く死にたい、が最大の希望となるような状況になっていたはずだ。

そこで二瓶は、はたと気づく。

もしかすると、この久慈羊介はそれを狙っていたのか？

もはや逃げ切れないと判断したものの、通常通りに逮捕されてしまっては、平和警察の強力な尋問が待っている。苦痛に満ち、屈辱と痛みをさんざん浴びせられるのは既定路線だ。

それを避けるために、この処刑の当日に現われ、その場の流れで刑の執行を即座にさせようとしたのではないか。

どうせ敗北するにも、苦痛の少ないほうを選んだのでは。

そうこうしているうちに、東口広場に、これから処刑される飛び入り参加の人物について、アナウンスが流れた。久慈羊介、という名前が出た時には、ざわめきが波となり、木々を揺らした。

観衆たちは、とにかく早くやれ、と言いたげだ。そもそも彼らには、平和警察に対抗したツナギ男の存在など、ほかの危険人物と特に変わりないのだから、順番はどうであろうとさっさと処刑を見せてくれ、とそういった思いしかないのだろう。

二瓶と三好は、久慈羊介を引っ張り、まず斬首装置の前に立たせる。

これからこの魚を料理しますよ、と客の前に素材を出すかのようだ。

歓声も上がらなければ、口笛もブーイングもない。観衆が黙る。

みなが唾を飲み、じっと眺めている。無数の目がこちらをただ見つめており、二瓶はさすがに不気味さを覚えた。思考を持った人間の集まりというよりは、無意識のみで活動する動物や昆虫の群れに見える。

人間が人間らしく振る舞えるのは、群れていない時だけだ。

両脇に立つ二瓶と三好はころあいを見て、久慈羊介を連れ、装置の裏側に移動する。そこから、パネルの穴から頭を出し、首を斬られるのだ。久慈羊介は自分の脚で歩くものの、力が入っていないためか動きは遅く、二瓶たちが引き摺るようにしなければならなかった。

途中で、久慈羊介が横に目をやる。視線を追えば、そこには呆然とした表情の佐藤誠人がいた。高校生の佐藤はすでに暴れることをやめ、椅子に座りこんでいたのだが、久慈羊介を見て、反応を示した。心配が顔に浮かんでいる。佐藤誠人の動揺を見れば、二人の間に約束や計画があったわけではないのが分かる。

とはいえ、面識があるのだろう。

三十三歳の男と高校生とにいったいどういった関係があるのか。

地元のスポーツクラブや趣味のサークルだろうか、と想像するが、そういった関係であれば、すでに調査の対象になっているはずだった。

理容室か、と思い至るまでにさほど時間はかからない。

理容師とその客、そういう関係なのだ。

盲点だった。平和警察は身辺調査をする際、尾行、聞き込み、公的機関や企業のデータベース照会、ネットの通報によって情報を集めるが、散髪のためにどこに行っているのかまでは調べきれていない。頻繁に理容室を替える者もいれば、滅多に行かない者もいる。医療施設のように保険証の情報も残らない。

この男が助けていた者たちの共通項はそれなのか？

理容室の客を？

二瓶が思いを巡らせていると、三好も似たようなことを考えていたのか、「あいつ、おまえの店で髪を切ってたのか？」と顎で、佐藤誠人を指した。

久慈羊介は答えなかった。

「何だよ、無視するんじゃねえよ。おまえ、ここが取調室だったら、『許してください。喜んで喋ります』と懇願したくなるくらいの目に遭わせてやるんだけどな」

装置は裏側から見ても、印象は変わらない。巨大なステンレスの、オブジェじみている。

久慈羊介の視線が上を向いているため、何を見ているのか、と二瓶も視線を上げた。

「あれがギロチン」久慈羊介はぼそっと呟いた。もう少しすれば、あれが落下し、自分の首に激突し、皮や肉はもちろん骨も砕く。そのことを想像しているのだろう。が、それを現実のものとしては捉えていないのか、目はぼんやりとしている。

「よし、執行しろ」薬師寺警視長の声がイアフォン越しに聞こえてくる。

了解しました、と二瓶と三好が答える。

「二瓶、子供の頃、床屋で髪を切ることを、頭を切る、と言ってなかったか？」

「どうでしょう」

「まさに床屋の頭を切ることになるわけだ」三好はなぜか嬉しそうだった。「それにしても、床屋、おまえはいったい、何がしたかったんだよ」と笑った。

いったい何がしたかったのか、と耳元で捜査員に言われ、久慈羊介は、まったくだ、とうなずきそうだった。

人助けをしたい、平和警察と対決したい、という明確な目的があったわけでもなく、大森鷗外の死を目撃し、特別な磁石を手にし、あとは自分の意思というよりもただ、成り行き任せの思いつきで行動していたに過ぎなかった。妻を喪《うしな》った寂しさと恐怖を打ち消すためだ。

顔を捻り、佐藤誠人の姿をもう一度、見る。どうして久慈さんがここにいるんですか、とでも言いたげな、状況を把握できない混乱が彼を覆っていた。

佐藤君すまない。内心でそう謝る。謝って済むようなものではないだろうが、謝らずにはいられない。死んでお詫びする、というフレーズが頭に浮かぶ。まさに今ここで、死んで、だ。

恐怖はあった。

が、一方で、人はいつか死ぬのだ、という思いもあった。妻のように嘔吐と腹痛、頭痛に襲われ、それ以外のことに思いを馳せることもできず、苦痛の中で死んでいくことに比べれば、今の自分の状況は、それほど悲観することとも思えない。

妻は苦しみのあまり、死んだほうが楽だと思ったに違いない。

あのむごさに比べれば自分はよほどマシではないか。

久慈羊介は流れ出した涙を拭うことができない。

泣いたとはいえ、頭はまだ働く。諦めるのは早い。落ち着け。ここから生き延びることを考えなくては。

金子ゼミを名乗ったあの男のことを思い出す。彼の提案に従い、社長にお願いをし、この広場にツナギの服の男たちを集めてもらった。カムフラージュのためだ。警察がそちらに注目し、人員を割くようであればその隙に、自分が壇上に行き、警察のお偉いさんを人質に取る。そのはずであったのに、陽動作戦は無駄に終わった。

奥の手、という言葉が過る。あの金子ゼミの男が喋っている時に口にしたのだ。「最悪の事態になったら、奥の手を使いましょう」と。

最悪の事態、すでにそうなっている。言われた通りにやらなくては、と思うものの、処刑装置の前では、頭の中が凍りつくように、固まってしまう。

「さっきのあの人たちは、無関係です」久慈羊介は言っていた。

「はあ?」両脇に立つ捜査員のうち、一人が耳を寄せてきた。

「さっきの、ツナギの服を着ていた人たちは、僕が嘘の広告で呼んだだけですから。解放してあげてください」

「知らねえよ。おまえのせいで、あいつらも大変な目に遭うかもしれねえぞ」捜査員は乱暴に言ってから、「先ほどの、煎餅屋の宣伝で集まった人間は無関係だから、助けてあげてくれ、と言ってます」と報告口調で言っている。何事かと思ったが、マイクやイアフォンを使い、上司とやり取りをしているようだった。

「でもよ、おまえが気にすることじゃねえよ。もう少ししたらおまえの頭はごろんと転がるんだから、その後のことは関係ねえだろ。それとも、頭だけになってもおまえは心配するのか？　僕ちゃんのせいで、迷惑かけちゃったな、と？　あとのことは気にするな。俺たちに任せておけば安心だからな」

久慈羊介は自分の鼓動が激しくなるのを、必死に宥《なだ》める。

そうこうしているうちに、手錠が外された。腕や手首は楽になる。息を大きく吐き出した。もちろんそれは一時的なことだ。

裏側に近づくと装置の土台近くには、小さな段があり、そこに座らされる。目の前にはパネルのようなものがあり、そこに穴が三つあった。

首と手首を入れるためのものだとは、久慈羊介も想像がつく。

制服警官がロックを解除したのか、穴が自動的に広がる。断頭台の古臭さはない。システマティックな、トレーニングマシンの雰囲気だ。

「頭を入れろ。両手もな」隣の捜査員に言われる。「そういえば、おまえ、金子ゼミって知ってるか？」

久慈羊介は、え、と捜査員の顔を見る。

彼はにやけながら、「やっぱり、おまえ、金子ゼミに騙された口か」と言った。

騙された？　久慈羊介は自分の体から血の気が引くのを感じる。

「平和警察はな、おまえみたいな不届き者を洗い出すために、罠をかけるわけだ。ボロが出るような作戦を提案して、な。その時にはたいがい、金子ゼミの名称を使う。おまえのところにも話を持ちかけてきた奴がいたんじゃないのか？　だとすれば、平和警察の捜査員の誰かが、金子ゼミを名乗ったんだろうな。その顔からすると」

「え」状況が吞み込めない。

「釣り針にかかった魚はどういう気持ちになるか分かるか？」

「え」

「今、おまえの心に浮かんだ、それと同じだ」

視界が真っ暗になり、一瞬、意識を失いかけた。久慈羊介は頭を振る。

手をばたばたとさせる。

騙されていたのか？

となれば、あの男から提案されたあれもこれも、すべてが嘘だったことになる。

久慈羊介はそこで初めて、大きく体を動かし、暴れた。

捜査員にすぐに押さえ込まれる。

若いほうの捜査員がそこで耳に手を当てながら、「あ、はい。いえ、大丈夫です」と答えているのが、聞こえた。「今、三好さんが金子ゼミが罠だということを説明したことで、動揺したようです」

そちらの捜査員は言葉づかいは穏やかであったが、明らかに、久慈羊介の恐怖を楽しんでいる。

「ええ、そうですね、反応からすると、金子ゼミのトラップに引っかかったようです」と上司に対し、説明していた。

おしまいだ、と久慈羊介は観念する。力を抜いた、というよりも、もはや力が出なかった。

それからほどなく、頭と手を、装置の向こう側に突き出す恰好となった。

これはこれで良かったのだ、とまた思う。人の死はいつか必ずやってくる。

恐ろしく、苦痛を伴う場合も少なくない。

であるなら、とまた自分を説得しはじめる。

モーター音がした、と思うとパネルの穴が縮まり、首が固定される。試しに、引き抜こうとしてみるが手首はぴくりとも動かない。

暴れたことによる息切れが続いたが、それもやがて治まる。

こうして息をするのも、これでおしまいなのか。

その現実を受け止められない。

前を向くことはできた。公園の端に立つ木々はいくつもの枝を伸ばし、こちらを眺めている。木々は突然、刃物で切られることになっても逃げることはできない。そういった意味では、俺たちと今のおまえは似たようなものだ、と言わんばかりだった。背後の、ソヨゴは、自分が死んだ時、果たして、葉を揺らしてくれているのだろうか。

東口広場には、集まった人たちの姿がある。目が、眼が、瞳がみな、こちらを向いている。真剣な顔だ。

彼らがじっと見ているのは、久慈羊介自身だ。

今、ここで不恰好な姿勢で、斬首装置から顔を出した自分を見ているのだ。この頭が胴体から切り離されるのを待っている。

おかしいと思わないのか！

久慈羊介は叫びたくなる。人がこうして無残に殺害される場面を見物するなんて、あなたたちはどこか、神経が麻痺しているのではないか。

いや、と別の自分が冷静に言った。彼らは神経が麻痺しているわけではない。異常者でもなければ、犯罪者でもない。ごく一般の、善良な市民なのだ。むしろ彼らのほうが、久慈羊介を恐れている。和を乱す害虫だと認識し、早く抹殺しなければと思っているのだ。今、壇上にいる久慈羊介は、罪を犯した危険人物であるのだから、処刑しなくては治安が守れないと。

何より彼らは、自分たちはこの罪人とは違うのだ、と信じている。

僕はたぶん、あなたたちと同じですよ！　普通の人間です。

そう訴えたかったが、声は出ない。たとえ、叫んだにしてもそれを妨害するかのように、周囲の木々が葉を揺らし、鳴ったため、聞こえなかっただろう。

「おい、覚悟はいいか」捜査員の一人が頭の近くで言ってくる。

答えることはできない。

その時、捜査員の声の調子が少し変わった。イアフォンから指示が出たのだろう、「え？」と言ったかと思うと、「あ、はい」と久慈羊介の頭上、処刑装置を改めて見上げるような恰好になった。

捜査員は二人ともイアフォンで、同じ声を聞いているのか、はい、はい、とマイクの向こうの言葉に相槌を打っている。

ほどなく、乱暴なほうの捜査員が、「おまえ」と顔を寄せてきた。「おまえ、何か仕組んでないだろうな」

久慈羊介は、どういうことだと相手を見る。

「今な、うちの上司が気づいたんだと。おまえは磁石を武器にしている。そうだろ？　で、ギロチンってのは刃物だからな、鉄だ。磁石に反応する。ってことは、磁石を使って、ギロチンが落ちるのを防いだりもできるんじゃねえか、ってな」

言われている意味がはじめは理解できなかったが、頭をどうにか回転させる。奥の手のことが頭を過る。「いえ、何も」と必死さがばれぬように答えるほかなかった。

「磁石ってのは、くっつくだけじゃなくて」捜査員がそう言い、久慈羊介の心臓は体から飛び出さんばかりに跳ねた。返事が欲しかったわけではないのか、捜査員は自ら、「反発させることもできるわけだ」と続ける。「ようするに、ギロチンが落ちないようにすることもできるかもしれない。だろ？　おまえ、仕掛けたのか？　おい、二瓶、どう思う」

「磁石の反発力を使って、ですか。確かに、可能性はあります。部長、よく気づきましたね」

「あの部長にしてはナイス閃き、だよ。ってわけで、おまえ、一回、ギロチンから離れろ。動くかどうか調べることになった」捜査員は言う。

先ほど頭と手を固定された時とは反対の手順で、装置から離された。

少し離れた場所に立たされる。

広場にはアナウンスが流れはじめた。「装置の点検を行うことになりました。しばらくお待ちください」と、まるでロックバンドの登場が遅くなり観客が暴れ出すのを恐れるかのような放送だった。

久慈羊介は視線を上げ、広場にいる人間の頭のさらに上、立ち並ぶ建物のさらに上、空を眺めた。薄青い色に白い雲が筋をつけている。あの空と自分のいる場所とでは、流れている時間の速さも違うように思えた。

誰の首がここで斬られようと、血がどれほど流れようと、あの空は無関心のままだ。日が沈む直前に赤く染まるにしても、人の流す血とは関係がない。

「では刃を一度下ろしてください。動くかどうかを確かめます」二瓶と呼ばれていたほうの捜査員が装置の脇で、マイクに向かって喋っている。

処刑装置を作動させるためのスイッチは、警察の責任者が押すのだと聞いたことがある。壇の脇、舞台袖とも呼べるあたりに目をやれば、椅子から立った気難しそうな顔つきの男が、スマートフォンに似たものをつかんでいた。

「おい、床屋。おまえ、何か企んでいるんじゃねえだろうな」すぐ脇の刑事が言ってくる。

そんな、と久慈羊介は答えた。「こんな状況では、どうにもなりません」

先ほどよりは声が出たことに、気づく。

さらに刑事は、「磁石や武器やら持ってねえよな」ともう一度、久慈羊介の体を触ってきた。

「さっき、チェックされました」

「だよな」

バタンと音が鳴った。処刑装置の高さ三メートルのところで金具が動き、ストッパーが外れた音だ。鉄製の刃が、鋭い滑走音とともに落下してくる。

重力の力をまざまざと見せつける速さだった。重い金属が滑る響きがある。

久慈羊介の頭には、あの金子ゼミを名乗る男との話が蘇っている。

「もし、最初のプランが失敗して、処刑されることになったら」と彼は言っていた。

「そんなことになったら恐ろしいけれど」

「奥の手を用意しておきます」

「奥の手？　どういう」

「言ってしまえば、武器ですよ。状況をひっくり返すための道具が何かあるなら、それを隠しておくので、いざとなったら使ってください」

「どこに隠しておくんですか」

「久慈さんの近くに」

「近くだなんて、すぐにばれてしまうけれど」

ギロチンの刃が落下したのと同時に、久慈羊介は動いた。まず、横にいる刑事を両手で思い切り、突き飛ばす。相手が後ろに転がるが、その回転を最後まで確認はできない。動きを止めず、さらに足を動かす。

処刑装置に駆け寄る。

ギロチンの刃が、金属音を立てた。通常通りに一番下まで落ち切ったのではなく、途中で閊《つか》えているのだ。

なぜ、閊えているのかといえば、余計なものがくっついているからだ。

久慈羊介はその巨大な刃の下部にくっついている、金属製の棒をつかみ、全身の力を振り絞り、磁石から引き剝がすようにした。

「ギロチンの刃は高いところにあります。そこに道具をくっつけておけば、すぐには見つかりません」その言葉通りだった。

ギロチンの刃に磁石がつき、その磁石に、筒状の武器が付いていた。

大森鷗外の残した、筒状の武器、その三本のうちの最後の一本だ。

二瓶という捜査員が銃に手をやるが、久慈羊介は足を踏み込み、その鉄製の筒を突き出していた。腹を思い切り、突く。二瓶がうずくまる。

奥の手はあった。

つまり、それは何を意味するのか。

金子ゼミは信頼していいということなのか？

疑問が頭の中で、小さな泡となり次々と破裂していくが、久慈羊介にためらっている余裕はなかった。

「昆虫はたいがい、危険を察知すると死んだふりをする。動かなくなるんだ。そして隙を見つけて、逃げる。相手が油断した時がチャンスだ。でも、気を付けないといけないのはね」

あの金子ゼミを名乗った男は、昆虫の話をする時だけ、生き生きとしていた。「死んでしまったと思って、土に埋めようとしたら、実はまだ生きていたってこともある」

「どういうことですか」

「もう死んだ、と敵に思わせた時こそチャンスってわけです」

尚も久慈羊介は止まらない。横を向き、奥の警察関係者のいる場所に向け、その筒状のものを構えた。いかにも階級が上と見える者たちがそこにいる。

親指でその筒の、表面をこする。蓋がずれ、突起の感触を探すと、押した。

弾が発射される噴射音とともに、煙が飛び出す。壇上のすべてにもやもやとした幕をかけるかのように、白煙が湧き上がる。

誰を狙うべきなのか、久慈羊介は知っていた。

小柄ながら異様な迫力を発散させている男、薬師寺警視長だ。

うちの客じゃなくて良かった。

その瞬間、久慈羊介の頭に過ったのはそれだ。

多田国男

広場にいる人間は、何が起きたのか誰も把握できていなかった。多田ももちろん、そうだ。

突然、現われた久慈なにがし、が処刑されるのだと思い、多田自身は、佐藤誠人の処刑が後回しになったことにほっとしたものの、いったん装置の点検を行うという放送が流れ、多田をはじめ周りの観衆の緊張が緩んだ。

直後、騒動が起きた。久慈なにがしが壇上で急に動き、刑事と思しき男たちを突き飛ばした。

これも一つの余興なのか、もしくは処刑前の恐怖に耐えられず、暴れてしまったようなものなのか。

眺めているほかなかったが、次の瞬間、久慈なにがしが棒のようなものを構え、するとその棒から煙が噴射した。どこからか悲鳴が上がり、壇上は煙幕によって、ほとんど見えなくなる。

どういうことだよ、これは、とみながうろたえ、誰かが、「爆弾?」「爆弾だ」と囁くのを機に、広場にパニックが起きた。密集していた人々が一斉に動きはじめ、押し合いになった。

多田はぶつかってくる人間を片端から払いながら、ほかの者たちに逆行するように前方へ移動した。何が起きたのかを知りたかった。

佐藤は、と思った。佐藤、無事か?

昔、公園で泣きべそをかいていた、小学生の頃の佐藤のことが頭に浮かんだ。大丈夫か、と声をかけたら、はっとしつつもどこかほっとした表情を見せた、あの佐藤だ。

今も、俺が声をかけなくてはいけないんじゃねえのか？

多田はそう思うと、気が急《せ》いた。また一緒に遊ぶようなことは無理であっても、もう少し良い関係は築けるのではないか。

煙が晴れ、広場の人がずいぶん減ったところで状況が明らかになった。

中肉中背の警視監が尻餅をつき、その前で別の警察関係者と思しき男が仰向けに倒れていた。

その脇で立ちすくんでいる男がおり、誰かと思えば、確か、平和警察の生みの親と呼ばれた男だった。「薬師寺警視長、大丈夫ですか」と制服警官に駆け寄られ、うなずいていた。さすが、と言うべきか、どうやら無事らしい。

いったい何があったんだよ、と多田は舌打ちをした。

久慈なにがしの姿は消えている。

第五部

★五の一

都内のビル内、広い会議室の壁には、大型の液晶ディスプレイが掛けられている。

長い机に座る面々はいずれも高級背広にネクタイをしているか、もしくは警察官の制服を着ており、その画面を観ていた。老けた顔の大人たちが、教室で真面目に授業を受けているかのような、雰囲気がある。

映っているのは十日前の、仙台市内の東口広場の様子だ。

当日、仙台の銘菓メーカーが宣伝用に、とビルの上階からビデオカメラを回していたのを回収したものだ。すでに内部では検証が終わっており、その結果報告が、今この場で行われている。集まっているのは、警察庁の幹部をはじめとする警察関係者たちだ。

画面には久慈羊介が、ホルスターに手を伸ばした二瓶刑事の腹に、棒状の武器を突き出すのが映っている。直後、二瓶刑事はその場にうずくまる。

「ここからだ」

映像を指差した男が言う。

久慈羊介が棒状の武器から弾を発射させると同時に、映像が停止される。

「このスティック型の武器は、例の新型永久磁石同様、東北大学工学部の研究室で作られたものだと判明しています」説明を求められた捜査員がタブレット端末を見下ろしながら、喋る。上役の会議に、解説担当として呼ばれたのだろう、その捜査員だけが若く、緊張していた。「スイッチを押すことで、中から弾が発射されます。通常の銃弾よりは小型で、パチンコ球に近い大きさです。弾芯を銅合金が覆っている構造は同じですが、こちらは磁力を備えていると思われます。先月、仙台市の平和警察の第二ビルが襲撃された際、現場に残っていたものと同じです」

「火薬は」

「火薬は含まれていません。その点でも、通常の弾丸に比べれば殺傷能力は低いと思われますが、この距離では、充分な威力です。しかしこの武器の一番の目的は、煙を噴射させ、攪乱することかもしれません」

映像がまた、再生される。

見下ろした角度であるため、壇上の処刑装置も久慈羊介も、三好刑事や二瓶刑事についても、上から眺めた、駒のようであった。

「ここからだ」

映像はスローモーションとなっている。久慈羊介が構えた棒から煙が噴き出すとともに、小さな球が飛ぶ。

その先にいるのは、薬師寺警視長だ。久慈羊介と向き合った姿勢で立っている。

薬師寺警視長の右手が動きはじめた。

あたりに広がった煙のせいで、ぼんやりとしているのだが、別の人間が横からよろめくのが分かる。警視監だ。自分の意思とは別の力が働いたのは明白で、よろよろとした動きを見せた。

ああ、と感嘆じみた声がその会議室に湧く。その思いを汲《く》むように、説明が述べられた。

「ご覧の通り、ここで薬師寺警視長は盾にしようとしたわけだ。この私を」先ほどから映像の説明をしている警視監は、大きく溜め息を吐きながら頭を振った。「薬師寺警視長は以前にも、他者を盾代わりにしている」

「反射的にやってしまったんでしょうか」そう質問する人物がいる。

「どうだろう。そのあたり、薬師寺警視長は否定しているようだ。私を盾にしたつもりはない、とね。しかし、おそらくは故意だろう。実は、仙台での捜査会議中にも、ゴムボールを避けるために周囲の人間を盾代わりにしたのを、大勢が目撃している」

また少し、会議室内が溜め息とも嘆きともつかぬもので騒がしくなった。

警視監の指示により、映像がまた再開される。

画面には、薬師寺警視長の前に、まさに盾よろしく、転がり出た警視監が映る。そしてさらに、もう一人別の人物が、これははっきりとした意思を伴った勢いで、飛び出した。手を広げ、自分の体を開き、真正面から弾を受け、後ろにひっくり返ったのだ。

「宮城県警の刑事部長、上野《うえの》君が、こうして身を挺《てい》してくれなければ、私は今、ここにいなかったはずだ」警視監が言う。

その言葉は大袈裟なものではない。刑事部長が咄嗟に反応しなければ、久慈羊介の発射した弾は、警視監の胸に衝突していたのは明らかだ。

「上野君は防弾チョッキを着こんでいたため、大きな怪我はなかったが、それにしてもその勇敢な態度は、警察官の誉れ、と言うべきではないか」警視監が言い、斜め前の席に、「なあ」と声をかけた。

そこに座る宮城県警、上野刑事部長は、「恐縮です」とはっきりとした口ぶりで答えた。「当然のことをしたまでです」と明瞭に言う。「それに私の場合は、事前に、警戒をしていましたので」

「そのことについて説明してやってくれ」警視監が、うんうん、とうなずく。「薬師寺警視長の処遇を決めるこの場においては、必要な情報だからな」

はい、と上野刑事部長は立ち上がった。ふっくらとした体型ではあるが、背筋が伸び、人の好さそうな丸顔にも凛々《りり》しさが漂っている。「宮城県が安全地区に指定され、薬師寺警視長が平和警察の責任者として着任してから、私は、彼の行動を注意深く観察していました。そうしたところ」

上野刑事部長は落ち着き払っていたが、手柄話を口にする高揚はなく、むしろ、自分の身内であり階級が上の人物を告発することに嫌悪を覚えるようなしかめ面だった。

「薬師寺警視長は、良からぬことを画策しているのではないか、と疑念が湧きました」と続ける。「あの仙台市の平和警察の第二ビルが襲われた時、防犯カメラの映像などを管理する部屋から、取り調べの録画データが盗まれていました。それは、『ツナギの男』と我々が呼ぶことになる男の仕業とされていましたが、モニター管理室から、このようなものが発見されたのです」刑事部長が摘み上げたビニール袋の中には、レシートが入っている。「牛丼屋のレシートです。その前日の日付が入っていますが、薬師寺警視長の指紋がついていました」

厳かな会議中に、「牛丼屋」の響きは軽く聞こえ、違和感があったのか会議出席者の顔がいちように曇った。「つまり、どういうことになるのかね」

「その日、モニター管理室に薬師寺警視長がいたのだと思われます」

「何のために」

「録画データを盗むため、さらには第二ビル内の防犯カメラの映像を操作するため、かと」

「ツナギ男の共犯だったと？」

「おそらく、すべてが薬師寺警視長の計画だったと考えています。ツナギの男は、薬師寺警視長の息のかかった者だと思われます」

「それが今、映像に映っていた、磁石を使う男かね。理容師だったか」

「久慈羊介は、薬師寺警視長に利用されていたんでしょう。いかにも警察に歯向かうような行動を取るように誘導され、おそらく脅されてもいたはずです」

「なぜ」

「あの日、あの壇上に、久慈羊介が上がれるように、です。怪しまれずにあそこに立つためには、危険人物となるのが一番簡単です。逆説的な言い方になりますが、集会の場では、最も怪しまれないのが、危険人物です。処刑する名目であれば、あの場にいても、壇上にいても不自然ではありませんから」

「だから、なぜ、壇上に立たせたかったんだ」

「それはもちろん」刑事部長は一度、言葉を切り、警視監の顔色をちらと窺った後で、「久慈羊介に発砲させたかったからです。そして、警視監の命を奪うつもりだったのでしょう」

と続けた。

　また、みなから嘆息が洩れる。自分の知らぬところで画策されていた邪悪なプランに、ぞっとしつつも、被害が小さく済んだことに安堵している。

「君のおかげで、本当に助かった」警視監が満足そうにうなずく。

「何が起きるのかまでは分かっていなかったのですが、もしもの時のために防弾チョッキを着ていたことが功を奏しただけです。むしろ直前になるまで、薬師寺警視長の目的は分からなかったのですから、自慢もできません」

「君は謙虚だねえ」

　警視監が、自分の息子の優秀さに感銘を受けるが如く、大きくうなずいた。

　そこからまた、会議の進行役は、警視監に移る。

　宮城県警、上野刑事部長は静かに腰を下ろし、そっと参加者の表情を窺う。

　こんなでたらめを。と思った。こんなでたらめを、みな、本気で信じているのだろうか、と。

　が、一方で、理由も理解できた。

　彼らからすれば、真実がどうであるかは関係がないのだ。必要なのは、「自分たちにとって都合のいい情報が、真実として扱われる」ことだ。

　平和警察の薬師寺警視長は、その剛腕ゆえに恐れられ、警戒されていた。組織の中では、疎んじている人間も多い。薬師寺警視長が落ちぶれるためであるなら、少々、無理のある主張にも同調する。

会議の終盤、「それで、薬師寺警視長は罪を認めたのか」という質問が出たが、それに対し警視監は冷たく答えた。「今、平和警察が取り調べを行っている。いずれ、その報告が出るだろう」

報告を待つまでもない。

平和警察に睨まれた人物とは、つまり、危険人物に他ならない。中世の魔女狩りでは、魔女だと疑われた人間は、拷問によって死ぬか、もしくは魔女だと自白して処刑されるかのどちらかしか選択肢がなかった。

薬師寺警視長は果たして、平和警察の取り調べに耐えられるのだろうか。

上野刑事部長は特に感慨もなく、それを想像する。

会議が終わると、警視監が、刑事部長を呼び止めた。何でしょうか、と背筋を伸ばすが、その肥満体型のせいか、ぴしっとした緊張感はなかなか出すことができない。

「君は本当に、優秀だ。次の人事では、その能力が十二分に発揮できるポジションを用意されるべきだ」と熱い言い方をした。

刑事部長は深々と頭を下げる。

★ 五の二

県警のエレベーターに乗り、ドアを閉めるためのボタンを押しかけたところで、刑事部長が入ってきた。土産物が入っているのか紙袋を持っている。

「東京から帰られたところですか」二瓶は扉が閉じる時に言った。警察庁で、先日の平和警察集会での事件について、会議が開かれ、部長も呼ばれていたのだ。

「そうだ」

「どうでしたか」

「大したことはなかった」

肥満体型で、丸い輪郭、童顔めいた部長ではあるものの、以前とは雰囲気ががらっと変わっている。とはいえ、どこが変わったのかといえば、二瓶をはじめ、署内の誰も答えられない。自分より偉い人間には腰が低く、部下たちには厳しく当たる、という意味ではまったく以前と同じだ。が、どこか威厳めいたものが漂っており、不思議なことに、居丈高に命令を出されても、不愉快に感じなくなっていた。

「やっぱり、手柄を立てたことで自信がついたんじゃねえか？　警視監様の前に飛び出して、救ったんだから、ほら、クラスの冴えない奴が球技大会で決勝ゴールを決めたようなもんだろ。次の日から、クラスの中心になっちゃったりな」食事をしながら、先日、三好が言っていた。

「でも、実際、部長、よく動きましたよね。あの時はみんな、固まっちゃってましたし」

「たまたまだろ」

二瓶は意見が違った。防弾チョッキを着ていたのは、部長以外にもいた。が、あの場で、警視監を助けるのは、咄嗟の判断でできることとも思えなかった。

「部長、一つお聞きしたいのですが」エレベーターが上昇すると同時に、二瓶はおずおずと切り出す。そして、部長から承諾されるより先に話す。「前に、広瀬川の河川敷近くで、部長を見かけたことがあるんです」

朝のランニング中だ。橋の下に人影があり、誰かと思えば部長で、何をしているのかと思えば、おもちゃのピッチングマシーンにプラスチックのボールを投げさせ、それを体で受けていた。

「それがどうかしたのか」

「あれが、練習だったんじゃないか、と思ってしまいまして」

「野球をやるのに練習は必要だ」

「いえ、野球の練習ではなく、先日の集会の時の、警視監を助けた際の」いざという時に、咄嗟に弾を避けたりしないように、と訓練していたのではないか。

刑事部長が自分をまじまじと見てくることに、二瓶は気づいていた。罵倒されるのではないか、と覚悟はしたが部長の言葉は思いのほか穏やかで、「弾を受ける時の練習を事前にしていた、というのか」と言う。

「はい」

「どういう意味だ」

二瓶は言うべきかどうか悩んだが、そこで幸か不幸か、エレベーターが五階に到着し、扉が開く。二瓶は開放ボタンを押し、部長が降りるのを待った。通路は会議室に繋がっていたため、二瓶としてはゆっくりと部長の後をついていくつもりだったが、部長はなかなか足を動かさない。時間でも停止してしまったかのようで、エレベーターのボタンと部長が連動しており、自分が指をボタンから離さなくては動き出さないのではないか、と不安を覚えるほどだった。ほどなく、部長がゆっくりと振り返った。「俺が、あの時、警視監が狙われるのを知っていた、ということか？」

「はい」はっとしつつも二瓶は答えるが、すぐに、「いえ」と言い直す。「狙われたのは、薬師寺警視長でした」

「だな。あの人は恐ろしい。部下だろうが上司だろうが、自分を守るためには利用する。あの時は警視監が盾代わりだ」

「薬師寺警視長は、警視監を盾代わりにしたことを認めているんでしょうか」

「認めていない。だが、おそらく、故意だろうな。警視監をあの場で、殺害するつもりだった」

それはおかしい。二瓶にも、その話の穴はすぐに分かった。もしそうだとするのなら、あの理容師にはじめから、警視監を狙わせれば良かった。

わざわざ自分を撃たせ、警視監を盾にする必要はまったくない。

答えは一つだ。

薬師寺警視長を陥れるためだ。それしか考えられない。「警視長は、警視監を盾代わりにしたのだ。何とひどい人間なのだ」と印象付ける必要があったのではないか。

さらに言えば、薬師寺警視長が実際に、警視監を盾にするために引っ張ったのかどうか、それも疑わしい。

単に誰かが押したのではないか？

あの騒動の中、警視監を突き飛ばし、そこに防弾チョッキを着用していた部長が駆け込むようにした。

「二瓶、おまえが何を気にしているのか分からないが、あの時の様子は映像で残っている。今日の会議でもその映像は確認できた」

「そうなのですね」

映像はいくらでも加工できるのも事実で、もっと言えば、薬師寺警視長に敵意を抱き、その転落を望むものが組織内には少なからずいるのも事実だ。警視監が善意の第三者であるかどうかははっきりしないものの、部長の行動について、不自然さに目を瞑る者がいてもおかしくはない。

さらに別の質問を口にした。「あの時、あの処刑装置の刃に、武器を隠したのは誰だったんですか」

ギロチンの刃に磁石が付けられており、そこに鉄の棒がくっつけられていた。灯台下暗《もと》し、とでもいうべきなのか、敵の武器はあの時、ずっと自分たちの頭上、三メートルのところに浮かんでいたのだ。そして久慈羊介が使うべき時に、届けられた。落ちるギロチンとともに、だ。

あの武器をそこに隠したのが誰であるのかは分からないままだ。

自分が知らないだけで、上層部や検証担当者はすでに情報を握っているのだろうか。

部長は小さくかぶりを振った。どこか遠慮がちな、嘘をつく罪の意識が垣間見える。「制服を着た偽の警察官がいたのは間違いない。援軍として来ていたメンバーに紛れ込んだ。その何者かが、あの装置に近づき、細工をしたのだろう」

いったいどこの誰なのか、と訊ねかけてやめた。部長の答えは聞かずとも分かる。

「その偽警官は、薬師寺警視長の仲間だろうな」

二瓶はそうは思っていなかった。

部長はしばらく二瓶を眺めた後で、「何か思うところでもあるのか？」と言った。お人好しの臆病者といった今までの印象はなくなっている。

「部長が処理を任されていた死体がありましたよね。例の、タクシー運転手の件で、目撃者の死体。あとは、取り調べ中に死亡した教授の」

「思いもしないところから、話を続けるんだな」

「それを車両に入れておいたんじゃないですか？」根白石の直線道路を越えたあの細道で、ツナギ男との争いが起きた時、爆発が起きた。粉微塵となった死体は、それだったのではないか。「あの死体の頭髪をもともと用意しておいて、ＤＮＡ鑑定で照合させれば」

刑事部長は怒りはしなかったが、うなずきもしない。「それ以外に何か話があるのか」と再度、質問するだけだ。

「いえ、特にありません」二瓶はすぐに答える。今や部長は、警視監を救った人間として組織内でも注目を浴びている。今後、警察庁に戻り、中軸を担っていく、という噂も耳にした。

「二瓶、こちらからも一つ訊きたいんだが」

「え、はい。何でしょうか」

「私のことをどう見ている？」

「はい？」

「私のことをどう見ている」

「どう、と言われましても」二瓶は言い淀む。「ごく普通に、私の上司だという認識ですが」

「そうか」と部長はうなずく。「おまえは今まで、私のことを情けなく、頼りない男だと思っていなかったか？」

「いえ」動揺を隠す。

「気にしなくていい」部長は目を細めた。気の好い親戚のようでもあるが、真意が読めない恐ろしさも感じた。「むしろそうでなくては困る。そう思われるようにしていたんだから」

二瓶は返事に困った。そう思われるようにしていた、とはどういう意味なのか。

「世界にはさまざまな昆虫や動物がいる。毒を持つものもいれば、牙を持つもの、自分の獲物そっくりに擬態して、獲物が寄ってくるのを待つ虫もいる」

「はい」

「サバイバルの仕方はそれぞれ、自分に合ったやり方を選んでいる、というわけだ」

「部長もそうだ、というんですか？」二瓶は咄嗟に声を強くしてしまった。

生き延びる戦略を部長は考え、それを実践したというのだろうか。猫をかぶり、無能なふりをしていたのには理由があったと？

二瓶は自分の頭の中で、情報と想像を組み立てようとするが、うまくまとまらない。部長はいったい何がしたいのか。

ただ、今、部長が組織内で力を持ちはじめていること自体が、彼の目論見《もくろみ》通りに違いなかった。

出世したかったのか、権力を握りたかったのか。

「二瓶、私はな」部長がそこで、解答の分からぬ生徒にヒントを伝えるような言い方をした。「平和警察の仕組みはどうにも無理があると思ってるんだ」

「え」

「私の知り合いも、平和警察の思い込みで処刑された。彼女は、夫の暴力に苦しんでいるだけのごく普通の女性、娘を育てる母親に過ぎなかった。それがどうして危険人物になるのか。おかしいと思わないか」

「誰のことですか？」宮城県の話ではないはずだ。二瓶はふと、部長が不倫をしていた、という話を思い出すが、とはいえ、話がうまく結びつかない。

「仮に一般人からの情報提供に悪意がなかったとして、それが積み重なった結果、彼女のような人間が処刑されることになるのなら、仕組みは確実に間違っている。平和警察の欠陥は明らかだ」

ただの私怨《しえん》から普遍的な理屈を作り出しているのか、もしくはその逆で、重要な大きな事実を個人的な話に譬えているのか、はっきりしない。

部長の声は冷たく、いつになく囁くようであったので、二瓶は風に紛れて舞ってきたざわめきいたものかと思いそうになる。部長はそこで、通路を先に行こうとした。二瓶は、

「部長」と呼び止めていた。

「何だ」

「あの、どうして私に今、こういう話をしてくれたんですか。詳しくは理解できていませんが、それにしても」喋りすぎではありませんか、と言いかける。自分が味方か否か、確かめているのだろうかと勘繰りたくなった。

部長の答えは長くなかった。「おまえは優秀で、信頼できる。だから、おまえには事情を話しても大丈夫だと、そう言われているからな」

「誰にですか」と訊ねたところで部長はのそのそと先へ行ってしまう。

五の三

店に入ってきた男は見るからに目つきが鋭く、ドアを開くと同時に、防犯カメラの位置を確認していたことから、警察関係者だろうと思ったが、やはりそうだったか。

久慈羊介は相手の出した警察手帳に目をやる。

「お仕事中に申し訳ありません」と淡々と言ったが、久慈羊介としては今まさに、客の顔剃りをしようとしていたところであるから、困った。「私はいいのですが」と言い、仰向けに倒れたシートで顔にクリームを塗られた客に目をやった。こうして寝かせられたままの客の気持ちになってみてください、と。

「すぐに終わります」有無を言わせぬ言い方を相手はする。

仕方がなく、久慈羊介は客に断りを入れ、刑事に近づいた。

ああ、と久慈羊介はこの男があの日、東口広場の壇上で、自分のことを処刑しようとした男の一人だと気づいた。確か、二瓶という名の刑事だ。まだ処刑は続いているのかと急に恐ろしくなり、その場にしゃがみ込んでしまいそうになるが、相手がすぐに、「警戒されるのは無理ないかと思います。ただ、今日はまったく個人的な用件でして」と穏やかに説明してきた。そう言われてすぐに落ち着くこともできないが、ただ、相手が嘘をついているようにも見えなかった。

「私のやったことは、警察にはすべて説明しているのですが」つい先日、ようやく自宅に帰ることを許され、理容室の営業を再開したばかりだった。声が震えてしまうのを止められない。

「もちろん、知っています」

先日の東口広場での騒動の後、久慈羊介は姿を消したとはいえ、そのまま自宅に帰っただけであったから、すぐに警察に確保された。抵抗もしなかった。どうにでもなれ、と半ば投げ遣りな気分ではあった。が、罪に問われたものの、その内容はかなり部分的だった。つまり、久慈羊介の行動の大半は、別の人物、どうやら警察幹部の一人であるらしいのだが、そのなにがし氏の陰謀だと受け止められているらしく、久慈羊介が駅前広場で暴れたことについても、「なにがし氏から脅され、強要された」という話で解釈されていた。「いえ、違います。自分の意思だけで行動していました」と久慈羊介ははじめのうちは主張していたにもかかわらず、警察側の反応は鈍く、「おまえは利用されていただけだ」と言い聞かせてくるため、だんだんと向こうには向こうのシナリオがあるのだ、と気づき、それを認めたところ、驚くべき早さで釈放された。佐藤君も無事に家に戻ったらしかった。

「あなたが、第二ビルに入り、取り調べ中の容疑者を助け出した時」二瓶刑事は言う。

「はい」

「ある人物が先に入り込んでおり、防犯カメラのデータや取り調べの録画映像を得ていた、と言われています」

その話は、久慈羊介も警察から聞いた。

久慈羊介が蒲生義正たちを助けた直後、平和警察に対し、「取り調べの映像を公表されたくなければ、蒲生義正やその家族に手を出すな」と通達をしていた人間がいたのだという。久慈羊介のあずかり知らぬところで、だ。その人物はビルのモニター管理室に忍び込んでいたらしく、落としていった証拠物から、やはり、その警察幹部のなにがし氏だと判明したらしかった。

「ビルに侵入した時、その人間を見ましたか?」

恐ろしかった。

「この人物ではありませんでしたか」二瓶は言いながらタブレット端末を前に出し、操作をした。見ていない、と言っているにもかかわらず、話を先に進める強引さが、久慈羊介には恐ろしかった。

「え、いえ」

最初に表示された男は見覚えがあった。冷酷な目をした中年男性で、迫力がある。あの東口広場で、自分が武器を向けた男だ。「この人が、その」

名前も憶えていたが、口に出すのはためらわれた。

「薬師寺警視長と言います。近いうちに、役職名は変わるでしょうが。とにかくこの男が、あなたを利用した男、と言われています」二瓶のその口調は、その言葉が事実とは異なると知っているかのようだった。「では、この男は知っていますか？」

ぱっと見は分からなかった。が、画面に表示された男を、久慈羊介は知っていた。金子ゼミを名乗り、近づいてきた男だ。髪の長さはずいぶん違うが顔つきは似ている。

「今から思えば」二瓶が喋りはじめた。「私が駅に迎えに行った時、改札を抜けてきたのではなく、この人はすでに駅の構内にいたんです。もしかするとあの人は、数日前から仙台にいたのかもしれません。駅でオープンしたばかりの担担麺のお店についても知っていたくらいです」久慈羊介に話すというよりは自分自身の頭の中で反省会を開いているかのようだ。

「たぶん、あの人は自身で、平和警察を解体させるプランを考えていたんです。うちの刑事部長とは前から計画を練っていたのかもしれません」

「計画って何ですか」

「あの、タクシー運転手を殺害した捜査員の件を利用するつもりだった可能性もあります。平和警察の不祥事の象徴として告発する計画だったのかもしれない。あなたがビルに入った時、モニター管理室に忍び込んでいたのは、本当はこの人なんでしょう。タクシー運転手の事件の映像データを探していた。そこにあなたが来たものだから、計画を変更したのではないか。だから、あなたが助け出した人間の情報をその場で手に入れて」

「この人は、どういう人なんですか」

二瓶は小さく溜め息を吐く。「よく分からない人でした」

貶し言葉であるようだったが、どこか憧憬も含まれていた。

「あの爆発もわざとだったんですよ。隠れ蓑にしたんです」二瓶刑事が続ける。「あの車両には、別の死体をもとから積んでいたんでしょう。爆破事件のように、原形をとどめない遺体の身元確認は、DNA鑑定で行います。それを見越して、用意しておいた髪の毛を自宅に落としておけば」

「別の死体？　何の話ですか」

「私たちが見ていたあの姿も本当だったのかどうか。パーマで長髪のヘアスタイルも、鬘《かつら》、ウィッグだったという話もあって」

「今回の、一連の出来事で、ある人物が警察内で力を持つことになりました」

久慈羊介は、「それ、僕が聞いてしまったらまずいんじゃないですか」と言わずにいられなかった。秘密の内容を知ってしまったら、「知られたからには生かしてはおけぬ」と命を狙われるのではないか、と怖かったのだ。同時に、背後にいる客の耳も気になる。せめて外で、と店の外に出た。

「王様の耳はロバの耳、ではないですけどね、自分だけで悶々《もんもん》と悩んでると苦しいんですよ」二瓶が言う。

「だからと言って」自分に話していいのか、と久慈羊介はうろたえる。こちらを巻き込まないでください、と言いたかった。

「床屋というのは、こういう愚痴や情報が集まる場所でしょう」

「ああ、まあ、はい」

「警察内で力を持ちはじめるその人物は、おそらく平和警察を変えていくことになるでしょう」

「良い方向に？」

「良い方向がどちらかは分かりませんが」

「その人は偉くなって、平和警察を解体するんでしょうか」思いつきをそのまま口に出した。

「刑事さん、あの」

半分以上は冗談のつもりだった。

「どうですか、あなたはそれについて何か知りませんか」

「申し訳ないのですが」久慈羊介は答えるほかない。「知らないんです」

二瓶は、自分の考えを喋ったことである程度、もやもやとした思いが解消されたのだろうか、何も答えは出ていないだろうに、納得したような顔で去った。

久慈羊介はドアを開き、店内に戻る。お待たせしました、と丁寧に謝罪した後で、客の顔剃りを再開した。

剃刀を使い終え、タオルで顎回りを拭き取るとレバーを踏み、理容チェアの背もたれを戻す。

さっぱりとした表情のその客は、鏡に映った自分のことを、久々に再会した親戚を見るような顔つきで見ていた。「日本にいるトゲアリを知ってる?」と口を開いた。

金子ゼミと名乗っていた頃に比べて、態度がざっくばらんなものに変わっていた。「金子ゼミとは隠れ蓑でね」と明かしてからというもの、友人のような親しさで喋りかけてくる。おそらくこちらが、彼の本来の地なのだろう。はじめ、スクーターで逃げるところをつけてきた、と言っていたがそれも真偽の程は疑わしかった。虫でも捜すようなやり方でここに行き着いたのではないか。

「トゲアリはね、女王アリが、クロオオアリなどの巣に入って、まずそっちの女王アリを殺してしまうんだ。しかも、その女王アリの匂いを自分につける。そうすると、クロオオアリの働きアリたちが、トゲアリの女王アリを自分たちの女王だと思い込んでね、せっせと世話をしてくれる。トゲアリの卵や幼虫を育てるわけだ。そうこうしているうちに、クロオオアリたちは寿命で死んでしまうから、いつの間にか、トゲアリのコロニーができあがってるんだよ」

愉しそうに話してくるため、久慈羊介も話の腰を折ることができない。襟首の部分にクリームを塗る。

「同じようなやり方からすると、ほら、ある組織の方針を変えさせたいと思ったら、どうしたらいいと思う？　そのボスを挿《す》げ替えればいいんだ」

「はあ」何が言いたいのか理解不能であった。

剃った跡をタオルで拭い、久慈羊介は最後の仕上げに入る。鏡を見ながら、髪を揃えていく。

「役に立つ人間を、組織の上層部に送り込む。出世させてもいい」

「はあ」

「ただ、何がどう変わろうと、別に、世の中が正しい状態になるわけじゃないけどね」

「そうなんですか？」

「振り子が行ったり来たりするように、いつだって前の時代の反動が起きて、あっちへ行ったり、こっちへ来たりを繰り返すだけだよ」

「どうすればいいんですかね」久慈羊介のその疑問は、自らの犯した罪に対し、自分はこのままで良いのかどうか、という思いから出た。

「どうすることもできないよ。振り子の揺れを真ん中で止めることはできないから。大事なのは、行ったり来たりのバランスだよ。偏ってきたら、別方向に戻さなくてはいけない。正しさなんてものは、どこにもない。スピードが出過ぎたらブレーキをかける、少し緩めてやる。その程度だ」

警察からは釈放されたとはいえ、東口広場で騒ぎを起こしたことは、みなが知っている。理容室を再開したところで、客が来てくれるのかどうか、そもそも隣人たちが受け入れてくれるのかどうかも分からない。

救いだったのは、社長がすぐに来て、今まで通りに接してくれたことだ。「あのツナギの服の宣伝は、注意程度で済んだよ、助かった」と言った。ビルの上からの録画データを渡すかわりに、罪に問われなかったらしかった。「宣伝にはならなかったけどな」

警察は久慈羊介に対し、「加害者ではなく、むしろ被害者である」と説明することを約束してくれた。というよりも、そう振る舞うように、と命じられたのだった。蒲生たちも無事に家に帰ることができた。が、久慈羊介自身には、罪を犯した意識が強いため、何とも居心地が悪い。

鏡に映る、妻の遺影を眺める。

まだ自分は生きている。そのことの実感がうまくつかめなかった。

さらに忘れてはならないことがある。自分もいつか必ず死ぬ、そのことだ。しかも、どうやって死ぬのかは、よほどのことがない限り、選べない。

理容チェアの客は、「どうにもならないよ」とさらに言う。「世の中は良くなったりしないんだから。それが嫌なら、火星にでも行って、住むしかない」と口元を緩めるだけだ。

久慈羊介は鋏を細やかに動かしていく。

鋏の立てる響きが、店内に浮かぶ。「チョキチョキ」と発せられた音に、次の「チョキチョキ」が繋がる。目には見えないものの、決して大きくはないその音が、輪飾りの如く連なり、長くなり、軽快に空中を舞う。

しばらく経ってから久慈羊介は、「火星人って、髪切らせてくれるんですかね」と訊ねた。

そして同時に人の命を奪い、世間を騒がせもした自分がこのように生きていていいのだろうか、と不安になる。軽口まで叩いている。重苦しい気持ちに耐え切れず、息を吐き出す。

鏡の中の客は長閑《のどか》なものだった。

「そもそも奴らに髪の毛があるのかどうか」と首を傾げている。

久慈羊介は心を空《から》にして、鋏にかけた指を律動的に動かし、散髪を続けた。

その場面は記録されることなく、ただ、音も立てずに高速で経過していく時間の流れの中へ溶け、消えていく。

〈参考文献〉
『ヤバい統計学』カイザー・ファング著　矢羽野薫訳　阪急コミュニケーションズ
『虐待と微笑《ほほえみ》　裏切られた兵士たちの戦争』吉岡攻著　講談社
『血みどろの西洋史―狂気の一〇〇〇年』池上英洋著　河出書房新社（KAWADE夢新書）
『図説　魔女狩り』黒川正剛著　河出書房新社（ふくろうの本／世界の歴史）
『昆虫―大きくなれない擬態者たち』大谷剛著　OM出版発行　農文協発売

この物語を書くにあたり、東北大学大学院 工学研究科・工学部の杉本論教授に話を伺いました。丁寧に、非常に興味深い話をしてくださり、特別授業を受けているような気持ちになりました。本当に感謝しております。

作中には杉本さんから伺った話をそのまま使っているところも多いのですが、あくまでもこの物語は作り話です。この作品内で起きている事象や想像上の道具につきましては、杉本さんの話を聞いた上で、僕がでっち上げたものですので、現実的ではないことをご理解いただければと思います。また大学名や地名など実在の名前を借りている部分がありますが、この物語の舞台が明らかに架空の日本であるのと同様、いずれもフィクション上のものにすぎません。

そして、タイトルから宇宙ものの話だと思われた方がいたら、申し訳ありません。自分でもどうにもできない恐ろしいニュースを目にし、落ち込んだ時、デヴィッド・ボウイの名曲「LIFE ON MARS?」を聴くことがあります。この曲名の和訳は、この本のタイトルのような意味だと（調べもせず）勝手に思い込んでいたのですが、実際には、「火星に生物が？」という意味だと知り、恥ずかしくなった思い出があります。

解説

ぼくのりりっくのぼうよみ
（アーティスト）

はじめまして。ぼくのりりっくのぼうよみと申します。いきなり何を言っているのか分からない方もたくさんいらっしゃると思うのですが、これが名前です、すいません。普段は音楽をやっています。ジョージ・オーウェルや伊藤計劃《いとうけいかく》がすごく好きで、相互監視社会やディストピア、フェイクニュースの氾濫などをテーマに歌詞を書いたりしています。主に「Noah's Ark」というアルバムでそういうことをしています。

今回この解説のお話をいただいたのもそういう理由かな、と勝手に想像していますのでそういった点も踏まえて書かせていただきます。みなさんがこの作品を楽しむ一助になれば幸いです。出来れば本編を読んだあとにどうぞ。

警察内部に平和警察が組織され、安全地区に指定された都市に潜む危険な人間を取り締まる。市民の密告によってリストアップされた彼らは、拷問によって存在しない真実を語らされ、最後には処刑されてしまう。ディストピアへと変貌を遂げた現代日本、仙台を舞台にこの物語は展開していきます。

　伊坂氏の作品の大きな特徴である、緻密《ちみつ》に張り巡らされた伏線を鮮やかに回収していくという展開は今回も健在です。部ごとに視点の分かれた構成は、事件の全貌を少しずつ明らかにしていき、第三部以降はもう圧巻です。気持ちよすぎる。

　もうひとつ特徴として挙げられるのは、平和警察という組織と安全地区という概念です。かの有名なオーウェルの『1984年』（伊坂氏の『ゴールデンスランバー』の中でも引用されてたりします）や、ハクスリーの『すばらしい新世界』などの、ディストピアを舞台に描かれた小説は、世界を支配する組織がとてつもなく巨大である、という前提のもと描かれています。ビッグ・ブラザーはもはや実体すら持たないし、新世界では子どもは生まれる前から遺伝子を操作され、管理されます。

　そういう意味では、平和警察はあくまで警察内部の組織にすぎない（そもそも発足してからわりと日が浅い）し、その支配が及ぶのも日本のごく一部にすぎません。これはかなり大きな違いだと思います。平和警察による拷問や、公開処刑場での群集心理の醜さをみた時の不快感や閉塞感は、前述した作品たちで与えられるそれと比べた時に、すこし違う雰囲気なんじゃないかと思います。引っ越すことで逃げ出せる監視社会というのは、通常ではありえないほどゆるい束縛です。だからこそ、日常の延長線上に恐怖が乗っかっているように思えて、非常に新鮮でした。力の抜けた文体と真壁《まかべ》のなんだかあっけらかんとしてる感じが不思議な質感を醸《かも》しだしています。いわゆるディストピア系の作品群への入門としても、本作は非常によく機能するはずです。と言っても拷問のシーンとかはけっこうえげつないですが……。

ただ、今挙げたふたつの要素は、この『火星に住むつもりかい？』の本質ではないようにぼくは感じます。それよりも、最後に真壁が発する言葉こそが重要で、そのためにこの小説が紡がれてきたのではないか、というくらいに。

「世の中は良くなったりしないんだから。それが嫌なら、火星にでも行って、住むしかない」

作中で何度も繰り返されている通り、絶対的な正義というものは存在しません。正しいとは一体どういうことなのか、自分は正しいのかという問いに始終悩まされている自分の身からすると、この小説の最後に提示されるメッセージはとても優しく、心地よいものでした。一見するとものすごく絶望的な言葉というか、全否定されている感じなのですが、逆に真壁に自分のちっぽけさを肯定してもらえたような気持ちになってとてもいいです。真壁の譬《たと》えを借りると、ぼくたちは社会に散らばる小さな蟻にすぎなくて、でもその事実に少し安心させられるというか。これで救われるひとはたくさんいそうな気がします。

なんだか終わり方が曖昧に思えるひともいると思うのですが、今作はむしろかなり明確なラストだったと思います。平和警察のトップが入れ替わり、組織はこれまでとは違った方向へと向かっていきます。理容室に設置されていた防犯カメラも姿を消し、最後の場面はどこかに記録されることもなく溶けていきます。

結局のところ善と悪は白黒つけられることなく、グラデーションの中にただ放られるのですが、それこそがこの物語の提示する答えなんだと思います。この灰色こそが答えなんだと思います。

あと、中盤に登場する大学生の大森鷗外《おおもりおうがい》くんがすごくツボでした。名前が。大味すぎて。

というのが最初にこの物語を読んだ時のぼくの感じたことだったのですが、二回目に読み終わった時、さらに新たな発見がありました。小説というメディアの特徴を非常に上手に活かしている、かなり効いた対比がこの物語に潜んでいたのです。そのキーとなるキャラクターは、最初の方にでてくる平和警察のひとり、加護《かご》エイジです。

彼はいわゆる典型的な悪人として描かれていて、他人を虐《しいた》げることに喜びを感じるかなりのサディストです。結局最後には死ぬことになるんですが、彼が行った過激すぎる拷問のせいで、ぼくたちはほとんどその死に憐れみを抱きません。

これはもう完全に意図してそういう風に描写されていて、いわゆる「アイツにもアイツの正義があったんだな……」的な読み方を絶対に許さない伊坂氏の確固たる姿勢みたいなものを感じます。エイジの嫌な面だけを延々と見せられたぼくたちは、その後訪れる彼の死にカタルシスを覚えさえします。エイジをやってしまえ！　正義の味方よくやった！　という。

ここでひとつ思い出してもらいたいんですが、ぼくたちはこれによく似た場面をこの小説で目撃しているのです。

そう、公開処刑です。どうやらあいつはろくでもない人間だったらしい、そんな風に噂しながら、期待に満ちた目で被害者を眺める人々の姿は、残酷な拷問を繰り返すエイジに何らかの罰が下されて欲しいと思うぼくたちの姿とそう変わらないのです。もちろん何の罪も犯していない被害者たちと、明らかに人を傷つけて殺してきたエイジは根本的に違いますが、きっとエイジにも家族や恋人はいたでしょう。そういった、読み手に感情移入させる部分の一切が描写されていないというのは、この対比に読み手を組み込むためだったのではと勘ぐってしまうのです。そういう引き算ができるのが伊坂氏の稀有《けう》な特質のひとつではないかと思います。

この構図を踏まえてみた時に、社会を構成し群れて生きる人間という生き物の性質が浮き彫りになって、なんともやるせない気持ちになります。規範を逸脱し他者を傷つける個体への、嫌悪感と処罰感情はどうしても生まれます。ある意味で、この本を読んでいるぼくたちは、死刑を見物している群衆と大差ないのです。

ただ、そのやるせなさも最後の真壁の言葉によってまた救われるのです。そういうものだからしょうがないよね、でも行きすぎたらすこし緩めようね、というスタンスは現代にとてもフィットしているように思えます。

あと、今書いていて思ったのですが、これはすごくニーチェっぽいというか、積極的ニヒリズムだなあと思いました。積極的ニヒリズムというのは、すべてがかりそめで本当のことなど何もない、だからこそ、その仮象《かしょう》を積極的に創造していこうという、無価値な世を受け入れて前向きに生きる考え方のことなんですが、これを実践しているのが真壁なんじゃないかと。

薬師寺《やくしじ》さんをたしなめてる場面とか、平和警察の嗜虐《しぎゃく》心みたいなものはある程度許容しているというか、拷問を完全にはやめさせようとしないところにある種の諦観を感じるのがまたいいんですよね。この真壁のスタンスはかなり大人だなあと思いました。でも子供心は忘れないとこもまた素敵。世界や人間を諦めながら、それでも行動する。かっこいいなあ。

えー、そしてですね、私事すぎるのですが、ちょうどこの前二十歳の誕生日を迎えたので、今年の目標は真壁みたいに生きることにしたいと思います。平和警察洗脳サイコパスの二瓶《にへい》くんみたいにはならないようにしたい……。

二〇一五年二月　光文社刊

光文社文庫

火星《かせい》に住《す》むつもりかい？
著　者　伊《い》坂《さか》幸《こう》太《た》郎《ろう》

2018年4月20日　初版1刷発行

発行者　鈴　木　広　和
印　刷　萩　原　印　刷
製　本　ナショナル製本

発行所　株式会社　光　文　社
〒112-8011　東京都文京区音羽1-16-6
電話（03）5395-8149　編　集　部
8116　書籍販売部
8125　業　務　部

ISBN978-4-334-77628-2　Printed in Japan

組版　萩原印刷